HEYNE<

ROBERT CRAIS

GESETZ DES TODES

THRILLER

Aus dem Amerikanischen
von Jürgen Bürger

**WILHELM HEYNE VERLAG
MÜNCHEN**

Die Originalausgabe THE FIRST RULE erschien 2012
bei G. P. Putnam's Sons, New York

Verlagsgruppe Random House FSC® N001967
Das für dieses Buch verwendete FSC®-zertifizierte
Papier *Holmen Book Cream* liefert
Holmen Paper, Hallstavik, Schweden.

2. Auflage
Vollständige deutsche Erstausgabe 08/2014
Copyright © 2010 by Robert Crais
Copyright © 2014 der deutschsprachigen Ausgabe
by Wilhelm Heyne Verlag, München,
in der Verlagsgruppe Random House GmbH
Redaktion: Ulf Müller
Printed in Germany 2014
Umschlaggestaltung: Büro Überland, Schober & Höntzsch
Satz: KompetenzCenter, Mönchengladbach
Druck und Bindung: GGP Media GmbH, Pößneck
ISBN: 978-3-453-43768-5

www.heyne.de

*Für meinen Freund
Harlan Ellison,
dessen Werk mich mehr als alle anderen
an diesen Punkt geführt hat.*

Die organisierten kriminellen Banden aus den fünfzehn Teilrepubliken der ehemaligen Sowjetunion unterliegen dem »Worowskoj Sakon«, dem Kodex der Diebe, der aus achtzehn niedergeschriebenen Regeln besteht. Die erste Regel lautet:

Ein Dieb muss Mutter, Vater, Brüder und Schwestern aufgeben.
Er darf keine Familie haben: keine Frau, keine Kinder.
Seine Familie sind wir.
Auf Verstoß gegen eine der achtzehn Regeln steht die Todesstrafe.

Gotta do that right thing
Please
Please
Please
Someone be that hard thing
For me

— Deconstructed Child

PROLOG

Frank Meyer klappte seinen Computer zu, als die früh einsetzende winterliche Dunkelheit sein Haus in Westwood, Kalifornien, nahe dem Campus der UCLA in Dämmerlicht tauchte. Westwood war eine wohlhabende Gegend im Westen von Los Angeles zwischen Beverly Hills und Brentwood und bestand aus einem Gewirr gediegener Wohnstraßen und komfortablen, teuren Häusern. Frank Meyer lebte in einem solchen Haus – angesichts seiner Vergangenheit erstaunte ihn das mehr als jeden anderen.

Nach getaner Arbeit lehnte er sich in seinem Home Office zurück und lauschte auf seine Söhne, die wie junge Nashörner geräuschvoll durch den hinteren Teil des Hauses tobten. Sie machten ihn glücklich, genau wie der intensive Duft des gedünsteten Fleisches. Ein Schmorbraten oder ein Bœuf bourguignon – etwas, das er nie korrekt aussprach, aber wahnsinnig gerne aß. Stimmen drangen aus dem Fernseher im Wohnzimmer herüber, viel zu weit entfernt, um das Programm erkennen zu können, doch fast sicher die Klangkulisse einer gerade laufenden Gameshow. Cindy hasste die Abendnachrichten.

Frank musste lächeln, weil Cindy sich genauso wenig aus Gameshows machte. Allerdings mochte sie beim Kochen die

Geräuschkulisse des Fernsehers. Cindy hatte ihre Gewohnheiten, so viel stand fest, und die hatten sein Leben verändert. Hier saß er nun, in einem schönen Haus, mit einem florierenden Geschäft und einer wunderbaren Familie – und all das hatte er seiner Frau zu verdanken.

Frank bekam feuchte Augen, als er daran dachte, wie viel er ihr verdankte. Typisch Frank, sentimental und emotional, so war er schon immer. Wie Cindy zu sagen pflegte, war er eben ein echter Softie – für sie der Hauptgrund, warum sie sich in ihn verliebt hatte.

Frank gab sich große Mühe, ihren Erwartungen gerecht zu werden, und hielt genau das für ein Privileg – eines, das vor elf Jahren begonnen hatte, als ihm klar wurde, dass er sie liebte, und er beschloss, sich neu zu erfinden. Inzwischen war er ein erfolgreicher Importeur von Textilien aus Asien und Afrika, die er an Großhandelsketten in den gesamten Vereinigten Staaten verkaufte. Er war dreiundvierzig Jahre alt, gesund und kräftig, wenn auch im Vergleich zu früher etwas weniger. Okay, gut – er wurde fett. Aber von Geschäft und Kindern in Beschlag genommen, hatte Frank seit Jahren keine Gewichte mehr angerührt und war nur noch selten aufs Laufband gestiegen. Und wenn er es dann tat, fehlte die Begeisterung, die in seinem früheren Leben in ihm gebrannt hatte.

Frank vermisste dieses Leben nicht, kein einziges Mal, und obwohl er sich manchmal nach den Männern sehnte, mit denen er es geteilt hatte, behielt er diese Gefühle doch für sich und machte seiner Frau keine Vorwürfe. Er hatte sich neu erschaffen, und wie durch ein Wunder zahlten seine Anstrengungen sich aus. Cindy. Die Kids. Das Haus, das sie sich gebaut hatten. Frank dachte immer noch über die Veränderungen in seinem Leben nach, als Cindy in der Tür erschien und ihm ein schiefes, dabei ausgesprochen aufreizendes Lächeln schenkte.

»Hey, Kumpel. Hast du Hunger?«

»Ich mache hier gerade Schluss. Wonach riecht es? Es duftet sagenhaft.«

Schritte, dann packte Little Frank, zehn Jahre alt und von der gleichen stämmigen Statur wie sein Vater, den Türrahmen neben seiner Mutter, um stehen zu bleiben, und das so abrupt und schnell, dass sein jüngerer Bruder Joey, sechs Jahre alt und genauso kantig, dem Größeren mit voller Wucht in den Rücken krachte.

»Fleisch!«, brüllte Little Frank laut.

»Ketchup!«, krähte Joey.

Cindy lächelte. »Fleisch und Ketchup. Was könnte es Besseres geben?«

Frank schob seinen Stuhl zurück und stand auf.

»Nichts. Ich brauche jetzt unbedingt Fleisch und Ketchup.«

Sie verdrehte die Augen und wandte sich wieder zur Küche.

»Du hast noch fünf Minuten, Liebling. Ich werde diese kleinen Monster hier mal ordentlich abduschen. Wasch dich, und dann komm.«

Die Jungs kreischten übertrieben laut, als sie an Ana vorbei abdüsten, die jetzt hinter Cindy auftauchte. Ana war ihre Nanny, ein nettes Mädchen, das mittlerweile schon fast sechs Monate bei ihnen war. Sie hatte strahlend blaue Augen, hohe Wangenknochen und war eine fantastische Hilfe bei den

Kids. Ein Kindermädchen: eine weitere angenehme Begleiterscheinung von Franks zunehmendem geschäftlichen Erfolg.

»Cindy, ich füttere jetzt das Baby«, sagte Ana. »Brauchen Sie irgendwas?«

»Wir haben alles im Griff. Mach ruhig.«

Ana schaute kurz zu Frank herein.

»Frank? Kann ich noch etwas für Sie tun?«

»Nein, danke, Liebes. Danke. Ich bin in einer Minute da.«

Er räumte die letzten Unterlagen fort. Dann ließ er die Jalousien herunter, bevor er seiner Familie zum Abendessen Gesellschaft leistete. Sein Büro, dessen Fenster zur nächtlichen Straße hinausführte, war jetzt gegen die Dunkelheit abgeschirmt. Frank Meyer hatte keinerlei Grund anzunehmen, dass gleich etwas Entsetzliches geschehen würde.

Während Frank das Abendessen mit seiner Familie genoss, rollte ein schwarzer Cadillac Escalade vom Wilshire Boulevard kommend langsam in seine Straße. Er war einige Stunden zuvor vor einem Einkaufszentrum in Long Beach gestohlen worden. Moon Williams hatte die Nummernschilder mit einem ansonsten identischen schwarzen Escalade getauscht, den sie vor einem Herrenclub in Torrance entdeckt hatten. Jetzt fuhren sie ihre dritte Runde um den Block und suchten die Straße nach Fußgängern, potenziellen Augenzeugen und Zivilpersonen in parkenden Autos ab.

Diesmal glitten die hinteren Seitenscheiben langsam herunter wie müde Augenlider, und eine nach der anderen erloschen die Straßenlampen, als Jamal sie mit einer .22er Luftpistole auspustete.

Dunkelheit folgte dem schwarzen Cadillac wie eine anschwellende Flut.

In dem Fahrzeug befanden sich vier Männer, schwarze Konturen im vergeschatteten Innenraum: Moon am Steuer, Moons Junge Lil Tai auf dem Beifahrersitz und Jamal hinten zusammen mit dem Russen. Während Moons Blicke zwischen den Häusern und dem weißen Typen auf der Rückbank hin und her wanderten, war er nicht wirklich sicher, ob der Ausländer tatsächlich Russe war. Bei all den Ostblock-Arschlöchern, die heutzutage so herumliefen, hätte der Knabe auch Armenier, Litauer oder sogar ein gottverdammter transsylvanischer Vampir sein können, ohne dass Moon einen Unterschied erkannt hätte. Er wusste nur eines ganz sicher: Seit er mit dem ausländischen Arschgesicht zusammenarbeitete, verdiente er mehr Kohle als je zuvor in seinem Leben.

Trotzdem gefiel es ihm nicht, dass er jetzt da hinten saß, die viele Knete hin oder her. Er wollte dieses gruselige Arschloch mit seinem glasigen Blick nicht in seinem Rücken haben. Nach all den Monaten war es das erste Mal, dass der Typ mitgekommen war. Auch das passte Moon nicht.

»Bist du diesmal sicher, Homeboy?«, fragte er. »Das Haus da drüben?«

»Dasselbe wie bei unserer letzten Runde, dasjenige, das aussieht wie 'ne Kirche.«

Moon sah zu einem schicken Haus hinüber mit einem steilen Dach und diesen Dingern oben am Dachvorsprung, die wie Wasserspeier-Dämonen aussahen. Die Straße, in der es stand, war breit und von Häusern gesäumt, die sich ein gutes Stück zurückgesetzt auf großzügigen, leicht ansteigenden Rasenflächen erhoben. In solchen Häusern lebten Anwälte, Geschäftsleute und zwischendrin der eine oder andere Drogendealer.

Lil Tai drehte sich nach hinten, um das Weißbrot anzugrinsen.

»Wie viel Kohle kriegen wir diesmal?«

»Viel Geld. Viel.«

Jamal leckte sich über die Lippen und grinste wie ein Honigkuchenpferd.

»Ich kann sie schon schmecken, die Kohle. Spür sie direkt auf meiner Haut, dreckig und fies.«

»Wir holen uns die Scheiße«, sagte Moon.

Er schaltete die Scheinwerfer aus und ließ den Wagen in die Einfahrt rollen. Die vier Türen öffneten sich, kaum dass der Motor abgestellt war, und die vier Insassen stiegen aus. Die Innenbeleuchtung des Escalade war entfernt worden, sodass kein Licht aufflammte. Das einzige Geräusch kam von Lil Tais sechzehn Pfund schwerem Hammer, der beim Aussteigen gegen die Türe prallte.

Sie gingen auf direktem Weg zum Eingang, Jamal voran, Moon als Letzter im Rückwärtsschritt, um sich zu vergewissern, dass niemand sie beobachtete. Jamal löschte die Lampe über der Tür, griff einfach nach oben und zerbrach die Birnen zwischen seinen Fingern: *pop, pop, pop*. Moon drückte ein gefaltetes Handtuch über das Zylinderschloss, um den Lärm zu dämpfen, und Lil Tai schlug mit seinem Hammer so fest er konnte zu.

Frank und Cindy waren gerade dabei, den Tisch abzuräumen, als ihr Haus von einem Dröhnen erschüttert wurde, als sei ein Auto durch die Vordertür gekracht. Joey verfolgte im

Wohnzimmer ein Spiel der Lakers, und Little Frank war gerade nach oben in sein Zimmer verschwunden. Als Frank den Lärm hörte, dachte er zunächst, sein älterer Sohn hätte die Standuhr in der Diele umgestoßen. Little Frank war schon öfter an der Uhr hinaufgeklettert, um von dort auf den Treppenabsatz im Obergeschoss zu gelangen, und auch wenn sie zur Sicherheit für den Fall eines Erdbebens gut verankert war, hatte Frank seine Jungs gewarnt, die Uhr könne dennoch umkippen.

Cindy erschrak ebenfalls gewaltig, und Joey lief zu seiner Mutter, während Frank die Teller abstellte und bereits in Richtung des Getöses eilte.

»Frankie! Junge, ist mit dir alles in Ordn…?«

Er hatte erst einen Schritt gemacht, als vier bewaffnete Männer hereinstürmten und sich dabei mit der koordinierten Lässigkeit von Männern bewegten, die so etwas nicht zum ersten Mal taten.

Extrem schnelles, gewaltsames Eindringen war für Frank Meyer nichts Unbekanntes, und er hatte einmal gewusst, wie man darauf reagieren musste, aber das war in seinem früheren Leben gewesen. Jetzt, elf Jahre und zu viele lange Tage an einem Schreibtisch später, war Frank völlig aus der Übung.

Ein Vier-Mann-Team. Handschuhe. Neun-Millimeter-Pistolen.

Der erste Mann war durchschnittlich groß, hatte tiefschwarze Haut und dicke, schulterlange Zöpfe. Frank wusste, dass er das Sagen hatte, denn er verhielt sich wie ein Anführer. Seine Blicke steuerten den Ablauf. Ihm folgte ein kleinerer Bursche, zornig und nervös, mit einem schwarzen

Kopftuch, Schulter an Schulter mit einem Schlägertypen mit Cornrows und viel Gold im Mund, der sich bewegte, als genieße er seine Leibesfülle. Der vierte Mann hing einen Schritt zurück, verhielt sich eher wie ein Beobachter und nicht wie ein aktiv Beteiligter. Weiß und korpulent, fast so dick wie der Schlägertyp, ein Kopf wie eine Bowlingkugel, weit auseinanderstehende Augen und schmale Koteletten, die sich wie Nadeln den Unterkiefer entlangzogen.

Zwei Sekunden später hatten sie sich über den Raum verteilt. Mit einer Sekunde Verzögerung begriff Frank, dass diese Bande hier auf gewaltsames Eindringen spezialisiert war. Er spürte den verführerischen Adrenalinkick, den er früher bei jedem Einsatz erlebt hatte, doch dann erinnerte er sich wieder, dass er inzwischen ein untrainierter Geschäftsmann war, der seine Familie beschützen musste. Frank hob die Hände und bewegte sich dabei etwas zur Seite, um sich zwischen die Männer und seine Frau zu schieben.

»Nehmt, was ihr wollt. Nehmt es und geht. Wir machen euch keinen Ärger.«

Der Anführer kam mit großen Schritten auf ihn zu, hielt seine Pistole hoch und kippte sie um neunzig Grad zur Seite, Gangstastyle wie diese Vollidioten in den Filmen; dazu funkelnde Augen, um Frank zu zeigen, wie *böse* er war.

»Genau, du blödes Arschloch. Wo ist es?«

Ohne eine Antwort abzuwarten, schlug er Frank mit der Pistole ins Gesicht. Cindy schrie, doch Frank war schon viele Male weitaus härter getroffen worden. Er sah seine Frau an und winkte ab, versuchte, sie zu beruhigen.

»Ich bin okay. Alles okay, Cin, alles wird gut.«

»Wenn du nicht tust, was ich dir sage, bist du tot!«

Der Anführer bohrte die Pistole fest in Franks Wange, während der die anderen beobachtete. Der Schläger und der kleinere Mann trennten sich, der eine stürmte zur Verandatür, um das Gelände hinter dem Haus zu sichern, der andere riss Schränke und Türen auf, und beide brüllten und fluchten. Sie bewegten sich schnell. Schnell ins Haus. Schnell in Franks Gesicht. Schnell durch die Zimmer. Schnell, um das Tempo zu forcieren, und laut, um die Verwirrung zu vergrößern. Nur der Mann mit den seltsamen Koteletten bewegte sich langsam, schwebte am Rand der Szene, als verfolge er einen gänzlich anderen Plan.

Frank wusste aus Erfahrung, dass es nicht genügte mitzuspielen; man musste seinem Gegner immer einen Schritt voraus sein, um zu überleben. Er versuchte, Zeit zu gewinnen, um aufzuholen.

»Meine Brieftasche ist in meinem Arbeitszimmer. Ich habe drei- oder vierhundert Dollar ...«

Der Anführer schlug Frank erneut ins Gesicht.

»Hältst du mich für blöd, Mann, 'ne verschissene Brieftasche?«

»Wir haben Kreditkarten ...«

Er schlug abermals zu, diesmal härter.

Dann trat der Mann mit den Koteletten aus dem Hintergrund hervor an den Tisch.

»Seht ihr die Teller? Hier sind noch mehr Leute. Wir müssen die anderen suchen.«

Die Aussprache überraschte Frank. Er hielt es für Polnisch, war sich aber nicht sicher.

Der Mann mit dem Akzent verschwand in der Küche, als der Schlägertyp aus dem Wohnzimmer zu Cindy und Joey hinüberraste. Er hielt Cindy die Pistole an die Schläfe und brüllte Frank wütend an.

»Willst du, dass die Schlampe stirbt? Soll ich ihr das Rohr hier ins Maul schieben? Soll sie mal *hier* dran lutschen?«

Der Anführer schlug Frank abermals.

»Du denkst, das meint er nicht so?«

Völlig unerwartet verpasste der Schlägertyp Cindy mit seiner Pistole einen Rückhandschlag. Blut spritzte von ihrer Wange. Joey schrie auf. Und plötzlich wusste Frank Meyer, was er zu tun hatte.

Der Mann neben ihm verfolgte noch die Ereignisse, als Frank seine Schusshand packte und ihm das Handgelenk verdrehte, um seinen Arm zu blocken, und ihm das Ellbogengelenk ausrenkte. Frank war seit Jahren aus dem Geschäft, aber die Bewegungsabläufe hatten sich nach tausend Stunden Training in sein Muskelgedächtnis eingebrannt. Er musste seinen Geiselnehmer neutralisieren, ihn entwaffnen, ihn mit einem Armhebel zu Boden zwingen, in Kampfstellung mit der Pistole wieder hochkommen, dem Mann, der Cindy bedrohte, zwei Kugeln verpassen, sich dann umdrehen, in Position gehen und mit zwei Schüssen denjenigen ausschalten, der sich gerade in seinem Schussfeld befand. Frank Meyer hatte auf Autopilot geschaltet. Seine Bewegungen waren den Ereignissen immer einen Schritt voraus, genau wie er es trainiert hatte – und früher hätte er den vollständigen Handlungsablauf in weniger als einer Sekunde durchziehen können. Doch jetzt hantierte Frank immer noch mit der Pistole, als er von drei Kugeln getroffen wurde, wobei die letzte den kräftigen Rückenwirbel in seinem Kreuz erwischte und ihn fällte wie einen Baum.

Frank öffnete den Mund, aber es kam nur ein Zischen heraus. Cindy und Joey schrien, und Frank versuchte, sich aufzurappeln mit dem erbitterten Willen des Kriegers, der er einst gewesen war, bloß Wille allein genügte hier nicht mehr.

Der Mann mit dem Akzent sagte: »Ich höre jemanden. Hinten.«

Ein Schatten bewegte sich an ihm vorbei, aber Frank konnte nichts erkennen.

Der Anführer tauchte über ihm auf, hielt seinen gebrochenen Arm. Riesige, schimmernde Tränen rollten aus seinen Augen und fielen in Zeitlupe herab wie Regentropfen, die von seinen Zöpfen perlten.

»Ich hol mir das Geld«, sagte er.

Er drehte sich zu Cindy.

Franks Welt verdunkelte sich, und alles, was ihm jetzt noch blieb, war das Gefühl, versagt zu haben. Und Scham. Er wusste, er starb genauso, wie er es sich immer vorgestellt hatte, nur nicht hier und nicht jetzt. Alles das hätte doch schon so weit hinter ihm liegen sollen.

Er versuchte nach seiner Frau zu greifen, aber es gelang ihm nicht.

Er wollte sie berühren, aber konnte es nicht.

Er wollte sie beschützen, aber tat es nicht.

Sein Zeigefinger war der einzige Teil von ihm, der sich noch bewegte.

Zuckend, als besäße er ein eigenes Leben.

Sein Schussfinger.

Drückte nichts als Luft.

Von außen wirkte das Haus der Meyers mit den heruntergelassenen Jalousien ruhig und friedlich. Massive Wände dämpften zu einem großen Teil die Geräusche im Inneren, und der Verkehrslärm vom nahe gelegenen Wilshire Boulevard war laut genug, um den Rest zu übertönen. Die Schreie, die vielleicht zu hören gewesen wären, hätten auch genauso gut aus einem Heimkino von einer netten Surround-Anlage stammen können.

Autos rollten vorbei, manche fuhren für den Abend von zu Hause fort, andere kehrten nach einem langen Bürotag dorthin zurück.

Das dumpfe Krachen eines Schusses im Inneren des Hauses klang gedämpft und unnatürlich. Eine Lexus-Limousine fuhr vorüber, aber bei geschlossenen Fenstern und einer iPod-Playlist, die den hervorragend konstruierten Wagen rockte, hörte die Fahrerin nichts. Sie bremste nicht ab.

Wenige Augenblicke später erschütterte ein weiteres Krachen das Haus, begleitet von einem Lichtblitz hinter den Jalousien wie von einem weit entfernten Gewitter.

Noch mehr Blitze folgten.

Und dann noch ein paar mehr.

*Du bist zeitlebens für das verantwortlich,
was du dir vertraut gemacht hast.*
— Antoine de Saint-Exupéry
1900 – 1944, Pilot und Schriftsteller

TEIL 1

PROFIS

1

Um zehn Uhr vierzehn am folgenden Morgen, etwa fünfzehn Stunden nach den Morden, standen Hubschrauber wie dunkle Sterne über dem Haus der Meyers, während sich Detective Sergeant Jack Terrio vom LAPD einen Weg durch das Gewirr aus Streifenwagen und Zivilfahrzeugen der Polizei, aus Kombis der Spurensicherung und Leichentransportern der Gerichtsmedizin bahnte. Er rief seinen Partner in der Sondereinheit, Louis Deets, an, während er sich dem Haus näherte. Deets war schon seit einer Stunde am Tatort.

»Ich bin da.«

»Wir treffen uns an der Haustür. Das musst du dir ansehen.«

»Moment noch – irgendwas Neues über die Zeugin?«

Es bestand die geringe Chance, dass es eine Augenzeugin gab – eine serbische Frau war lebend von den ersten am Tatort eintreffenden Beamten gefunden und als das Kindermädchen der Meyers identifiziert worden.

»Sieht nicht gut aus«, sagte Deets. »Sie ist rüber ins Medical Center gebracht worden, aber ihr Leben hängt am seidenen Faden. Ins Gesicht, Jackie. Einen Schuss ins Gesicht und einen in die Brust.«

»Drücken wir ihr die Daumen. Wir brauchen dringend einen Durchbruch.«

»Vielleicht haben wir ja einen. Du musst dir das unbedingt ansehen.«

Terrio klappte das Telefon zu, genervt von Deets und einem Fall, in dem sie einfach nicht weiterkamen. Eine auf gewaltsames Eindringen in Privathäuser spezialisierte Bande hatte in den letzten drei Monaten wohlhabende Anwohner in West L. A. und den Encino Hills überfallen, und dies hier war vermutlich ihr siebter Schlag. Alle Überfälle hatten zwischen der Abendessenzeit und einundzwanzig Uhr stattgefunden. Zwei der Häuser waren zum Tatzeitpunkt leer gewesen, die übrigen vier wie das Haus der Meyers nicht. Neun-Millimeter-Patronenhülsen und Leichen lagen überall verstreut herum, sonst gab es nichts – keine Fingerabdrücke, keine DNS, keine Videoaufzeichnungen oder Augenzeugen. Außer dieser einen hier, und die lag im Sterben.

Terrio erreichte den Kunststoffschirm, der aufgestellt worden war, um die Haustür vor neugierigen Kameras abzuschirmen, und wartete auf Deets. Auf der anderen Straßenseite sah er zwei Typen vom Sonderkommando aus dem Büro des Chiefs dicht bei einer Frau stehen, die wie eine FBI-Agentin aussah. Die Einsatzleute bemerkten, wie er zu ihnen herüberblickte, und wandten sich ab.

»Scheiße«, dachte Terrio. »Und was jetzt?«

Die Frau war vielleicht eins achtundsechzig groß und stämmig mit dieser durchtrainierten Haltung, die Agenten zeigen, wenn sie versuchen, in der Hackordnung aufzusteigen bis nach Washington. Marineblauer Blazer zu Designerjeans. Wrap-around-Sonnenbrille. Ein kleiner, zu einem

Schlitz zusammengepresster Mund, der wahrscheinlich seit einem Monat nicht mehr gelächelt hatte.

Deets trat hinter ihn.

»Das musst du dir ansehen.«

Terrio deutete mit einem Kopfnicken zu der Frau hinüber. »Wer ist das da bei den Einsatzleuten?«

Deets blinzelte zu ihr hinüber und schüttelte dann den Kopf, um anzudeuten, dass er es nicht wusste.

»Ich war drinnen. Ziemliche Schweinerei, Mann, aber du musst dir das einfach ansehen. Komm jetzt, zieh deine Überzieher an.«

Sie mussten Überziehschuhe aus Papier tragen, um die Tatorte nicht zu verunreinigen und unfreiwillig Spuren zu beseitigen oder zu verändern.

Deets verschwand ohne ein weiteres Wort hinter dem Schirm, und Terrio wappnete sich für das, was er gleich sehen würde. Selbst nach achtzehn Jahren im Job und Hunderten von Mordfällen wurde ihm immer noch flau beim Anblick von Blut und zerfetztem menschlichem Fleisch. Beschämt wegen dieser in seinen Augen mangelnden Professionalität, starrte er stur auf Deets Rücken, als er hinter ihm her an den Kriminaltechnikern und Detectives der L. A. Mordkommission vorbeiging, die momentan das Haus bevölkerten. Er wollte kein Blut sehen, solange es sich vermeiden ließ.

Sie erreichten einen großen offenen Essbereich, in dem ein Beamter der Gerichtsmedizin den schlaffen Körper eines erwachsenen weißen Mannes fotografierte.

»Können wir die Leiche jetzt anfassen?«, fragte Deets.

»Klar. Ich bin hier fertig.«

»Kann ich mal einen von den Tupfern haben?«

Der Gerichtsmediziner gab ihm das Stäbchen, dann trat er zur Seite, um ihnen Platz zu machen.

Das Hemd des männlichen Opfers war aufgeschnitten worden, damit der Gerichtsmediziner den Körper untersuchen konnte. Deets streifte sich Latexhandschuhe über und warf Terrio einen kurzen Blick zu. Die Leiche lag in einer unregelmäßig geformten Blutlache mit einem Durchmesser von knapp zwei Metern.

»Pass auf das Blut auf.«

»Von hier aus kann ich alles bestens sehen. Ich werde da nicht reintreten.«

Deets hob den Arm des Mannes an, wischte mit dem Feuchttupfer etwas verschmiertes Blut von der Schulter und hielt den Arm so, dass Terrio es besser sehen konnte.

»Was hältst du davon? Kommt dir das bekannt vor?«

Leichenflecken begannen die Haut bereits violett und schwarz zu sprenkeln, aber Terrio konnte die Tätowierung dennoch deutlich erkennen. Ihn überkam ein unangenehmes Gefühl.

»Ist mir schon mal begegnet.«

»Ja. Das hab ich auch gedacht.«

»Hat er auf dem anderen Arm ebenfalls eine?«

»Eine auf jeder Seite. Sie passen zusammen.«

Deets senkte den Arm und trat dann von der Leiche zurück, schälte sich die Latexhandschuhe von den Händen.

»Ich kenne nur einen einzigen Burschen, der solche Tattoos hat. War hier früher mal Cop. LAPD.«

Ein klotziger, leuchtend roter Pfeil war auf die Außenseite von Frank Meyers Schulter tätowiert. Er zeigte nach vorn.

In Terrios Kopf überschlugen sich die Gedanken.

»Das ist gut, Lou. Damit haben wir einen Ansatzpunkt. Wir müssen nur noch rausfinden, was wir wegen ihm unternehmen.«

Eine schneidende Frauenstimme ertönte hinter ihnen.

»Wegen wem?«

Terrio drehte sich um, und da stand sie, die Frau mit den beiden Typen vom Einsatzteam. Die Augen hinter der Sonnenbrille verborgen. Den Mund so angespannt, dass man meinen könnte, sie hätte ein Stahlgebiss.

Die Frau kam näher, und es schien ihr gleichgültig zu sein, ob sie in das Blut trat oder nicht.

»Ich habe eine Frage gestellt, Sergeant. Was unternehmen wir wegen wem?«

Terrio warf wieder einen Blick auf den Pfeil, dann gab er ihr die Antwort.

»Wegen Joe Pike.«

2

Das erste Mal sah Joe Pike die tätowierte Frau, als sie sich den östlichen Kamm des Runyon Canyon hinaufmühte, während er selbst runterlief und in der kühlen Luft vor Tagesanbruch dampfte. Der Weg auf der Ostseite war steil: eine Abfolge von Abhängen und Terrassen, die von den Wohnvierteln am Grunde des Canyons bis hoch zum Mulholland Drive auf den Hollywood Hills anstieg. Als er sie in dem trüben Licht an diesem ersten Morgen sah, schien die junge Frau eine Strumpfhose zu tragen, doch als sie näher kam, erkannte Pike, dass ihre Beine mit komplizierten Tattoos bedeckt waren. Weitere zierten ihre Arme, und Metallstifte säumten ihre Ohren, die Nase und die Lippen. Pike hatte nur zwei Tattoos. Je einen roten Pfeil auf der Außenseite jedes Deltamuskels, und beide zeigen nach vorne.

Danach sah Pike sie jede Woche zwei- oder dreimal, manchmal in der Dunkelheit am frühen Morgen oder später, wenn die Sonne vom Himmel brannte und der Park mit Menschen überfüllt war. Sie hatten nie mehr als ein oder zwei Worte gewechselt.

An dem Tag, als Pike von Frank und Cindy Meyer erfuhr, verließen er und die tätowierte Frau gemeinsam den Park und joggten gemächlich an den kleinen Häusern nördlich des Hollywood Boulevard mit ihrem Raunen längst verblasster Träume vorbei. Sie waren nicht zusammen losgelaufen, aber sie war am Fuße des Kamms aufgetaucht, als er herunterkam, und schloss sich ihm dann an. Pike fragte sich, ob sie es wohl so geplant hatte, und dachte gerade noch darüber nach, als er den ersten der Männer sah.

Er wartete unter einem Jacarandabaum auf der gegenüberliegenden Straßenseite in Jeans, Sonnenbrille und einem an den Schultern etwas zu engen Strickhemd. Starrte Pike erst unverhohlen an, als er an ihm vorbeitrabte, und schloss sich ihnen dann in gemächlichem Schritt an, drei oder vier Wagenlängen hinter ihnen zurückbleibend.

Der zweite Mann lehnte mit verschränkten Armen an einem Auto. Er sah zu, wie Pike und die Frau vorbeiliefen, bevor auch er sich hinter sie setzte. Pike wusste, es waren Polizeibeamte in Zivil, also beschloss er, sich etwas Platz zu verschaffen. Er verabschiedete sich brummend von seiner Begleiterin und beschleunigte sein Tempo.

»Bis zum nächsten Mal«, sagte die Frau.

Als sich Pike zur Straßenmitte bewegte, kam zwei Blocks hinter ihm eine blaue Limousine aus einer Seitenstraße. Einen Block weiter vorn löste sich eine hellbraune Limousine vom Bordstein und machte damit den Sack zu. Zwei Männer saßen auf den Vordersitzen des hellbraunen Wagens, eine Frau auf der Beifahrerseite hinten. Pike sah, wie sie sich zu ihm umdrehte. Braunes kurzes Haar. Modische Sportsonnenbrille. Die Stirn in Falten gelegt. Der Mann auf dem Beifahrersitz ließ eine Dienstmarke aus dem offenen Seitenfenster baumeln und zeigte sie Pike.

Pike verlangsamte den Schritt und blieb stehen. Die Autos

und die verfolgenden Beamten taten es ihm gleich. Alle hielten Abstand.

Die tätowierte Frau begriff, dass hier irgendwas im Gange war, und tanzte nervös auf den Zehenspitzen.

»Alter, was geht hier ab?«

»Laufen Sie weiter.«

Sie lief nicht weiter. Stattdessen schob sie sich auf das nächste Haus zu, während ihre verängstigten Blicke von einem Auto zum anderen wanderten.

»Mir gefällt das nicht. Soll ich Hilfe holen?«

»Das ist die Polizei. Die wollen nur mit mir reden.«

Hätten sie ihn verhaften wollen, dann hätten sie sich ihm nicht mitten in einem Wohngebiet genähert. Hätten sie ihn töten wollen, dann hätten sie das längst versucht.

Der Mann mit der Dienstmarke im vorderen Wagen kam heraus. Er hatte eine beginnende Glatze und einen Schnurrbart, der im Vergleich zum restlichen Haar viel zu dunkel war. Auch der Fahrer stieg aus, ein jüngerer Mann mit leuchtenden Augen. Die Frau blieb im Wagen und drehte sich nur um. Sie telefonierte. Pike fragte sich, was sie wohl gerade sagen mochte.

Der Mann mit der Dienstmarke jedenfalls stellte sich vor: »Jack Terrio, LAPD. Und das hier ist Lou Deets. Können wir einen Moment zu Ihnen rüberkommen?«

Sie wussten, wer er war, ebenso wie die Beamten, die hinter den beiden Limousinen den Schauplatz sicherten. Sie hatten die Straße abgesperrt und leiteten den Verkehr auf die Querstraßen um.

»Klar.«

Pike nahm den Rucksack ab. Er lief immer mit einem

Gewicht auf dem Rücken und trug außerdem eine Gürteltasche, ein ärmelloses graues Sweatshirt, New-Balance-Laufschuhe, blaue Shorts und eine Militärsonnenbrille. Das Sweatshirt war dunkel vor Schweiß.

Als Terrio und Deets ihn erreichten, positionierte Deets sich leicht seitlich.

»Nettes Tattoo haben Sie da, Pike. Die roten Pfeile. Kriegen wir nicht oft zu sehen, oder Chef?«

Terrio beachtete ihn nicht.

»Bewaffnet?«

»Kanone in der Gürteltasche. Mit Waffenschein.«

Deets stieß mit den Zehen gegen den Rucksack.

»Was ist da drin? Raketenwerfer?«

»Mehl.«

»Wirklich? Kein Scherz? Willst du mir einen Kuchen backen?«

Deets fummelte den Rucksack auf und runzelte dann die Stirn.

»Hier sind vier Zehn-Pfund-Beutel Mehl drin.«

»Hat er dir doch gesagt, oder? Komm, bleiben wir bei der Sache.«

Terrio steckte seine Marke wieder ein.

»Finger weg von der Gürteltasche, okay?«

Pike nickte.

»Kennen Sie einen gewissen Frank Meyer?«

Kälte breitete sich in Pikes Magengrube aus. Er hatte Frank Meyer seit Jahren nicht gesehen, auch wenn er häufig an ihn dachte, und jetzt hing sein Name in der Vormittagsluft wie ein drohender Geist. Er warf einen Blick zu ihrem Wagen. Die Frau sah immer noch zu, war immer noch am

Telefon, fast als würde sie jede seiner Reaktionen durchgeben.

»Was ist passiert?«

»Haben Sie ihn in letzter Zeit gesehen, zum Beispiel in der letzten Woche?«, fragte Deets.

»Schon lange nicht mehr. Ist vielleicht zehn Jahre her.«

»Was, wenn ich Ihnen sagen würde, dass wir einen Zeugen haben, der behauptet, Sie hätten Meyer erst kürzlich getroffen?«

Pike musterte Deets einen Moment lang und erkannte, dass er log. Er drehte sich wieder zu Terrio um.

»Wenn ihr bloß hier seid, um Spielchen zu spielen, laufe ich jetzt weiter.«

»Keine Spielchen. Meyer und seine Familie wurden vor zwei Tagen abends in ihrem Haus ermordet. Die Jungs und die Ehefrau sind regelrecht hingerichtet worden. Eine weitere Frau, die wir inzwischen als ihr Kindermädchen identifiziert haben, hat überlebt, aber sie liegt im Koma.«

Nichts an Joe Pike bewegte sich außer seinem Brustkorb, der sich hob und senkte. Nach einer Weile blickte er zu der tätowierten Frau hinüber. Eine ältere Frau in einem schmuddeligen Morgenrock war aus dem Haus gekommen, und nun schauten die beiden von der Haustür aus zu.

»Ihre Freundin?«, fragte Deets.

»Ich kenne sie nicht.«

Pike blickte wieder zu Terrio.

»Ich habe sie nicht umgebracht.«

»Davon gehen wir auch nicht aus. Wir glauben, dass sie Opfer einer auf brutalen Wohnungseinbruch spezialisierten Bande geworden sind. Wir glauben außerdem, dass dieselbe

Bande in den vergangenen drei Monaten sechs weitere Häuser überfallen und dabei insgesamt elf Menschen ermordet hat.«

Pike wusste genau, worauf sie hinauswollten.

»Sie haben keine Tatverdächtigen.«

»Nichts. Keine Fingerabdrücke, keine Bilder oder Augenzeugen. Wir haben nicht die geringste Idee, wer dahintersteckt. Also haben wir angefangen, uns die Opfer näher anzusehen.«

»Und jetzt raten Sie mal, Pike«, sagte Deets. »Wir haben etwas gefunden, was die ersten sechs miteinander verbindet. Drei waren Drogendealer, einer Pornoproduzent, der für die israelische Mafia Geld gewaschen hat, und zwei waren Schmuckhändler, die mit Diebesgut hehlten. Die waren alle so schmutzig wie die Socken von gestern, und jetzt untersuchen wir, was es mit Meyer auf sich hat.«

»Frank war kein Krimineller.«

»Das können Sie doch gar nicht wissen.«

»Er besaß eine Importfirma. Frank hat Klamotten verkauft.«

Terrio zog mit spitzen Fingern ein Foto aus seiner Jacke. Das Bild zeigte Frank und Pike mit Delroy Spence, dem Manager eines Chemieunternehmens, im salvadorianischen Dschungel. Pike erinnerte sich. Die Luft hatte nach verfaulendem Fisch und brennendem Öl gerochen damals, als die Aufnahme gemacht wurde. Und das alles bei vierundvierzig Grad Celsius. Spence war dreißig, völlig verlaust und steckte in den Resten eines zerrissenen blauen Geschäftsanzugs. Pike und Meyer trugen T-Shirts, verblichene Hosen und M-4-Gewehre im Anschlag. Meyer und Spence lächelten, allerdings aus ganz unterschiedlichen Gründen: Spence, weil Pike, Meyer und ein Mann namens Lonny Tang ihn soeben nach zwei Monaten Gefangenschaft aus der Gewalt einer Bande Narco-Terroristen befreit hatten. Meyer, weil er soeben einen Witz darüber gerissen hatte, dass er sich zur Ruhe setzen wolle, um zu heiraten. Er sah auf dem Foto aus wie vierzehn.

»Was hat das mit heute zu tun?«

»Sie und Meyer waren Söldner.«

»Und?«

Terrio studierte das Bild. Er bog es zwischen den Fingern vor und zurück.

»Er war überall auf der Welt, in Drecklöchern wie dem hier, hat sich mit den falschen Leuten rumgetrieben. Vielleicht hat er ja angefangen, noch was anderes als Klamotten zu importieren.«

»Nicht Frank.«

»Nein? Keiner seiner Freunde oder Nachbarn wusste, was er früher gemacht hat. Kein Einziger, mit dem wir gesprochen haben. Dieses kleine Foto hier ist das einzige aus jener Zeit, das wir in seinem Haus gefunden haben. Was denken Sie wohl, warum das so ist?«

»Cindy mochte es nicht.«

»Ob sie es mochte oder nicht, der Mann hatte seine Geheimnisse. Vielleicht war er gar nicht der Mann, für den Sie ihn gehalten haben.«

»Ich kann Ihnen nicht helfen.«

Terrio schob die Aufnahme zurück in seine Tasche.

»Diese Bande sucht sich die Häuser nicht zufällig aus. Sie kutschieren nicht durch die Gegend und sagen: Hey, das da sieht gut aus. Früher oder später werden wir herausfinden, dass Meyer etwas hatte, was sie haben wollten – Dope, Kohle, vielleicht die geheimen Kronjuwelen des Ajatollah.«

»Frank hat Kleidung verkauft.«

Terrio warf Deets einen Blick zu, dann kehrte er ohne ein weiteres Wort zu der hellbraunen Limousine zurück. Deets folgte ihm nicht sofort.

»Dann haben Sie diesen Burschen also zehn Jahre nicht gesehen«, sagte er.

»Ja.«

»Wieso? Hatten Sie Streit mit ihm?«

Pike überlegte, wie er darauf antworten konnte, denn das meiste ging sie einfach nichts an.

»Wie ich schon sagte, seine Frau.«

»Aber es war Ihr Bild, das er aufbewahrt hat. Und Ihre Tattoos. Was bedeuten die überhaupt, Pike? Ist das so was wie das Erkennungszeichen einer Einheit?«

Pike verstand nicht.

»Die Pfeile?«

»Ja. Hier und hier, wie bei Ihnen.«

An dem Tag, als Franks Vertrag auslief und er die Firma endgültig verließ, hatte er noch keine Tattoos.

»Ich weiß nicht, wovon Sie reden«, sagte Pike.

Deets lächelte gepresst, dann senkte er die Stimme.

»Ich bin niemals jemandem begegnet, der so viele Leute umgebracht hat wie Sie und trotzdem nach wie vor frei herumläuft.«

Pike schaute Deets hinterher. Terrio saß bereits im Wagen. Deets ging um das Auto herum und klemmte sich hinters Steuer. Die Frau im Fond redete mit Terrio, während der

Wagen davonfuhr. Die anderen Beamten in Zivil folgten. Normalität kehrte wieder in der Wohngegend ein.

Alles war normal bis auf die Tatsache, dass Frank Meyer tot war.

Die tätowierte Frau kam herangejoggt, aufgeregt und verängstigt.

»Alter, das war ja irre. Was wollten die?«

»Ein Freund von mir wurde ermordet.«

»O Scheiße. Tut mir leid. Das ist ja furchtbar. Glauben die, dass Sie es waren?«

»Nein, bestimmt nicht.«

Sie stieß ein freudloses Lachen aus.

»Alter, ich sag dir, die *glauben es doch*. Wirklich, Mann, die Typen hatten eine Scheißangst vor dir.«

»Vielleicht.«

»Ich nicht.«

Die Tätowierte boxte ihn auf den Arm. Es war das erste Mal, dass sie ihn berührte. Pike musterte sie einen Augenblick und nahm den Rucksack wieder auf.

»Dann kennen Sie mich nicht.«

Er rückte den Sack zurecht und setzte seinen Lauf fort.

3

Nachdem Pike seinen Jeep erreicht hatte, fuhr er direkt zu Frank Meyers Haus. Er hatte Terrio angelogen. Zuletzt hatte er Frank vor drei Jahren gesehen, allerdings nicht mit ihm gesprochen. Ein gemeinsamer Freund erzählte Pike damals von Franks neuem Haus in Westwood, also fuhr er einfach mal vorbei. Außerdem stattete er dem kleinen Ranchhaus einen Besuch ab, das Frank und Cindy ein paar Jahre zuvor in Studio City besessen hatten. Frank Meyer war in seinem Team gewesen. Deshalb vergewisserte sich Pike, dass es ihm gut ging, auch wenn die beiden seit Jahren nicht mehr miteinander geredet hatten.

Das Haus in Westwood war mit Polizeiband abgesperrt, ein Tatort, an dem die polizeilichen Ermittlungen noch liefen. Doch die Schaulustigen und Reporter, die sich hier tags zuvor gedrängt haben mussten, waren größtenteils verschwunden. Ein Streifenwagen stand vor dem Haus, daneben zwei Kombis der Spurensicherung, ein ziviles Polizeifahrzeug und ein einzelner Übetragungsvan eines Nachrichtensenders. Zwei Beamtinnen, die zur Tatortsicherung abgestellt waren, saßen zu Tode gelangweilt im Streifenwagen und hatten nichts anderes zu tun, als mit ihren iPods Musik zu hören.

Pike parkte einen Block hinter ihnen, dann musterte er

Frank Meyers Haus. Er wollte wissen, wie Frank gestorben war, und überlegte gerade, in der kommenden Nacht hier einzubrechen, als ein großer, schlanker Kriminaltechniker namens John Chen die Einfahrt herunterkam und zu einem der Fahrzeuge der Spurensicherung ging. Chen war ein Freund von ihm. Er hätte ihn sowieso angerufen, aber nun war er zufällig hier, und das sparte ihm Zeit.

Chens Auto stand unmittelbar vor dem Streifenwagen. Falls er jetzt losfuhr, würde Pike ihm folgen. Falls er ins Haus zurückkehrte, würde er warten.

Pike beobachtete noch, was Chen tun würde, als sein Telefon klingelte. Die Anruferkennung meldete: *John Chen*.

»Hallo, John«, sagte Pike.

Chen war wirklich paranoid. Obwohl allein in seinem Wagen klang seine Stimme zögerlich, als hätte er Angst, belauscht zu werden.

»Joe, ich bin's, John Chen. Ich bin gerade am Tatort eines Mordes in Westwood. Die Polizei ...«

»Ich stehe hinter dir, John.«

»Was?«

»Dreh dich um.«

Chen sprang aus seinem Kombi. Er starrte auf den Streifenwagen, als würden die Beamten jeden Augenblick herausspringen, um ihn zu verhaften.

»Ein Stück dahinter«, sagte Pike. »Ich stehe einen Block weiter.«

Schließlich entdeckte Chen ihn und verzog sich wieder in seinen Kombi.

»War die Polizei schon bei dir?«

»Ein Detective namens Terrio.«

»Ich hab angerufen, weil ich dich vorwarnen wollte, Bruder. Die haben ein Foto von dir und dem Opfer gefunden. Tut mir leid, Mann. Ich hab's erst heute Morgen erfahren.«

»Ich möchte sehen, was da drinnen passiert ist.«

Chen zögerte erneut.

»Ziemliche Schweinerei.«

Chen warnte ihn, er würde Grässliches zu Gesicht bekommen, aber grässliche Dinge hatte Pike auch früher schon gesehen.

Chen seufzte.

»Okay, pass auf – im Haus sind zwei Bullen aus West L. A. Keine Ahnung, wie lange sie noch da sein werden.«

»Ich werde warten.«

»Es könnte den ganzen Tag dauern.«

»Ich werde warten.«

»Okay. In Ordnung. Ich rufe dich an, wenn die Luft rein ist.«

Pike war klar, dass Chen sich unwohl fühlte, wenn er hier draußen war, doch das interessierte Pike genauso wenig wie die Frage, wie lange er vielleicht noch warten musste. Chen tauchte wieder aus seinem Kombi auf und latschte zurück ins Haus, wobei er immer wieder nervöse Blicke über die Schulter in Pikes Richtung warf.

Pike stieg aus seinem Jeep, zog eine Jeans und eine einfache grüne Windjacke an, damit man sich weniger gut an ihn erinnern würde, und setzte sich erneut hinters Steuer. Er betrachtete Franks Haus. Eine leicht ansteigende Rasenfläche führte zu einem zweigeschossigen Backsteingebäude mit einem steilen Schieferdach, eingefasst von Ulmen und gepflegten Hecken. Das Haus sah solide aus, traditionell, und es passte zu dem Frank, den Pike kannte. Das gefiel ihm. Frank hatte sich gut eingerichtet.

Nach einiger Zeit kamen ein Mann und eine Frau, höchstwahrscheinlich die beiden Detectives aus West L.A., die Einfahrt herunter. Sie stiegen in ihren Wagen und fuhren davon. Chen rief an, noch während Pike ihnen hinterhersah.

»Bist du nach wie vor da draußen?«

»Ja.«

»Ich komme dich abholen. Viel Zeit haben wir aber nicht.«

Pike ging Chen auf dem Gehsteig entgegen und folgte ihm zum Haus. Die beiden Uniformierten schienen zu dösen, und der Wagen der Medienleute wirkte verwaist. Keiner von ihnen sprach ein Wort, bis sie die Haustür erreichten und Chen Pike ein Paar blaue Überziehschuhe aus Papier reichte.

»Die hier musst du anziehen, okay?«

Sie streiften sich die Papierschuhe über und betraten einen großen, kreisförmigen Eingangsbereich, von dem aus eine Wendeltreppe in den ersten Stock führte. Eine Standuhr ragte über dem Fußboden, der mit einer rotbraunen Kruste aus blutigen Fußabdrücken überzogen war, nach oben auf und schien die Treppe zu bewachen.

Für Pike fühlte es sich eigenartig an, Franks Haus zu betreten. Fast als würde er in einen Raum eindringen, von dem er wusste, dass er dort nie willkommen wäre. Er hatte von außen einen Blick auf Franks Leben geworfen, aber niemals von innen. Cindy oder die Jungs hatte er nie kennengelernt, und jetzt stand er hier, in ihrem Haus. Pike hörte oben Schritte, und Chen warf einen Blick in Richtung des Geräuschs.

»Eine Kriminaltechnikerin, Amy Slovak. Sie wird noch eine Weile beschäftigt sein.«

Pike folgte Chen in ein großes, offenes Wohnzimmer, das an einen Essbereich angrenzte. Eine unregelmäßige Lache trocknenden Bluts bedeckte auf halbem Weg zwischen Esstisch und Flur den Boden. Hellgrünes Garn war von der Blutlache zu zwei Metallständern im Wohnzimmer gespannt, zwei Fäden zu einem, ein einzelner Faden zu dem anderen. Die Ständer markierten die wahrscheinlichen Positionen der Schützen. Ein Gewirr von Fußabdrücken verlief kreuz und quer durch die trocknende Lache und zeigte an, wo einer oder mehrere der Täter durch das Blut gegangen waren. Ein zweiter, kleinerer Fleck war am anderen Ende des Wohnzimmers zu erkennen.

Chen deutete mit dem Kopf auf die große Lache vor ihren Füßen.

»Mr. Meyer lag hier. Seine Frau und einer der Jungs da drüben vor den Verandatüren. Das Kindermädchen war in ihrem Zimmer. Ich kann dir ziemlich genau sagen, wie es abgelaufen ist.«

Eine blaue Ringmappe, in die Chen Skizzen gezeichnet hatte, lag offen auf einem Tisch in der Nähe. Chen blätterte einen maßstabsgetreuen Grundriss auf, in den Ort und Position der Leichen sowie aller sichergestellten Patronenhülsen eingezeichnet waren.

»Die Familie aß wahrscheinlich gerade zu Abend, als die Täter eindrangen. Du hast die Tür gesehen. Bamm! Sie müssen sich alle zu Tode erschreckt haben. Meyer ist ihnen vermutlich entgegengetreten, kurzes Handgemenge, bumm, bumm – er hatte Schnitte im Gesicht, als hätten sie ihn mit einem harten Gegenstand geschlagen, wahrscheinlich einer Pistole – und dort haben sie ihn dann umgebracht.«

Pike betrachtete die drei Garnfäden.

»Sie haben dreimal auf ihn geschossen.«

»Ja, einmal in die Hüfte, einmal in die Seite und einmal in den Rücken. Zwei Schützen, als hätten sie versucht, ihn schnell umzulegen. Was darauf hinweist, dass er sich gewehrt hat. Den anderen wurde aus kurzer Entfernung in die Stirn geschossen. Ein Schuss, was nach einer gezielten Hinrichtung aussieht.«

Die anderen. Cindy und die Jungs.

Der hässliche Fleck, wo Meyer verblutet war, erinnerte der Form nach an den Salton Sea. Meyer war ein guter Kämpfer gewesen. Er besaß eine erstklassige Ausbildung und ausgezeichnete Instinkte, andernfalls hätte Pike ihn nie in sein Team aufgenommen.

»Wie viele Männer insgesamt?«

»Vier, wodurch sich diese Sache klar von den anderen unterscheidet. Bei den vorangegangenen Einbrüchen waren die Täter nur zu dritt. Für den hier haben sie einen vierten Mann dazugenommen.«

»Vier Waffen?«

»Sieht so aus, aber wir untersuchen immer noch die Hülsen und Projektile. Interessant sind die Schuhabdrücke. Wir haben eindeutig vier Abdrücke.«

Pike warf einen Blick auf die schwarzen Flecken auf den Türrahmen und Griffen.

»Fingerabdrücke?«

»Handschuhe. Auch an den letzten Tatorten konnten wir nichts sicherstellen. Keine identifizierbaren Fingerabdrücke, keine DNS, absolut nichts außer den Schuhen. Komm, ich zeige dir, wo wir das Kindermädchen gefunden haben.«

Chen führte Pike durch Wohnzimmer und Küche vorbei am Wäscheraum zu einer winzigen Kammer, deren Tür und Rahmen zersplittert waren.

»Siehst du, wie sie die Tür eingerammt haben? Sie war abgeschlossen. Wahrscheinlich hat sie versucht, sich zu verstecken.«

Chen warf einen Blick auf seine Notizen.

»Ana Marković, zwanzig Jahre. Zwei Schüsse aus kürzester Distanz, einen ins Gesicht, einen in die Brust, zwei Hülsen in diesem Raum. Beide neun Millimeter. Hab ich das schon erwähnt?«

»Nein.«

»Diese Typen haben Neuner benutzt. Sämtliche Projektile und Hülsen, die wir gefunden haben ... Neuner.«

Die Kammer, ein bescheidener kleiner Ort zum Sterben, war möbliert mit einem Bett und einem Tisch. Tageslicht drang nur durch ein kleines Fenster herein. Fotos einer lächelnden jungen Frau, die Franks Jungs umarmte, waren mit Klebestreifen über den Schreibtisch geheftet, Teil einer von den Kindern aus Tonpapier gebastelten Geburtstagskarte. *Wir lieben Ana.*

»Sie?«, fragte Pike.

»Hm. Ein Au-pair.«

Verschmiertes Blut auf Boden und Tür wies darauf hin, dass sie versucht hat wegzukriechen, nachdem auf sie geschossen worden war.

»Hat sie sie beschreiben können?«, fragte Pike.

»Hm, nein. Sie war bewusstlos, als die Streifenpolizisten

sie fanden. Man hat sie rüber in die UCLA gebracht, doch sie wird's nicht schaffen.«

Pike starrte auf die blutigen Streifen. Es war leicht, sich ihre ausgestreckte Hand vorzustellen.

»Hat Terrio schon irgendwelche Tatverdächtige?«

»Niemanden, den wir identifiziert haben. Falls er jemanden von der anderen Seite hat, könnte ich es dir nicht sagen. Sie haben noch keine Haftbefehle ausgestellt.«

Die Spurensicherung war die wissenschaftliche Abteilung, die andere Seite war alles und nichts. Man bezeichnete damit, was auch immer die Detectives von Informanten und Augenzeugen in Erfahrung brachten.

»Wie viele Leute haben sie umgebracht?«

»Vier. Wenn das Kindermädchen stirbt, fünf.«

»Nicht allein hier, John. Insgesamt.«

»Elf. Hey, darum haben sie ja eine Ermittlungsgruppe gebildet. Sie spannen Detectives aus der ganzen Stadt ein.«

Chen warf einen Blick auf seine Uhr und wirkte plötzlich angespannt.

»Hör zu, ich muss jetzt wieder an die Arbeit. Diese Vollpfosten werden gleich zurück sein.«

Pike folgte Chen zurück ins Esszimmer, wollte aber noch nicht gehen.

»Zeig mir mal die Aufnahmen«, sagte Pike.

Kriminaltechniker, Gerichtsmediziner und Detectives der Mordkommission hielten alles mit der Kamera fest. Bevor er die Skizzen anfertigte, hatte Chen den Tatort fotografiert.

»Bruder, diese Leute waren deine Freunde. Bist du sicher?«

»Zeig sie mir.«

Chen ging zu seinem Koffer und kehrte mit einer schwarzen Digitalkamera zurück. Er scrollte durch die gespeicherten Aufnahmen, bis er fand, wonach er suchte, dann hielt er den Apparat so, dass Pike etwas sehen konnte.

Das Bild war winzig, doch er sah Frank ausgebreitet auf dem Boden. Er lag auf dem Rücken, das linke Bein gerade, das rechte seitlich abgewinkelt, in einer dunkelroten Lache, die im Blitzlicht glänzte. Pike wollte sehen, ob die roten Pfeile so auf seine Arme tätowiert waren, wie Deets behauptet hatte, aber Frank trug ein langärmeliges Hemd, das bis zu den Unterarmen aufgekrempelt war.

»Ich will sein Gesicht sehen. Kannst du es mir mal ranzoomen?«

Chen vergrößerte den Bildausschnitt, dann hielt er ihm die Kamera wieder hin. Frank hatte an zwei Stellen unter dem rechten Auge Schnittwunden, was bedeutete, dass er mehr als einmal geschlagen worden war. Pike fragte sich, ob Frank wohl gerade versucht hatte, den Mann oder die Männer zu entwaffnen, die ihm am nächsten standen, als man ihn von der anderen Seite des Raumes her erschoss.

»Es gab mal eine Zeit«, sagte er, »da hätte er sie fertiggemacht.«

»Was?«, fragte Chen.

Sein Spruch war ihm unangenehm, deshalb antwortete Pike nicht.

»Willst du auch seine Frau und die Kids sehen?«

»Nein.«

Chen wirkte erleichtert.

»Du kanntest ihn ziemlich gut, was?«

»Ja.«

»Wo hatte er nur seine Finger drin?«

»Frank war kein Krimineller.«

»Alle anderen Opfer dieser Serie hatten Dreck am Stecken. Das ist Teil des Musters.«

»Frank nicht.«

Chen erkannte etwas in Pikes Stimme.

»Tut mir leid. Wahrscheinlich haben sie einen Fehler gemacht, Arschlöcher wie die, und vielleicht einfach das falsche Haus überfallen.«

»Ja«, sagte Pike. »Sie haben einen Fehler gemacht.«

»Hör zu, ich muss jetzt wieder an die Arbeit, und du musst hier raus.«

Pike folgte ihm durch die Eingangshalle zurück zur Haustür, aber er ging noch nicht sofort. Auf dem Weg hinein waren sie an so etwas wie einem Arbeitszimmer vorbeigekommen.

An den Wänden hingen Fotos von Frank und seiner Familie. Filmplakate von den *Glorreichen Sieben*, *Mein großer Freund Shane* und dem ersten *Krieg der Sterne*, Franks drei Lieblingsfilmen. Er witzelte immer gern, dass er ein Jedi sei. Pike hatte er Yoda genannt.

Er studierte die Fotos aufmerksam, verglich den Frank, wie er ihn kannte, mit jenem Frank, der in diesem Haus gelebt hatte. Als Pike Frank das erste Mal begegnete, hatte der gerade acht Jahre im Marine Corps hinter sich mit Einsätzen in Mittelamerika und im Nahen Osten. Frank war damals jung und schlank gewesen, hatte jedoch die stämmige Figur eines Manns, der schnell zunehmen würde, wenn er aufhörte zu trainieren. Der Frank auf diesen Bildern war dicker geworden, sah aber glücklich und zufrieden aus.

Pike fand ein Foto von Frank und Cindy und betrachtete

anschließend ein Bild, auf dem die ganze Familie zu sehen war. Cindy war gedrungen und stämmig, hatte kurzes braunes Haar, fröhliche Augen und eine schiefe Nase, die sie sehr liebenswert machte. Er betrachtete weitere Aufnahmen. Die zwei Jungs, dann alle vier zusammen, Vater, Mutter, Kinder, eine Familie.

Pike bewegte sich durch das Büro, bis er auf einem Regal einen leeren Bilderrahmen entdeckte. Die Größe des Rahmens passte zu der Aufnahme aus El Salvador.

Er holte tief Luft, atmete aus und ging dann ins Esszimmer zu Chen.

»Zeig mir seine Familie.«

»Du willst sehen, was sie mit seiner Frau und den Kids gemacht haben?«

Pike wollte es sehen. Er wollte es sich fest einprägen und sie ganz nahe haben, wenn er die Männer fand, die sie getötet hatten.

4

Pike lebte allein in einer Drei-Zimmer-Eigentumswohnung in Culver City. Er fuhr nach Hause, zog sich aus und duschte sich den Schweiß ab. Ließ sich erst vom heißen Wasser durchwalken, bevor er auf kalt umstellte. Er zuckte nicht zusammen, als es wie Eiskristalle auf seiner Haut brannte. Er rieb sich die Kälte über Gesicht und Kopf und blieb erheblich länger unter dem kalten Strahl stehen als zuvor unter dem heißen. Dann trocknete er sich ab.

Vor dem Anziehen betrachtete er sich im Spiegel. Er war eins fünfundachtzig groß und dreiundneunzig Kilo schwer, hatte sieben Schussverletzungen, war bei vierzehn verschiedenen Gelegenheiten von Granatsplittern getroffen und elfmal mit einem Messer durch Stiche oder Schnitte verletzt worden. Narben von Wunden und den anschließenden Operationen markierten seinen Körper wie Straßen, die immer an denselben Ort zurückführten. Pike wusste sehr genau, welche der Narben er sich während der gemeinsamen Zeit mit Frank Meyer eingehandelt hatte.

Er beugte sich dicht zum Spiegel vor, untersuchte seine Augen. Linkes Auge, rechtes Auge. Die Lederhaut war klar und leuchtend, die Iris von kräftigem, lebhaftem Blau. Die Haut um die Augen herum war vom Blinzeln gegen zu viel

Sonne faltig geworden. Pikes Augen waren zwar lichtempfindlich, aber seine Sehschärfe war unglaublich. 20/11 auf dem linken, 20/12 auf dem rechten Auge. Das hatte bei der Scharfschützenausbildung alle begeistert.

Pike zog sich an, dann setzte er seine Sonnenbrille auf.

»Yoda.«

Das Mittagessen bestand aus übrig gebliebenem Thai-Essen, in der Mikrowelle aufgewärmt. Tofu, Kohl, Broccoli und Reis. Er trank einen Liter Wasser, spülte den einen Teller und die Gabel, während er darüber nachdachte, was er von Chen und Terrio erfahren hatte und was er damit anfangen konnte.

Ihn nur wegen ein paar Fragen am helllichten Tag und mitten auf der Straße in einem Wohngebiet zu belästigen, war eine echte Panikaktion. Das bestätigte nur, dass Terrio nach drei Monaten, sieben brutalen Einbrüchen und elf Morden immer noch nicht genug Beweise für eine Festnahme beisammen hatte. Aber ein Mangel an Beweisen bedeutete nicht zwangsläufig auch einen Mangel an nützlichen Informationen. »Schuhleder« nannten die Ermittler solch alltägliche Spuren. Banden, die auf extrem gewalttätige Hauseinbrüche spezialisiert waren, bestanden fast immer aus Berufsverbrechern, die sich ihre Brötchen auf diese Weise verdienten. Wenn man sie erwischte, würden sie zwar für die Zeit ihrer Inhaftierung von der Straße sein, doch nach ihrer Entlassung so gut wie sicher weitere Verbrechen begehen. Erfahrene Ermittler wie Terrio wussten das und würden das Datum einer Tat mit den Entlassungsdaten von Kriminellen mit ähnlicher Vorgeschichte abgleichen und so versuchen, mögliche Tatverdächtige zu identifizieren. Pike wollte wissen, was sie in der Hand hatten.

Er ging nach oben zu seinem Schlafzimmerschrank, öffnete den Safe und nahm eine Liste mit Telefonnummern heraus. Sie waren nicht als normale Ziffernfolgen aufgeschrieben, sondern in einem alphanumerischen Code. Pike fand die Nummer, nach der er suchte, ging damit nach unten, setzte sich mit dem Rücken an die Wand gelehnt auf den Boden und wählte.

Jon Stone antwortete beim zweiten Klingeln, im Hintergrund hämmerte der Old-School-Sound von N.W.A. Stone musste Pikes Nummer auf dem Display erkannt haben.

»Na, sieh mal einer, wer da ist.«

»Hab ein paar Fragen.«

»Was zahlst du für ein paar Antworten?«

Jon Stone arbeitete als Talentsucher für professionelle PMCs, Private Military Companys. Früher hatte er selbst eine solche Firma besessen, sich aber mittlerweile darauf verlegt, geeignete Leute an jene großen Militär- und Sicherheitsdienstleister zu vermitteln, die von der Army und ihren entsprechenden Zulieferern bevorzugt wurden. Das war sicherer und auch deutlich profitabler.

Pike reagierte nicht, und nach einer Weile wurde N.W.A. leiser gedreht.

»Weißt du was«, meinte Stone, »wir schieben das erst mal auf. Du schießt los, stellst deine Fragen, und dann sehen wir, was sich ergibt.«

»Du erinnerst dich an Frank Meyer?«

»Fearless Frank, mein Mann auf den Panzern? Klar.«

»Hat Frank in letzter Zeit gearbeitet?«

»Frank war einer deiner Jungs. Sag du's mir.«

»War er auf dem Markt?«

»Er hat sich vor mindestens zehn Jahren zurückgezogen.«

»Dann hast du auch keine Gerüchte gehört?«

»Zum Beispiel?«

»Dass sich Frank beispielsweise mit Leuten eingelassen hat, die nicht zu ihm passen.«

Jon schnaubte.

»Fearless Frank? Mach mal halblang.«

»Er mochte es nicht, wenn man ihn Fearless Frank genannt hat. Hat sich dabei immer unwohl gefühlt.«

Stone verstummte, es war ihm vermutlich peinlich, und Pike fuhr fort.

»Vor weniger als zwei Stunden hat mir ein Police Detective namens Terrio erzählt, Frank hätte Dreck am Stecken. Er glaubt, er habe seine Importfirma für irgendetwas Illegales benutzt.«

»Warum hat ein Cop mit dir über Frank geredet?«

»Frank und seine Familie wurden ermordet.«

Stone schwieg eine ganze Weile, und als er wieder zu sprechen begann, klang seine Stimme ganz leise.

»Echt?«

»Vorgestern Abend ist eine Bande von Raubmördern in sein Haus eingebrochen. Frank, seine Frau, die Kinder. Sie sind auf Ziele spezialisiert, bei denen viel Bargeld zu holen ist – Drogenhändler, Geldwäscher, solche Typen. Frank war nicht ihr erstes Opfer.«

»Ich werde mich mal umhören. Zwar glaube ich nicht, dass er auf die schiefe Bahn geraten ist, aber ich hör mich um.«

»Noch etwas. Hast du Beziehungen zur Fahndungsstelle oder zu den Sonderermittlern der SIS?«

Jetzt wurde Stone misstrauisch.

»Warum?«

»Du weißt, warum, Jon. Wenn Terrios Sonderdezernat Verdächtige hat, dann wird die Fahndungsstelle oder der SIS versuchen, sie zu finden. Ich will wissen, was sie in der Hand haben.«

Die Detectives der Fahndungsstelle waren darauf spezialisiert, gesuchte Schwerverbrecher aufzuspüren und in hochriskanten Situationen festzunehmen. Die Abteilung für Sonderermittlungen bestand aus Eliteeinsatzkräften, die Kriminelle, denen man gewalttätige Serienverbrechen unterstellte, in langfristig angelegten Aktionen observierten. Dank ihrer Sachkenntnis, Geschicklichkeit und Erfahrung verdienten pensionierte Agenten der Fahndungsstelle und der SIS Spitzengehälter bei privaten Sicherheitsfirmen, und Jon Stone hatte mehr als nur ein paar von ihnen in richtig fette Konzernjobs vermittelt.

Stone zögerte, und Pike lauschte den Tracks von N.W.A. im Hintergrund, Musik aus einer Zeit, bevor Ice Cube sauber und anständig wurde.

»Mach schon, Jon. Du kommst doch an diese Leute ran.«

Stone räusperte sich, schien sich unbehaglich zu fühlen.

»Kann sein, dass ich einen Freund habe, der einen Freund hat. Mehr will ich nicht versprechen.«

»Ich brauche diese Information, bevor es zu einer Festnahme kommt.«

Stone verfiel erneut in Schweigen, und als er wieder etwas sagte, wirkte er nachdenklich.

»Ja, ich schätze, das tust du, Joseph.«

»Frank war einer von meinen Jungs.«

»Hör zu, was die Sache mit Frank betrifft. Ich hab da eine Idee. Frag Lonny. Lonny könnte was wissen.«

Lonny Tang. Der Mann, der das Foto in El Salvador geschossen hatte. Dreizehn Tage später, bei einem Job in Kuwait, sollte Frank Meyer Lonny Tang das Leben retten bei einem Einsatz, der sich dann als Lonnys letzter Job erwies.

»Warum sollte Lonny was wissen?«, fragte Pike.

»Die zwei sind in Kontakt geblieben. Wusstest du das nicht? Er hat Lonny Weihnachtskarten geschickt, solche Sachen. Ich wette mit dir um zehn Mäuse, dass seine Frau nie was davon erfahren hat.«

Pike antwortete nicht, da auch er nichts davon wusste. Er hatte seit Jahren nicht mehr mit Lonny geredet und mit Frank noch länger nicht. Stone fuhr fort und beendete seinen Gedankengang.

»Falls Frank in irgendwas verwickelt war, hätte er es, wenn überhaupt, nur Lonny erzählt.«

»Gute Idee. Ich werde ihn fragen.«

»Du musst es aber durch seinen Anwalt einfädeln. Willst du die Nummer?«

»Hab ich.«

»Wegen dieser anderen Sache sprechen wir weiter, wenn ich mit meinen Jungs geredet habe.«

»Danke, Jon. Was schulde ich dir?«

Stone drehte N.W.A. wieder auf. Irgendwas mit Kanonen in Compton. Irgendein Song von einem Arschloch, das für irgendwas bezahlen muss.

»Vergiss es. Frank war auch einer von meinen Jungs.«

Pike legte auf. Dann dachte er darüber nach, was zu tun war, und hob den Hörer wieder ans Ohr. Er besaß ein kleines

Waffengeschäft nicht weit von seiner Wohnung. Mit fünf Angestellten, die ihn an diesem Nachmittag erwarteten.

»Guten Tag. Sie sprechen mit Sheila. Womit kann ich Ihnen helfen?«

Sheila Lambert war eine ehemalige FBI-Agentin, die stundenweise im Laden arbeitete.

»Ich bin's. Alles gut?«

»Ja, bei uns alles in Ordnung. Was gibt's?«

»Ich werde heute Nachmittag nicht reinkommen. Ist das okay?«

»Kein Problem. Willst du Ronnie sprechen?«

Ronnie war Geschäftsführer in Pikes Laden.

»Sag's ihm einfach nur. Falls er mich braucht, kann er mich mobil erreichen.«

»Verstanden.«

Pike legte auf, verschob die beiden Termine, die er an diesem Nachmittag hatte, und rief Lonny Tangs Anwalt an, einen Mann namens Carson Epp.

»Ich muss mit ihm reden«, sagte Pike. »Können Sie das arrangieren?«

»Wie bald?«

»Sehr bald. Ein Notfall in der Familie.«

»Darf ich ihm sagen, worum es geht?«

Pike beschloss, dass Lonny von ihm über Frank hören sollte und nicht von Epp oder sonst wem. Auch Lonny war einer von seinen Jungs gewesen.

»Frank the Tank.«

»Frank the Tank?«

»Er wird wissen, wer gemeint ist. Notieren Sie sich meine Mobilnummer.«

Pike gab ihm die Nummer durch und überlegte, dass er nicht warten konnte, bis Stone ihm etwas lieferte, das Terrio vielleicht ausgearbeitet hatte oder eben auch nicht. Er fragte sich, ob Ana Marković wohl noch lebte und ob sie etwas hatte aussagen können. Chen meinte nein, aber der wiederholte auch nur das, was er von den Cops hörte. Und die wären gegangen, sobald ein Arzt ihnen gesagt hätte, sie würde nicht wieder aufwachen. Pike wollte mit den Krankenschwestern sprechen. Selbst bewusstlos könnte sie irgendwas gemurmelt haben, nachdem die Cops fort waren. Irgendein Wort oder ein Name lieferte ihm vielleicht den entscheidenden Anhaltspunkt. Und um diesen Vorsprung ging es Pike.

Er zog ein hellblaues Hemd an, damit er etwas respektabler aussäh, dann kaufte er einen Strauß Margeriten und fuhr ins Krankenhaus.

5

Die Intensivstation lag im fünften Stock des UCLA Medical Center. Pike trat aus dem Fahrstuhl und folgte den Hinweisschildern zu einem Beobachtungsraum am Ende des Korridors, der durch Glaswände in mehrere kleine Kabinen unterteilt wurde. Wenn man etwas Privatsphäre brauchte, konnte man Vorhänge zuziehen, doch die meisten Abteile waren offen, damit das Personal die Patienten schon vom Korridor aus sehen konnte.

Pike ging den Flur hinunter, suchte nach Polizeibeamten, aber falls welche hier gewesen waren, hatte man sie inzwischen wieder abgezogen. Er kehrte zum Stationszimmer zurück und wartete, bis eine gestresste Krankenschwester sich ihm zuwendete. Auf ihrem Namensschildchen stand BARBARA FARNHAM.

»Kann ich Ihnen helfen?«

Pike in seinem feinen Hemd streckte den Blumenstrauß vor.

»Ana Marković.«

Der Gesichtsausdruck der Krankenschwester wurde augenblicklich milder, als sie die Margeriten sah.

»Tut mir leid. Sind Sie ein Angehöriger?«

»Ich kenne die Familie.«

»Eigentlich beschränken wir die Besucherzahlen auf der Intensivstation auf jeweils eine Person und dann auch nur für wenige Minuten. Ihre Schwester ist im Moment bei ihr, aber schätzungsweise wird sie nichts dagegenhaben.«

Pike nickte.

»Zimmer zwölf, allerdings dürfen Sie die Blumen nicht dalassen. Wenn ein Patient allergisch reagiert, könnte das sein Immunsystem schwächen.«

Mit so etwas hatte Pike bereits gerechnet und gab ihr die Blumen einfach. Barbara Farnham bewunderte sie, während sie den Strauß auf den Tresen stellte.

»Hübsch. Ich mag Margeriten. Sie können sie gern wieder mitnehmen, wenn Sie gehen. Oder wir schicken sie in einen anderen Teil des Krankenhauses – normalerweise bringen wir sie auf die Entbindungsstation.«

»Bevor ich zu ihr gehe, würde ich gern mit der Schwester sprechen, die sich hauptsächlich um sie kümmert. Ist das möglich?«

»Nun, das sind wir im Grunde alle. Wir arbeiten im Team.«

»Die Polizei sagte mir, sie habe keine Aussage mehr machen können, als man sie fand. Ich habe mich gefragt, ob sie wohl irgendwann nach den Operationen zu Bewusstsein gekommen ist.«

»Nein, tut mir leid, das ist sie nicht.«

»Mir geht es nicht darum, ob sie sich unterhalten konnte. Aber vielleicht hat sie einen Namen gemurmelt. Irgendwas, das der Polizei helfen könnte.«

Die Krankenschwester sah ihn mitfühlend an.

»Sie werden es verstehen, wenn Sie sie sehen. Sie ist nicht bei Bewusstsein und zu keiner Kommunikation in der Lage.«

»Würden Sie die anderen Krankenschwestern trotzdem fragen?«

»Ich werde sie fragen, obwohl ich sicher bin, dass sie nicht gesprochen hat.«

Eine Lampe neben der Tür eines nahe gelegenen Raumes leuchtete auf, beanspruchte die Aufmerksamkeit der Krankenschwester.

»Zimmer zwölf. Und nur für ein paar Minuten, okay?«

Dann eilte sie fort, und Pike ging den Korridor hinunter zur Nummer zwölf. Wie überall auf der Intensivstation stand auch hier die Tür offen, und die Vorhänge waren nicht geschlossen, damit die Krankenschwestern die Patientin sehen konnten. Pike rechnete damit, Anas Schwester anzutreffen, doch bis auf eine bandagierte Gestalt auf dem Bett war der schmale Raum leer.

In der Tür zögerte Pike kurz, fragte sich, wie weit er gehen sollte, und trat schließlich ans Bett. Die linke Seite von Anas Gesicht und Kopf war unter dicken Verbänden verborgen, aber die rechte Hälfte war zu sehen. Sie schien ein Auge öffnen zu wollen. Ihr Lid hob sich, das Auge darunter bewegte sich und kippte nach hinten weg, dann schloss sich das Lid wieder.

In dem Moment, als er sie sah, wusste Pike, dass sie nicht gesprochen hatte, und er hielt es für unwahrscheinlich, dass sie das Bewusstsein je wiedererlangte. Die Form des Verbandes um ihren Kopf wies darauf hin, dass ein Projektil unterhalb des linken Auges eingedrungen und dann von der Mittellinie nach außen gezogen war. Die Schwellungen und Verfärbungen im sichtbaren Teil des Gesichts ließen vermuten, dass Fragmente des Oberkieferknochens mit großer

Wucht wie Granatsplitter in Nebenhöhlen, Mund und Auge getrieben worden waren. Es mussten unerträgliche Schmerzen gewesen sein. Pike hob das Laken gerade weit genug an, um die getapeten Schnitte auf Brust und Unterleib zu sehen, die von der Desinfektionslösung immer noch orange gefärbt waren. Er senkte das Laken wieder und fixierte es behutsam. Die obere Verletzung im Brustbereich hatte den größten Schaden angerichtet. Das Geschoss war höchstwahrscheinlich von den Rippen oder dem Schlüsselbein abgelenkt worden und dann durch das Zwerchfell in den Unterleib eingedrungen. Zwischen dem Zeitpunkt des Schusseintritts und dem Beginn der Operation nach Einlieferung in die Klinik war ihr linker Lungenflügel kollabiert, die Brusthöhle hatte sich mit Blut gefüllt, und das Blut war durch das Zwerchfell in den Bauchinnenraum abgelaufen. Weil sie Blut verlor, sank ihr Blutdruck, bis er so niedrig war, dass die Organe anfingen, sich abzuschalten wie der Motor eines Autos ohne Öl. Ein Automotor ohne Öl läuft zwar weiter, allerdings wird sich die Maschine dabei selbst beschädigen. Lass sie nur lange genug weiterlaufen – da kannst du noch so viel Öl nachfüllen, denn der Schaden ist angerichtet, und der Motor wird am Ende den Geist aufgeben. Ana Marković war innerlich verblutet, und jetzt starb sie.

Pike hatte Männer auf diese Weise sterben sehen, und er wusste, falls diese junge Frau jemals etwas darüber sagen würde, was sie gesehen hatte, dann musste sie das verdammt bald tun.

»Ana?«, fragte er leise.

Ihr sichtbares Auge öffnete sich, rollte weg, ermattete.

Pike berührte ihre Wange.

»Ana, wir brauchen deine Hilfe.«

Das Auge verdrehte sich, ermattete wieder – eine automatische Bewegung, vom Bewusstsein abgekoppelt.

Pike nahm ihre Hand. Er streichelte sie, dann kniff er in das weiche Fleisch zwischen Daumen und Zeigefinger.

»Wie haben sie ausgesehen?«

Sie reagierte nicht.

»Wer hat auf dich geschossen?«

Eine strenge Frauenstimme in seinem Rücken unterbrach ihn.

»Gehen Sie weg von ihr.«

Pike drehte sich langsam um. Eine Frau von Ende zwanzig, wahrscheinlich Anas Schwester, stand in der Tür. Die Augen wie Feuerstein, das schwarze Haar fest zusammengebunden, die Stimme mit starkem osteuropäischem Akzent.

»Ich habe versucht, sie zu wecken«, sagte Pike.

»Lassen Sie die Hand los und gehen Sie weg.«

Sie trug eine Wildlederjacke zu einer Designerjeans, und in einer Hand hielt sie eine überdimensionierte Umhängetasche. Unheil verheißend regungslos.

Pike legte Anas Hand auf das Bett.

»Tut mir leid. Ich bin hier, weil ich wissen wollte, ob sie ansprechbar ist. Die Meyers waren Freunde von mir.«

Die junge Frau kniff misstrauisch die Augen zusammen.

»Die Leute, für die sie gearbeitet hat?«

»Frank und Cindy. Ana hat sich um ihre Jungs gekümmert.«

»Sie kennen Ana?«

»Wir sind uns nie begegnet, nein.«

Pike hatte nicht den Eindruck, dass Anas Schwester auf

irgendeine Weise besänftigt war. Ihre Augen studierten sein Gesicht, seine Statur, seine Brille und den kurzen militärischen Haarschnitt. Ihr gefiel nicht, was sie sah. Nicht einmal das Hemd.

Sie trat einen Schritt zur Seite, um die Tür freizugeben.

»Sie gehen jetzt besser. Besucher sind nicht gern gesehen hier.«

Ihre Hand blieb in der Tasche.

»Hat sie irgendetwas gesagt, das uns helfen könnte?«, fragte Pike.

»Uns. Jetzt sind Sie die Polizei?«

»Ich habe mich falsch ausgedrückt. Ein Name. Ein Wort. Etwas, das zur Identifizierung der Leute beitragen könnte, die das getan haben?«

»Ich denke, Sie gehen jetzt besser. Wenn sie uns verrät, wer das getan hat, werde ich es der Polizei sagen.«

Pike betrachtete sie einen Augenblick und ging dann zur Tür.

»Ich verstehe. Es tut mir leid, was mit Ihrer Schwester passiert ist.«

Die Frau wich weiter zur Seite, als Pike den kleinen Raum verließ. Er warf einen Blick zurück und sah, wie sie ihn von der Tür aus beobachtete, als wolle sie bei ihm Maß für einen Sarg nehmen. Er sah ein weiteres Mal hin, als er das Schwesternzimmer erreichte, doch mittlerweile war sie fort.

Pike wartete auf dem Flur, bis Barbara Farnham zurückkehrte, und fragte sie, ob sie bereits mit den Kolleginnen gesprochen habe. Ja, das hatte sie, aber alle sagten sie dasselbe. Ana Marković hatte keinen Laut von sich gegeben oder irgendein Anzeichen einer Besserung gezeigt.

»Tut mir leid, Sie haben sie ja gesehen. Ich wünschte, ich könnte Ihnen eine hoffnungsvollere Auskunft geben.«

»Danke fürs Fragen.«

Als Pike den Fahrstuhl erreichte, wartete auch Anas Schwester dort. Er nickte, doch sie wandte den Blick ab. Als der Aufzug kam, waren noch drei andere Personen in der Kabine. Sie fuhren schweigend nach unten, er auf der einen Seite, sie auf der anderen.

Die Schwester verließ den Fahrstuhl als Erste, blieb aber bei einem Zeitungskiosk im Foyer stehen, während Pike zum Parkhaus weiterging. Er sah, dass sie ihn beim Vorbeigehen beobachtete, und erkannte kurz darauf an ihrem Spiegelbild in einer Glaswand, dass sie ihm folgte.

Im Parkhaus wartete er im Erdgeschoss auf den Fahrstuhl. Er nahm sonst immer die Treppen, egal wie viele Etagen oder Treppenabsätze zu gehen waren, aber jetzt entschied er sich anders. Er war nicht überrascht, als Anas Schwester neben ihn trat.

Diesmal lächelte sie ihn angespannt an.

»Unser Schicksal, wir treffen uns.«

Pike antwortete mit einem gepressten »Ja«.

Der Fahrstuhl war leer, als die Tür aufglitt. Sie waren die einzigen Wartenden. Pike ließ ihr den Vortritt. Die Frau stieg ein und ging sofort in die hintere Ecke. Er folgte ihr und war so sicher, was sie gleich tun würde, als stünde es auf einer großen Reklametafel am Sunset Boulevard. Ihre Hand steckte immer noch in ihrer Tasche.

»Welche Etage?«, fragte Pike.

»Drei.«

Als die Tür sich schloss, kam ihre Hand mit einer kleinen

schwarzen Waffe zum Vorschein, doch Pike nahm sie ihr ab, noch bevor sie sie heben konnte. Sie holte nach ihm aus, versuchte ihn zu schlagen, aber er packte ihren Arm, wobei er darauf achtete, ihn nicht zu brechen. Als sie versuchte, ihm ein Knie zwischen die Beine zu rammen, beugte er sich gerade weit genug in sie hinein, um sie mit der Hüfte zu blockieren. Er drückte auf den Knopf, um den Fahrstuhl anzuhalten. Ein lauter Summer ertönte, allerdings nur kurz.

»Ich bin nicht hergekommen, um ihr etwas anzutun.«

Sie war gefangen. Schwer atmend und die Augen zu Schlitzen verengt, sah sie aus, als würde sie ihm am liebsten in die Kehle beißen.

»Beruhigen Sie sich«, sagte Pike. »Schauen Sie her.«

Er hielt sie fixiert, zog mit einer Hand das Magazin aus der Pistole und lud einmal durch, um die Kammer zu leeren. Eine hübsche kleine .380er Ruger.

Seine Stimme klang betont ruhig.

»Sehen Sie? Ich bin keiner von den Männern, die Ihre Schwester auf dem Gewissen haben.«

Er trat einen Schritt zurück und hob die Hände.

»Frank Meyer war mein Freund.«

Er hielt ihr die entladene Waffe hin.

»Sehen Sie?«

Sie reckte sich, vielleicht etwas verlegen, vielleicht auch noch nicht völlig überzeugt, und umklammerte die Waffe mit beiden Händen, drückte den Rücken gegen die Wand.

»Wie haben Sie sie gefunden?«

»Die Polizei hat es mir gesagt.«

»Diese Dreckskerle könnten sie ebenfalls finden. Was, wenn sie kommen und sie töten?«

»Deshalb halten Sie Wache?«

»Die lassen sie hier ohne Schutz! Ich tue, was ich tun muss!«

Das Vibrieren von Pikes Telefon war in der Aufzugskabine so laut, dass sie auf seine Tasche blickte. Er hätte das Telefon ignoriert, doch er erwartete einen Rückruf von Carson Epp, und genau der war dran. Pike nahm den Anruf entgegen und starrte sie beim Sprechen an.

»Pike.«

»Ich werde Lonny in genau zwanzig Minuten in der Leitung haben. Können Sie das Gespräch dann annehmen?«

»Ja.«

»Zwanzig.«

Pike steckte das Telefon wieder ein, deutete mit dem Kopf auf ihre Pistole.

»Stecken Sie die weg.«

Sie verstaute die Ruger in der Handtasche. Pike steckte das Magazin und die einzelne Patrone dazu, bot ihr die Hand an.

»Mein Name ist Pike.«

Sie starrte ihn an, die dunklen Augen immer noch misstrauisch. Ihre Wangenknochen waren hoch und markant, die Wangen schmal, und an der Nasenwurzel hatte sie eine Narbe, die bereits sehr alt zu sein schien. Pikes Hand war tief gebräunt von der Sonne, während ihre Haut blass wie Milch war.

Schnell packte sie seine Hand.

Ihr Griff war überraschend hart.

Sie sagte: »Rina.«

»Karina.«

»Ja.«

»Russisch?«

»Serbisch.«

»Lassen Sie die Kanone zu Hause. Die werden nicht hierherkommen. Die Gefahr, erwischt zu werden, wäre größer als die Wahrscheinlichkeit, dass sie sie identifiziert. Das wissen die, also werden sie das Risiko nicht eingehen. Die Polizei weiß das ebenfalls, was wiederum der Grund ist, warum keine Beamten zur Bewachung abgestellt sind.«

Erneut kniff sie die Augen zusammen, musterte ihn wie zuvor.

»Sie sind kein Polizist?«

»Frank war mein Freund.«

Der Fahrstuhl setzte sich summend aufs Neue in Bewegung.

»Welche Etage?«, fragte Pike.

»Ich habe nicht in diesem Gebäude geparkt.«

Pike streckte seine Hand nach dem Knopf zum Öffnen der Tür aus.

»Als wir eingestiegen sind, was hatten Sie da vor? Mich zu erschießen?«

»Ich dachte, vielleicht sind Sie einer von denen. In dem Fall ja, dann hätte ich Sie erschossen.«

Pike öffnete die Tür. Ein rundlicher Mann stieg ein, während Rina Marković ausstieg.

»Vielleicht«, sagte sie, »findet jemand diese Dreckskerle, ja?«

»Jemand wird sie finden. Ja.«

Sie taxierte ihn noch einen Moment, als würde sie versuchen ihn einzuordnen, und Pike fand, ihre Augen wirkten gequält.

»Mit Ihrem Freund, das tut mir leid. Ich glaube, viele Familien haben einen großen Verlust dadurch erlitten.«

Sie wandte sich ab und ging, während die Tür sich schloss. Pike fuhr hinauf zu seinem Jeep, zog das blaue Hemd aus, streifte sich das ärmellose graue Sweatshirt über und kurvte dann zum Ausgang hinunter.

Als Lonny Tang acht Minuten später anrief, war er auf dem Parkplatz eines Best-Buy-Electronicshops.

6

Pike beobachtete gerade, wie nicht weit von Frank Meyers Haus entfernt Studenten der UCLA auf dem Weg vom Campus nach Hause zwischen den Autos hindurch über die Straße liefen, als sein Telefon zu vibrieren begann. Drei Minuten nach der angekündigten Zeit.

»Ich bin hier«, sagte Pike.

»Lonny«, sagte Carson Epp, »verstehst du ihn gut?«

Lonnys hohe Stimme klang ruhig und angenehm.

»Ja, ich verstehe ihn gut. Hey, Joe.«

»Ich lege dann auf«, sagte Epp. »Ihr zwei bleibt aber in der Leitung. Lonny, wenn du fertig bist, legst du einfach auf. Ich werde mich später bei dir melden, um zu sehen, ob alles in Ordnung ist.«

»Okay. Danke, Carson.«

»Also gebongt.«

Pike hörte ein Klicken, als Epp auflegte, dann war bloß noch Lonny Tang in der Leitung.

»Muss übel sein, wenn du mich auf diese Art anrufst.«

Pike wusste nicht, wie er es anders sagen sollte, also rückte er direkt damit heraus.

»Frank ist tot. Er ist vor zwei Tagen ermordet worden. Frank und seine Familie.«

Lonny am anderen Ende schwieg, doch dann hörte Pike ein leises Schluchzen. Er ließ ihn gewähren. Wenn einer von ihnen ein Recht hatte zu weinen, dann Lonny.

»Sorry«, sagte Lonny. »Ich sollte mich wohl beherrschen.«

»Ist schon okay.«

Lonny riss sich zusammen und räusperte sich.

»Danke, dass du es mir gesagt hast. Ich weiß das zu schätzen, Joe. Der Dreckskerl, der das getan hat – haben sie ihn schon?«

»Noch nicht. Die Polizei glaubt, es ist eine Bande von Einbrechern, die mit exzessiver Gewalt vorgeht. Franks Haus war das siebte, das sie überfallen haben.«

Lonny räusperte sich erneut.

»Okay, schön, ich weiß nicht, was ich sagen soll. Wenn sie diese Arschlöcher schnappen, gibst du mir dann Bescheid?«

»Ich muss dich etwas fragen.«

»Was denn?«

»Diese Bande, die arbeitet offensichtlich mit guten Hintergrundinfos. Ihre ersten sechs Ziele waren Drogendealer und Geldwäscher. Du verstehst, worauf ich hinauswill?«

»Frank hatte ein Importgeschäft. Er hat Kleidung importiert.«

»Falls Frank noch etwas anderes importierte, dann machte er mit jemandem Geschäfte, der ihn abgeschrieben hatte. Diese Person weiß, wer ihn umbrachte.«

»Denkst du, ich verheimliche dir was, Joe?«

»Ich weiß es nicht.«

»Mann, es geht um Frank. Ist das dein Ernst?«

»Hat er dir etwas erzählt, das ich wissen sollte?«

Lonny schwieg eine Weile, atmete nur, dann begann er zu sprechen. Seine Stimme klang ruhig.

»Er ist zu meinem Prozess gekommen. Nicht jeden Tag, aber hin und wieder. Einmal habe ich ihn gefragt, ob er es bereut, mich gerettet zu haben, du weißt schon – denn wenn er mich nicht gerettet hätte, dann würden die Männer, die ich getötet habe, noch leben. Also fragte ich ihn, ob er es bedaure. Er antwortete mir, dass Typen wie wir uns gegenseitig den Rücken freihalten, also hat er mir den Rücken freigehalten. Er konnte gar nicht anders.«

»So war es nun mal, Lonny. Was hätte er denn sagen sollen?«

»Ich weiß. Ich wollte einfach nur hören, schätze ich, dass da jemand ist, dem ich noch etwas bedeute, und dass ich nicht einfach bloß ein mordendes Stück Scheiße bin.«

Als Pike nichts sagte, musste Lonny lachen.

»Schön dass du es genauso siehst, Boss. Ich weiß deine Unterstützung sehr zu schätzen.«

Unerwartet prustete Lonny los, doch das Gelächter verebbte zu einem Schluchzen.

»Scheiße«, sagte er. »Tut mir leid.«

»Komm schon, Lonny, ja oder nein. Hat Frank dir gesagt, dass er in irgendwas drinsteckt? Sich vielleicht nach gewissen Leuten erkundigt oder irgendwas erwähnt, über das du dich gewundert hast?«

»Denkst du, ich würde auch nur eine Sekunde zögern, wenn ich helfen könnte, die Arschlöcher zu schnappen, die ihn umgebracht haben? Ich würde diese Wichser höchstpersönlich umlegen.«

»Bist du sicher?«

»*Ja.* Er war noch immer der Frank, den wir kannten. Es lag in seinen Scheißgenen, ein Pfadfinder zu sein.«

Pike spürte, wie die Anspannung in seiner Brust sich löste, wie Erleichterung sich breitmachte.

»Okay, Lon. Genau das habe ich mir gedacht, aber ich musste sicher sein. Du bist der Einzige, mit dem er in Verbindung geblieben ist.«

»Ich weiß. Dieses Mädel hat ihm mächtig die Pistole auf die Brust gesetzt.«

Cindy.

Pike war fertig. Er wollte auflegen, doch er hatte ein schlechtes Gewissen. Es war schon lange her, dass er mit Lonny gesprochen hatte, der mit Unterbrechungen elf Jahre lang einer seiner Jungs gewesen war. Bis zu seiner Verwundung.

Pike stellte die naheliegende Frage.

»Wie geht es dir da drinnen?«

»Man gewöhnt sich dran. Noch dreizehn Jahre, dann bin ich wieder mit 'nem Lächeln am Strand.«

»Brauchst du irgendwas?«

»Nee. Ich bekomme kostenlos Medikamente und die medizinische Versorgung, die ich brauche. Ich kacke blaue Klumpen und kann nichts Scharfes essen, aber davon abgesehen, geht's mir super.«

An dem Tag, als Frank Meyer Lonny Tang das Leben rettete, wurde bei der Detonation einer Panzerfaust ein Stein von der Größe eines Golfballs durch Lonnys Unterleib gejagt. Er verlor die linke Niere, dreißig Zentimeter Dickdarm, einen guten halben Meter Dünndarm, die Milz, einen Teil der Leber, den halben Magen und seine Gesundheit. Was ihm blieb, war eine zunehmende Schmerzmittelabhängigkeit und keine Möglichkeit, sie zu finanzieren. Das Percocet führte ihn zu härteren Drogen und schließlich in eine Bar in Long Beach, die er ausraubte. Als zwei Hafenarbeiter ihn aufzuhalten versuchten, erschoss er den Besitzer der Kneipe und einen unschuldigen Zuschauer. Keine drei Stunden später wurde Lonny ohnmächtig in seinem Wagen gefunden, nachdem er genug Dope genommen hatte, um den Schmerz zu betäuben. Er wurde verhaftet, wegen zweifachen Mordes angeklagt und verurteilt und saß derzeit im California State Prison in Corcoran eine Strafe von fünfundzwanzig Jahren bis lebenslänglich ab.

Pike wusste nicht, was er noch sagen sollte, und beschloss, die Unterhaltung zu beenden.

»Lonny, hör zu, die Polizei führt die Ermittlungen im Fall von Franks ...«

»Die werden nichts finden.«

»Wenn sie seine Telefonate durchgehen, werden sie sehen, dass er mit dir gesprochen hat.«

»Mir egal. Ich werde ihnen sagen, was ich dir gerade gesagt habe.«

»Erzähl ihnen von Frank, was immer du willst. Aber von mir nichts.«

»Du hast mich nicht angerufen. Das war mein Anwalt.«

»Stimmt.«

»Wirst du diese Leute suchen?«

»Ich muss jetzt los.«

»Ich höre dich, Bruder.«

Pike wollte schon auflegen, als ihm plötzlich etwas einfiel.

»Lonny, bist du noch da?«

»Ich bin hier. Wo sollte ich auch schon hin?«

»Eine Sache noch. Die Polizei hat mir erzählt, Frank hätte dieselben Tattoos wie ich.«

»Wusstest du das nicht?«

»Nein.«

»Das ist Jahre her, Mann. Als er hier war, um mich zu besuchen, hat er's mir gezeigt. Er hatte sie gerade erst machen lassen.«

»Die Pfeile.«

»Große, alte rote Pfeile, genau wie deine. Cindy war stocksauer. Um ein Haar hätte sie ihn damals vor die Tür gesetzt.«

Lonny lachte, aber Pike fühlte sich verlegen.

»Hat er irgendwas gesagt?«

»Warum er sie sich stechen ließ?«

»Ja.«

»Erinnerst du dich an all den Stress, den sie ihm gemacht hat, weil er bei einer privaten Securityfirma arbeitete? Und dass sie ihn nicht heiraten wollte, wenn er sich nicht häuslich niederlassen würde?«

»Klar.«

»Wir anderen haben auf ihn eingeredet, er solle ihr den Laufpass geben. Was, du willst der Alten deine Eier überlassen? Aber Frank antwortete, du hättest ihm gesagt, er solle zugreifen. Hättest ihm geraten, wenn er wirklich diese Art von Leben will, dann solle er die Chance nutzen. Diese Antwort war ihm sehr wichtig, Joe. Für ihn war das, als hättest du ihm die Erlaubnis gegeben.«

Pike dachte kurz darüber nach.

»War er glücklich?«

»Ja, Bruder. Verdammt, ja, er war glücklich. Es war, als

wäre er im Leben eines anderen Menschen aufgewacht. Wie sagt man doch gleich? Er war zufrieden, Mann.«

»Gut«, sagte Pike.

»Allerdings hat er auch was Komisches gesagt. Meinte, manchmal wird er wach und hat Angst, Gott würde merken, dass ihm ein Fehler unterlaufen ist. Und dann würde er zu ihm sagen: ›Hey, das ist nicht dein Leben, Frank, du gehörst zurück in die Scheiße‹, und ihm alles wegnehmen. Er hat gelacht, als er das erzählte, aber trotzdem.«

Pike sagte nichts, sondern dachte nur: Ja, das klingt nach Frank.

»Glaubst du, das ist passiert? Hat Gott das mit dem Fehler erkannt?«

»Irgendwer hier unten hat den Fehler gemacht, Lonny.«

»Ich verstehe, was du meinst. Joe? Danke, dass du wegen Frankie angerufen hast. Ich bekomme nicht so viele Anrufe.«

»Ich muss los.«

»Joe?«

»Ich muss wirklich los.«

»Du warst ein guter Führer. Du hast dich echt um uns gekümmert, Mann. Tut mir leid, dass ich dich enttäuscht habe.«

Pike klappte sein Telefon zu.

7

Der frühe Abendhimmel färbte sich violett, als Pike zum zweiten Mal an diesem Tag zu Frank Meyers Haus fuhr. Langsam diesmal, denn er wollte dem Himmel Zeit geben, dunkler zu werden. Pike liebte die Nacht. Schon als kleiner Junge, als er sich vor seinem tobenden Vater im Wald versteckte. Liebte sie noch mehr als junger Marine im Kampfeinsatz, wenn er zur Fernaufklärung unterwegs war. Und dann erneut als Polizeibeamter. Pike fühlte sich in der Dunkelheit sicher. Geborgen und frei.

Franks Haus war dunkel, als er mit dem Wagen daran vorbeirollte. Das leuchtend gelbe Band quer über der Tür wirkte jetzt im trüben Licht ockerfarben, und die Kombis der Spurensicherung und die Kriminaltechniker waren fort. Ein Streifenwagen stand noch vor dem Haus, aber Pike bemerkte, dass die Fenster hochgefahren und die Scheiben getönt waren. Der Wagen diente als Vogelscheuche: abgestellt, um Einbrecher abzuschrecken, jedoch ohne Besatzung. Was Pikes Aufgabe erleichterte.

Er fuhr einmal um den Block, dann parkte er zwei Häuser entfernt im dunklen Schatten eines Ahornbaums. Er bewegte sich schnell und ohne Zögern, glitt aus dem Jeep und hinein in eine Hecke. Er durchquerte den Nachbargarten und hievte sich über eine Mauer. Entlang der Seitenwand von Franks Garage ging er in den Garten, blieb einen Moment stehen, lauschte. In der Nachbarschaft die übliche Geräuschkulisse – Autos, die auf dem Nachhauseweg ins Valley zum Beverly Glen abkürzten, eine wachsame Eule im Ahorn über Franks Pool, in der Ferne eine Sirene.

Pike trat an den Rand des Pools, roch das Chlor, berührte das Wasser. Kalt. Er ging zur Verandatür, schlug eine Scheibe neben der Türklinke ein und bewegte sich in das tiefere Schwarz des Wohnzimmers. Wieder lauschte er, dann schaltete er eine kleine Taschenlampe ein, die ein schwaches Rotlicht abgab. Er bedeckte das Glas mit den Fingern, ließ nur gerade genug Licht durch, um sich im Raum orientieren zu können. Seine Hand schien zu glühen, als würde darin ein Feuer lodern.

Der herzförmige Fleck an der Stelle, wo Cindy Meyer und ihr jüngerer Sohn gestorben waren, wirkte auf dem dunklen Boden bloß noch wie ein dunklerer Klecks, ein diffuses Rot über dem anderen. Pike betrachtete ihn einen Moment, aber er suchte nicht nach Hinweisen. Er suchte nach Frank.

Er begann seine Kreise im Wohnzimmer zu ziehen, im Esszimmer, in der Küche. Lautlos wie Rauch. Er registrierte Mobiliar, Spielzeug und Illustrierte, als sei jedes eine Seite im Lebensbuch der Familie und könne vielleicht helfen, ihre Geschichte zu rekonstruieren.

Ein Flur führte zum Elternschlafzimmer, das groß und geräumig war. Fotos von den Kindern und von Frank und Cindy hingen an den Wänden wie Erinnerungen, die in der Zeit gefangen waren. Ein alter Schreibtisch stand gegenüber einem großen Doppelbett mit gepolstertem Kopfteil, auf einer Tafel am Schreibtisch Notizen in Cindys Handschrift. Ihr Arbeitsplatz, an dem sie Rechnungen bezahlt oder Dinge fürs Geschäft erledigt hatte.

Etwas an dem Bett machte Pike stutzig, und dann erkannte er, dass es ganz ordentlich war. Das Wohnzimmer und Franks Arbeitszimmer waren auf den Kopf gestellt worden, aber das Bett hier im elterlichen Schlafzimmer hatte niemand angerührt. Wahrscheinlich war es an jenem Morgen gemacht worden und wartete immer noch auf Schläfer, die nie mehr kommen würden. Das bedeutete, die Einbrecher waren entweder durch irgendetwas gestört worden, bevor sie das Schlafzimmer durchwühlen konnten, oder sie hatten bereits gefunden, wonach sie suchten. Schwer zu entscheiden, überlegte Pike – und vielleicht verhielt es sich auch so, wie John Chen vermutete. Die Einbrecher hatten erkannt, dass sie ins falsche Haus eingedrungen waren, doch da hatten sie Frank schon getötet und brachten auch alle anderen um, um sich Zeugen vom Hals zu schaffen.

Pike ließ das rote Licht über Cindys Schreibtisch streichen und sah weitere Schnappschüsse. Frank und die Kids. Ein älteres Paar, womöglich Cindys Eltern. Und dann fand er das Foto, nach dem er suchte.

Zwar nicht bewusst und zielstrebig, aber er empfand eine gewisse Befriedigung, als er es sah. Die Aufnahme zeigte Frank mit einem seiner Jungen in einem Swimmingpool. Frank hielt seinen Sohn mit ausgestreckten Armen mitten in einer Wasserfontäne in die Höhe, und beide lachten. Dieses Bild war das einzige von all den Fotos, auf denen man die klotzigen roten Pfeile sehen konnte, die auf Franks Deltamuskeln tätowiert waren. Sie zeigten nach vorn, genau wie die Pfeile auf Pikes Schultern. Völlig identisch.

Er studierte das Foto sehr lange, bevor er es auf den Schreibtisch zurückstellte und das Schlafzimmer verließ. Als er den Flur hinunterging, dachte er, wie sehr sich doch sein eigenes Zuhause von jenem unterschied, das Frank Meyer sich gebaut hatte. Pikes Möblierung war minimal, die Wände waren leer. Er hatte keine Familie, daher hingen auch keine Familienfotos an den Wänden, und Fotos von Freunden besaß er genauso wenig. Pikes Leben hatte zu leeren Wänden geführt, und nun fragte er sich, ob sie sich jemals füllen würden.

Als er die Eingangshalle erreichte, wurde die Außenseite des Hauses in blendende Helligkeit getaucht. Rachsüchtiges grelles Licht fiel durch Vorhänge und Jalousien nach drinnen, ließ die Risse in der zersplitterten Tür wie Blitze aufzucken. Pike legte die Hand über sein winziges rotes Licht und wartete.

Ein Streifenwagen strahlte das Haus an. Wahrscheinlich hatten sie Anweisung, alle halbe Stunde hier vorbeizufahren. Pike blieb ganz ruhig. Weder seine Atem- noch die Herzfrequenz waren beschleunigt. Das Licht wanderte über das Haus, strich vielleicht drei oder vier Minuten lang über Hecken und Seiteneingänge. Dann erlosch es so unvermittelt, wie es aufgeleuchtet war.

Pike folgte seinem blutroten Licht nach oben.

Im Obergeschoss schien das Haus noch stiller zu sein. Ein Fleck auf dem Teppich markierte die Stelle, wo der ältere Sohn ermordet worden war. Little Frank. Pike kehrte in Gedanken zurück zu jener mörderischen Nacht auf der anderen Seite der Welt, als Frank ihm erzählte, dass Cindy schwanger war.

Zu diesem Zeitpunkt schützten sie eine Gemeinschaft mehrerer Dörfer in Zentralafrika. Eine Gruppe mit dem Namen Lord's Resistance Army hatte junge Mädchen entführt, um sie zu vergewaltigen und als Sklavinnen zu verkaufen. Pike brachte Frank, Jon Stone, einen Briten namens Colin Chandler, Lonny Tang und einen ehemaligen Special-Forces-Soldaten aus Alabama namens Jameson Wallace mit herüber, um die LRA zu verfolgen und die sechzehn entführten Mädchen zu befreien. Damals erzählte Frank ihm, dass seine Freundin Cindy schwanger war. Er wollte sie heiraten, doch Cindy hatte ihm ein Ultimatum gestellt und ihn damit sprachlos gemacht – sie wollte nichts zu tun haben mit seinem gefährlichen Leben oder den gefährlichen Menschen, mit denen er zusammenarbeitete. Also würde er entweder sein derzeitiges Leben und seine Freunde hinter sich lassen oder Cindy niemals wiedersehen. Frank war am Boden zerstört, hin und hergerissen zwischen seiner Liebe zu Cindy und der Loyalität seinen Freunden gegenüber. Er hatte in dieser Nacht fast drei Stunden mit Pike gesprochen, dann noch einmal in der nächsten und der darauffolgenden Nacht.

Pike schloss die Augen und spürte den Teppich unter seinen Füßen, die kalte Luft, die leere Stille. Er öffnete die Augen wieder und starrte auf den schrecklichen Fleck. Selbst in diesem schwachen Licht konnte er sehen, wo die Kriminaltechniker Fasern herausgeschnitten hatten.

Diese afrikanischen Nächte schienen wie ein rotierender Tunnel durch die Zeit und über all die Jahre hinweg zu diesem Fleck hier auf dem Boden zu führen. Pike legte eine Hand über das rote Licht, tauchte die Welt in Schwarz.

Er ging hinunter in Franks Büro.

Die Vorhänge waren von der Spurensicherung nicht zugezogen worden, daher war es in dem Raum durch das Licht der Straßenbeleuchtung draußen sehr hell. Pike schaltete seine rote Taschenlampe aus und setzte sich mit dem Rücken zum Fenster an Franks Schreibtisch. Den Schreibtisch von Frank the Tank. Weit weg von Afrika.

In der Nacht in Afrika, als Frank beschloss, sein Leben zu ändern, lief sein Vertrag noch einunddreißig Tage, aber es sollte bloß dreizehn Tage dauern, bis er sich seinen Spitznamen verdiente. Zwei Tage nach der Nacht in Afrika flogen Joe, Frank und Lonny Tang nach El Salvador. Frank erreichte Cindy erst, nachdem sie in Mittelamerika gelandet waren. Als er ihr seine Entscheidung mitteilte, wollte sie, dass er augenblicklich nach Hause käme, aber Frank erklärte, er sei an den Vertrag gebunden und werde diese Verpflichtung erfüllen. Cindy gefiel das nicht, war schließlich jedoch einverstanden. Joe und seine Jungs verbrachten fünf Tage in El Salvador, dann flogen sie weiter nach Kuwait.

Es war ein britischer Auftrag, bei dem es darum ging, für die Sicherheit französischer, italienischer und britischer Journalisten zu sorgen. Ihr spezieller Job bestand darin, zwei BBC-Journalisten und ein zweiköpfiges Kamerateam ins Landesinnere zu einem kleinen Dorf namens Jublaban jenseits der Berge zu befördern, einer unberührten Gegend und weit weg von feindlichen Truppen.

An diesem Tag für drei verschiedene Journalistengruppen verantwortlich, teilte Pike seine Männer auf und gab den Jublaban-Job an Lonny, Frank, Colin Chandler und Durand Galatoise, einen ehemaligen Fallschirmjäger der französischen

Fremdenlegion. Zwei Land Rover, zwei Mann pro Wagen, die Journalisten auf die Fahrzeuge verteilt. Schnelle zweiunddreißig Meilen über die Berge, Aufbruch am Morgen, Rückkehr nach dem Mittagessen. Durand Galatoise nahm zwei Flaschen Chablis mit, denn einer der Journalisten hatte ein unangenehmes Lächeln.

Sie brachen um acht Uhr morgens auf, Lonny und Frank im ersten Wagen, Chandler und Galatoise als Nachhut, und erreichten Jublaban ohne Zwischenfall. Die Journalisten sollten eine Geschichte über die medizinische Versorgung auf dem Land machen und interviewten gerade den einzigen Arzt des Ortes, als der zweite Rover vom Projektil einer Panzerabwehrwaffe getroffen und auf die Seite geworfen wurde. Die Männer und die Journalisten gerieten sofort unter kleinkalibriges Feuer.

Galatoise wurde innerhalb der ersten sechzig Sekunden getötet, der verbleibende Rover ebenfalls getroffen, und Lonny Tang bekam den Steinbrocken ab, der sein Innerstes nach außen kehrte. Frank und Chandler begriffen, dass sie etwa acht bis zehn Männern gegenüberstanden und sahen zugleich einen Albtraum nahen: Vier gepanzerte Fahrzeuge und zwei ausgewachsene Kampfpanzer rumpelten durch die Wüste auf sie zu. Die beiden Rover fahruntüchtig, saßen die Männer und ihre Journalisten in der Falle.

Frank drücke Lonny Tang die Innereien in den Körper zurück und umwickelte ihn mit Druckverbänden und Gürteln, um ihn zusammenzuhalten. Während Chandler ihm Feuerschutz gab, rannte Frank zu seinem brennenden Rover, um Funkgeräte, Munition und ein Kaliber.50-Barrett-Spezialgewehr zu holen, das sie zur Ausschaltung von Scharfschützen verwendeten. Eine Bestie von Gewehr, die fast dreißig Pfund wog und Motorblöcke auf eine Entfernung von 1800 Metern durchschlagen konnte.

Chandler trieb die Journalisten an eine Stelle, die besser zu verteidigen war, während Frank Lonny Tang in einer Steinhütte unterbrachte und sich dann mit dem Barrett vorarbeitete. Später sagte er, er habe für die Dauer des ganzen Feuergefechts geheult, habe geflennt wie ein Baby und rennend immer weitergefeuert.

Vieles davon bekam Pike via Funk mit, über den Chandler laufend einen Lagebericht durchgab, und begann unverzüglich, mit einem britischen Flugleiter eine Rettungsmission zu koordinieren.

Frank Meyer kämpfte fast dreißig Minuten so weiter, rannte und feuerte mit dem Barrett, selbst als die Panzer und Panzerfahrzeuge bereits in das Dorf rollten. Ballerte wie ein Wahnsinniger, um sie von Lonny Tang wegzulocken.

Später nahm jeder an, die dicken Kawenzmänner seien in die Wüste zurückgekehrt, nachdem sie ihre Soldaten eingesammelt hatten, aber Colin Chandler und die BBC-Journalisten berichteten, ein junger Amerikaner namens Frank Meyer habe das Scharmützel in direkter Konfrontation mit vier gepanzerten Fahrzeugen und zwei schweren Panzern ausgeschossen und die Bastarde vertrieben.

Franks Vertrag lief fünf Tage später aus. Er weinte, als er Pike zum letzten Mal die Hand schüttelte und ins Flugzeug stieg. Das war es dann gewesen, und das eine Leben wurde gegen das andere eingetauscht.

Zweiundsechzig Tage später schied auch Pike offiziell aus dem Geschäft als Vertragssöldner aus. Vielleicht gab es ja einen Zusammenhang zwischen Franks Entscheidung und seiner, obwohl Pike das nie so sah. Er hatte Frank geraten, es zu tun. Die Familie zu gründen, die er haben wollte. Die Vergangenheit hinter sich zu lassen. Sich immer vorwärtszubewegen.

Pike saß nach wie vor an Franks Schreibtisch, als sein Mobiltelefon vibrierte.

Stone. »Alles klar, hör zu. Sie beobachten einen Kerl namens Rahmi Johnson. Sind jetzt schon fast einen Monat an ihm dran. Ich hab eine Adresse für dich.«

»Wenn sie seit einem Monat an ihm dran sind, kann er Frank nicht ermordet haben.«

»Rahmi ist auch nicht der Tatverdächtige. Die Cops glauben, sein Cousin könnte etwas damit zu tun haben, ein Typ namens Jamal Johnson.«

»Könnte oder hat?«

»Man muss es noch beweisen, aber er sieht wie ein heißer Kandidat aus. Aufgepasst! Jamal wurde zwei Wochen vor dem ersten Ding aus Soledad entlassen. Er hat bei Rahmi gewohnt, nachdem er draußen war, ist jedoch drei Tage nach dem Einbruch ausgezogen. Vier Tage nach dem zweiten Überfall kreuzt Jamal mit einem Sechzig-Zoll-Plasmafernseher auf, um sich bei Rahmi dafür zu bedanken, dass er ihn aufgenommen hat. Eine Woche nach dem dritten Ding fährt Jamal mit einem brandneuen schwarzen Malibu mit teuren Felgen vor. Den Wagen schenkt er ebenfalls Rahmi. Kannst du dir das vorstellen? Als mein Mann mir das erzählte, dachte ich nur: Scheiße, ich wünschte, das Arschloch wäre *mein* Cousin.«

Stone begann schallend zu lachen, aber das Lachen war zu laut und zu lang. Stone hatte getrunken.

»Wo ist Jamal jetzt?«, fragte Pike.

»Das weiß kein Mensch, Bruder. Deshalb sind sie ja an Rahmi dran.«

»Vielleicht weiß er was. Haben sie ihn gefragt?«

»Haben sie, und genau in dem Moment bauen sie Scheiße. Kommen vor vielleicht zwei Monaten angewalzt, als Jamal gerade erst in ihren Fokus geraten ist. Die hören, dass er bei Rahmi pennt, und sind bei ihm vorbei. Rahmi hat sich dumm gestellt, aber natürlich Jamal gewarnt, sobald die Bullen wieder durch die Tür hinaus sind. Und das war der Zeitpunkt, als Jamal von der Bildfläche verschwand.«

Pike dachte darüber nach. Überlegte, wie er es durchziehen sollte.

»Sie sollten ihn noch mal fragen.«

Stone lachte.

»Tja, sie sind halt Cops, anders als du. Die Sache mit der Zeitleiste ist zwar kein Beweis, doch überzeugend ist es schon. Sie wollen den Kerl nicht verhaften, sondern sich an seine Fersen heften. Ihn auf frischer Tat erwischen oder feststellen, dass er unschuldig ist. So oder so.«

»Dann überwacht die SIS Rahmi also in der Hoffnung, Jamal würde früher oder später vorbeikommen.«

»Sie haben sonst nichts, Mann. Jamal ist ihr einziger handfester Tatverdächtiger.«

Pike grunzte. Die SIS war gut. Sie waren geduldige Jäger. Wochenlang würden sie ihre Zielperson wie Unsichtbare beschatten, aber so lange wollte Pike nicht warten. Stone hatte vollkommen recht. Die Polizei versuchte, einen ordentlichen

Fall zusammenzubekommen, bloß war das Pike völlig egal. Seine Bedürfnisse waren viel einfacher.

»Wie ist die Adresse?«

Stone räusperte sich, fühlte sich plötzlich unbehaglich.

»Okay, pass auf. Wir können uns bei der Geschichte keinen Bumerang erlauben. Soll heißen: Wenn du da reinstürmst und es lässt sich zu mir zurückverfolgen, dann werden die SIS-Jungs wissen, wer sie verpfiffen hat. Falls du denen das Ding vermasselst, ist mein Mann am Arsch.«

»Es wird keinen Bumerang geben. Die werden mich nicht mal sehen.«

Stone lachte wieder, immer noch zu laut und zu lang, und jetzt zusätzlich mehr als ein bisschen nervös.

»So was kannst auch nur du sagen, Pike, wenn über die SIS gesprochen wird. Mein Gott, Bruder, keiner außer dir.«

Stone gab Pike gerade die Adresse durch, als erneut ein Lichtblitz explodierte, der Wände und Möbel in einen grellen weißen Schein tauchte. Pike, der immer noch mit dem Rücken zum Fenster auf dem Stuhl saß, rührte sich nicht. Der Streifenwagen war zurückgekehrt.

»Pssst«, machte Pike.

»Was ist los?«

Ein riesiger blauer Schatten strich über die Bürowand, als sei jemand in den Lichtkegel getreten. In der Ferne hörte Pike Fetzen von Funksprüchen. Er lauschte auf näher kommende Schritte.

Stones Stimme kam ganz leise aus dem Telefon.

»Du hörst dich komisch an, Mann. Wo bist du?«

Pike flüsterte, verharrte reglos wie ein Fisch auf dem Grund eines Teichs.

»Bei Frank zu Hause. Die Polizei ist draußen.«

»Du bist eingebrochen?«

»Pssst.«

Der Scheinwerfer glitt weiter, wanderte zu einem anderen Teil des Hauses wie ein Tier, das Witterung aufnahm.

»Was zum Henker machst du in Franks Haus?«

»Ich wollte sehen, wie er gelebt hat.«

»Du bist ein schräger Typ. Also wirklich.«

Das Licht wurde ausgeschaltet. Der Garten versank wieder in Dunkelheit. Das Gezwitscher des Funkgeräts verebbte. Der Streifenwagen rollte weiter.

»Okay«, sagte Pike.

»Hey, ist es nett?«

»Was?«

»Franks Haus. Hat er ein nettes Haus?«

»Ja.«

»Schick?«

»Nicht für deine Begriffe. Es ist ein richtiges Familienhaus.«

Pike hörte Stone schlucken. Hörte das Glas gegen das Telefon stoßen.

»Glaubst du, es ist wahr? Ich meine, dass er auf Abwege geraten ist?«

»Chen vermutet, dass die Leute, die hierfür verantwortlich sind, das falsche Haus erwischt haben.«

»Er denkt, die haben das Haus verwechselt, das sie überfallen wollten?«

»Kommt vor.«

»Was meinst du?«

»Spielt keine Rolle.«

»Nein. Nein, das tut's sicher nicht.«

Stone stieß einen langen, tiefen Seufzer aus, den Pike zunächst für ein Schluchzen hielt. Doch dann trank Stone einen weiteren Schluck von dem, was immer er gerade in sich hineinschüttete, und fuhr fort.

»Arschlöcher wie die, die brechen in diese Häuser ein. Das richtige Haus, das falsche Haus, egal. Legen Leute um, als zählten die gar nichts, und anschließend, wenn alles vorbei ist, dann schlummern sie wahrscheinlich tief und fest wie ein Baby. Wie oft haben die das schon gemacht?«

»Frank war der Siebte.«

»Siehst du? Genau das meine ich. Sechsmal kommen sie ungeschoren davon. Haben irgendein armes Schwein umgelegt, und nichts ist anschließend passiert. Folglich haben diese Typen keine Angst vor den Toten. Die *lieben* die Toten, Joe, denn die Toten ... Ich entschuldige mich, falls meine Einschätzung hier krass wirkt, aber die ersten Toten haben nichts bewirkt, was Folgen und Vergeltung betrifft.«

»Was trinkst du?«

»Scotch. Ich trinke Scotch zu Ehren unseres Freundes Frank. Lieber würde ich im Garten einundzwanzig Böllerschüsse abfeuern, doch meinen Nachbarn ist das Trinken lieber. Wo war ich?«

»Folgen und Vergeltung.«

»Genau.«

Jon Stone trauerte, also ließ Pike ihn fortfahren.

»Aber dann ... Dann haben sie Frank the Tank erwischt, ohne zu wissen, dass er Frank the Tank war. Die glauben, er wäre einfach nur ein weiterer normaler toter Bursche, und dachten nicht über die Konsequenzen nach. Und nun hör dir das an – das ist mein absoluter Lieblingsteil: Diese Arschlöcher sind jetzt in diesem Augenblick irgendwo, setzen sich einen Schuss, ficken sich gegenseitig in den Arsch, was weiß ich – sie sind *genau jetzt* irgendwo, und sie haben nicht die leiseste Ahnung, dass sich am Horizont ein gottverdammter Sturm zusammenbraut, der sich exakt auf sie zubewegt.«

»Jon?«, fragte Pike. »Hast du Fotos an deinen Wänden?«

»Was meinst du? Nackte Tussen und so?«

»Fotos von deiner Familie. Von Freunden.«

»Scheiße, ja. Ich knipse einfach alles. Ich hab sogar Fotos von beschissenen Köpfen. Warum?«

»Nur so.«

»Hey, Mann. Diese Wichser. Diesmal haben sie den Falschen gefickt, als sie sich mit Frank angelegt haben, stimmt's?«

»Geh schlafen.«

»Ich will helfen, Bruder. Ist mein Ernst. Egal wie.«

»Geh schlafen.«

»Ich könnte Colin anrufen. Colin würde gleich in die erste Maschine steigen.«

»Ruf ihn nicht an.«

»Wallace würde kommen.«

»Tu's nicht.«

»Scheiße, Mann. Hey, Joe? Joe, bist du noch da?«

»Was?«

Dann schwieg Stone so lange, dass Pike schon dachte, er sei womöglich eingeschlafen.

»Jon?«

»Keiner von uns hatte Familie. Du hast nie geheiratet. Lonny und Colin auch nicht. Wallace ist geschieden. Ich war sechs gottverdammte Male verheiratet, Mann, und was sagt dir das? Keiner von uns hat Kinder.«

Pike wusste nicht, was er sagen sollte, aber vielleicht sprach Stone es für ihn aus, leise und heiser vom Alkohol.

»Ich hab mir wirklich gewünscht, dass Frank es schafft. Nicht nur für ihn.«

Pike beendete das Gespräch.

Er saß noch fast eine Stunde in Franks Büro allein mit sich und der Stille, bevor er auf den Flur zurückkehrte und zu Cindys Schreibtisch ging. Er nahm das gerahmte Foto von Frank im Pool, steckte es sich in die Tasche und verließ das Haus auf demselben Weg, den er gekommen war. Dann fuhr er nach Hause und machte Feierabend.

They call this the city
The city of angels
All I see is death-dealin' dangers.
— Tattooed Beach Sluts

TEIL 2

DIE ERSTE REGEL

8

Kurz nachdem er Franks Haus verlassen hatte, kehrte Pike in seine Wohnung zurück und fand auf dem Anrufbeantworter eine Nachricht von Elvis Cole vor, seinem Freund und Partner in einer Privatdetektei. Pike lauschte, während er eine Flasche Wasser trank.

»Hey«, sagte Cole. »Heute ist ein Cop namens Terrio im Büro gewesen, hat sich nach dir und einem gewissen Frank Meyer erkundigt. Ich hatte das Gefühl, er stochert nur im Nebel, aber er hat auch gesagt, dieser Meyer sei ermordet worden. Ruf mich an.«

Pike löschte die Nachricht, dann suchte er am Computer Rahmis Adresse. Er hatte Hunger, wollte trainieren und Coles Anruf beantworten, doch er musste in Bewegung bleiben. Bewegung bedeutete Fortschritt, und Fortschritt bedeutete, die Männer zu finden, die Frank umgebracht hatten.

Google Maps war, als würde man einen eigenen, privaten Spionagesatelliten besitzen. Pike gab Rahmis Adresse ein, und da war's – ganz Compton aus einer Höhe von ein paar tausend Fuß. Pike zoomte einen Ausschnitt heran, wechselte dann auf die Straßenansicht, die es ihm erlaubte, Rahmis Haus zu sehen, als stünde er davor. Verblasster Anstrich. Vertrocknendes Gras. Ein auf der Seite liegendes Dreirad. Die

Google-Aufnahmen waren an einem hellen, sonnigen Tag gemacht worden und womöglich schon mehrere Monate alt, aber sie boten einen guten Ausgangspunkt.

Rahmi Johnson wohnte in einem grünen, zweigeschossigen Mehrfamilienhaus keine zwei Meilen nördlich des Artesia Freeway in Compton. Es hatte die Form eines Schuhkartons, drei Wohneinheiten unten, drei oben und ein unscheinbares Flachdach. Rahmi gehörte die mittlere Erdgeschosswohnung. Seine Seite der Straße war von Einfamilienhäusern und ähnlichen Gebäuden gesäumt, die auf so schmalen Grundstücken standen, dass einige von ihnen um neunzig Grad gedreht gebaut worden waren. Rahmis Haus war eines davon. Nahezu jeder Garten war von niedrigen Maschendrahtzäunen umgeben, und praktisch jedes Haus hatte schwere Sicherungsbügel an den Fenstern. Auf der anderen Straßenseite standen eingeschossige Gewerbegebäude.

Wegen der Drehung um neunzig Grad war die Stirnseite von Rahmis Haus zur Straße ausgerichtet, während die eigentliche Front zum Nachbargrundstück wies. Die Bewohner mussten durch ein Maschendrahttor gehen, dann weiter die Längsseite des Gebäudes entlang, um zu ihrer Wohnung zu gelangen. Die seitliche Ausrichtung erschwerte es Pike, Rahmis Haustür von der Straße aus zu sehen. Er dachte darüber nach und wusste, dass die Polizei das gleiche Problem haben würde.

Pike betrachtete gerade die Gebäude in der näheren Umgebung, als sein Mobiltelefon klingelte. Er sah, dass es John Chen war, und nahm den Anruf entgegen.

»Ja.«

»Wir haben eine vierte Waffe passend zu dem vierten Satz

an Schuhabdrücken bestätigt. Drei der vier wurden auch bei den früheren Morden benutzt, die vierte dagegen nicht. Von dieser letzten stammen Hülsen im Zimmer des Kindermädchens und im Wohnzimmer.«

»Wie viele?«

»Drei. Der vierte Mann hat einmal auf Frank Meyer geschossen und beide Kugeln auf das Mädchen – Ana Marković – abgefeuert. Die übrigen Kugeln und Hülsen puzzlen wir noch zusammen, aber das ist schon mal ein vorläufiges Ergebnis. Ich dachte, das würde dich sicher interessieren.«

»Danke.«

Pike legte das Telefon fort und dachte über diesen vierten Schützen nach. Der neue Typ. Jemand, der an den vorangegangenen Einbrüchen nicht beteiligt, in Franks Haus dagegen mitgekommen war. Er fragte sich, warum ein vierter Mann überhaupt zur Bande dazugestoßen war. Hatten die ursprünglichen drei Mitglieder Franks Hintergrund gekannt und mit mehr Widerstand gerechnet?

Pike verbannte den Gedanken aus seinem Kopf und widmete sich wieder dem Computer. Betrachtete zuerst Rahmis Haus, dann die benachbarten Gebäude und die Gewerbeeinheiten auf der anderen Straßenseite. Als er bemerkte, dass auf beiden Straßenseiten Autos parkten, klickte er erneut das Luftbild an und verstand, warum. Weder Rahmis Haus noch die anderen besaßen Zufahrten oder Carports, um ein Auto abstellen zu können. Die Bewohner mussten auf der Straße parken. Was bedeutete, dass Rahmis neuer Malibu wahrscheinlich vor seinem Haus stand.

Kein Gebäude in der Gegend war höher als zwei Stockwerke, die meisten waren nur eingeschossig. Ohne einen hervorgehobenen Aussichtspunkt würde ein Beobachter sich in der Nähe postieren müssen. Die hohe Einwohnerdichte, das Parken auf der Straße und die lange Observierungsdauer bedeuteten, dass man sich in einem der Häuser in der Nähe einrichten musste. Man konnte einen Crown Vic nicht drei Wochen auf der Straße stehen lassen und erwarten, dass keiner der Nachbarn davon etwas mitbekam. Gleiches galt für Werkstattwagen, Lieferfahrzeuge und gefälschte Transporter des Kabelnetzbetreibers. Nach fünfundvierzigminütigem Studium der Gegend war Pike überzeugt, dass die Optionen einer Überwachung durch die SIS begrenzt waren. Er hatte eine ziemlich gute Vorstellung, wo sie ihre Beobachter postieren würden und wie er an Rahmi herankam, ohne gesehen zu werden. Er musste sich die Gegend noch bei Nacht und bei Tag ansehen, um ganz sicher zu sein, aber er wusste nun, was zu tun war.

Pike zog seine Trainingskleidung an, machte Dehnungsübungen, um sich aufzuwärmen, und glitt in den meditierenden Zustand, den er durch Yoga immer erreichte. Er bewegte sich langsam und mit großer Aufmerksamkeit, arbeitete sich gründlich durch die Asanas des Hatha-Yoga. Er atmete und spürte, wie er zur Ruhe kam. Seine Herzfrequenz verlangsamte sich. Zweiundvierzig Schläge pro Minute. Sein Blutdruck, einhundert zu sechzig. Frieden kam mit Sicherheit, und Pike fühlte sich sicher.

Als er fertig war, kehrte er zurück in den Wachzustand wie eine Luftblase, die in einem großen, flachen Teich aufstieg. Das Abendessen bestand aus Reis und roten Bohnen, gemischt mit gegrilltem Mais und Auberginen; Reis und Bohnen hatte er selbst zubereitet, Mais und Auberginen stammten aus einem Restaurant. Nach dem Essen duschte er, streifte Unterhose und T-Shirt über und rief Cole zurück. Als der nicht ranging, hinterließ er eine Nachricht.

Pike schenkte einen Fingerbreit Scotch in ein niedriges Glas ein, dann löschte er das Licht. Er setzte sich auf die Couch, allein in der Dunkelheit, horchte auf das leise Plätschern des Wassers in dem Meditationsbrunnen aus schwarzem Granit. Wenn er dem Wasser lauschte, war es leicht, sich vorzustellen, er befände sich in der Natur, umgeben von wilden Kreaturen. Er trank den Scotch in kleinen Schlucken.

Nach einer Weile ging er nach oben ins Bett. Die Matratze war hart, aber so mochte er es. Er schlief fast augenblicklich ein. Pike konnte gut einschlafen. Doch nicht immer wieder aufzuwachen, das fiel ihm schwer.

Zwei Stunden später öffneten sich seine Augen, und er war hellwach. Er blinzelte in die Dunkelheit und wusste, der Schlaf war vorbei. Zwar erinnerte er sich nicht an Träume, aber sein T-Shirt war schweißnass.

Pike rollte sich aus dem Bett, zog sich an, suchte seine Sachen zusammen und fuhr durch eine vor aufdringlichen Lichtern glänzende Landschaft in südlicher Richtung nach Compton.

9

Pike wusste bereits, dass Rahmi zu Hause war, als er das erste und einzige Mal in seinem Jeep vorbeifuhr, denn der glänzende schwarze Malibu stand dicht an den Bordstein gequetscht. Um drei Uhr morgens mitten in der Woche herrschte praktisch kein Verkehr, und die Straßen waren wie ausgestorben. Pike stellte den Kragen seiner Jacke auf, zog sich die Mütze tief in die Stirn und machte es sich auf dem Fahrersitz bequem. Alle anderen auf der Welt mochten schlafen, doch die SIS war auf ihrem Posten. Beim ersten Vorbeiflug würden sie ihn ignorieren. Beim zweiten würden sie sich wundern. Beim dritten würden sie wahrscheinlich einen Streifenwagen anfordern, um zu sehen, was hier los war.

Pike fuhr zu einer gut beleuchteten, rund um die Uhr geöffneten Mobil-Tankstelle am Freeway, parkte, rief dann einen Taxidienst an. Während er auf das Taxi wartete, ging er hinein. Der Angestellte war ein Latino mittleren Alters mit einem Vogelgesicht. Er sah verängstigt aus, obwohl er sich hinter vier Zentimeter dickem, kugelsicherem Glas befand. Sobald Pike hereinkam, verschwand seine Hand unter der Ladentheke.

»Motorschaden. Ich lasse meinen Jeep für eine Weile hier stehen. Okay?«

Pike hielt einen Zwanzigdollarschein hoch und schob ihn dann unter dem Glas hindurch. Der Angestellte rührte ihn nicht an.

»Ist doch nichts Übles drin, oder?«

»Übel?«

»Also …, übel eben.«

Dope oder eine Leiche.

»Motorschaden«, wiederholte Pike. »Ich komme zurück.«

Der Angestellte nahm den Zwanziger mit der linken Hand. Die rechte ließ er kein einziges Mal sehen. Pike fragte sich, wie oft er wohl schon überfallen worden war.

Er ging wieder nach draußen und stand im dunstigen Licht, atmete kalten Nebel, bis schließlich ein lindgrünes Taxi auftauchte. In dem weichen Licht wirkte es lavendelfarben.

Der Taxifahrer, ein junger Afroamerikaner mit misstrauischen Augen, guckte zweimal hin, als er sah, dass sein Fahrgast ein Weißer war.

»Ärger mit dem Wagen?«, fragte er.

»Eine Freundin wohnt hier in der Nähe. Sie können mich zu ihrem Haus bringen.«

»Aha.«

Eine Frau machte die Sache besser.

Pike nannte die nächste große Kreuzung, aber nicht Rahmis Adresse. Er wollte nicht, dass der Taxifahrer sich daran erinnerte, falls man ihn später fragte. Als sie die Wohnstraße erreichten, sagte ihm Pike, er solle einmal um den Block fahren.

»Langsam«, sagte Pike. »Ich erkenne es, wenn ich es sehe.«

»Ich dachte, Sie wissen, wohin.«

»Ist schon eine Weile her.«

Die Beobachter der SIS würden das Taxi registrieren. Um diese Uhrzeit gab es hier nichts anderes zu sehen. Pike zog sich in den Schatten auf dem Rücksitz zurück, als sie an Rahmis Haus vorbeikamen. Die SIS-Leute würden jetzt besonders wachsam sein, aber Pike interessierte nur, wie Rahmis Wohnung beleuchtet war. Die Beleuchtung war wichtig, damit Pike die genaue Position ermitteln konnte, an der sich die Beobachter versteckten. Und um zu überlegen, wie er sie austricksen konnte.

»Langsamer«, sagte Pike.

Das Taxi kroch beinahe. Der diensthabende Beamte hatte jetzt wahrscheinlich sein Funkgerät in der Hand oder verpasste seinem Partner einen Tritt, während er sagte, sie könnten hier etwas haben.

Die Frontseite von Rahmis Haus wurde von vier gelben Glühbirnen beleuchtet, eine vor jeder der drei Eingangstüren im Erdgeschoss, aber nur eine neben einer Tür im ersten Stock. Die anderen beiden dort oben waren aus. Pike konzentrierte sich sowieso mehr auf die Rückseite des Gebäudes. Google View zeigte, dass das Haus sehr dicht zum Nachbargebäude stand, und jetzt sah Pike, dass dieser Bereich nur sehr wenig von der Eingangsterrasse der Nachbarn ausgeleuchtet wurde. Das war gut für ihn. Der tiefe Schatten zusammen mit der Entfernung von der Straße und dem geringen Abstand zwischen den beiden Häusern bedeutete, dass der Grundstücksstreifen hinter Rahmis Wohnung ein finsterer Tunnel war.

»Welches ist es?«, fragte der Taxifahrer.

»Ich seh's nicht. Probieren wir's mal mit dem nächsten Block.«

Pike ließ den Taxifahrer vor zwei weiteren Gebäuden langsamer fahren, um die Beobachter zu verwirren, dann kehrte er zurück zu seinem Jeep. Während seiner Zeit als Marine im Kampfeinsatz verwendeten die Hubschrauberpiloten die gleiche Taktik, wenn sie Männer in feindliches Gebiet brachten. Sie flogen nicht einfach rein, setzten die Leute ab und verschwanden wieder. Stattdessen machten sie neben dem echten Absetzpunkt drei oder vier falsche Anflüge. Was im feindlichen Dschungel klappte, dürfte in South Central Los Angeles wohl auch funktionieren.

Pike fuhr mit einem anderen Taxi kurz vor Tagesanbruch erneut an der Wohnung vorbei, diesmal um das Licht aus der entgegengesetzten Richtung zu prüfen. Bis Mittag wiederholte er das Ganze mit jeweils verschiedenen Taxis sechs weitere Male, zweimal ließ er das Taxi in der Nähe halten, damit er die Straße studieren konnte. Einer der Fahrer wollte wissen, ob er nach einer Frau suche, ein anderer starrte ihn mit steinernem Blick im Rückspiegel an, bis er schließlich fragte: »Sind Sie hier, um einen Mann zu töten?«

Sie parkten vor einem anderen Mehrfamilienhaus im nächsten Block. Inzwischen war Pike überzeugt, dass der Hauptbeobachter der SIS in einem der beiden Gewerbegebäude direkt gegenüber von Rahmis Haus postiert war. Das einzige Wohnhaus mit Blick auf Rahmis Tür kam nicht infrage, denn Pike hatte beobachtet, wie eine große, schlanke Frau drei Kinder von hier aus zur Schule brachte. Die Gewerbebauten waren also die einzigen verbleibenden Möglichkeiten. Die SIS musste Rahmis Tür im Auge behalten. Sie würden sehen wollen, wer hineinging und wer herauskam, und angesichts des ungünstigen Blickwinkels mussten sie direkt gegenüber auf der anderen Straßenseite an einer von zwei Stellen sein. Ihre genaue Position hatte Pike noch nicht herausgefunden, aber inzwischen glaubte er, dass dies auch gar nicht nötig war.

»Ich will kein Geballer in meinem Taxi«, sagte der Fahrer. »Und ziehen Sie mich nicht in irgendein Verbrechen rein.«

»Ich bin cool.«

»Sie sehen überhaupt nicht cool aus. Sie sehen so heiß aus, dass man schon gegrillt wird, wenn man sich nur in Ihrer Nähe aufhält.«

»Pssst«, machte Pike.

»Wollte es ja nur gesagt haben, mehr nicht.«

Pike legte dem Mann einen Zwanzigdollarschein auf die Schulter. Der Fahrer knurrte, als wäre er der größte Narr der Welt, aber der Schein verschwand dennoch.

Rahmis Malibu parkte vor seinem Haus, fast genau vor dem Maschendrahttor. Ein tiefes Schwarz mit verchromten Felgen, wodurch allein die Räder zweitausend pro Stück kosteten. Wann immer Rahmi wegfuhr, folgte ihm die SIS. Sie hatten wahrscheinlich irgendwo an dem Wagen einen GPS-Sender angebracht und würden mindestens drei Fahrzeuge einsetzen, um ihn zu verfolgen. Ihre Autos standen mit Sicherheit abfahrbereit ganz in der Nähe.

Der Malibu war Pikes Schlüssel. Die SIS musste Rahmis Wohnung beobachten, Pike hingegen brauchte nur den Malibu im Auge zu behalten und einen Ort zu haben, wo er sich unbemerkt verstecken konnte.

Der Fahrer seufzte tief.

»Haben Sie noch nicht genug gesehen?«

»Fahren wir«, sagte Pike.

Pike holte seinen Jeep bei der Tankstelle und fuhr in nördlicher Richtung nach East L.A. Ein Freund von ihm hatte dort einen Parkplatz für Fahrzeuge, die er an Filmgesellschaften vermietete. Größtenteils Oldtimer, aber auch Spezialfahrzeuge wie Strandbuggys, ausgemusterte Streifenwagen und individuell gepimpte Hotrods. Pike lieh sich einen Taco-Wagen mit ausgeblichenem Lack, einer dicken Staubschicht und einer gesprungenen Scheibe. Eine geschwungene blaue Beschriftung zog sich über die ganze Seite: ANTONIOS RESTAURANT-ON-WHEELS – HEIMAT DER BBQ-TACOS! Die Beschriftung war ebenfalls ausgeblichen.

Pike mietete den Wagen mit seiner Kreditkarte an, ließ den Jeep vor Ort und fuhr dann mit dem Taco-Wagen nach Compton. Er parkte drei Blocks von Rahmis Wohnung entfernt auf der anderen Straßenseite vor einem, wie es aussah, Abschleppunternehmen und einer Reihe leer stehender Ladenlokale.

Er machte den Motor aus, kurbelte zur Belüftung das Fenster einen Spalt herunter und zog sich dann nach hinten in die Bordküche zurück, wo er für Passanten nicht mehr zu sehen war. Die SIS-Beobachter drei Blocks entfernt würden ihn komplett ignorieren. Sie hatten mehr als genug damit zu tun, Rahmis Behausung im Auge zu behalten.

Die Wohnanlage konnte Pike zwar nicht sehen, doch den Malibu hatte er gut im Blick, und mehr als das brauchte er nicht.

Er machte es sich bequem. Atmete. Wartete, dass etwas passierte.

10

Um acht Uhr fünfzig an diesem Abend fuhr der Malibu los. Er kam auf Pike zu, rollte bis zur ersten Querstraße, hielt kurz an und bog dann ab. Die Lichtverhältnisse waren schlecht, aber der schwarze Lack schimmerte herrlich, und die auf Hochglanz polierten Chromfelgen funkelten.

Pike beobachtete.

Ein dunkelblauer Neon näherte sich in diesem Moment auf der Querstraße. Er war schmutzig, und die vordere linke Radkappe fehlte. Als der Malibu abbog, fuhr er geradeaus weiter über die Kreuzung. Pike vermutete, dass er zur SIS gehörte und sich in der Nähe nun wenigstens zwei weitere Fahrzeuge in Stellung brachten.

Pike wartete weitere fünf Minuten, bevor er aus dem Taco-Wagen glitt. Es ging kein Licht an, als er die Tür öffnete und wieder schloss.

Als Rahmi seine Wohnung verließ, hatten die Beobachter per Funk die Kollegen in den anderen Autos benachrichtigt, um Entwarnung zu geben. Ab diesem Punkt war es ihr Auftritt. Zum ersten Mal seit Stunden konnten sie sich jetzt entspannen. Sie lehnten sich zurück, checkten ihre Mails, riefen ihre Lebensgefährten an, vertraten sich die Beine. Sie würden

Rahmi Johnsons Tür keines Blickes mehr würdigen, denn Rahmi war ja fort.

Pike joggte zu der Kreuzung, bog in die nächste Straße und sprang über einen Zaun in den Garten, der an die Rückseite von Rahmis Wohnhaus grenzte. Ein Hund bellte, scharrte und kratzte an der Tür des Nachbarhauses, doch Pike huschte daran vorbei und wuchtete sich über einen weiteren Maschendrahtzaun unmittelbar hinter Rahmis Wohnung.

Er blieb im Schatten stehen, wartete ab, ob irgendwer ein Licht einschaltete. Der kleine Hund bellte weiter, aber als eine Frau im Haus brüllte, hörte nach ein paar Sekunden das Gebell auf. Pike machte sich an die Arbeit.

Jede Wohnung hatte auf der Rückseite nur ein einziges Fenster. Einen dieser hohen, kleinen Schlitze, wie man sie in Bädern findet, aber diese hier waren mit Eisenstangen gesichert. Das Fenster von Rahmis Wohnung und das von der Wohnung, die zur Straßenseite hin lag, waren beleuchtet, die hintere Wohnung war dunkel. Pike fragte sich, ob sie voller SIS-Leute war.

Die Badezimmertür stand offen. Das Licht im Bad war aus, doch im Nebenzimmer brannte Licht und der Fernseher lief. Da das Gerät noch an war, vermutete Pike, dass Rahmi bald zurückkehren würde, konnte aber nicht sicher sein.

Er untersuchte die Eisenstangen. Es waren eigentlich keine einzelnen Stangen, sondern vielmehr ein Käfig, bestehend aus vertikalen Stäben, die auf einen Rahmen geschweißt waren ähnlich der Maske eines Baseballfängers. Dieses Sicherheitssystem hatte wenig Geld gekostet und verstieß wahrscheinlich gegen die Bauordnung. Pike ließ die Finger am unteren Rand der Stangen entlanggleiten und fand vier Schrauben. Der Besitzer hatte vermutlich Holzschrauben durch den Putz in die Balken versenkt. Obwohl es sich um eine einfache Diebstahlsicherung handelte, würde sie nicht leicht zu knacken sein. Unmöglich war es allerdings nicht.

Pike hatte eine Brechstange mitgebracht. Er setzte das Eisen unter dem Rahmen an, entfernte die Schraubenköpfe mit seinem SOG-Messer und hebelte den Käfig vom Fenster. Das Gestell legte er auf den Boden, dann drückte er das Fenster auf und schob sich hindurch.

Rahmis Wohnung bestand aus einem Zimmer, und das Bad hatte man einfach von der Küche abgeteilt. Die Einrichtung war schäbig und billig: eine abgewetzte Couch, ein verfärbter Couchtisch, daneben zwei von Flecken überzogene Sitzsäcke. Eine graue Daunendecke ließ darauf schließen, dass die Couch zugleich als Bett diente. Der Sechzig-Zoll-Flachbildschirm hing an der Wand gegenüber der Couch wie ein glitzerndes Juwel, war dort so fehl am Platz wie ein menschlicher Kopf. Kabel hangelten sich die Wand hinunter zu einem Stapel von Einzelgeräten und rankten sich weiter über den Boden zu mehreren Lautsprechern. Rahmi hatte Surround Sound.

Pike wollte das Licht aus und den Fernseher stumm schalten, aber wenn die Polizei das mitbekam, würden sie sich fragen, was passiert sein mochte. Die Beamten waren mit an Sicherheit grenzender Wahrscheinlichkeit in der Wohnung gewesen und hatten vermutlich ein Abhörgerät hinterlassen. Pike wollte nicht, dass sie zuhörten, wenn Rahmi nach Hause kam.

Er legte Brecheisen und Messer beiseite und packte einen

kleinen Funkscanner aus, etwa so groß wie ein iPod und von derselben Form. Pike benutzte das Gerät bei seiner Arbeit in der Sicherheitsbranche regelmäßig. Sobald es ein Funksignal auffing, das von so ziemlich allen Abhörwanzen ausgestrahlt wurde, leuchtete ein rotes Licht auf.

Er suchte den Wohnraum, die Küche und schließlich das Bad ab, überprüfte die einzelnen Elemente der Heimkinoanlage und die Möbelstücke, ohne etwas zu finden, und betrachtete anschließend die in das Fenster eingebaute Klimaanlage. Falls die Wanze dort war, würde man zwar nichts mehr hören, wenn jemand die Anlage einschaltete, aber er überprüfte es dennoch. Nichts.

Dann nahm er sich die Jalousien vor den Fenstern vor. Sie waren schäbig und mit Staub und Spinnweben bedeckt. Pike scannte sie und fand die Wanze auf dem zweiten Rollo. Sie war etwa so groß wie ein Ohrhörer und mit einem Stück Kitt an der Halteklammer des Rollos befestigt. Er entfernte sie behutsam und legte sie hinter der Tür auf den Boden. Das würde seine Position sein, wenn Rahmi nach Hause kam.

Pike steckte den Scanner wieder ein, setzte seine Suche jedoch fort. Zwischen den Kissen der Couch fand er eine Neun-Millimeter-Smith-and-Wesson. Eine blaue gläserne Bong, so lang wie ein Gummiknüppel, stand auf dem Boden, und daneben lagen ein Beutel mit zwei Joints und etwas losem Marihuana sowie eine kleinere Glaspfeife in einem Weidenkorb, dazu ein Plastikbeutel mit drei Klumpen Crack und verschiedenen Pillen. Pike entlud die Neunmillimeter, steckte die Kugeln ein und schob sich die Kanone unter den Gürtel. Weil er nichts weiter von Interesse fand, kehrte er zu seinem Platz hinter der Tür zurück. Rahmi konnte in fünf

Minuten oder in fünf Tagen zurückkommen, aber Pike würde warten. Er war gut darin.

Fünfundzwanzig Minuten später hörte er das Quietschen des Maschendrahttörchens und zog Rahmis Pistole.

Die Wohnungstür hatte drei Schlösser. Jemand entriegelte jetzt eines nach dem anderen, dann schwang die Tür auf. Pike trat genau in dem Moment auf die Wanze, als die Tür sich öffnete. Rahmi Johnson kam mit einer weißen Papiertüte auf dem Arm herein, schloss die Tür hinter sich und erblickte Pike im selben Augenblick, als der ihm mit der Pistole einen Schlag versetzte. Die Polizisten würden ihre Beobachtungsposten wieder eingenommen und sich gewundert haben, warum der Ton auf einmal ausgefallen war, würden jedoch vermuten, dass die Wanze sich beim Schließen der Tür irgendwie gelöst hatte.

Rahmi hob schützend seine Hände, brachte sie aber nicht schnell genug hoch. Pike schlug ihn ein zweites Mal, und Rahmi taumelte zur Seite. Tacos fielen aus der Tüte, es roch nach Fett und Chilisoße.

Pike drehte Rahmi den Arm auf den Rücken, hieb ihm auf die Knie, drückte ihn nach unten.

»Bruder, hey, was soll der Scheiß?«, stammelte Rahmi.

Pike hob die Kanone.

»Siehst du das?«

Rahmi hielt ihn wahrscheinlich für einen Cop, denn außer Cops zeigten sich in Compton keine Weißen.

»Was willst du von mir, Mann? Ich hab nix gemacht.«

Pike verpasste ihm erneut ein Pfund. »Pssst.«

Er drehte den Fernseher leiser, dann durchsuchte er Rahmis Taschen. Fand ein Mobiltelefon, ein Bündel gefaltete

Geldscheine, eine Packung Zigaretten und ein gelbes Bic-Feuerzeug. Keine Brieftasche. Er zog Rahmi auf die Füße hoch und schob ihn hinüber zur Couch.

»Setz dich.«

Rahmi setzte sich und funkelte Pike wütend an wie ein missmutiger Teenager. Versuchte, aus dem Fremden schlau zu werden, versuchte herauszufinden, wer er war und worum es hier ging. Pike wusste, dass er wie ein Cop aussah, aber er wollte nicht, dass Rahmi ihn für einen hielt.

Er stopfte sich das Bargeld in die Tasche, woraufhin Rahmi sofort einen Satz nach vorne machte.

»Yo! Das ist meine Kohle, Arschloch!«

»Jetzt nicht mehr. Jamal schuldet mir noch was.«

»Bist du ein Cop?«

»Wo ist Jamal?«

»Ich weiß nicht, wo er ist. Scheiße.«

»Jamal hat mein Geld. Ich bekomme es von ihm oder von dir.«

»Ich kenne dich nicht, Mann. Ich weiß nichts von irgendwelchem Geld.«

Rahmi leckte sich über die Lippen. Wenn Pike kein Bulle war, dann, so schien er anzunehmen, war es vielleicht doch nicht so schlimm, wie er dachte. Nur wollte Pike, dass er es für etwas noch viel Schlimmeres hielt.

Er warf ihm das Mobiltelefon mit so viel Wucht zu, dass Rahmi es aus Selbstschutz auffing.

»Ruf ihn an.«

»Mann, ich hab Jamal seit dem Besuchstag nicht mehr gesehen. Er ist im Knast.«

Pike riss die Smith in einem Rückhandschlag zurück, erwischte dabei den Sechzigzoller genau in der Bildschirmmitte. Das Sicherheitsglas zersplitterte, und wo zuvor das Bild gewesen war, tanzten und schillerten jetzt vielfarbige kleine Glasblöcke. Rahmi sprang von der Couch auf, seine Augen wackelten wie Pudding.

Pike richtete die Smith auf Rahmis Stirn und zog mit dem Daumen den Hammer zurück.

»Ruf an.«

»Mach ich ja. Ich ruf an, so oft du willst, aber wir werden keine Antwort bekommen. Ich hab Nachrichten hinterlassen. Seine Mailbox ist voll.«

Rahmi hantierte mit dem Telefon, dann hielt er es Pike hin.

»Hier. Hör's dir selbst an. Du wirst sehen. Ich hab ihn gerade angerufen.«

Pike streckte seine freie Hand aus, und Rahmi warf ihm das Telefon herüber. Er fing es auf und hörte eine Computerstimme sagen, die Mailbox des Teilnehmers sei voll.

Er unterbrach die Verbindung und rief die Anrufliste auf. Der letzte ausgehende Anruf ging an Jamal. Pike klappte das Telefon zu, steckte es in seine Tasche. Die Nummern würde er später durchgehen.

»Wo ist er?«

»Ich weiß nicht, wo er ist. Legt 'ne Nutte flach, könnt ich mir vorstellen. Vielleicht in Vegas.«

»Er hat mir gesagt, er würde hier pennen. Woher sollte ich sonst deine Adresse haben?«

Jetzt wirkte Rahmi verwirrt. Als hielte er das alles durchaus für möglich, sei sich nur nicht sicher, wieso.

»Mann, das ist Wochen her. Ich weiß nicht, wo er jetzt pennt. Er sagt's mir nicht, und ich will's auch nicht wissen.«

»Warum nicht?«

»Ach, Mann, du weißt schon. Die Bullen waren hier, haben ihn gesucht, also muss er die Nase unten halten. Er hat mir nicht gesagt, wohin er geht, und ich hab ihn nicht gefragt. Wenn ich's nicht weiß, kann ich's auch nicht sagen.«

Pike entschied, dass Rahmi die Wahrheit sagte, aber Jamal war bloß einer der Leute, die er finden wollte.

»Wann hast du das letzte Mal mit ihm gesprochen?«

»Vor ein paar Tagen, schätze ich. Ist vielleicht 'ne Woche her.«

»Worüber habt ihr gesprochen?«

»Alles Mögliche. Diese Bullenserie, die ich mir auf DVD reinziehe. *The Shield*. Die Scheiße ist echt krass. Jamal sagt, oben in Soledad fahren alle voll auf die Serie ab.«

»Du lügst doch. Ich glaube, er hat meine Kohle hier bei dir gelassen. Und du hast alles ausgegeben.«

Pike richtete die Smith auf Rahmis linkes Auge. Rahmi hob eine Hand, als könnte er die Kugel damit abwehren.

»Das ist ja bescheuert. Ich weiß nichts von irgendwelcher Kohle.«

»Hat er dir gesagt, dass ich komme?«

»Er hat gar nichts gesagt. Nichts über Kohle, nichts über dich, gar nichts. Wie viel schuldet er dir denn?«

»Zweiunddreißigtausend Dollar. Ich krieg das Geld von ihm oder von dir.«

»Ich hab aber keine zweiunddreißig Riesen.«

»Mitgehangen, mitgefangen.«

Rahmi blinzelte zu den Überresten seines Großbildfernsehers hinüber, dann sackte er geschlagen in sich zusammen.

»Nigger, bitte, was immer zwischen dir und Jamal abgegangen ist, ich hab nichts damit zu tun. Jamal hat mir das alles geschenkt, weil es bei ihm gerade gut läuft. Alter, wir sind Familie.«

»Wieso verdient er gerade so gut?«

»Er hat Anschluss bei einer guten Crew gefunden.«

»Bei wem? Vielleicht finde ich ihn über sie.«

»Jamal hat keine Namen genannt.«

»Er hat dir ja auch nie gesagt, dass ich mir meine Kohle holen werde. Er hat es mir gestohlen. Ich glaube, das ganze Zeug hier gehört mir.«

Pike hob erneut die Waffe, und diesmal flehte Rahmi ihn an.

»Es ist wahr, Bruder. Die haben sich bei diesem serbischen Typen angedockt. Die ziehen ein dickes Ding nach dem anderen durch. Die machen Kohle wie Sau!«

Pike senkte die Pistole.

»Serbe.«

»Die arbeiten mit dem Typen zusammen, der sagt ihnen, wo sie zuschlagen müssen. Sagt ihnen, wer und wo, und dann teilen sie sich die Kohle. Er sagt, so leicht hätte er noch nie Kasse gemacht.«

»Er hat Serbe gesagt? Nicht Russe oder Armenier?«

»Wo ist der Unterschied? Woher soll ein Bruder den Unterschied kennen?«

»Wie war der Name?«

»So ein serbisches Arschloch eben. Das ist alles.«

Ana Marković war aus Serbien. Starb im Krankenhaus, während ihre Schwester Wache hielt.

Pike musterte Rahmi, ohne in wirklich anzuschauen. Er

dachte kurz nach, dann ging er zu der Tüte mit Tacos. Er trat darauf. Knirsch.

Rahmi sah ihn gequält an.

»Das war mein Abendessen, Arschloch. Warum machst du so was Gemeines, Mann?«

Pike hob Rahmis Schlüssel auf und warf sie ihm zu.

»Hol noch ein paar Tacos.«

»Was?«

Pike hielt das Geldbündel hoch.

»Nimm deine Karre. Hol mehr Tacos.«

Rahmi leckte sich über die Lippen, als würde er mit einem Trick rechnen, dann schnappte er sich die Scheine und ging zur Tür.

»Woher kennst du Jamal?«

»Er hat mich ermordet.«

Rahmi erstarrte mit der Hand auf dem Türknauf.

»Wenn du ihn siehst, bevor ich ihn finde«, sagte Pike, »richte ihm aus, Frank Meyer kommt.«

Rahmi verließ die Wohnung.

Pike stand neben der Tür, lauschte. Er hörte das Tor, hörte das Aufheulen des Malibu, das Kreischen der Reifen. Genau wie zuvor würden die SIS-Leute sich überschlagen, um ihm zu folgen.

Pike schlüpfte durch das Badezimmerfenster hinaus und kehrte in die Nacht zurück.

11

Am nächsten Morgen ging Pike erneut zur UCLA. Als er den Fahrstuhl auf der Intensivstation verließ, sah er Rina mit einem Arzt und zwei Krankenschwestern vor der Zimmertür ihrer Schwester. Pike trat zurück in den Fahrstuhl und fuhr in die Lobby hinunter. Er wollte mit ihr allein reden.

Er parkte den Jeep um, sodass er die Türen zur Eingangshalle im Auge behalten konnte, und nahm sich das Telefon vor, das er Rahmi Johnson abgenommen hatte: Auf dem Weg zum Krankenhaus hatte er ein passendes Ladekabel gekauft. Er wollte das Gerät immer voll aufgeladen halten für den Fall, dass Jamal seinen Cousin anrief.

Er scrollte durch die Adressliste, bis er zu Jamals Nummer kam, und drückte den Knopf zum Wählen. Pike hatte diese Nummer am vergangenen Abend zweimal angerufen, doch die Reaktion war die gleiche gewesen wie jetzt. Eine weibliche Computerstimme meldete sich und informierte Pike darüber, dass Jamals Mailbox voll sei.

Pike steckte das Telefon wieder ein und starrte zur Eingangshalle hinüber. Er war bereit, so lange wie nötig zu warten, aber Rina tauchte bereits einige Minuten später auf. Gleiche Jeans und Jacke wie gestern. Die gleiche Umhängetasche an die Brust gedrückt.

Pike schlängelte sich zwischen einer Reihe Autos hindurch, während sie zum Parkplatz querte. Sie ging schnell mit energischen, abgehackten Schritten, als wollte sie so viel Gelände hinter sich bringen wie nur möglich.

Sie sah Pike erst, als er zwischen den Autos hervortrat, und schnappte nach Luft.

»Wissen Sie, wer es getan hat?«, fragte Pike.

»Natürlich nicht. Wie sollte ich?«

»Haben Sie deshalb Angst? Weil Sie wissen, wer es getan hat?«

Sie wich zurück, hielt ihre Handtasche geschlossen.

»Ich weiß nicht, wovon Sie reden. Natürlich weiß ich es nicht. Die Polizei ermittelt.«

Pike stellte sich vor sie.

»Die Leute, die Ana erschossen haben, wurden von einem Serben geschickt.«

»Und was soll das heißen? Bitte ...«

Sie versuchte, sich an ihm vorbeizuschieben, doch Pike hielt sie am Arm fest.

»Die Bande, die Ihre Schwester ermordet hat, bekam den Hinweis zu dem Überfall von einem serbischen Gangster. Sie haben Informationen über ein Haus gekauft, in dem Ihre Schwester arbeitete. Und hier sind Sie jetzt, haben Angst, laufen mit einer Kanone herum.«

Sie funkelte wütend seine Hand an, dann richtete sie sich auf.

»Lassen Sie mich los.«

Pike ließ sie los, weil er bemerkte, wie ihr Blick an ihm vorbeiging. Er trat zur Seite und sah einen großen, kräftigen Mann näher kommen. Er war vom Typ XXL, hatte hängende

Schultern, eine ordentliche Wampe und ein dunkles, unrasiertes Gesicht. Sein Bart war so dicht, dass man damit Marmor hätte schleifen können.

Als Pike sich zu ihm umdrehte, blieb er stehen, immer noch zwei Autoreihen entfernt, und sagte etwas, das Pike nicht verstand. Rina antwortete in der gleichen Sprache.

»Mein Freund Yanni. Er hat gesehen, wie Sie mich festgehalten haben. Ich habe ihm gesagt, dass hier alles bestens ist.«

Yanni war etwa eins fünfundneunzig groß und brachte locker hundertvierzig Kilo auf die Waage. Er blickte Pike finster wie ein Balkan-Grizzly an, doch Pike war alles andere als beeindruckt. Größe bedeutete wenig.

Er wandte sich wieder der Frau zu.

»Wenn Sie wissen, wer das getan hat, sagen Sie es mir. Ich kann Sie besser beschützen als der da.«

Rina trat einen Schritt zurück.

»Ich weiß nicht, was Sie mit serbischer Gangster meinen.«

»Wie haben Frank und Cindy Ihre Schwester kennengelernt? Wie hat sie den Job bei ihnen bekommen?«

»Ich weiß es nicht.«

»Wurde sie von irgendjemandem, der Ihnen bekannt ist, an die Meyers empfohlen?«

Sie wich weiter zurück.

»Wenn Sie glauben, Sie wissen etwas, sollten Sie damit zur Polizei gehen.«

»Vor wem haben Sie Angst?«

Sie betrachtete ihn einen sehr langen Moment, dann schüttelte sie den Kopf.

»Ana ist tot. Ich hab viel zu tun.«

Sie drehte sich um und ging an Yanni vorbei. Die zwei

wechselten ein paar Worte, die Pike nicht verstand. Sie beschleunigte ihre Schritte, als müsste sie noch eine weiten Weg zurücklegen und würde dabei immer weiter zurückfallen. Yanni folgte ihr mit mürrischer Miene, doch schien sein finsterer Blick jetzt eher traurig zu sein. Pike kehrte zu seinem Jeep zurück. Er beobachtete, wie sie quer über den Parkplatz zu einem kleinen weißen Toyota eilten. Die Frau rutschte hinters Steuer.

Er gab ihnen einen Vorsprung von mehrern Wagenlängen, bevor er ihnen durch den dichten Verkehr in Westwood Village folgte und dann weiter über die Autobahn kroch. Er behielt den Toyota immer in Sichtweite, während sie in nördlicher Richtung ins San Fernando Valley und östlich nach Studio City fuhren. Pike verringerte den Abstand, als sie die Autobahn verließen, um in ein Wohngebiet zwischen L.-A.-River-Kanal und Ventura Boulevard und weiter auf den Parkplatz eines großen Apartmentkomplexes zu fahren. Es war eine dieser Wohnanlagen mit bewachten Zufahrten, Besucherparkplätzen, jeder Menge schicker Extras und einer gepflegten Grünanlage.

Pike parkte am Straßenrand und folgte ihr weiter zu Fuß, wobei er sich immer dicht am Gebäude hielt. Er blieb stehen, als ihr Bremslicht aufleuchtete. Yanni stieg aus, sprach einen Moment mit ihr durch die offene Seitenscheibe und stieg dann in einen metallicbraunen F-150 Pick-up. Der Toyota fuhr weiter auf den Anwohnerparkplatz.

Pike merkte sich das Nummernschild des F-150, wartete aber, bis Yanni wegfuhr. Dann sprang er über das Tor ins Parkhaus, ging die Reihe parkender Fahrzeuge entlang, bis er Rinas Toyota auf einem Stellplatz mit der Nummer 2205 fand. Er hielt es für wahrscheinlich, dass dies auch Rinas Wohnungsnummer war.

Pike kehrte zu seinem Jeep zurück, schrieb die verschiedenen Kennzeichen und Nummern auf, bevor er sie vergaß, dann rief er einen Freund an.

Bei manchen Dingen war Pike gut, bei anderen weniger. Er wollte Informationen über Ana und Rina Marković und über die in Rahmi Johnsons Telefon gespeicherten Nummern. Pike war ein Krieger. Er konnte in nahezu jeder beliebigen Umgebung einen Feind jagen, belauern und überwältigen, aber Detektivarbeit erforderte Beziehungen, über die er nicht verfügte.

Ein Mann antwortete nach dem zweiten Klingeln.

»Elvis Cole Detective Agency. Wir finden mehr für weniger. Vergleichen Sie unsere Preise.«

Pike sagte nur: »Ich brauche deine Hilfe.«

12
Elvis Cole

Elvis Cole legte den Hörer aus der Hand und fühlte sich noch beunruhigter als vor Pikes Anruf. Er konnte gar nicht zählen, wie oft Pike ihm schon das Leben gerettet hatte. Auch nicht all die endlosen Momente, die sie miteinander geschwiegen hatten, wenn die letzte Möglichkeit zu überleben darin bestand, einfach mit jemandem zusammen zu sein, der die gleichen schrecklichen Dinge gesehen hatte wie man selbst. Aber er konnte an einer Hand die wenigen Male abzählen, die Joe Pike ihn um Hilfe gebeten hatte.

Cole wurde ein komisches Gefühl nicht los, seit Detective Sergeant Jack Terrio ihn mit Fragen über einen mehrfachen Mord bombardiert hatte, die er nicht beantworten konnte, weil er nichts davon wusste. Und jetzt war Cole genervt, weil er warten musste, bis er endlich erfuhr, was hier überhaupt los war. Wie üblich hatte Pike am Telefon rein gar nichts erklärt. Hatte nur gesagt, er sei auf dem Weg, und legte auf. Stets die charmante Plaudertasche.

Die Elvis Cole Detective Agency betrieb ihr Geschäft von zwei Büroräumen aus, vier Stockwerke hoch über dem Santa Monica Boulevard gelegen. Das ausschlaggebende Argument, sich hier einzumieten, war der Balkon gewesen. An einem klaren Tag konnte Cole von dort über ganz Santa Monica hinweg bis zum Meer sehen. Manchmal flogen die Möwen landeinwärts, schwebten dann in der Luft wie weiße Porzellandrachen und blinzelten ihn mit ihren Knopfaugen an. Gelegentlich trat die Frau aus dem benachbarten Büro auf ihren Balkon, um ein Sonnenbad zu nehmen. Sie besaß eine beeindruckende Auswahl an Bikinis.

Coles Name stand zwar als einziger an der Tür, aber Joe Pike war sowohl sein Partner als auch Freund. Sie hatten die Detektei in dem Jahr gekauft, als Pike das LAPD verlassen und Cole vom Staat Kalifornien seine offizielle Lizenz als Privatdetektiv erhalten hatte.

An diesem Morgen war der Himmel hell und ein wenig diesig, ohne kalt zu sein, und die Balkontüren standen offen, sodass Cole die frische Luft genießen konnte. Er trug ein mörderisch cooles Jams-World-Hawaiihemd (die Farben des Tages: Sunburst und Limone), dazu eine khakifarbene Cargohose sowie ein schickes italienisches Wildlederschulterhalfter, in dem aber gerade keine Waffe steckte. Cole hatte es in der Hoffnung angelegt, dass die Frau von nebenan in ihrem neuesten Bikini auftauchte, es sah und augenblicklich in Verzückung geriet, doch bislang hatte er eine doppelte Niete gezogen: keine Frau, keine Verzückung.

Als Pike zwanzig Minuten später eintraf, stellte Cole gerade Schecks aus. Er hörte weder das Öffnen noch das Schließen der Tür. Auf diese Weise bewegte sich nur Pike. Als sei er es gewohnt, sich so lautlos fortzubewegen, dass er die Erde kaum noch berührte.

Cole schob das Scheckbuch beiseite und zeigte ihm offen seine Verärgerung.

»Da sitze ich also hier, die Tür geht auf, und die Cops

kommen hereinmarschiert, Marke, Marke, Marke. Sie sind zu dritt, also muss es wichtig sein. Sie fragen, was ich über Frank Meyer weiß? Ich frage, wer? Sie sagen, Meyer hat als Söldner für deinen Kumpel Pike gearbeitet. Ich sage, okay, und? Sie sagen, Meyer und seine Familie wurden erschossen. Ich weiß nicht, was ich erwidern soll, aber genau da wollte der Alphabulle, ein Typ namens Terrio, wissen, was ich über deine Beziehung zu Meyer weiß und ob ihr Geschäftskontakte hattet. Ich sagte, Bruder, ich höre diesen Namen zum ersten Mal.«

Cole beobachtete, wie Pike es sich an einer Stelle vor der Wand bequem machte. Er setzte sich praktisch nie, wenn er in ihrem Büro war, sondern lehnte sich gegen die Wand.

»Gab auch keinen Grund dafür«, sagte Pike. »Frank war einer meiner Jungs. Von früher.«

»Terrio sagte, sie hätten Grund zu der Annahme, dass diese Bande Meyer überfallen hat, weil er zu Hause Geld oder Drogen aufbewahrte.«

»Terrio liegt falsch. Er denkt, weil die anderen sechs Opfer krumme Hunde waren, gilt das Gleiche für Frank.«

Cole runzelte die Stirn und bekam das Gefühl, noch weniger Bescheid zu wissen.

»Die anderen sechs?«

»Der Überfall auf Franks Haus war der siebte in einer Serie. Dieselbe Bande, in der Westside und Encino aktiv. Sie haben bislang immer Kriminelle ausgenommen.«

»Den Teil hat Terrio ausgelassen – die Zeitung ebenso.«

Nachdem Terrio wieder weg war, hatte Cole auf der Website der L. A. Times und bei lokalen Nachrichtensendern nach Berichten über die Morde gesucht. Die Times hatte noch die meisten Informationen geliefert und beschrieb Frank Meyer als erfolgreichen Selfmade-Geschäftsmann. Kein Wort von seiner Vergangenheit als Söldner, aber vielleicht war das noch nicht bekannt gewesen, als der Artikel geschrieben worden war. Ein Detective namens Stan Watts wurde zitiert, der davon ausging, dass eine aus drei bis vier Mann bestehende und auf brutale Wohnungseinbrüche spezialisierte Bande von Berufskriminellen zwischen acht und neun Uhr abends in das Haus eingedrungen sei, wobei Raub als wahrscheinlichstes Tatmotiv angesehen wurde. Watts machte keine Angaben darüber, was gestohlen worden sein könnte.

Cole hatte den Artikel ausgedruckt und hielt ihn Pike hin, aber der warf nicht einmal einen Blick darauf.

»Wenn Terrio sich irrt«, sagte Cole, »worauf hatten es diese Leute dann abgesehen?«

Pike zog einen Notizzettel und ein Mobiltelefon aus der Tasche und legte beides auf Coles Schreibtisch.

»Ich habe einen Zusammenhang gefunden, von dem Terrio nichts weiß.«

Cole hörte zu, während ihm Pike von einem frisch entlassenen Kriminellen namens Jamal Johnson und dessen Cousin Rahmi berichtete. Er erzählte von einem neuen Malibu und dass Jamal gegenüber Rahmi fallen gelassen hatte, seine Bande kaufe Tipps von jemandem aus dem serbischen Milieu. Pike war mitten in seiner Geschichte, als Cole eine Hand hob, um ihn zu unterbrechen.

»Moment mal. Die SIS observiert diesen Typen, und du bist in seine Bude eingebrochen?«

»Ja.«

»Das ist krass.«

Pike warf Cole das Telefon zu.

»Rahmis Handy. Jamals Nummer ist gespeichert. Vielleicht kannst du seinen Provider ermitteln und dann Jamals Anrufliste rekonstruieren. Womöglich finden wir ihn ja über seine Freunde.«

Cole legte das Telefon zur Seite und nahm den Zettel in die Hand.

»Ich werde sehen, was ich tun kann. Was haben diese ganzen Leute gemeinsam?«

»Ana Marković war das Kindermädchen der Meyers. Sie ist heute Morgen gestorben. Rina, ihre Schwester, hat einen Freund namens Yanni. Ich bin nicht sicher, wie das geschrieben wird. Rina war im Krankenhaus, bevor ihre Schwester gestorben ist. Sie hat dort Wache gehalten, weil sie glaubte, die Leute, die auf ihre Schwester geschossen und sie umgebracht haben, könnten vielleicht vorbeikommen und den Job zu Ende führen.«

»Du glaubst, sie weiß etwas?«

»Es sind Serben. Rahmi sagt, sein Cousin hätte sich mit einem serbischen Gangster zusammengetan. Wie groß sind die Chancen?«

Cole dachte darüber nach. Los Angeles hatte schon immer eine kleine serbische Gemeinde, deren Zahl nach dem Zusammenbruch der Sowjetunion plötzlich in die Höhe schoss. Genau wie die der russischen, armenischen und ehemals jugoslawischen Bevölkerungsgruppen. Mit ihnen kamen auch Kriminelle und Mitglieder des organisierten Verbrechens ins Land, und heute gab es in L.A. eine erhebliche Anzahl von Banden aus ganz Osteuropa. Obwohl die Gruppe der Osteuropäer nach wie vor vergleichsweise klein war, lohnte es sich, dem Verdacht nachzugehen, ob eine Balkan-Connection in Westwood existierte, die hinter den Morden steckte.

Cole legte den Zettel neben das Telefon.

»Deine Freundin Rina – denkst du, sie würde sich mit mir unterhalten?«

»Nein.«

Cole starrte auf die Informationen, die Pike auf den Zettel gekritzelt hatte. Viel war es nicht.

»Wo hat Ana gelebt?«

»Bei Frank.«

»Vielleicht hatte sie noch eine Wohnung fürs Wochenende.«

»Möglich.«

»Ich schätze, wir beide sind nicht gerade auf dem Laufenden, was den Lifestyle einer Nanny betrifft.«

»Nein.«

Die klassische Pike-Unterhaltung.

»Worauf ich hinauswill, ist Folgendes: Es wäre vielleicht ein guter Anfang, mit Leuten zu reden, die das Mädchen kannten. Ich brauche die Namen ihrer Freunde, vielleicht ein paar Telefonnummern, solche Sachen. Wenn die Schwester nicht mit uns spricht, dann sollten wir uns wenigstens den Tatort ansehen.«

»Darum kümmere ich mich. John Chen ist im zuständigen SID-Team. Er leitet die Spurensuche.«

Cole nickte.

Chen war gut, und er hatte auch früher schon mit ihnen zusammengearbeitet. Er würde ihn anrufen, sobald Pike fort war.

Zwei Möwen tauchten im leeren blauen Nichts vor dem

Fenster auf. Cole sah zu, wie sie auf ihrem unsichtbaren Meer trieben und dabei die winzigen Köpfe immer wieder drehten. Plötzlich verschwand eine der beiden aus seinem Blickfeld. Die andere beobachtete den Sturzflug, legte dann die Flügel an und folgte.

»Und Terrio weiß nichts von Jamal und der serbischen Connection?«, fragte Cole.

»Nein.«

»Wirst du es ihm sagen?«

»Nein. Ich will sie vor der Polizei finden.«

Pike starrte ihn an, aber sein Gesicht war so ausdruckslos wie immer. Die Gläser der dunklen Sonnenbrille wirkten wie zwei schwarze, in den Raum gestanzte Löcher. Ringsum herrschte Stille.

Cole sah erneut nach den Möwen, doch sie waren nicht wieder aufgetaucht. Der milchig blaue Winterhimmel ging langsam in ein sanftes Grau über. Cole stand auf, umrundete den Schreibtisch und nahm aus dem kleinen Kühlschrank unter der Pinocchio-Uhr eine Flasche Wasser heraus. Er bot sie Pike an. Der schüttelte einmal den Kopf, und Cole kehrte mit der Flasche hinter seinen Schreibtisch zurück.

Er warf wieder einen Blick auf den Zeitungsartikel, den Pike nicht angerührt hatte. Im zweiten Absatz wurden die Namen der ermordeten Opfer genannt. Frank, Cindy, Little Frank, Joe. Der Jüngste war Joey. Hingerichtet. Das von der Journalistin gewählte Wort, um zu beschreiben, was passiert war. *Hingerichtet*. Seit Cole den Artikel gelesen hatte, war ihm dieses Wort nicht mehr aus dem Kopf gegangen. Er wusste es besser, aber die Autorin verstand ihr Handwerk. Sie hatte einige wenige Worte quasi auf ein leeres Blatt gebrannt und zwang damit ihn und ihre übrigen Leser, sich die Szene selber vorzustellen, und da war sie. Eine schwarze, stählerne Mündung an den Kopf gehalten. Die Zähne zusammengebissen, während Tränen durch fest verschlossene Lider quollen. Dazu vielleicht noch Schluchzen und Schreie und dann das kurze, scharfe *bamm*, das alles beendete. Das Schluchzen hört auf, das Gesicht wird ruhig und friedlich, als es sich im Tod entspannt, und es bleiben nur die Schreie der Mutter. Denn Cindy dürfte die Letzte gewesen sein. Cole faltete den Artikel zusammen und legte ihn fort, fragte sich erneut, was er sich immer wieder gefragt hatte, seit er den Bericht gestern zum ersten Mal gelesen hatte: War der jüngste Sohn, Joey, nach Pike benannt worden oder nicht?

Wer war Frank Meyer?
Einer meiner Jungs.

Cole hatte im Laufe der Jahre genug erlebt, um zu wissen, was das bedeutete. Pike hatte sich seine Jungs sorgfältig aussuchen können und Menschen gewählt, die er respektierte. Und weil es seine Jungs waren, hatte er für ihre Kleidung, ihr Essen und ihre Ausrüstung gesorgt, hatte sichergestellt, dass sie pünktlich bezahlt, dass ihre Verträge eingehalten wurden und dass sie für den anstehenden Job angemessen ausgerüstet waren. Er kümmerte sich um sie, und sie kümmerten sich um ihn. Niemals hätte er zugelassen, dass sie ihr Leben billig verkauften.

Wer war Frank Meyer?
Einer meiner Jungs.

Cole sagte: »Ich muss mich nicht vor dem verstecken, was du tun wirst. Bislang hast du es nicht getan. Vielleicht ändern sich die Dinge ja noch. Vielleicht findet die Polizei sie zuerst.«

Pike sagte: »Mhm.«

Cole musterte Pike aufmerksam und dachte, er würde das Gleiche tun, aber vielleicht sah er ihn ja auch einfach nur an. Cole wusste nie, was Pike gerade durch den Kopf ging. Vielleicht wartete er schlicht darauf, dass Cole etwas sagte. Pike war sehr geduldig.

»Ich will, dass du zuhörst«, sagte Cole, »und darüber nachdenkst. Ich glaube nicht, dass Terrio zwangsläufig danebenliegt. Ich an seiner Stelle würde mir Meyer ebenfalls genau ansehen. Was ist, wenn sich herausstellt, dass Frank nicht der Mann ist, den du zu kennen meintest? Was ist, wenn Terrio recht hat?«

Die schwarzen Gläser schienen sich in Cole zu bohren, als wären es Bullaugen in eine andere Dimension.

»Er ist trotzdem immer noch einer meiner Jungs.«

Die Möwen tauchten wieder auf und zogen Coles Blicke auf sich. Sie hingen in der Luft, ihre winzigen Köpfe zuckten nach links und rechts, als würden sie einander ansehen. Dann blickten beide Vögel vollkommen synchron zu Cole. Sie starrten ihn mit ihren erbarmungslosen Augen an und drehten dann ab. Fort.

Cole fragte: »Hast du das gesehen?«

Doch als sich Cole vom Fenster abwandte, war Pike bereits fort.

13

Zwei Männer und eine Frau in dunkelblauen Anzügen marschierten Franks Einfahrt hinauf, als Pike vorbeifuhr. Eine ranghohe uniformierte Polizistin mit Sternen am Kragen, die sie als Deputy Chief auswiesen, gestikulierte, während die drei Zivilisten ihr folgten. Hohe Tiere aus dem Präsidium führten andere hohe Tiere herum.

Ein einzelner Streifenwagen parkte am Bordstein, was bedeutete, dass die Polizistin die Zivilisten selbst gefahren hatte. Andere offizielle Dienstfahrzeuge waren keine zu sehen. Drei Tage nach den Morden hatten die Laborratten alles gefunden, was es zu finden gab. Dennoch blieb das Haus versiegelt, bis die Leute von der Forensik sicher waren, keine weiteren Proben mehr zu benötigen. Sobald sie das Okay hatten, würden die Detectives das Haus an Franks und Cindys Nachlassverwalter freigeben, und jemand würde Ana Markovićs Familie mitteilen, dass sie auf Anas Habseligkeiten Anspruch erheben konnte. Pike fragte sich, ob ihre Eltern wohl in Serbien lebten und ob sie schon benachrichtigt worden waren. Er fragte sich weiter, ob sie herfliegen würden, um den Leichnam ihrer Tochter heimzuholen, und ob sie sich das leisten könnten.

Pike umkreiste einen Park in der Nähe und schlängelte

sich dann langsam zurück zu Franks Haus. Diesmal näherte er sich aus der entgegengesetzten Richtung und parkte zwei Blocks die Straße hinauf an einer Stelle, von der aus man den Streifenwagen bequem im Blick hatte.

Die ranghohe Polizistin und ihre Gäste blieben exakt zweiundvierzig Minuten im Haus – erheblich länger, als Pike erwartet hätte –, bevor sie die Einfahrt wieder herunterkamen, in den Streifenwagen stiegen und davon fuhren.

Pike wartete fünf Minuten, dann startete er den Wagen und parkte genau gegenüber von Franks Haus. Eine ältere Frau mit weißem Haar ging mit einem weißen Hund spazieren. Der Hund war klein und alt, hatte einen untersetzten Körper und Augen, die mal verspielt geschaut haben mochten, aber jetzt müde waren. Pike ließ sie vorbei, ging anschließend Franks Einfahrt hinauf und betrat das Grundstück durch das seitliche Gartentörchen, das er bereits zwei Abende zuvor benutzt hatte.

Jemand hatte ein Stück Karton über die zerbrochene Scheibe der Verandatür geklebt. Pike schob die Pappe zur Seite und öffnete die Tür. Nach vier Tagen war das Blut auf dem Boden sauer geworden und schimmelte. Pike ignorierte den Geruch und ging zu Ana Markovićs Zimmer.

Das von Franks Jungs selbst gemachte Bild zum Valentinstag, die Poster von europäischen Fußballspielern, der winzige Schreibtisch mit dem Durcheinander an Illustrierten und dem Laptop waren noch genauso, wie Pike es in Erinnerung hatte. Der Bildschirmschoner leuchtete nach wie vor – ein junger hawaiianischer Surfer auf einer Welle, die ihn verschluckte, nur um dann in einer endlosen Schleife wiederaufzuerstehen und erneut geschluckt zu werden. Pike klappte den Deckel zu, zog das Stromkabel heraus und stellte den Computer neben die Tür. Er durchsuchte die Schubladen und den ganzen Kram nach einem Adressbuch oder einem Mobiltelefon, wurde aber nicht fündig. Stattdessen fand er ein Highschooljahrbuch und verschiedene Geburtstags- und Urlaubskarten. Die Karten legte er in das Jahrbuch und das Jahrbuch zum Computer.

Es ließ Pike keine Ruhe, dass er kein Telefon fand. Er sah unter dem Schreibtisch und in dessen Umgebung nach, zog dann einen ganzen Berg Laken und eine Daunendecke vom Bett. Entdeckte zerknitterte Kleidungsstücke, zwei geöffnete Kekspackungen, eine offene Packung Pampers, ein paar Illustrierte, drei angebrochene Flaschen Wasser, einen Vampirroman, eine volle Packung Erdnuss-M&Ms und einen einzelnen unbenutzten Tampon in seiner Hülle. Es war das chaotische Durcheinander einer jungen Frau, die gern alles in die Ecke schob. Kein Telefon. Pike hob die Matratze an. Nichts.

Ihm fiel mit einem Mal ein, dass er keine Handtasche oder einen Geldbeutel entdeckt hatte. Vermutlich war ihr Telefon in ihrer Handtasche gewesen, und die Rettungssanitäter hatten beides mitgenommen, als sie Cindy ins Krankenhaus brachten. Pike würde es Cole später sagen. Der konnte es dann überprüfen und nachfragen, ob die Handtasche sich noch im Krankenhaus befand.

Das winzige Zimmer besaß einen Wandschrank, der kleiner als eine Telefonzelle war. Das Bad lag auf der anderen Seite des Flurs. Pike durchsuchte zuerst den Wandschrank, dann das Bad. Auf dem Boden des Wandschranks lagen Kleidungsstücke, Schuhe und ein leerer Rucksack. An der Innenseite der Tür war eine Pinnwand aus Kork befestigt, die mit Schnappschüssen, Karten, aus Illustrierten ausgeschnittenen Bildern, benutzten Eintrittskarten und Zeichnungen bedeckt war. Auf den meisten, aber nicht auf allen Fotos war Ana zu sehen, die mit Gleichaltrigen posierte – alle lächelten in die Kameras oder zogen Grimassen. Die meisten Aufnahmen stammten vermutlich aus den letzten Jahren, auf manche war etwas geschrieben worden. *Luv, Krissy. Du bist irre. BFFI!* Solche Sachen.

Pike nahm nicht alle mit, wählte Bilder aus, die ihm aktuell erschienen, außerdem die mit handschriftlichen Notizen und Namen, und steckte sie in das Jahrbuch. Er war gerade über den Flur ins Bad gegangen, als er das Zuschlagen einer Autotür hörte. Er nahm Computer und Jahrbuch, ging schnell zur Vorderseite des Hauses und sah zwei nicht weiter gekennzeichnete Crown Vic. Terrio und Deets waren bereits ausgestiegen, aus dem zweiten Wagen kletterten soeben zwei weitere Detectives. Terrio und Deets schlenderten zu Pikes Jeep, schauten dann mit zerfurchter Stirn zum Haus hinüber.

Pike verließ das Gebäude auf dem gleichen Weg, auf dem er es betreten hatte, und verbarg sich in der Hecke, die sich an der Längswand entlangzog. Er entfernte die .25er Beretta von seinem Knöchel und den .357er Colt Python von der Taille, reckte dann den Kopf, um zu sehen, was sich auf der anderen Seite befand. Computer, Jahrbuch und Schusswaffen ließ er auf das weiche Kissen aus trockenem Gras fallen und trat anschließend durch das seitliche Gartentörchen auf die Einfahrt hinaus.

Terrio und die anderen waren bereits halb die Einfahrt heraufgekommen, als Pike auftauchte und sich ihnen zeigte.

»Haben Sie vergessen«, sagte Terrio sofort, »was das gelbe Band bedeutet?«

»Ich wollte wissen, was passiert ist.«

»Es geht Sie nichts an, was passiert ist. Haben Sie das Anwesen betreten?«

»Ja.«

»Warum?«

»Um mich umzusehen.«

Deets grinste die anderen Detectives an.

»Das gefällt mir. Wir haben hier Einbruch, illegales Betreten, Behinderung der polizeilichen Ermittlungen. Wie wär's, wenn wir noch Einbruchdiebstahl auf die Liste setzen, Pike? Haben Sie irgendwas mitgenommen?«

Pike spreizte die Arme, bot an, sich durchsuchen zu lassen.

»Sehen Sie doch nach.«

Deets trat hinter Pike.

»Gute Idee. Ich habe schon von diesem Typen gehört, Jack. Man weiß nie, womit er bewaffnet ist.«

Der jüngere Detective ließ seine Hände über Pikes Beine, Taschen, den Gürtel gleiten, aber sein breites Lächeln verblasste, als er nichts fand.

Terrio sah ebenfalls nicht sonderlich glücklich aus. Er deutete mit dem Kopf aufs Haus und sagte an die anderen Detectives gewandt:

»Ich komme gleich nach. Ich begleite vorher nur noch Mr. Pike hier zu seinem Wagen.«

Terrio sagte nichts mehr, bis sie die Straße erreichten. Er lehnte sich gegen Pikes Jeep. Was Pike störte, doch er protestierte nicht.

Terrio betrachtete einen Moment lang Franks Haus.

»Warum sind Sie hergekommen?«

»Um es mir anzusehen. Wie ich schon sagte.«

»Waren Sie deshalb auch im Krankenhaus?«

Pike fragte sich, woher Terrio das wusste.

»Genau.«

»Das Mädchen ist heute Morgen gestorben. Macht dann insgesamt zwölf Morde. Falls Sie meinen, ich würde alle meine Mittel darauf verwenden, Ihrem Freund irgendwas anzuhängen, irren Sie sich.«

Pike erwiderte nichts. Er vermutete, dass Terrio schon bald zur Sache kommen würde.

»Ich habe den Bürgermeister, den Police Commissioner und alle hohen Tiere an der Backe. Die Zahl der Toten wächst, und ich kann keinen sicheren Tatverdächtigen vorweisen. Falls Sie etwas wissen, das uns helfen könnte, sollten Sie es mir jetzt sagen.«

»Ich kann Ihnen nicht helfen.«

Terrio starrte Pike einen langen Augenblick an, dann begann er zu lachen.

»Klar. Natürlich können Sie das nicht. Sie sind ja hier, weil Sie es sich mal ansehen wollten.«

Pikes Mobiltelefon summte. Es summte so laut, dass Terrio einen Schritt von dem Jeep zurücktrat.

»Warum gehen Sie nicht ran, Pike? Könnte was Wichtiges sein.«

Pike rührte sich nicht. Das Summen verstummte, als der Anrufer an die Mailbox weitergeschaltet wurde.

»Verschwinden Sie von hier«, sagte Terrio.

Pike sah ihm nach, als er wieder zum Haus ging. Er

wusste, dass Terrio noch einmal zurückblicken würde, sobald er Franks Haustür erreicht hatte. Also stieg er in den Jeep und fuhr los. Weit genug, um von Franks Haus aus nicht mehr gesehen zu werden. Dann joggte er durch die Gärten der Nachbarn zu der Hecke zurück, nahm die Waffen und alles, was er mitgenommen hatte, an sich und ging.

14

Pike lenkte den Jeep auf die andere Seite des Parks, bevor er anhielt und auf sein Telefon sah. Cole hatte eine Nachricht hinterlassen und bat um Rückruf.

Als sein Partner sich meldete, sagte Pike: »Ich bin's.«

»Du wolltest wissen, was ein Gangster mit dem Kindermädchen zu tun haben könnte?«

Cole machte es spannend und redete weiter, ohne auf Antwort zu warten.

»Ich gebe dir einen Tipp. Deine Rina arbeitet für die serbische Mafia.«

»Anas Schwester.«

»Genau. Ihre Schwester ist das Bindeglied.«

Pike richtete den Blick auf die Kinder im Park. Er beobachtete, wie die Knirpse mit kleinen, unbeholfenen Schritten liefen, wie sie versuchten, Bauklötze zu stapeln, und dabei scheiterten, weil ihre winzigen Hände viel zu klein waren, um die Steine richtig zu halten.

»Du hast keine zwei Stunden dafür gebraucht.«

»Bin ich nicht der größte Detektiv der Welt?«

Pike schaute auf die Uhr.

»Zweiundneunzig Minuten.«

»Karina Marković, auch bekannt als Karen Mark, sechsundzwanzig Jahre alt, Festnahmen zweimal wegen Prostitution, einmal wegen Körperverletzung und einmal wegen Raub – ein Freier behauptete, sie habe ihm die Brieftasche gestohlen. Insgesamt neun Tage im Gefängnis. Sie wurde in einer serbischen Sexhöhle oben im Valley festgenommen. In den Staaten ist sie seit mindestens acht Jahren, wahrscheinlich illegal.«

Das San Fernando Valley war die Pornohauptstadt der Welt, und die russischen Gangs entdeckten es quasi direkt bei ihrer Ankunft für sich. In der Sexbranche ließ sich leicht viel Geld verdienen, aber weil amerikanische Frauen schwer zu kontrollieren waren, brachten die Russen ihre eigenen Mädchen ins Land. Ein Muster, dem künftig jede neue Einwanderungswelle osteuropäischer Banden folgte. Von den Ukrainern über die Armenier bis zu den Serben.

»Ist auf sie ein Haftbefehl ausgestellt?«, fragte Pike.

»Momentan nicht, was allerdings nicht heißt, dass es keinen geben wird. Ihr Nummernschild kam als inaktiv zurück, ist also derzeit offiziell nicht registriert und zugelassen.«

»Ihr Wagen ist gestohlen.«

»Gestohlen oder aus Einzelteilen zusammengesetzt. Die Gangs aus dem Ostblock sind darauf spezialisiert – sie bauen Autos aus den Teilen verschiedener geklauter Fahrzeuge zusammen und verfrachten sie dann nach Hause. Womöglich weiß sie nicht, dass er gestohlen ist. Vielleicht ahnt sie nicht einmal, dass das Nummernschild nichts taugt. Auch die Adresse der Wohnung, die du mir gegeben hast, ist definitiv nicht ihre. Als Mieter registriert ist ein gewisser Janic Pević. Janic mit einem J.«

Cole sprach Janic wie das englische Y aus. Yanni.

»Vorbestraft?«

»Bislang hab ich nichts gefunden, aber der Tag ist noch jung.«

Pike senkte das Telefon, rührte sich jedoch nicht. Er sah den Kindern weiter beim Spielen zu und dachte, dass er jetzt verstand, warum Rina Marković bewaffnet war und Angst hatte. Sie gehörte zur serbischen Mafia, und jemand aus dieser Bande hatte ihre Schwester ermordet. Pike fragte sich, ob das der vierte Mann war.

So oder so wusste Rina, wer den Abzug gedrückt hatte.

Pike fuhr zu Yannis Wohnung und fragte sich, ob Rina sich wohl noch dort aufhielt oder ob sie schon weitergezogen war. Er machte sich deshalb keine Sorgen. Selbst wenn sie fort war, würde er Yanni dazu bringen, ihm zu sagen, wo er sie finden konnte.

Er rollte über den kleinen Besucherparkplatz, auf dem Yanni seinen Truck geparkt hatte. Jetzt allerdings war er fort. Am hinteren Ende des Parkplatzes hielt Pike an und steckte die Python unter seinen Gürtel. Die Mühe, die Brechstange zu verstecken, machte er sich nicht.

Er wartete, bis zwei Jogger vorbei waren, dann sprang er über das Tor auf den Anwohnerparkplatz. Rina Markovićs Auto stand immer noch auf dem Stellplatz von Apartment Nummer 2205.

Pike verließ das Parkhaus wie ein Anwohner und ging auf einem Fußweg zwischen den Gebäuden entlang. Es war ein ausgedehntes Grundstück mit acht einzelnen dreistöckigen Gebäuden, die in einer Reihe hintereinander angeordnet waren. Die Anlage erstreckte sich auf einem Areal zwischen dem Kanal und einer Anliegerstraße, deren Windungen sie folgte.

Hohe graue Eukalyptusbäume und dichte Oleandersträucher spendeten angenehmen Schatten. Pike suchte fast zehn Minuten, bevor ihm klar wurde, dass es nicht Apartment Nummer 2205 war, sondern Apartment 205 in Gebäude Nummer 2. Er fand die Wohnung im vorletzten Haus.

Hier hinten war es ruhig. Die Aktivitäten während des Tages fanden um den Pool herum statt und vorne bei den Briefkästen und den Parkhäusern.

Pike stieg eine Treppe hinauf, fand Nummer 205 und lauschte an der Tür. In der Wohnung war es still. Er legte eine Hand über den Spion und klopfte an. Als niemand öffnete, klopfte er wieder, diesmal fester, hörte aber immer noch nichts.

Pike vergewisserte sich, dass niemand ihn beobachtete, und verkeilte ein Ende des Brecheisens an der Stelle im Türrahmen, wo sich die Verriegelung befand. Da die Tür mehr Spiel hatte, als erwartet, verstärkte Pike den Druck und begriff, dass nicht abgeschlossen war. Er stieß einmal fest mit dem Brecheisen zu, und die Tür sprang auf. Dann ging er hinein und schloss hinter sich die Tür, die er allerdings mit Gewalt am zersplitterten Rahmen vorbeiziehen musste.

Er befand sich in einer kleinen, einfach möblierten Wohnung, die wegen der vorgezogenen Gardinen im Halbdunkel lag. Rechts vom Wohnzimmer lag eine offene Küche und links ein Schlafzimmer. Zwischen Küche und Schlafzimmer gab es eine weitere Tür, wahrscheinlich das Bad. Die Schlafzimmertür war offen, die Tür zum Bad jedoch geschlossen. Die Dusche lief.

Pike zog die Python, als er zum Schlafzimmer hinüberschlich. Er vergewisserte sich, dass das Zimmer leer war, und machte sich gerade auf den Weg zur Küche, als die Dusche abgestellt wurde. Nach einem kurzen Blick in die Küche, wandte er sich zum Bad und wartete, die Waffe locker an seinem Bein.

Die Tür öffnete sich ein paar Zentimeter, dann wurde sie abrupt weiter geöffnet. Dampfschwaden drangen heraus. Rina kam mit gesenktem Blick aus der Tür, während sie sich heftig die Haare frottierte. Sie war nackt, hatte sehr weiße Haut und einen fleischigen Körper. Einen kurzen Augenblick, bis sie begriff, dass sie nicht allein war, musterte Pike sie und sah die wulstigen rosa Narben, die sich kreuz und quer über ihren Bauch zogen, als sei sie zerkratzt worden. Die Narben waren so tief, dass sie hervortraten, und an ihrer verblassten Färbung erkannte er, dass sie alt waren.

Dann erblickte sie ihn. Sie stieß einen Schrei aus, sprang zur Seite und versuchte sich mit dem Handtuch zu bedecken.

Pike hob die Waffe gerade so weit, dass sie sie sah, richtete sie aber nicht auf sie.

»Wer hat sie umgebracht?«

Sie war reglos wie eine Eisskulptur, ihr Gesicht beinahe durchscheinend weiß, und ihre eingefallenen Wangen und Augenhöhlen waren bläulich verschattet. Sie stand da mit ihrem Handtuch, Wasser perlte über ihre Schultern und lief ihr die Beine hinunter.

»Wer?«, wiederholte Pike.

»Raus hier. Ich werde die Polizei rufen.«

»Wer?«

»Sie sind verrückt. Ich werde schreien.«

Sie warf einen Blick zur Tür, als Pike das Drehen des Türgriffs hörte und Yanni mit einer, wie es aussah, großen Sporttasche hereinkam. Er war so breit gebaut, dass er den Türrahmen komplett ausfüllte und sich zur Seite drehen musste, um hindurchzukommen.

Ein mürrischer Ausdruck huschte über das Gesicht des schweren Mannes, als er die Tasche fallen ließ und zum Angriff überging. Rina brüllte etwas in ihrer Sprache, doch Pike wartete einfach und beobachtete Yannis Aktion.

Yanni griff mit Druck und auf breiter Front an wie alle dicken Männer, die sich darauf verlassen, dass ihre körperlichen Abmessungen im Grunde alles für sie erledigen. Daher wusste Pike, dass Yanni nie eine richtige Ausbildung genossen hatte und einfach mit erhobenen und ausgestreckten Armen heranstürmte, um ihn gegen die Wand zu rammen. Pike war dem Ganzen so weit voraus, dass er jeden einzelnen Schritt mit absoluter Klarheit vorhersah, als seien sie programmiert.

Er ließ Yanni an sich herankommen, dann drückte er dessen Hand nach unten, um seinen Arm zu haken. Duckte sich darunter weg und zog den Arm mit sich, ließ den schweren Mann über seine Hüfte abrollen und legte ihn flach aufs Kreuz. Pike schlug ihm mit der Python auf die Stirn, hieb erneut und fester zu. Diesmal platzte die Haut tief auf, und Yannis Augen wurden glasig.

Es dauerte keine zwei Sekunden, und Rina war schon im Schlafzimmer.

Er erreichte sie, als sie sich mit der Pistole vom Bett umdrehte, erwischte die Waffe und drehte sie fort. Doch so leicht gab Rina nicht auf. Sie schlug nach ihm und versuchte, ihm die Augen auszukratzen, während Pike sie rückwärts ins Wohnzimmer schleifte, damit sie Yanni sehen konnte. Sie rammte ihm den Ellbogen in den Bauch, probierte, auf seine Füße zu treten, und stieß grunzende Laute aus, während sie sich weiter bemühte, an seine Augen zu kommen.

»Schluss«, befahl Pike.

Yanni lag immer noch auf dem Boden und blinzelte verwirrt über das Blut, das ihm in die Augen lief.

»Ich kenne dich. Du gehörst zur Mafia. Du weißt, wer das getan hat.«

Aber sie kämpfte nur noch heftiger, peitschte ihren Kopf von einer Seite zur anderen. Sie war kräftig. Muskeln wie Taue unter der blassen Haut.

Pike drückte so fest zu, dass irgendetwas in ihr knackte. Er zog den Hammer der Python zurück.

»Ich frage nicht noch einmal.«

»Ja.«

»Ja, was?«

»Ich weiß es. Ich weiß, wer sie umgebracht hat. Ich weiß, wer es gewesen ist.«

»Wer?«

»Mein Mann.«

Pike hielt sie fest in seinem Arm. Das Wasser aus ihren Haaren tropfte auf seine Haut. Ihre Brust hob und senkte sich.

15

Pike befahl ihr, sich das Handtuch umzuwickeln, sich auf die Couch zu setzen. Sie warf einen kurzen Blick auf Yanni, der immer noch flach auf dem Rücken lag.

»Was ist mit ihm?«

»Er blutet.«

»Wir sollten etwas tun.«

»Nachdem Sie es mir verraten haben.«

Das gefiel ihr nicht, und sie sagte etwas auf Serbisch zu Yanni.

»Englisch«, sagte Pike nur.

Yanni rieb wie blöde an seinem Gesicht und schmierte dabei das Blut auf seinen Arm. Pike ließ Rinas Pistole in seine Tasche gleiten, postierte sich dann so, dass er beide zugleich im Auge behalten konnte. Falls Yanni versuchte aufzustehen, wollte Pike das wissen.

»Wer ist Ihr Mann?«, fragte Pike.

»Michael Darko. Kennen Sie seinen Namen?«

»Nein. Ist er ein Dieb?«

Sie schmunzelte, als ob Pike ein Idiot sei. Sie war kühl und unnahbar, obwohl sie halb nackt auf der Couch saß und Yanni blutend auf dem Boden lag.

»Bitte! Er ist ein Boss der Diebe.«

»Okay, der Boss. War er ebenfalls Ihr Boss, als Sie wegen Prostitution verhaftet wurden?«

Ein Hauch von Pink färbte ihre Wangen.

»Ja. Er hat mich nach Amerika gebracht. Seitdem arbeite ich für ihn.«

»Okay, der Boss der Diebe ist also ein Zuhälter. Hat dieser Boss auch eine Bande in Franks Haus geschickt?«

»Ja.«

»Und selbst mitgemacht?«

»Vielleicht ja, vielleicht nein. Ich war nicht dabei.«

»Was wollte er dort stehlen?«

»Mein Baby.«

Ihre Antwort hing in der Luft wie gefroren. Kam so überraschend, als wären sie losgezogen, eine Atombombe zu stehlen. Pike starrte sie an, dachte über das nach, was sie da gerade gesagt hatte. Ihr hageres Gesicht glatt wie Porzellan, die Augen hart wie Marmor.

»Frank und Cindy hatten *Ihr* Baby?«

»Meine Schwester. Ich habe ihn zu Ana gegeben, als ich herausfand, dass Michael ihn mir nehmen wollte. Habe ihn bei ihr versteckt, bis wir verschwinden konnten.«

Pike versuchte zu begreifen. Dann erinnerte er sich, in Anas Zimmer eine Packung Pampers gesehen zu haben. Doch er hatte sich nichts dabei gedacht, weil es einfach nur eine Schachtel gewesen war. Kein Kinderbett, kein Körbchen, keine Babynahrung – bloß diese eine Schachtel Pampers.

»Ein Baby.«

»Ja.«

»Wie alt?«

»Zehn Monate.«

Sie richtete sich auf, nahm die Schultern zurück, drückte die Brust heraus.

»Ich sehe gut aus, ja? Ich arbeite hart.«

»Michael und seine Bande, die haben sechs weitere Häuser auf die gleiche brutale Weise überfallen und andere Menschen umgebracht. Gab es dort möglicherweise ebenfalls Kinder?«

Ihre Augen blitzten wütend auf.

»Davon weiß ich nichts. Ich weiß nur, dass Michael sein Kind will. Er bringt es zurück nach Serbien.«

Terrio hatte nichts von einer Entführung erwähnt. Auch Chen nicht und sonst niemand, und dann begriff Pike, warum das so war.

»Sie haben der Polizei nichts davon gesagt, stimmt's?«

»Natürlich nicht. Die können mir nicht helfen.«

Natürlich nicht.

Yanni kam langsam wieder zu sich. Er berührte sein Gesicht, betrachtete dann das Blut auf seiner Handfläche, als wäre er nicht ganz sicher, um was es sich handelte. Pike bewegte die Waffe in seine Richtung.

»Ist das da Ihr Freund?«

»Nein. Er würde gern – aber nein, ist er nicht. Ich verstecke mich bloß bei ihm, seit ich erfahren habe, dass Michael das Baby will. Dann bekam ich Angst, und weil ich viel zu tun hatte, gab ich das Baby zu Ana.«

Yanni rührte sich. Ein Knie kam hoch, er rollte sich auf die Seite, und versuchte aufzustehen.

»Sagen Sie ihm, er soll unten bleiben«, befahl Pike.

»Auf Englisch?«

»Hauptsache er versteht's. Sagen Sie ihm, wenn er aufsteht, erschieße ich ihn.«

»Würden Sie das tun?«

»Ja.«

Sie sprach in ihrer Sprache, und Yanni wandte sich Pike zu, der ihm die Kanone zeigte. Der Serbe seufzte, dann legte er den Kopf wieder auf den Boden. Sein Gesicht sah schrecklich aus.

»Damit ich das richtig verstehe. Ihr Ehemann, dieser Michael Darko, ist in Franks Haus gegangen, um Ihrer Schwester seinen Jungen wegzunehmen?«

»Ja.«

Da war's. Michael Darko war der vierte Mann.

»Was an diesem Abend passiert ist, hatte also nichts mit Frank zu tun. Es ging einzig und allein um Ihren Jungen.«

»Michael geht zurück nach Serbien. Er will seinen Sohn dort großziehen. Mich will er töten.«

»Warum?«

»Ich bin nichts. Sehen Sie nicht? Eine Hure, die er geschwängert hat. Er will nicht, dass sein Sohn als Kind einer Hure aufwächst.«

»Also hat er Ihre Schwester und mit ihr eine ganze Familie umgebracht?«

»Meine Schwester hat ihm nichts bedeutet. Ihre Freunde genauso wenig und ich schon gar nichts. Er wird mich töten, wenn er kann. Und Sie auch.«

»Das werden wir sehen«, sagte Pike.

Er schloss die Augen und sah die Leichen vor sich: Frank, Cindy, Little Frank, Joe, und die öligen, unregelmäßigen

Blutlachen. Den neongrünen Zwirn, der die Schussbahnen der Kugeln markierte.

Kollateralschaden.

Zuschauer bei einem Familienstreit.

Pike holte langsam und tief Luft und fühlte sich, als hätte seine ganze Welt sich leicht verschoben. Er fuhr sich mit einer Hand über den Kopf, das kurze Haar steif und hart. Alles ordnete sich von selbst neu zu einem angenehmeren und vertrauteren Ganzen, nur dass Frank und seine Familie immer noch tot waren. Jemand hatte ihr Zuhause verletzt. Jemand hatte sie verletzt. Jemand würde dafür bezahlen.

Pike betrachtete die Frau auf der Couch und begriff, dass Frank nicht mit dem gerechnet hatte, was dann passierte.

»Sie haben sie nicht gewarnt. Frank wusste nicht, dass dieser Irre hinter Ihrem Kind her war.«

Zum ersten Mal sah sie jetzt weg, wirkte nicht mehr ganz so unterkühlt und distanziert.

»Nein. Wir haben sie belogen.«

Sie sagte das einfach so. *Nein, wir haben sie belogen.* Dann redete sie weiter.

»Wir sagten ihnen, ich wäre in einer Notlage. Es sei nur für ein paar Tage, und die Dame dort, sie war nett. Ich traf Vorbereitungen, um nach Seattle zu fahren. Bloß ein paar Tage, mehr nicht, dann wollten wir abreisen. Niemand wusste, dass Ana für diese Leute arbeitet. Wie konnte er das herausfinden?«

Kollateralschaden.

Frank, Cindy, die Jungs. In der Wüste hatte Frank die Panzer wenigstens kommen sehen.

»Bleiben Sie auf der Couch.«

Pike ging in die Küche, fand Eis im Eisfach und Plastikmülltüten unter der Spüle. Er leerte eine Schale mit Eiswürfeln in eine Tüte und ließ sie auf Yanni fallen.

»Leg das auf dein Gesicht. Sagen Sie ihm, er soll das auf sein Gesicht legen.«

»Ich verstehe Sie«, sagte Yanni.

Pike machte einen Schritt um ihn herum und kehrte zu der Frau zurück. Er überlegte kurz, die Pistole einzustecken, beschloss dann jedoch, sie draußen zu lassen.

»Ist Darko noch in Los Angeles?«

»Ich glaube, ja. Schwer zu sagen.«

Pike war alles andere als begeistert von ihren vagen Auskünften, aber wenigstens schien sie kooperationsbereit.

»Sagen wir einfach mal, er wäre es. Falls er hier ist, wo kann ich ihn finden?«

»Ich weiß nicht. Wenn ich es wüsste, dann hätte ich den Jungen, ja? Ich würde ihn erschießen und mir den Jungen zurückholen.«

»Wo wohnt er?«

»Ich weiß es nicht. Er zieht oft um.«

»Warum wissen Sie nicht, wo Ihr Mann lebt?«

Sie schloss die Augen. Ihr hartes Gesicht wurde sanfter, nur die Mundwinkel wirkten verbittert.

»Er war nicht viele Monate mein Mann.«

Pike dachte darüber nach, deutete dann mit der Waffe auf ihren Bauch.

»Hat er das getan?«

Sie senkte den Blick und öffnete das Handtuch, schien nicht daran zu denken, dass sie nackt war. Oder vielleicht doch. Ihr blasser Körper sah jetzt verletzlicher aus; im Sitzen schoben sich die Narben auf ihrem Bauch zusammen. Ihre Brüste waren klein, aber fest. Sie war eine attraktive Frau. Ein bisschen zu hart und kalt, was vielleicht sogar verständlich war. Das waren keine Operationsnarben. Jemand hatte ihr wehtun wollen und hatte wahrscheinlich versucht, sie zu töten. Pike fragte sich, wer und warum und wie lange es schon her war. Sie hatte tiefe Schnittwunden davongetragen, und diese Verletzungen mussten schrecklich wehgetan haben. Pike gefiel, dass sie sich nicht schämte für die Narben.

Sie betrachtete sich noch einen Moment, bevor sie das Handtuch wieder schloss.

»Nein, nicht Michael. Er hat mich nach den Narben geschwängert. Die haben ihn angemacht.«

»Haben Sie ein Foto von ihm?«

»Nein. Er lässt sich nicht fotografieren. Es gibt keine Fotos von ihm.«

»Wie sieht's mit einer Telefonnummer aus?«

»Nein.«

Pike runzelte die Stirn. Immer nur nein.

»Was hätten Sie getan, wenn der Junge krank geworden wäre? Wenn Sie irgendwas gebraucht hätten?«

»Dafür wurde gezahlt. Es gibt andere Leute, denen ich das sagen kann.«

Sie zuckte mit den Achseln, als sei Pike ein Idiot, der nicht wusste, wie es eben so läuft.

Pike dachte konzentriert nach und versuchte die Sache anders anzupacken. Entweder log sie, oder sie wusste praktisch nichts über ihren Mann.

»Wohin würde er das Kind bringen?«

»Serbien.«

»Nicht später. Jetzt. Bevor er nach Serbien geht. Er muss ein zehn Monate altes Baby doch irgendwo unterbringen.«

»Eine Frau, denke ich, aber solche Frauen gibt es viele. Michael wird ihm nicht die Windeln wechseln und nicht die ganze Nacht über wach bleiben, um das Baby zu füttern.«

»Eine andere Hure?«

Ihre Augen blitzten wieder, und Pike fühlte sich schlecht, weil er es so grob ausgedrückt hatte. Er formulierte es anders.

»Hat er eine Freundin? Lebt er mit einer anderen Frau zusammen?«

»Ich weiß es nicht, werde es aber herausfinden.«

Pike betrachtete sie. Sie würde es herausfinden. Sie würde sich ihr Kind zurückholen. Sie.

»Es war ein Fehler, der Polizei nichts zu sagen. Das können Sie nachholen. Und das sollten Sie auch.«

Yanni murmelte irgendwas auf Serbisch, doch Rina fauchte ihn an, fiel ihm ins Wort.

»Englisch«, befahl Pike.

»Was werden sie tun? Mich abschieben? Ich bin schon viele Male verhaftet worden, bin ohne Papiere hier.«

»Die werden nicht fragen, ob Sie amerikanische Staatsbürgerin sind. Und Ihre Vorstrafen werden sie auch nicht interessieren. Ihr Kind wurde entführt. Die Entführer haben fünf Menschen ermordet. Michaels Bande hat alles in allem zwölf Menschenleben auf dem Gewissen. Das wird die Polizei interessieren, nur das.«

»Gar nichts wird sie interessieren.«

»Ich kenne die Polizei. Ich war früher selbst Polizist.«

Ihr Lächeln verzerrte sich zu einer hässlichen Grimasse.

»Nun, dann will ich Sie mal was fragen, Mr. Früher-warich-selbst-Polizist. Wenn ich diesen Mann finde, denken Sie, die Polizei wird mir erlauben, ihm in den Kopf zu schießen? Denn genau das werde ich tun.«

Diese Frau meint es ernst, dachte Pike.

Rina schien seine Gedanken zu lesen, und das falsche Lächeln wurde noch bösartiger.

»So machen wir das dort, wo ich herkomme, schon immer. Verstehen Sie?«

»Sind alle serbischen Frauen wie Sie?«

»Ja.«

Pike warf Yanni einen Blick zu, der sich nach wie vorr den Eisbeutel aufs Gesicht drückte. Yanni nickte.

Pike sah wieder Rina an.

»Vielleicht sollten Sie mitkommen. Ich kann Sie an einem sicheren Ort unterbringen.«

»Ich weiß nichts über Sie, und ich habe viel zu erledigen. Ich werde bei meinem Freund bleiben.«

Pike steckte die Python ins Holster und zog ihre Ruger aus seiner Tasche. Es war keine schicke Waffe, aber sie war brauchbar und tödlich. Er nahm das Magazin heraus, lud einmal durch, um die Patrone aus der Kammer zu holen, wie er es schon im Krankenhaus gemacht hatte. Drückte die einzelne Patrone ins Magazin und warf Waffe und Magazin auf die Couch. Beides prallte gegen Rinas Oberschenkel.

»Sie werden nicht die Polizei rufen«, sagte sie.

»Nein. Ich werde Ihnen helfen.«

Als er nach seinem Mobiltelefon griff, sprang Rina auf.

»Sie sagten, keine Polizei!«

»Ich rufe nicht die Polizei an.«

Pike rief Elvis Cole an.

16

Michael Darko. Jetzt hatte Pike einen Namen, doch er wusste nichts über diesen Mann und musste mehr erfahren. Es war wichtig, den Feind zu verstehen, bevor man ihn angriff – und es war unmöglich, ihn zu finden, ohne seine Gewohnheiten und Bedürfnisse zu kennen.

Als Cole kam, saß Yanni auf einem Esszimmerstuhl und hielt ein blutverschmiertes Handtuch an seinen Kopf. Rina war angezogen, aber die Ruger lag immer noch neben ihr auf der Couch. Pike stellte sie einander vor, indem er nacheinander auf jeden von ihnen zeigte und dabei ihre Namen nannte.

Cole richtete den Blick auf Yanni, dann auf die Waffe, dann auf Rina. Rina erwiderte den Blick kühl und misstrauisch.

»Was ist das für einer, noch so ein Früher-mal-Polizist?«

»Er ist Privatdetektiv und gut darin, Leute zu finden.«

»Dann soll er anfangen. Wir haben viel Zeit verschwendet.«

Cole setzte sich auf einen Sessel neben der Couch, während Pike in groben Zügen berichtete, was ihm Rina über Darko erzählt hatte und wie das Baby zu Ana kam. Von der Entführung und von Rinas Absicht, sich ihr Kind zurückzuholen. Als Pike an dieser Stelle angekommen war, sah Cole zu Rina hinüber. Diese berührte gerade die Pistole neben ihrem Bein.

»Wie heißt Ihr Sohn?«, fragte Cole.

»*Petar*. Peter.«

»Haben Sie ein Foto?«

Pike meinte zu erkennen, wie sich ihr Gesicht verfinsterte. Verdrießlich starrte sie Cole an, bis Yanni irgendwas auf Serbisch nuschelte.

»Englisch«, sagte Pike. »Ich sag's nicht noch mal.«

Rina erhob sich von der Couch.

»Ja. Ich hab ein Foto.«

Sie ging ins Schlafzimmer, wühlte in ihrer Tasche, kehrte dann mit einem Schnappschuss zurück. Darauf zu sehen war ein lächelndes Baby mit flaumigem rotem Haar. Es lag auf einem grünen Teppich und griff nach der Kamera. Pike verstand nicht viel von Kleinkindern, aber das hier sah nicht nach zehn Monaten aus.

»Als ich die Wohnung verließ, habe ich es schnell gemacht«, sagte sie. »Das einzige Foto, das ich habe. Sie können es nicht behalten.«

»Er sieht hier aber nicht nach fast einem Jahr aus«, meinte Pike.

Sie sah ihn missmutig an.

»Sind Sie dumm? Er ist jetzt zehn Monate und drei Tage alt. Auf dem Foto ist er erst sechs Monate: sechs Monate, eine Woche und einen Tag. Das einzige Bild, das ich habe.«

Cole zog die Augenbraue hoch und sah Pike an.

»Was ist los mit dir? Kannst du nicht erkennen, wie alt ein Baby ist?«

Pike war nicht sicher, ob sein Partner Witze machte. Cole sah die Frau an.

»Ich scanne das Foto ein und gebe es Ihnen zurück. Wäre das okay?«

Sie schien darüber nachzudenken, dann nickte sie.

»Ja, wäre okay.«

Cole legte das Foto beiseite und drehte sich dann für weitere Fragen wieder zu ihr um.

»Warum mussten Sie so schnell gehen?«

»Weil Michael kam.«

»Wegen Peter.«

»Michael sagt, er will den Jungen. Ich sagte, nein, er sagte doch. Ich weiß, was Michael denkt. Er bringt mich um, nimmt sich den Jungen und tut dann so, als hätte es die Hurenmutter nie gegeben.«

»Also haben Sie Peter bei Ihrer Schwester untergebracht, während Sie in Seattle eine Wohnung gesucht haben.«

»Ja.«

»Wie hat Michael sie gefunden?«

»Ich weiß nicht.«

»Könnte Ana ihn angerufen haben, vielleicht weil sie die Sache zwischen Ihnen wieder in Ordnung bringen wollte?«

Rina lachte, aber es war ein bitteres und zynisches Lachen.

»Das würde sie niemals gewagt haben. Sie hatte Angst vor diesen Leuten. Ich hielt sie deshalb aus allem raus.«

Cole warf Pike einen fragenden Blick zu – er verstand kein Wort.

»Diese Leute?«

Yanni sagte wieder etwas, und eine weitere kurze, unverständliche Unterhaltung folgte. Pike stand auf, und Yanni hob beide Hände, bevor er zu reden begann.

»Sie meint die Diebe. Ana war ein kleines Mädchen, als sie kamen. Rina hat Ana von diesen Männern ferngehalten.«

Rina nickte. Ihre Augen waren zusammengekniffen und hart. Sie griff den Faden da auf, wo Yanni abgebrochen hatte.

»Sie sollte keine Hure werden und nicht für Michael arbeiten. Ich schickte sie auf eine Schule, damit sie normale Freunde hatte und ein anständiges Mädchen würde.«

»Sie haben sie beschützt«, sagte Pike.

Rina sah aus dem Fenster.

»Nicht gut genug.«

Cole räusperte sich, holte sie ins Gespräch zurück.

»Wer wusste, dass Ana das Baby hatte?«

»Niemand.«

»Yanni wusste es.«

Yanni hob wieder die Hände und schüttelte den Kopf.

»Ich habe es niemandem gesagt. Ich war jede Minute bei Rina.«

Rina winkte ungeduldig ab.

»Yanni ist gut. Ich weiß nicht, wie Michael sie gefunden hat. Ich verstehe das nicht.«

»Kommen wir noch mal auf Michael zurück«, sagte Cole. »Dieser Kerl ist also Ihr Mann, aber Sie wissen nicht, wo er lebt?«

»Niemand weiß das. So organisiert er sein Leben.«

»Keine Adresse, kein Foto, nicht mal eine Telefonnummer?«

»Er hat jede Woche ein neues Telefon. Die Nummern wechseln ständig. Was wollen Sie von mir hören?«

Rina sah Pike finster an.

»Wann fängt Ihr Freund denn endlich an mit dem Herausfinden, bei dem er so gut sein soll?«

»Michael versteckt sich«, sagte Pike. »Das haben wir inzwischen verstanden. Trotzdem wissen Sie mehr über ihn als jeder andere hier. Wir brauchen Informationen, mit denen wir arbeiten können.«

Sie breitete die Hände aus.

»Ich kann's nicht erwarten anzufangen.«

»Wer sind seine Freunde?«, fragte Cole.

»Er hat keine Freunde.«

»Wo lebt seine Familie?«

»Serbien.«

»Ich meinte seine Verwandten hier.«

»Er hat alle in Serbien zurückgelassen.«

»Okay. Was ist mit Ihren Freunden? Vielleicht kann uns einer von denen helfen, Michael zu finden.«

»Ich habe keine Freunde. Alle haben Angst vor Michael.«

Wieder warf Cole Pike einen Blick zu.

»Ich kann gar nicht schnell genug schreiben, um hier mitzukommen.«

Rina blinzelte ihn an.

»Macht sich der große Leutefinder über mich lustig?«

Pike räusperte sich.

»Wir brauchen Namen. Mit wem arbeitet Michael? Wer arbeitet für ihn? Selbst wenn Sie die Leute nicht kennen, ab und zu müssen Sie doch mal Namen gehört haben.«

Rina sah Yanni stirnrunzelnd an, als suche sie bei ihm Rat. Yanni schaute Pike an, hatte aber Angst, irgendwas zu sagen. Pike nickte, erteilte die Erlaubnis. Es folgte eine kurze Unterhaltung, die eher nach einem Streit klang, und dann fingen beide an, Namen auszuspucken. Obwohl sie schwierig zu verstehen und noch schwieriger zu buchstabieren waren, schrieb Cole sie in sein Notizbuch.

Als er mit den Namen fertig war, schaute er auf und wirkte hoffnungsfroh.

»Wurde Darko schon mal verhaftet? Hier in L.A.?«

»Ich weiß nicht. Glaube nicht, doch wissen tu ich's nicht. Er ist schon viel länger hier als ich.«

Cole sah Pike an, zog wieder die Augenbrauen hoch.

»Dann drücken wir mal die Daumen. Ich werde Darko und diese anderen Typen überprüfen – mal sehen, ob sie im System sind. Falls er schon mal festgenommen wurde, könnten wir Glück haben. Der einzige Mensch, den man nicht anlügen kann, was den Wohnort oder das eigene Vermögen betrifft, ist ein Kautionsvermittler.«

Pike wusste das noch aus seiner Zeit als Polizeibeamter. Kriminelle erzählen jedem über alles Lügen. Sie geben der Polizei falsche Namen, das falsche Alter und falsche Adressen. Genauso den Gerichten und überhaupt jedem, sogar dem eigenen Anwalt. Nur einen Kautionsvermittler können sie nicht belügen. Ohne ein Pfand oder eine Sicherheit würde der nämlich keine Kaution hinterlegen, und sofern ein Kautionsvermittler nicht bestätigen konnte, dass der Antragsteller auch tatsächlich das besaß, was er zu besitzen behauptete, blieb der Betreffende im Gefängnis.

Cole setzte die Befragung fort, aber viel mehr wusste Rina nicht. Darko bezahlte immer alles in bar, benutzte keine Kreditkarten, die nicht gestohlen waren, und ließ Rina alle Rechnungen für sich selbst und das Baby von einem eigenen Girokonto begleichen oder zahlte ihr die Beträge in bar aus.

Telefonnummern wechselten, Adressen wechselten, Orte wechselten und Autos wechselten. Er war ein Mann, der keine Spuren hinterließ und ein unsichtbares Leben führte.

»Wie haben Sie ihn denn finden wollen?«, fragte Pike.

Sie zuckte die Achseln, als gäbe es nur einen Weg, auf den sie auch schon viel früher hätten kommen können.

»Ich würde mich aufs Geld konzentrieren.«

Cole und Pike wechselten einen Blick, dann sah Cole sie an.

»Womit macht er denn sein Geld?«

»Sex. Er hat seine Mädchen. Und die Leute, die große Trucks stehlen ...«

»Sattelschlepper beladen mit Fernsehern, Kleidung und solchen Sachen?«

»Ja. Er hat Leute, die stehlen Kreditkarteninformationen. Außerdem verkauft er schlechtes Benzin, besitzt Striplokale und -bars.«

»Sie wissen, wo diese Lokale sind?«, fragte Pike.

»Manche. Besser kenne ich die Mädchen.«

Cole sah von seinen Notizen auf.

»Sie wissen, wo er die Mädchen untergebracht hat?«

»Ich kann Ihnen die Adresse nicht nennen, sie Ihnen bloß zeigen.«

Jetzt sah Cole sie an und erhob sich. Pike folgte ihm auf die andere Seite des Raumes, wo Cole seine Stimme senkte. Sowohl Rina als auch Yanni beobachteten sie.

»Hast du irgendwas von der Schwester gefunden?«

Pike erzählte, was er entdeckt hatte – den Laptop, das Jahrbuch, ein paar andere Dinge. Alles lag draußen im Jeep.

»Gut«, sagte Cole. »Ich möchte ihre Geschichte überprüfen. Das ganze Zeug, das sie uns erzählt, könnte ja auch erfunden sein.«

»Ich werde alles in deinen Wagen laden, wenn ich gehe.«

»Außerdem möchte ich sehen, was sich über diesen Typen, diesen Darko herausfinden lässt. Falls sie uns über ihn die Wahrheit sagt, kenne ich wahrscheinlich jemanden beim LAPD, der uns helfen kann.«

Pike kannte ebenfalls jemanden, allerdings nicht beim LAPD, und den wollte er jetzt sehen.

Von der Couch aus meldete sich Rina. »Das ganze Getuschel gefällt mir nicht.«

Pike drehte sich zu ihr um.

»Sie werden mit ihm fahren. Zeigen Sie ihm alles, was Sie über Darkos Geschäfte wissen, und beantworten Sie seine Fragen.«

»Wohin gehen Sie? Was werden Sie tun?«

»Ich werde seine Fragen ebenfalls beantworten.«

Pike sah kurz zu Cole.

»Du kommst zurecht?«

»Ich lebe den Traum.«

Pike ging.

17

Pike lud den Laptop und die anderen Dinge aus Anas Zimmer in Coles Wagen und kehrte zu seinem Jeep zurück. Als er den Besucherparkplatz überquerte, bremste ein brauner Nissan Sentra in der Nähe der Einfahrt ab. Zwei Latinos auf den Vordersitzen drehten sich um, ließen ihren Blick über den Parkplatz wandern und schienen Pikes Jeep zu mustern. Dann erblickte der Fahrer Pike. Es folgte ein unmerkliches Zögern, bevor er wütend in Richtung seines Beifahrers gestikulierte, als befänden sie sich mitten in einem Streit und es hätte keinerlei Bedeutung, dass er Pike gesehen hatte. Kurz darauf beschleunigte der Sentra und verschwand.

Vielleicht hatte es etwas zu bedeuten, vielleicht aber auch nicht.

Soldaten in der Wüste sprachen bei solchen Ahnungen vom »Spinnensinn«, so genannt nach Spider-Man, die berühmte Comicfigur, die eine Art Gefahrenfrühwarnsystem besitzt.

Pikes eigener Spinnensinn löste zwar ein Kribbeln in ihm aus, doch dann war der Sentra fort. Er versuchte sich zu erinnern, ob er vorher schon mal einen braunen Sentra mit zwei Latinos gesehen hatte, aber ihm fiel nichts ein.

Pike hatte es nicht eilig aufzubrechen. Falls der Sentra

hinter der nächsten Ecke wartete, um ihm zu folgen, wurden sie der Warterei vielleicht überdrüssig und kehrten zurück, um nachzusehen, was er machte. Dann hätte Pike sie.

Die nächsten paar Minuten verbrachte er damit, über Michael Darko nachzudenken. Zu erfahren, dass Darko einer organisierten Bande osteuropäischer Krimineller angehörte, war schon ein großer Durchbruch, weil es Pike im Wesentlichen eine klare Richtung vorgab. Los Angeles besaß die zweitgrößte Ansammlung osteuropäischer Gangster in den Vereinigten Staaten, die meisten davon Russen. Obwohl die fünfzehn Teilrepubliken der ehemaligen Sowjetunion alle mit eigenen Banden ihren Beitrag geleistet hatten, sprach die Polizei gerne pauschal vom Unwesen organisierter russischer Kriminalität. Egal, oder die Mitglieder nun ursprünglich aus Russland kamen oder nicht. Die Odessa-Mafia war die stärkste Vereinigung in L.A., gefolgt von den Armeniern, aber auch kleinere Banden aus Rumänien, Usbekistan, Aserbaidschan, Tschetschenien und dem übrigen Osteuropa waren in den letzten Jahren eingetroffen. Die meisten von ihnen waren bereits in ihren Heimatländern als Kriminelle hervorgetreten.

Pike rief Jon Stone an.

»Was macht dein Kopf?«

»Scheiße, Mann. Meinem Kopf geht's gut, Bruder. Eine weitere Nacht für mich.«

»Ist Gregor noch in L.A.?«

»Er heißt jetzt George. George Smith. Du musst mit seinem Namen vorsichtig sein.«

»Ich werd's mir merken. Ist er hier?«

»Hat eine neue Bude drüben in La Brea. Was willst du von George?«

»Er könnte vielleicht behilflich sein.«

»Diese Sache mit Frank?«

»Eine osteuropäische Mafiagang ist in die Geschichte verwickelt.«

»Im Ernst?«

»Ja.«

Stone schwieg einen Moment, dann gab er Pike eine Adresse.

»Lass dir Zeit, bevor du hinfährst, okay? Ich werde vorher mit ihm reden. Falls du unangemeldet bei ihm antanzt, könnte er auf falsche Gedanken kommen.«

»Verstehe.«

Die La Brea Avenue begann am Fuß der Hollywood Hills und verlief in südlicher Richtung quer durch die Stadt bis zur Pferderennbahn Hollywood Park Racetrack. Ein zehn Blocks langer Abschnitt der Straße zwischen Melrose Avenue und Wilshire Boulevard war als Designerzeile bekannt, weil es hier alles gab: angefangen von exklusiven Möbelboutiquen über Teppichhändler aus dem Nahen Osten bis hin zu Geschäften für Designer-Lampen und Antiquitäten. Die Besitzer all dieser Läden stammten von überall auf der Welt und verkauften an Kunden, die ebenfalls aus der ganzen Welt kamen – aber nicht alle waren das, was sie zu sein vorgaben.

Vor einem Blumengeschäft einen Block südlich des Beverly Boulevard fand Pike einen freien Parkplatz für seinen Jeep. Er hatte während der ganzen Fahrt aus dem Valley nach dem Sentra Ausschau gehalten, und als er jetzt aus dem Jeep stieg, suchte er wieder nach ihm. Vermutlich unnötig, sagte er sich. Bestimmt handelte es sich bloß um zwei Typen, die etwas gesehen zu haben meinten, was sich dann als Irrtum erwies. Trotzdem verspürte Pike nach wie vor das unbehagliche Gefühl, ein Fadenkreuz auf seinem Rücken zu haben.

Er ging am Blumenladen vorbei, marschierte anderthalb Blocks Richtung Süden zu einem auf antike Lampen spezialisierten Geschäft. Es war ein schmales Ladenlokal mit so vielen Deckenlampen und Wandleuchtern im Schaufenster, dass es eher wie ein Ramschladen für Gebrauchtmöbel aussah. Ein Glockenspiel klimperte, als Pike den Laden betrat.

Das Innere des Geschäfts war genauso überfüllt wie das Schaufenster. Lampen bedeckten die Wände, hingen von der Decke herab, sprossen in allen Größen, Formen und Farben aus jeder zur Verfügung stehenden Oberfläche wie tropische Pflanzen in einem Dschungel.

»Hallo, Joseph.« Eine Männerstimme.

Pike brauchte einen Augenblick, um ihren Besitzer zu erspähen, der verborgen hinter den Lampen wie ein Jäger im Unterholz lauerte.

»Gregor.«

»Ich heiße jetzt George, bitte. Du erinnerst dich?«

»Klar. Tut mir leid.«

George Smith tauchte zwischen den Lampen auf. Pike hatte ihn seit Jahren nicht gesehen, aber er sah noch aus wie immer: kleiner als er selbst und nicht so muskulös, doch mit der schlanken, kräftigen Statur eines Surfers einschließlich Surferbräune und hellblauer Augen. George war einer der gefährlichsten Menschen, die Pike kannte. Ein begnadeter Scharfschütze. Ein perfekter, fehlerloser Todesschütze.

In den alten Tagen war er Gregor Suworow gewesen, hatte

seinen Namen geändert, als er nach Los Angeles zog. Wenn er sprach, klang es, als stamme er aus Modesto, denn er hatte einen durch und durch amerikanischen Akzent. Dabei war Gregor Suworow im ukrainischen Odessa aufgewachsen, wo er sich bei der Armee der Russischen Föderation verpflichtete und ein Dutzend Jahre in der Spezialeinheit des militärischen Nachrichtendienstes verbrachte, der GRU Speznas – der russischen Version der Special Forces der U.S. Army. Daher auch sein fließendes Englisch.

Nach Kampfeinsätzen in Tschetschenien und Afghanistan wechselte er auf den Markt der privaten Sicherheitsdienste und Militärunternehmen, erfreute sich an seinem neu gewonnenen Geld und der ungewohnten Freiheiten und entschied sich für noch mehr. Er zog um nach Los Angeles, wo er die Sonne genoss, als Sammlerstücke geeignete Lampen verkaufte und für die Odessa-Mafia arbeitete.

George hielt ihm die Hand hin, die Pike ergriff. Warmes Eisen. Sein Gegenüber lächelte und hieß den Besucher in seinem Laden willkommen.

»Mann, ist ewig her. Geht's dir gut?«

»Danke, ja.«

»Ich war überrascht, als Jon anrief. Aber hab mich auch gefreut. Pass auf deinen Kopf auf. Das ist eine Art-déco-Tiffany, etwa 1923. Achttausend für Wiederverkäufer.«

Pike wich zur Seite aus, um nicht gegen das kostbare Stück zu stoßen. Obwohl voller Lampen, war der Laden düster und schummrig, mit dunklen Schatten in den Ecken. Höchstwahrscheinlich mochte George es so.

»Die Geschäfte laufen gut?«, fragte Pike.

»Ausgezeichnet. Ich wünschte, ich wäre früher nach Amerika gekommen, wäre hier geboren worden, Mann. Das kann ich dir sagen!«

»Ich meine nicht die Lampen – ich meine dein anderes Geschäft.«

»Ich wusste, was du meinst. Auch das läuft gut, hier genauso wie im Ausland.«

George nahm neben seiner Arbeit für die Odessa-Leute immer noch Spezialaufträge an, wenn der Preis stimmte. Seine Auftraggeber waren fast ausnahmslos Regierungen oder politische Organisationen, denn niemand sonst konnte sich seine Dienste leisten.

Pike folgte George an einen Schreibtisch im hinteren Teil des Ladens, wo sie sich setzen konnten.

»Hat Jon dir gesagt, warum ich hier bin?«

»Ja. Hör zu, das mit Frank tut mir leid. Wirklich. Ich hab den Typen nie selbst kennengelernt, aber nur Gutes über ihn gehört.«

»Hast du noch mit Odessa zu tun?«

Ein Lächeln blitzte in Georges Gesicht auf.

»Du hast doch nichts gegen einen schnellen Scan, oder? Wäre das für dich okay?«

Pike breitete die Hände aus und sagte: »Scan, so viel du willst.«

George nahm einen Funkscanner von seinem Schreibtisch, der dem Gerät ähnelte, das Pike selbst besaß, und strich seinen Besucher damit von der Sonnenbrille bis zu den Schuhen ab. Pike hatte nichts dagegen. Er wäre überrascht gewesen, hätte George das nicht gemacht.

»Alte Gewohnheiten«, sagte George zufrieden und legte den Scanner fort.

»Kein Problem.«

»Möchtest du eine Tasse Tee? Ich habe schwarzen Tee. Aus Georgien. Nicht euer Georgia, unser Georgien.«

Pike wollte seinen Tee nicht, und er wollte auch nicht plaudern.

»Ich bin zufrieden, danke. Steckst du immer noch mit der Russenmafia unter einer Decke, George?«

George schürzte die Lippen. Sah verärgert aus. Der tödlichste Mann, den Pike kannte, war angepisst.

»Es ist Odessa, und ich stecke nicht mit ihnen unter einer Decke. Ich bin kein Mitglied. Ich berate sie auf freiberuflicher Basis. Ich bin mein eigener Herr.«

Weil das George wichtig zu sein schien, nickte Pike.

»Ich verstehe.«

»Dann wäre das ja geklärt. Falls du mit mir über Angelegenheiten von Odessa sprechen möchtest, das kann ich nicht.«

»Odessa interessiert mich nicht. Ich will etwas über die Serben wissen.«

»Das hat Jon mir schon erzählt. Ein harter Menschenschlag. Sehr hart. Ich habe in Tschetschenien gegen sie gekämpft.«

»Nicht da. Hier. Kannst du mir etwas über die Banden in Los Angeles erzählen?«

George nickte, allerdings war eine gewisse Unschärfe in seinen Blick getreten, als hätte er in tausend Metern Entfernung etwas bemerkt.

»Sollte kein Problem sein. Die ziehen ihr eigenes Ding durch. Odessa ist etwas anderes. Wie mit den Armeniern. Das Gleiche, nur anders.«

»Kennst du einen Michael Darko?«

George ließ sich nach hinten sacken. Die Körpersprache sagte Pike, dass er nur höchst ungern über Darko sprach.

»Er hat deinen Freund umgebracht, Frank Meyer?«

»Sieht so aus.«

George grunzte.

»Ich weiß, wer er ist. Ein harter Mann.«

»Was bedeutet hart?«

»Du kennst das Wort *pakhan*?«

»Nein.«

»Ein Boss. Momentan noch mittlere Ebene, aber er ist auf dem Weg nach oben. Diese Leute erhalten keine Beförderungen, sie nehmen sie sich. Wie Kannibalen, die sich gegenseitig auffressen.«

Pike sah Verachtung in seinen hellen Augen und begriff, dass George sich den Gangstern, die ihn engagierten, überlegen fühlte. Vielleicht bestand er deshalb so eisern darauf, dass Pike ihn als unabhängigen Dienstleister betrachtete und nicht als festen Bestandteil von Odessa. Sie alle mochten ja Killer sein, doch George kam von den Speznas – dagegen waren die anderen nur Tiere.

»In welcher Branche betätigt er sich?«

»Er hat seine Finger in vielen Töpfen wie alle diese Typen. Mädchen und Sex, Entführung, Erpressung der eigenen Leute. Er ist aggressiv und versucht zu expandieren. Hat den Finger schnell am Abzug.«

George formte mit der Hand eine Pistole und drückte ab.

»Weißt du, wo ich ihn finden kann?«, fragte Pike.

»Keine Ahnung.«

»Einen Geschäftssitz? Er muss doch irgendein Tarnunternehmen haben. Das braucht er für die Steuern.«

»Davon bin ich überzeugt, aber dieser Mann ist für mich nicht mehr als ein Name. Wie ich schon sagte, andere Kreise. Ich bin ein Lampenverkäufer.«

Ein Lampenverkäufer, der aus tausend Metern Entfernung eine Kugel exakt platzieren konnte, dachte Pike.

»Es gibt einen Spitznamen für ihn. Der Hai. Wusstest du das?«

»Nein.«

»Geht's noch dramatischer? Der Hai. Wahrscheinlich hat er sich den sogar selbst ausgedacht.«

George machte Anführungszeichen in der Luft, als er »der Hai« sagte, und verdrehte die Augen.

»Er ist der Hai, weil er immer in Bewegung bleibt – und er bleibt in Bewegung, damit niemand ihn finden kann. Kein beliebter Mann, nicht mal bei den Serben.«

Pike knurrte. Jetzt verstand er, warum Rina nicht wusste, wo er sich befand. Bislang deckte sich ihre Beschreibung von Michael Darko mit dem, was Gregor ihm anzubieten hatte.

»Er benutzt eine Bande, die auf brutalste Hauseinbrüche spezialisiert ist«, sagte Pike. »Um seine Konkurrenz auszuschalten. Die gleiche Bande hat er auch gegen Frank eingesetzt. Ich will sie finden, und vor allem will ich ihn finden.«

George lachte laut und tief.

»Einen Teil davon hast du falsch verstanden, Kumpel. Er schaltet seine Konkurrenz nicht aus, sondern zockt seine Partner ab. Was glaubst du, warum dieses Arschloch ständig in Bewegung bleiben muss?«

»Du weißt davon?«

»Genug, um die Sache im Auge zu behalten. Wenn er

seine eigenen Geschäftspartner abkocht – gut, dass sie weg sind. Aber wenn er eine Bande gegen Odessa losschickt, werden sie es mit mir zu tun bekommen.«

Pike fragte sich, ob Darko seine Partner wohl deshalb ausnahm, weil er zurück nach Europa wollte. Nach dem Motto, noch schnell Kohle einsacken, sich seinen Jungen schnappen und dann weg.

»Was du da so im Auge behältst, gehört seine Bande dazu?«

George zuckte die Achseln. Kein Ding.

»Gangmitglieder aus Compton.«

»Jamal Johnson?«

»Nie gehört.«

»Ein Kleinkrimineller aus Compton, der jüngst zu Geld gekommen ist.«

»Ist er ein Crip?«

»Keine Ahnung.«

»Ein D-Block-Crip namens Moon Williams ist der Chef von Darkos Bande. Noch so ein dramatischer Name. Darko füttert ihn mit den Zielobjekten. Williams teilt die Beute auf.«

Pike empfand eine gewisse Erregung, als sei er seinem Ziel einen Schritt näher gekommen.

»Moon Williams. Bist du sicher?«

George legte sich eine Hand hinters Ohr, als lausche er konzentriert.

»Der KGB ist überall. Außerdem hat auch Mr. Moon in letzter Zeit eine Menge Geld gemacht. Er verprasst es wieder in einem Club, der Odessa gehört. Cristal Champagner, erstklassiges Crack und schöne Russinnen. Er liebt russische

Frauen, erzählt ihnen gern, was für ein knallharter Killer-Nigger er ist.«

George prustete los und amüsierte sich offenbar köstlich. Für ihn waren Leute wie Moon Williams nur deshalb auf der Welt, damit er immer Zielscheiben hatte.

»Hmmhm«, machte Pike. »Weiß der KGB auch, wo ich ihn finden kann?«

George betrachtete Joe einen Moment lang, dann nahm er den Hörer des Telefons auf seinem Schreibtisch ab und tippte eine Nummer ein. George sprach Russisch mit seinem Gesprächspartner am anderen Ende der Leitung, wer auch immer das sein mochte. So ging es ein paar Minuten hin und her, bis etwa in der Mitte des Gesprächs George für eine Weile still wurde, als hätte man ihn auf eine Warteschleife gelegt. Während dieses Schweigens sah er Pike mit seinen hellblauen Augen ausdruckslos an, ohne auch nur ein einziges Mal zu blinzeln, wurde dann wieder lebendig, flüsterte ein einzelnes Wort auf Russisch und legte auf. Als er Pike erneut ansah, wirkte er traurig.

»Jon hat gesagt, du und Frank wärt eng befreundet gewesen.«

»Ja.«

»Dann hast du also mit Mr. Darko etwas zu regeln.«

»Falls er für Franks Tod verantwortlich ist, ja. Ist das ein Problem?«

»Solange du bei den Serben bleibst, geh mit Gott, mein Freund.«

»An diesem Abend wurde aber mehr als eine Waffe abgefeuert.«

»Ich verstehe. Odessa würde Mr. Williams nur ungern verlieren. Wenn diese Mädchen ihn in die Mangel nehmen, ist er eine unfassbar gute Informationsquelle.«

»Ich bitte nicht um Erlaubnis, George.«

George lächelte das Telefon an.

»Wahrscheinlich ist es so das Beste.«

George sagte ihm, wo er Moon Williams finden konnte, dann erhob er sich und gab zu verstehen, dass ihr Treffen beendet war.

Sie schüttelten sich die Hand, und Pike schaute sich noch einmal im Laden um. Die Lampen waren schöne alte Sammlerstücke, und jede war liebevoll und sorgfältig restauriert worden.

»Warum Lampen?«, fragte Pike.

George lächelte leise, und jetzt lag in diesem Lächeln Herzlichkeit und Traurigkeit und, wie Pike fand, mehr als nur die Ahnung eines Verlustes.

»Ach, Joseph. Es gibt so viel Dunkelheit auf dieser Welt. Warum nicht ein wenig Licht hineinbringen?«

Pike nickte.

»*Udachi*, mein Freund. Viel Glück.«

Als Pike die Tür erreichte, warf er einen Blick zurück, doch George war wieder in den Lampen verschwunden und in so viele Schatten gehüllt, dass das Licht ihn nicht erreichen konnte.

18

Selbst hinter seiner Sonnenbrille musste Pike draußen gegen das blendende Licht blinzeln. Georges Ladentür im Rücken suchte er die Autos ab, die auf beiden Seiten der La Brea parkten. Als er schließlich zufrieden war, ging er die Straße hoch zu seinem Jeep. Kein Sentra weit und breit.

Pike fand Moon Williams' Adresse auf seinem Thomas-Guide-Stadtplan und fädelte sich in den Verkehr ein.

Laut George war Earvin »Moon« Williams Mitglied der D-Block Crips. Er hatte einen Ruf als harter Bursche, zwei Vorstrafen wegen Gewaltverbrechen und fünfmal die Ziffer 187, die in einer ordentlichen Spalte auf seinen rechten Unterarm tätowiert war. Moon prahlte vor den russischen Stripperinnen damit, jede 187 stünde für eine Leiche, von der er genau wusste, dass sie seinetwegen in der Pathologie gelandet war. Nicht die Leute, die er aufgeschlitzt, abgestochen, mit einem Stein niedergeschlagen, zusammengeprügelt oder anders verletzt hatte – nur die Muthafuckas, die er mit eigenen Augen hatte sterben sehen. Einen Muthafucka zurückzulassen, der in einer Blutlache herumhüpfte oder wie eine Schlampe schrie, zählte nicht, sagte er den Stripperinnen. In eine Gruppe von Leuten zu ballern, die auf einer Terrasse vor dem Haus herumstanden, auch das zählte nicht. Moon musste die Schlampe mit eigenen Augen sterben sehen, andernfalls wollte er die Ehre nicht für sich in Anspruch nehmen. Er sei, erklärte Moon Williams den Mädchen, ein furchtloser, herzloser, eiskalter Killer.

Mitglieder der Odessa-Mafia, die ihm bei mindestens drei Gelegenheiten nach Hause gefolgt waren, zweimal ohne sein Wissen und einmal, um ihm Drogen zu verkaufen, stellten hingegen fest, dass der eiskalte Killer bei seiner Oma lebte, einer Frau namens Mildred Gertie Williams, die der harte Bursche Mammi nannte.

Pike fand die Adresse in einer verwahrlosten Wohngegend in Willowbrook, direkt nördlich von Compton am Fuß einer Autobahnabfahrt. Auf dem Grundstück hatte früher wahrscheinlich mal ein kleines Einfamilienhaus gestanden, eines wie all die anderen Häuser in der Straße. Aber irgendwann war es wohl niedergebrannt, und jetzt stand ein überdimensionaler Trailer aufgebockt an seiner Stelle, hinter dem sich vier Airstream-Wohnwagen zwängten. Pike vermutete, dass Mildred Williams mit diesem zweifellos illegalen Trailerpark ihre Rechnungen bezahlte.

Die Wohnwagen mochten ja mal ansehnlich gewesen sein, aber jetzt waren sie verkrustet vom Dreck der Autobahn. Der größte Trailer hatte eine kleine Veranda mit einer Markise und Topfpflanzen, von denen allerdings nichts übrig war als verschrumpelte braune Stängel. Der Garten bestand nur aus Sand, Dreck und Müll, der von der Autobahn heruntergeweht wurde. Abfälle klebten an dem unvermeidlichen Maschendrahtzaun, als würden sie versuchen abzuhauen.

Pike wendete und hielt am Bordstein. Drei Mädchen strampelten auf Fahrrädern vorbei, vollzogen mitten auf der

Straße eine Kehrtwende und fuhren wieder an ihm vorbei zurück. Um den weißen Mann zu beäugen. Wahrscheinlich hielten sie ihn für einen Cop.

Pike beobachtete die Wohnwagen eine Weile, sah aber keinerlei Anzeichen einer wie auch immer gearteten Aktivität. Ein alter Buick Riviera parkte verbotenerweise so dicht an dem Zaun, dass der Gehweg komplett versperrt war. Pike erwartete nicht unbedingt, dass jemand zu Hause war, wollte sich jedoch vergewissern, dass Moon dort noch wohnte. Falls dem so war, würde er warten, bis er zurückkehrte, und ihn dann benutzen, um an Darko heranzukommen.

Pike nahm sein Telefon heraus und rief erneut Jamal an. Und wieder bekam er nur den Computer. Jamals Mailbox war immer noch voll.

Als die Mädchen abermals vorbei fuhren, diesmal langsamer, ließ Pike das Seitenfenster herunter. Das erste Mädchen trug eine blaue kurzärmelige Bluse, das zweite ein weites weißes T-Shirt und das dritte ein rotes Sweatshirt. Rot, weiß und blau. Pike fragte sich, ob das wohl Absicht sein mochte.

»Brauche mal eure Hilfe, Ladys. Wohnt ihr hier in der Straße, oder fahrt ihr nur durch?«

Das blau gekleidete Mädchen wendete sichtlich neugierig in einem langsamen Kreis. Das Mädchen in Weiß drosselte das Tempo, und das rote Mädchen fuhr weiter, hielt erst an der nächsten Straßenecke.

Das blaue Mädchen sagte: »Bist du ein Polizist?«

»Nein. Vertreter.«

Das Mädchen lachte.

»Du bist ein Zivilpolizist. Mein Onkel Davis ist auch einer, deshalb weiß ich das. Außerdem bist du weiß. Hierher kommen nicht so viele weiße Leute, außer sie sind bei der Polizei.«

»Kennst du Mrs. Mildred Gertie Williams da oben in den Wohnwagen?«

»Bist du wegen Moon hier?«, fragte das Mädchen.

Einfach so.

»Ja«, antwortete Pike.

»Ich wohne da drüben in dem gelben Haus. Onkel Davis hat uns vor diesem Moon Williams gewarnt. Er hat gesagt, wir sollten niemals da drüben hingehen und uns auch von diesen Jungs fernhalten. Und falls Moon jemals Ärger macht, dann sollen wir ihn sofort anrufen.«

Pike deutete mit dem Kopf auf die anderen Mädchen.

»Sind das deine Schwestern?«

»Nein, Sir. Das sind Lureen und Jonelle. Meine Freundinnen.«

»In welchem der Wohnwagen lebt Mrs. Williams denn?«

»In dem ganz vorne. Das ist der große.«

»Wohnt Moon bei ihr?«

»Er wohnt in dem Wohnwagen hinten, in dem mit den Hunden.«

Pike hatte keine Hunde gesehen, als er an dem Grundstück vorbeigefahren war.

»Er hat Hunde?«

»Solche Pitbulls. Richtig fiese Viecher sind das. Onkel Davis hat zu Mama gesagt, falls sie jemals sieht, dass diese Hunde frei herumrennen, dann soll sie ihn sofort anrufen.«

»Weißt du auch, wer in den anderen Wohnwagen lebt?«

Sie verzog das Gesicht, dann schüttelte sie den Kopf.

»In einem hat eine Dame gewohnt, und Jonelles Cousin

hat auch eine Weile da gelebt, aber als Moon zurückkam, sind sie ausgezogen.«

Moon hatte einen Pesthauch ins Viertel gebracht.

»Wie heißt du, blaues Mädchen?«

»Ich darf fremden Erwachsenen meinen Namen nicht sagen.«

Wieder Onkel Davis.

»Wahrscheinlich solltest du auch nicht mit Fremden reden.«

»Ich bin nicht dumm. Sobald du aus dem Auto steigst, radle ich weg, so schnell ich kann. Lureen und Jonelle sind da drüben, die rufen sofort meinen Onkel Davis an, dann wirst du schon sehen.«

»Eine Sache noch. Hast du Mrs. Williams oder Moon heute schon gesehen?«

Sie drehte ein paar Runden im Kreis, dachte nach, schüttelte schließlich den Kopf.

»Nein, ganz bestimmt nicht. Ich war allerdings heute auch nicht hier in der Gegend. Ich war in der Schule, und danach bei Jonelle. Dann ist Lureen gekommen, und gleich gehen wir alle zu ihr.«

»Na, schön«, sagte Pike, » und viel Spaß bei Lureen.«

»Pass gut auf die Hunde auf.«

Pike überlegte, dass ihm nicht viel Zeit blieb, sobald die drei Mädchen losfuhren. Vermutlich würden sie Lureens Mutter etwas erzählen, woraufhin die höchstwahrscheinlich die Mutter des blauen Mädchens anrufen würde und die wiederum Onkel Davis. Der schickte dann mit Sicherheit einen Streifenwagen vorbei, damit seine Kollegen mal einen Blick auf die Sache werfen konnten.

Pike wartete, bis die Mädchen verschwanden, rollte dann langsam weiter und parkte neben dem Riviera. Der Rand von Mildreds Garten grenzte an städtisches Gelände, auf dem sich die Autobahnausfahrt in einer Schleife zu den Wohnvierteln herunterwand. Auf der anderen Seite stieß das Grundstück an ein Gebäude, das wie eine große Lagerhalle aussah. Pike entdeckte keine Hunde, obwohl der letzte Wohnwagen von einem höheren Zaun eingefasst war. Er schob die .45er Kimber hinten unter den Gürtel, befestigte auch die Python und versteckte sie unter dem Sweatshirt und sprang über den ersten Zaun in Mildred Williams' Garten.

Pike ging zu dem großen, doppelt breiten Trailer, lauschte zuerst an der Tür, dann an dem nächsten Fenster. Der Lärm von der Autobahn war laut, was es schwierig machte, etwas zu hören. Er ging auf Zehenspitzen, um einen Blick hineinzuwerfen, und sah ein einfaches Wohnzimmer mit einem altmodischen Fernseher. Der Raum war aufgeräumt und sauber, der Fernseher ausgeschaltet. Pike verdrehte den Kopf und versuchte, etwas durch eine Innentür zu erkennen, als eine grau-weiße Katze gegen das Fenster sprang. Das Tier miaute ihn durch das Glas an, als fühlte es sich allein und wollte verschwinden.

Pike kehrte zur Tür zurück. Er klopfte dreimal an und entschied dann, dass Mrs. Williams wahrscheinlich ausgegangen war.

Als er zum zweiten Wohnwagen kam, zog er die Python und hielt die Waffe locker neben seinem Bein. Der zweite und dritte Wohnwagen waren jedoch beide leer, die Mieter offenbar schon lange ausgezogen, um Moon und seiner Bande zu entkommen.

Der vierte Wohnwagen stand etwas abseits vor einer Wand aus struppigem Oleander, eingefasst von einem zwei Meter hohen Maschendrahtzaun. Ein Tor in der Mitte des Zauns war mit einem Riegel versperrt, aber nicht abgeschlossen. Viel Garten gab es nicht. Nur ein paar Meter Dreck links und rechts neben dem Airstream und einen schmalen Streifen dahinter. Unter dem Trailer standen zwei große Metallschüsseln, eine davon mit Wasser gefüllt. Eine Kette zog sich von der Anhängerkupplung weg und verschwand hinter dem Wagen – eine, wie man sie für einen starken, aggressiven Hund benutzt. Allerdings konnte Pike nicht sehen, was sich an ihrem anderen Ende befand.

Er stand vor dem Zaun und lauschte. Im Wohnwagen war es still. Die Fenster waren geschlossen. Weder Stimmen noch Musik drangen heraus.

Pike machte ein schnalzendes Geräusch: »Tss, tss, tss.«

Ein Hund in dem Wohnwagen bellte. Nicht dahinter, darin.

Pike ging in Liegestützstellung, versuchte zu erkennen, was sich hinter dem Wagen befand. Doch so sehr er sich auch bemühte, Einzelheiten auszumachen, das angesammelte Gerümpel und abgestorbenes Unkraut versperrten ihm die Sicht. Er wiederholte das schnalzende Geräusch, und prompt bellte erneut der Hund im Wohnwagen. Ein einzelner Hund drinnen.

Das blaue Mädchen hatte von Moons Hunden gesprochen, von mehr als einem.

Pike ging durch das Tor, war bereit, sofort zurückzuweichen, sollte ein Tier angreifen, aber nichts rührte sich. Der Hund im Trailer bellte so laut, dass Pike bezweifelte,

Moon oder sonst wer könnten zu Hause sein. Er ließ das Tor wieder einschnappen, machte dann einen Rundgang, um hinter dem Wohnanhänger nachzusehen. Fand, wonach er suchte. Ein zottiger Pitbull-Rüde lag auf der Seite, zwei Beine steif in der Luft. Sein Kopf war mit getrocknetem Blut verkrustet und wimmelte vor Schmeißfliegen. Aber der Hund war nicht das einzige Tote hinter dem Trailer. Hinter ihm sah Pike einen afroamerikanischen Mann, das Gesicht von so vielen Ameisen bedeckt, dass sie wie eine zweite Haut wirkten. Der Geruch nahm ihm den Atem und ließ seine Augen sofort tränen.

Pike überprüfte die Leiche, entdeckte jedoch keinerlei Ausweispapiere. Dem Mann war zweimal in den Rücken geschossen worden. Eine schwarze Neun-Millimeter-Ruger lag im Dreck neben seiner Hand.

Pike wandte sich von Mann und Waffe ab und ging zum Fenster. Das Bellen drinnen wurde lauter, als er sich näherte, und hörte dann unvermittelt auf.

Der alte Airstream war erheblich kleiner als der überdimensionierte Trailer vorn. Hier gab es nur drei kleine Räume – eine Kochecke, ein Wohnzimmer und ein Schlafzimmer mit Bad. Pike sah zuerst in die Küche, konnte nichts erkennen, warf dann einen Blick ins Wohnzimmer.

Der Pitbull in dem Wohnwagen bellte nicht mehr, weil er jetzt fraß. Er riss ein Stück Fleisch aus dem Hals eines Mannes, schlang es herunter, leckte dann die Wunde ab. Gesicht und Brust des Tieres waren mit Blut verkrustet, und seine Füße waren wie rote Schuhe. Eine zweite männliche Leiche lag halb auf der Couch und halb auf dem Boden. Das Fleisch am linken Unterarm war teilweise abgefressen, sein rechter

Unterarm dagegen unversehrt. Die dort tätowierten Zahlen waren problemlos zu lesen.

187
187
187
187
187

Eine für jeden der Leute, die er unter die Erde gebracht hatte.

»Gute Nacht, Moon«, sagte Pike.

19

Pike stand am Fenster und versuchte zu entscheiden, was er tun musste. Er würde den Hund nicht in dem Trailer eingesperrt und die Leichen nicht dort liegen lassen, wo das rote, weiße und blaue Mädchen sie finden konnten. Nein, er würde die Polizei verständigen, aber vorher wollte er das Gelände absuchen. Während er noch nachdachte, hörte der Hund auf, Blut aufzulecken, und sah zu ihm herüber. Er legte den Kopf auf die Seite, blinzelte ihn an, als könnte er nicht gut sehen, und wedelte mit dem Schwanz. Dann flammte ein Feuer in seinen Augen auf, und er stürzte sich gegen das Fenster.

»Hoffen wir mal«, sagte Pike, »dass ich dich nicht töten muss.«

Er hatte keine Angst vor dem Hund, doch die Herausforderung würde darin bestehen, das Tier zu bändigen, ohne es zu verletzen.

Nachdem er ein Stück Kantholz neben dem großen Trailer gefunden hatte, löste er die Kette von der Anhängerkupplung, machte eine Schleife und wickelte diese um das Kantholz. Der Hund ortete Pikes Aufenthaltsort nach Gehör und folgte ihm im Inneren des Trailers bellend und knurrend.

Als Pike sich der Wohnwagentür näherte, warf der Hund sich wie ein Linebacker gegen die Innenseite.

»Ruhig«, sagte Pike.

Die Tür des Wohnwagens öffnete sich nach außen, was Pike meinte ausnutzen zu können. Er drückte eine Schulter gegen die Tür, zog den Riegel zurück, und der schwere Hund begann umgehend, die Tür aufzudrücken.

Sobald sie weit genug offen stand, bot er dem Hund das Ende des Kantholzes an. Der Pitbull vergrub seine Zähne ins Holz, schüttelte den Kopf, als wolle er einem kleineren Hund das Genick brechen. Pike ließ die Schlinge von dem Brett über den Kopf des Hundes gleiten, dann zog er sie fest zu und zerrte das Tier aus dem Wohnwagen. Der Hund spuckte das Kantholz aus und ging zum Angriff über. Als Pike seine Vorderpfoten vom Boden hob, drehte der Pitbull sich und schnappte nach ihm, Sabber flog durch die Luft. Er versuchte nicht zu entkommen, er versuchte zu beißen.

Pike führte den Hund zur Anhängerkupplung und wickelte die Kette auf, sodass der Kopf des Tieres dicht an den Stahl gezogen wurde. Kopf und Schultern des Hundes waren mit Narben überzogen, seine stummeligen Ohren zerfetzt, und das linke Auge wirkte milchig trüb. Räudiger Grind bedeckte seinen Rumpf. Ein Kampfhund, in die Arena geworfen mit ähnlichen Hunden, weil Moon und seine Kumpel es super fanden zuzusehen, wie sie sich gegenseitig zerfleischten. Der Hund leckte das getrocknete Blut auf seiner Schnauze ab.

»Schätze, du warst der, der zuletzt gelacht hat«, sagte Pike.

Er betrat den Wohnwagen und achtete darauf, nicht in das Blut zu treten, das sich bei den Leichen ausbreitete. Der

Gestank von Fäulnisgasen, Hundescheiße und verdorbenem Menschenfleisch war fürchterlich. Pike streifte Latexhandschuhe über. Dann bemerkte er, dass Williams' rechter Ellbogen verletzt zu sein schien. Die Innenseite oberhalb der 187 war stark verfärbt, und eine deutliche Schwellung unter der Haut ließ es aussehen, als hätte Williams an diesem Arm zwei statt nur einem Ellbogen. Pike tastete die Beule ab und erkannte, dass es Knochen war. Jemand hatte Moon den Ellbogen gebrochen.

Das sah schwer nach Frank Meyer aus, dachte Pike, und sein Mundwinkel begann zu zucken. Pikes Version eines Lächelns.

Zuerst durchsuchte Pike Williams, bei dem er eine Neun-Millimeter-Glock in der Gesäßtasche fand. Er kontrollierte die Kammer, dann das Magazin und zählte dreizehn Patronen in einem siebzehn Kugeln fassenden Magazin. Bei einer Kugel im Lauf blieben also drei, die möglicherweise abgefeuert worden waren. Pike fragte sich, ob die Kugeln, die man in Franks Haus sichergestellt hatte, wohl aus dieser Waffe stammten. Die Kriminaltechnik würde Probeschüsse mit der Waffe abgeben, daraufhin einen Vergleich erstellen und es wissen. Pike drückte das Magazin zurück in die Waffe und schob diese wieder in Moons Tasche.

Die Suche in Moons verbleibenden Taschen förderte eine Brieftasche, einen Schlüsselbund, ein blaues Halstuch, eine Packung Kools, zwei Joints, ein rosa Bic-Feuerzeug und einen PayDay-Schokoriegel zutage. Die Brieftasche enthielt dreihundertzweiundvierzig Dollar, sieben Visa-Karten auf sieben verschiedene Namen (keiner davon lautete Earvin Williams) und keinen Führerschein. Pike untersuchte die Schlüssel und fand einen mit abgenutzten Einkerbungen und dem Buick-Logo. Er nahm die Schlüssel an sich.

Bei der zweiten Leiche fand Pike eine weitere Neun-Millimeter-Glock, in der zwei Kugeln fehlten, außerdem sechsundachtzig Dollar, eine Packung Salem Lights, einen Streifen Juicy Fruit und einen weiteren Schlüsselbund, aber weder eine Brieftasche noch ein Mobiltelefon. Auch Moon und der Mann draußen hatten kein Telefon, was Pike zu denken gab.

Er kehrte zur Tür zurück, um frische Luft zu schnappen, und betrachtete die Szenerie von dort aus. Offene Bierflaschen, zwei Crackpfeifen in einem großen Keramikaschenbecher und ein Plastikbeutel voller Rocks – diese Typen hatten gechillt, als sie erschossen wurden. Vermutlich wollte Moon die Schmerzen in seinem verletzten Arms betäuben und bekam stattdessen zwei Schüsse ins Gesicht. Der andere Mann erhielt einen in den Rücken und einen in den Kopf. Beide waren bewaffnet, aber keiner hatte seine Waffe gezogen. Was bedeutete, dass sie von jemandem überrumpelt worden waren, den sie kannten. Der dritte Mann war vermutlich geflüchtet, als die Schüsse fielen, dann jedoch draußen gestellt und erschossen worden.

Pike betrachtete den Boden und fragte sich, ob die Morde wohl von mehr als einer Person begangen worden waren. Der Hund war seit Tagen hier eingesperrt gewesen, war endlos von der Tür zu den Fenstern gependelt, in jeden Raum rein und raus, und rauf auf die Möbel. Blut, Hundescheiße und Pisse waren einfach überall, überdeckten sämtliche möglichen Fußabdrücke.

Pike fand drei Patronenhülsen. Er untersuchte jede, ohne sie zu berühren, und bemerkte, dass es sich bei allen um

Neun-Millimeter-Hülsen handelte. Er fragte sich, ob die Kugeln in Moons Körper und in dem seines Freundes wohl mit denen in Franks Körper übereinstimmten, und ob Michael Darko sie getötet hatte.

Schnell durchsuchte Pike den Rest des Wohnwagens, entdeckte aber keinerlei Hinweise darauf, dass sich hier ein Baby aufgehalten hatte. Er beschloss, den Buick zu überprüfen, doch als er nach draußen ging und den Hund sah, blieb er stehen. Der Pitbull stieß ein tiefes, schnaufendes Bellen aus, dann scharrte er mit den Pfoten auf der Erde. Seine Zunge hing wie ein Stück blaurote Leber heraus.

Pike zog den metallenen Wasserbehälter unter dem Trailer hervor, suchte einen Schlauch und schob den Napf dann vor die Pfoten des Hundes. Der Hund versuchte verzweifelt zu trinken, doch die Leine war zu kurz. Pike ließ gerade genug Kette los, damit der Pitbull das Wasser erreichen konnte – laut schlürfend verspritzte er den größten Teil des Wassers aus dem Behälter.

Pike legte eine Hand auf den harten Rücken des Tieres, das daraufhin schnell wie eine züngelnde Schlange herumwirbelte, förmlich explodierte und direkt auf Pikes Kehle zuschoss. Der Hund war schnell, aber Pike war schneller. In dem einen Augenblick noch neben dem Hund, war er im nächsten bereits einen Schritt entfernt, gerade außerhalb von dessen Reichweite. Der Pitbull schnappte in wilder Raserei in seine Richtung.

Pike hatte weder Angst vor dem Hund, noch war er wütend auf ihn. Er holte einfach den Schlauch und füllte den Behälter aus sicherer Entfernung wieder auf. Er vermutete, dass das Tier regelmäßig geschlagen worden war, um ihn bösartig und aggressiv zu machen. Es war nicht die Schuld des Hundes. Selbst jetzt strengte er sich so an, ihn zu erreichen, dass sein Hals über die Kette quoll und er die Augen vor Raserei verdrehte.

»Schon okay, Kumpel«, sagte Pike. »Ich verstehe dich.«

Der Hund versuchte nur noch mehr, ihn zu beißen.

Pike ging zu dem Riviera.

Moons Schlüssel öffnete den Wagen problemlos, doch Pike stieg nicht ein. Er zog frische Latexhandschuhe über, suchte dann das Handschuhfach und den Boden unter den vorderen Schalensitzen ab in der Hoffnung, ein Telefon zu finden oder irgendetwas, das ihn zu Michael Darko führte.

Schließlich sah er etwas auf dem Rücksitz, das so fremd in dem rissigen, schmutzigen Wageninneren wirkte wie eine frische weiße Rose. Ein Lätzchen aus weichem Stoff mit einem Muster aus blauen Häschen. Vorne orange und grüne Flecken. Pike befühlte das flauschige Material und folgerte, dass das Lätzchen erst seit wenigen Tagen im Auto lag. Er hielt es sich an die Nase und stellte fest, dass die Flecken noch frisch waren. Das Orange roch nach Aprikose, das Grün nach Erbsen.

Pike faltete das Lätzchen zu einem Quadrat, steckte es ein und fragte sich, was Moon Williams mit dem Baby gemacht hatte. Dann erinnerte er sich an Moons Großmutter. Zwar war der Autobahnlärm gewaltig, aber der Frau dürfte es eigentlich nicht entgangen sein, dass mehrere Schüsse abgefeuert worden waren. Ihr Enkel und die beiden anderen Leichen lagen zudem seit mindestens drei Tagen hier herum. Sie müsste sie gefunden haben.

Pike schloss den Riviera ab und ging hinüber zu dem großen Trailer. Diesmal klopfte er nicht an.

Die grau-weiße Katze stürmte heraus, sobald er die Tür geöffnet hatte, und der gleiche fürchterliche Gestank verätzte seine Kehle. Das Wohnzimmer war aufgeräumt und ordentlich, so wie er es durchs Fenster gesehen hatte, aber sobald er eintrat, sah er die zersplitterte Tür am Ende des Gangs und hörte die beschwingt fröhlichen Klänge einer Gameshowmelodie. Pike fand Mrs. Mildred Gertie Williams auf dem Boden ihres Schlafzimmers. In einem kleinen Fernseher auf ihrer Kommode lief eine Wiederholung von Bob Barkers Fernsehspielshow *The Price is Right*. Die Großmutter des Killers trug einen Schlafanzug, einen dünnen Morgenmantel und pinkfarbene Fellpantoffeln. Sie war von zwei Schüssen in den Oberkörper und einem in die Stirn getroffen worden. Man hatte ihr zudem in die linke Handfläche geschossen, aber die Kugel war auf dem Handrücken wieder ausgetreten, was eindeutig auf eine Verteidigungswunde hinwies. Sie hatte versucht, den Schützen abzuwehren, oder hatte um ihr Leben gefleht, als der Täter feuerte und ihr glatt die Hand durchschoss.

Pike schaltete den Fernseher aus. Ihr Bett war zerwühlt und ungemacht, die Fernbedienung lag neben den Kopfkissen. Wahrscheinlich hatte sie gerade ferngesehen, als die Schüsse ertönten, und war dann aufgesprungen, um nachzusehen. Pike stellte sich die Haltung vor, die sie eingenommen haben musste, als sie ermordet wurde. Ging dorthin, wo der Täter gestanden hatte, formte mit der Hand eine Waffe und zielte. Die leeren Hülsen mussten nach rechts ausgeworfen worden sein, also sah er nach rechts und fand sie zwischen der Wand und einem Polstersessel. Zwei Neun-Millimete-Hülsen, die gleiche Marke wie die in Moons Trailer.

Pike stand über Mildred Williams, deren Gesicht jetzt verunstaltet und von Blut verschmiert war. Gerahmte Bilder von Kindern standen auf der Kommode, Mädchen mit Zahnlücken und lächelnde Jungs, einer davon wahrscheinlich Moon.

Pike betrachtete die Fotos. So war ihr ihre Liebe vergolten worden, dachte er.

Er verließ sie, ging hinaus und setzte sich auf einen der Gartenstühle unter der Markise. Die Luft war sauber und kühl, nicht dunstig vom Geruch des Todes. Pike atmete mit dem Zwerchfell aus, drückte alles Schlechte hinaus. Falls der Tod in ihm steckte, wollte er ihn komplett loswerden.

Anschließend rief er John Chen an, der ihm aus dem Labor der SID mit gedämpftem Flüstern antwortete. »Ich kann jetzt nicht reden. Sie sind alle um mich herum.«

»Hör einfach zu. In ein paar Stunden wird die SID zum Tatort eines Mordes in Willowbrook ausrücken. Sie werden drei tote Männer finden, eine tote Frau, drei Neun-Millimeter-Pistolen und Hülsen einer vierten Waffe.«

Chens Stimme wurde noch leiser.

»Herr im Himmel, hast du die erschossen?«

»Vergleich ihre Waffen mit den Hülsen und Kugeln, die du aus dem Meyer-Haus hast. Sie werden übereinstimmen.«

»Nicht zu fassen! Geht es um die Bande, die die Meyers umgebracht hat?«

»Die leeren Hülsen in Willowbrook stimmen höchstwahrscheinlich mit denen überein, die du in Ana Markovićs Zimmer gefunden hast. Der Mann, der Ana tötete, hat wahrscheinlich auch die Morde in Willowbrook begangen.«

»Der vierte Mann?«

»Ja.«

»Moment mal. Du sagst, einer ihrer eigenen Leute hat sie umgelegt?«

»Ja.«

Pike unterbrach das Gespräch und rief Elvis Cole an.

»Ich bin's. Bist du allein?«

»Ja. Ich bin im Büro. Hab sie gerade abgesetzt.«

»Konnte sie was liefern?«

»Sie hat mir drei Gebäudekomplexe mit Eigentumswohnungen gezeigt und mir einen Vortrag darüber gehalten, wie Darko sein Callgirlgeschäft führt, aber ob es stimmt oder uns weiterhilft, kann ich im Moment nicht sagen. Ich habe einen Suchlauf nach Besitzrecht und Eigentumsurkunde laufen, doch die Ergebnisse kommen erst noch. Ich wollte mich als Nächstes mit ihrer Schwester beschäftigen.«

»Du brauchst Rahmis Handyverbindungen nicht zurückzuverfolgen.«

»Hast du Jamal gefunden?«

Pike erwähnte George Smith nicht mit Namen, berichtete aber, dass jemand mit Insiderinformationen Michael Darko mit einem D-Block-Crip namens Moon Williams aus Willowbrook in Verbindung gebracht hatte. Dann schilderte Pike, was er dort gefunden hatte.

»Du glaubst, sie wurden in derselben Nacht getötet wie Meyer?«

»Wenige Stunden später. Wir werden sicher wissen, ob es sich um die gleichen Waffen handelt, sobald Chen die Vergleiche durchgeführt hat. Sie werden übereinstimmen, ganz sicher.«

Pike erzählte ihm von dem Lätzchen.

»Aber warum sollte Darko sie umbringen«, fragte Cole, »nachdem sie ihm seinen Jungen gebracht haben?«

»Vielleicht haben sie das Baby nicht abgeliefert. Vielleicht haben sie versucht, mehr Geld aus ihm herauszuholen, oder vielleicht wollte er sich auch einfach nur die Zeugen vom Hals schaffen.«

»Was machst du jetzt?«, fragte Cole.

»Die Polizei anrufen. Ich kann diese Leute nicht so hier liegen lassen. In der Nähe wohnen kleine Kinder. Sie könnten die Leichen finden.«

Noch während Pike das sagte, fing der Pitbull an zu knurren, und Pike sah zwei Streifenwagen des L.A. County Sheriff die Straße herauf auf sich zukommen. Dicht hinter ihnen folgte ein Zivilfahrzeug.

»Wie's aussieht, muss ich nicht mehr anrufen«, sagte Pike. »Die Sheriffs rollen schon an.«

»Wie kommen die Cops dorthin?«

»In Autos.«

»Du weißt, was ich meine.«

»Keine Ahnung. Ich frage mich das auch.«

Ein dritter Streifenwagen kam aus der entgegengesetzten Richtung, und alle drei blockierten nun den Jeep. Uniformierte Deputys und Beamte in Zivil stiegen aus ihren Fahrzeugen, doch niemand schien es sonderlich eilig zu haben. Fast als wüssten sie bereits, was sie vorfinden würden. Pike fand das merkwürdig.

Er wollte das Gespräch gerade beenden, da erinnerte er sich an das Lätzchen in seiner Tasche.

»Sag ihr nicht, was ich hier gefunden habe, okay? Ich will es ihr selber sagen.«

»Was immer du willst.«

»Ich muss jetzt los.«

Pike steckte das Telefon ein, blieb aber auf dem Stuhl sitzen und hob die Hände. Die Deputys sahen ihn, und ein älterer Polizist mit grauen Haaren und hartem Gesicht näherte sich dem Tor.

»Sind Sie Joe Pike?«

»Der bin ich. Ich wollte Sie gerade anrufen.«

»Ist klar. Das sagen sie alle.«

Der Deputy zog seine Waffe, und dann schwärmten die anderen Beamten am Zaun entlang aus, sie zogen ebenfalls ihre Waffen und richteten sie auf ihn.

»Sie sind verhaftet! Wenn Sie mit den Händen irgendwas anderes machen, als sie oben zu halten, werde ich Sie aus dem Stuhl schießen!«

Der Pitbull drehte durch und versuchte, sich loszureißen. Pike rührte sich nicht. Er musterte die beiden Zivilpolizisten, die aus dem ungekennzeichneten Wagen stiegen. Zwei Latinos mittleren Alters. Sie kamen ihm bekannt vor, und plötzlich wurde ihm klar, wo er sie schon mal gesehen hatte. Bei ihrer letzten Begegnung fuhren sie einen Sentra.

20
Elvis Cole

Ana Marković hatte zwei Jahre zuvor ihren Abschluss an der East Valley Arts and Sciences Highschool in Glendale gemacht. Cole wusste das durch das Jahrbuch, das Pike aus ihrem Zimmer mitgenommen hatte. Als Erstes fand er ihr Bild unter den anderen Zwölftklässlern – ein dünnes Mädel mit intelligentem Gesicht, einer großen Nase und zwei Monsterpickeln auf dem Kinn. Sie hatte versucht, sie mit Make-up zu überdecken, aber sie waren so entzündet, dass sie einfach durchgebrochen waren. Ana war höchstwahrscheinlich zutiefst beschämt gewesen.

Cole fand, sie sah Rina irgendwie ähnlich.

Laut Jahrbuch hatten in Anas Stufe 1.284 Seniors den Abschluss gemacht, von denen die meisten, so schien es Cole, eine Widmung in ihr Buch geschrieben hatten. Die vordere und hintere Umschlaginnenseite waren voll mit Notizen und Unterschriften. Hauptsächlich von Mädchen, die Ana ermahnten, nie zu vergessen, was für eine tolle Zeit man zusammen gehabt hatte, oder die sie wegen Jungs aufzogen, auf die sie gestanden hatte. Und natürlich versprachen alle allen, für immer und ewig beste Freunde zu bleiben.

Pike hatte drei Schnappschüsse in das Jahrbuch gelegt. Auf einem war Ana mit Frank Meyers beiden kleinen Jungs zu sehen, das zweite zeigte sie mit zwei Freundinnen auf einem Fußballfeld, die Arme umeinandergelegt und ein riesiges, glückliches Lächeln auf dem Gesicht. Auf diesem Bild hatte eines der Mädchen kurzes, schwarzes Haar mit lila Strähnchen, das andere war groß mit langen sandbraunen Haaren, einer milchweißen Haut und Sommersprossen. Das dritte Foto zeigte Ana und das braunhaarige Mädchen offenbar auf einer Halloweenparty. Sie trugen identische Zwanzigerjahrekostüme und hatten eine witzige Pose eingenommen: Mit gespreizten Händen rahmten sie ihre Gesichter ein wie zwei Tänzerinnen aus der guten alten Zeit des Jazz.

Der Fußballplatz im Hintergrund wies auf ein Schulgelände hin, weshalb Cole sich erneut das Jahrbuch vornahm. Er fing ganz vorn mit den Fotos des Abschlussjahrgangs an und suchte die langen Porträtreihen ab, hoffte auf einen Glückstreffer. Und tatsächlich entdeckte er sie. Das braunhaarige Mädchen hieß Sarah Manning.

Cole rief die Auskunft an und erkundigte sich, ob es in Glendale einen Eintrag mit diesem Namen gab. Er hoffte, wieder Glück zu haben, aber dem war nicht so.

»Tut mir leid, Sir. Wir haben keinen Eintrag unter diesem Namen.«

»Was ist mit Burbank und North Hollywood?«

Burbank und North Hollywood lagen direkt neben Glendale.

»Tut mir leid, Sir. Das habe ich bereits geprüft.«

Cole legte das Jahrbuch beiseite und untersuchte Anas Computer. Es war ein billiger PC, der eine Ewigkeit zum Hochfahren brauchte, aber schließlich erschienen auf dem

Desktop mehrere ordentlich arrangierte Reihen von Programmsymbolen. Cole suchte unter den Icons nach einem Adressbuch und fand etwas mit dem Namen Speed Dial. Er gab Sarah Manning ein, klickte auf Suchen ... und zack, da war's.

»Der größte Detektiv der Welt schlägt wieder zu!«

Der Eintrag zu Sarah Manning zeigte eine Adresse in Glendale, eine 818er-Telefonnummer und eine Adresse von einem Gmail-Account. Cole kündigte sich praktisch nie vorher telefonisch an: Die Leute legten häufig einfach auf und riefen nie zurück. Andererseite raus nach Glendale zu fahren, um dann festzustellen, dass Sarah Manning umgezogen war, wollte ihm ebenso wenig gefallen. Was wusste er denn? War ja durchaus möglich, dass sie derzeit auf Einsatz in Afghanistan war.

Also rief er die Nummer an und war überrascht, als sie sich meldete.

»Hallo?«

»Sarah Manning?«

»Ja, wer spricht denn da bitte?«

Ihre Stimme klang belegt, als wäre sie in Eile. Hatte sie vielleicht noch gar nichts von Ana Marković's Ermordung gehört, fragte er sich unwillkürlich. Doch, sie wusste davon und schien nicht sonderlich bestürzt zu sein.

»Sarah, ich würde mich sehr gern ein paar Minuten mit Ihnen zusammensetzen«, sagte Cole. »Ich habe ein paar Fragen zu Ana.«

»Ich weiß nicht. Ich bin in der Schule.«

»East Valley High?«

»Cal State Northridge. Highschool war vor zwei Jahren.«

»Entschuldigung. Es wird nicht lange dauern, aber es ist sehr wichtig. Soweit ich weiß, waren Sie eng befreundet.«

»Hat man die Leute schon geschnappt, die das getan haben?«

»Noch nicht. Darum brauche ich ja Ihre Hilfe.«

Es dauerte eine Weile, bis sie antwortete. Fast als müsse sie vorher darüber nachdenken.

»Tja, okay, was denn zum Beispiel?«

»Persönlich ist besser.«

»Ich hab wirklich viel zu tun.«

Cole betrachtete das Bild von Ana und Sarah in den Zwanzigerjahrekostümen. Er wollte am Telefon nicht nach Schwestern, die sich prostituierten, und nach serbischen Mafiosi fragen, zumal sich diese Dinge möglicherweise als Lügen herausstellen konnten.

»Es ist wichtig, Sarah. Sind Sie auf dem Campus? Ich kann in fünfzehn Minuten dort sein.«

»Gut, ich denke schon. Ich werde einen Kurs schwänzen müssen.«

Als wär's das Ende der Welt.

Sarah beschrieb ein Café am Reseda Boulevard nicht weit vom Campus entfernt und sagte, sie werde ihn dort in zwanzig Minuten erwarten. Cole legte auf, bevor sie es sich anders überlegen konnte.

Zweiundzwanzig Minuten später traf er sie an einem Tisch im Freien an. Sie trug hellblaue Shorts, ein weißes T-Shirt und Sandalen. Ihre Haare waren kürzer als auf dem Highschoolfoto, doch davon abgesehen sah sie genauso aus.

»Sarah?«

Cole schenkte ihr sein breitestes Lächeln und hielt ihr die

Hand hin. Sie ergriff sie, fühlte sich aber ganz offensichtlich nicht wohl. Er deutete mit dem Kopf auf das Café.

»Hätten Sie gern etwas?«

»Das ist alles nur schräg, wissen Sie? Ich weiß gar nicht, was ich Ihnen erzählen kann.«

»Na, sehen wir einfach mal, wohin uns die Antworten führen. Wann haben Sie das letzte Mal mit ihr gesprochen?«

Sie dachte einen Moment nach, schüttelte dann den Kopf.

»Vor einem Jahr. Vielleicht ist es auch länger her. Wir haben uns irgendwie auseinanderentwickelt.«

»Aber auf der Highschool waren Sie enge Freundinnen?«

»Seit der siebten Klasse. Wir kamen alle aus verschiedenen Grundschulen und waren die drei Musketiere.«

Cole dachte an das Foto der drei Mädchen auf dem Fußballfeld.

»Wer ist die Dritte?«

»Lisa Topping. Ich habe über Lisa nachgedacht, während ich vorhin auf Sie wartete. Sie sollten mit ihr sprechen. Die beiden haben Kontakt gehalten.«

»Schwarze Haare, lila Strähnchen?«

Sarah legte den Kopf auf die Seite, schien zum ersten Mal bei der Sache zu sein.

»Ja. Woher wissen Sie das?«

»Ana hatte in ihrem Zimmer ein Foto von Ihnen dreien und eines bloß von Ihnen und ihr, auf dem Sie diese Kostüme tragen. So bin ich auf Ihren Namen gestoßen.«

Sarah starrte ihn einen Moment lang an, dann schaute sie fort. Sie blinzelte mehrere Male, und ihre Augen röteten sich leicht.

»Sind Sie sicher«, fragte Cole, »dass ich Ihnen nichts holen kann? Ein Wasser vielleicht?«

Sie schüttelte den Kopf und sah fort, als täte jeder Blickkontakt weh.

»Nein, ich bin nur – ich weiß auch nicht ...«

Plötzlich griff sie in ihre Handtasche und holte ihr Mobiltelefon hervor. Sie tippte eine Nummer ein und hielt sich das Telefon ans Ohr. Mailbox.

»Hey, Süße, ich bin's. Hier ist so ein Typ, sein Name ist Elvis Cole, und ich vermute mal, er arbeitet bei der Polizei oder so, jedenfalls hat er Fragen wegen Ana. Ruf ihn an, okay.«

Sie legte eine Hand über das Telefon.

»Sagen Sie mal Ihre Nummer.«

Cole nannte sie, und sie wiederholte sie. Dann steckte sie das Telefon wieder ein.

»Sie wird anrufen. Eigentlich müssten Sie mit ihr reden.«
»Lila Haare.«

»Nicht mehr. Sie studiert jetzt in New York, aber sie sind wie gesagt in Kontakt geblieben.«

Sie wirkte traurig, als sie das sagte, und Cole fragte sich, warum.

»Super. Das werde ich tun. Trotzdem: Sie sind hier, und Sie kennen Ana ebenfalls seit der siebten Klasse. Jede Wette, dass auch Sie mir weiterhelfen können. Soweit ich weiß, lebte sie mit ihrer Schwester zusammen. Ist das richtig?«

Sarah nickte, starrte aber auf die Straße.

»Das ist richtig. Ihre Eltern waren beide tot. Sie sind gestorben, als sie noch ganz klein war. Damals, in Serbien.«

»Hm. Und wie hieß ihre Schwester?«

Cole tat, als sei er bereit zum Mitschreiben. Er hatte zwei

Zielvorgaben. Zum einen wollte er wissen, ob Rinas Geschichte stimmte, und hoffte zum anderen, falls dem so war, etwas zu erfahren, um Darko aufspüren zu können.

»Rina. Ich glaube, ihr vollständiger Name war Karina, mit einem K, aber wir nannten sie einfach Rina.«

So weit, so gut.

»Kannten Sie die Schwester?«

»Nun, ja, sie haben zusammen gewohnt. Irgendwie.«

»Was soll denn das bedeuten, dieses Irgendwie?«

Mit einem Mal schaltete Sarah um und reagierte gereizt.

»Typ, ich bin nicht blöd. Ich weiß, dass Sie es wissen. Rina war eine Prostituierte. Mit dem Geld hat sie die Miete bezahlt.«

Cole legte den Stift aus der Hand.

»Wusste das jeder?«

»O mein Gott, nein! Nur ich und Lisa, doch wir mussten schwören, nichts zu sagen. Rina wollte nicht, dass es jemand erfuhr. Sie wollte es ja nicht mal Ana sagen, und die hat es uns nur verraten, weil sie es einfach irgendjemandem erzählen musste. Es war völlig verrückt.«

»Dass ihre Schwester Prostituierte war.«

»Ja! Ich meine, wir waren noch Kinder. Wir fanden es cool wie so ein schillerndes, sexy Hollywood-Ding. Aber es war gruselig. Wenn man richtig drüber nachdachte, dann war es einfach nur krass.«

Sie leckte sich über die Lippen und schaute wieder fort. Cole spürte, dass sie sich wahrscheinlich genau deshalb auseinandergelebt hatten.

»Hat Rina zu Hause Freier empfangen, während Ana dort war? Meinen Sie das damit?«

»Nein, nein, nichts dergleichen. Sie verschwand zwischendurch für eine Weile. Ich vermute, sie hat in einem dieser Häuser gearbeitet. Sie war immer für ein paar Tage weg und kam dann wieder nach Hause.«

Sarah schüttelte sich übertrieben.

»Igitt.«

Cole fragte sich, wie viele Leute wohl davon wussten und wie weit es sich herumgesprochen hatte.

»Haben Sie oder Lisa das weitererzählt?«

Sarah schaute erneut zur Seite, und es dauerte eine ganze Weile, bis sie antwortete.

»Das hätten wir ihr nie angetan. Sie war unsere Freundin.«

»Haben Sie je gehört, wie einer von ihnen den Namen Michael Darko erwähnte?«

»Ich weiß nicht. Wer ist das?«

»Wissen Sie, wo sie arbeitete oder für wen? Erinnern Sie sich an irgendetwas in dieser Art?«

»Da gibt's nichts zu erinnern. Rina hat ihr absolut gar nichts über diesen Teil ihres Lebens erzählt. Sie hat es kategorisch abgelehnt, darüber zu reden. Vergessen Sie uns. Sie hat ja nicht mal gewusst, dass wir es wussten. Niemals hätte sie Ana Einzelheiten anvertraut. Es war wie ein offenes Geheimnis zwischen den beiden. Ana wusste Bescheid, aber sie haben nie darüber gesprochen.«

»Woher wusste Ana überhaupt, dass Rina nicht darüber reden würde?«

»Rina wurde mal verhaftet. Ana dachte immer, ihre Schwester sei Kellnerin oder so, bis Rina sie dann aus dem Gefängnis anrief. In dem Moment bekam sie richtig Angst. Das war in der neunten Klasse. Ich wollte es meinen Eltern erzählen, aber Ana ist total ausgerastet. Ich musste ihr schwören zu schweigen. Sie sagte, sie würde nie wieder mit mir reden, wenn ich es jemandem weitererzählte. Also ist sie hergekommen und ein paar Tage bei mir geblieben, als sei überhaupt nichts gewesen – als würde sie einfach nur über Nacht bei mir bleiben. So haben wir die Sache verarbeitet. Dann hat sie bei Lisa geschlafen. Sie hatte wirklich Angst damals. Vor allem davor, dass Rina länger ins Gefängnis musste. Weil sie nicht wusste, was dann aus ihr würde.«

Cole zählte bis zur neunten Klasse zurück und glich es mit Rinas Vorstrafen ab. Das Jahr passte zum Datum ihrer ersten Festnahme.

Er seufzte. Neunte Klasse bedeutete, sie war damals vierzehn. Eine Vierzehnjährige allein zu Hause und ohne einen Schimmer, ob ihre einzige Verwandte und einzige Unterstützung je wieder zurückkommen würde. Sie muss eine richtige Scheißangst gehabt haben.

»Und keiner wusste was? Nur Sie und Lisa?«

Sarah wandte erneut den Blick ab und nickte.

»Was ist mit anderen serbischen Kids? Wer waren ihre serbischen Freunde?«

»Sie hatte keine. Rina ließ es nicht zu. Sie wollte ihr ja nicht mal von den Leuten erzählen, die sie dort zurückgelassen hatten.«

»Dann hatte sie also niemand anderen als Sie?«

Sarah nickte langsam, wirkte einsam und verloren.

Cole versuchte, aus ihr schlau zu werden, und meinte zu verstehen, was sie empfand. Sowohl damals als auch heute.

Er sagte: »Hey.«

Sie sah ihn kurz an, schaute dann schnell wieder weg.

»Hört sich an, als hätte Rina versucht, sie zu beschützen. Und ich glaube, genau das Gleiche haben Sie ebenfalls versucht.«

Er bemerkte, wie sich ihre geröteten Augen mit Tränen füllten.

»Ich hätte es jemandem erzählen sollen. *Wir* hätten es erzählen sollen.«

»Sie wussten es nicht besser, Sarah. Keiner von uns weiß das jemals. Wir versuchen einfach nur, unser Bestes zu tun.«

»Sie könnte noch leben.«

Sarah Manning stand auf und ging ohne einen Blick zurückzuwerfen. Cole sah ihr nach und hoffte um ihretwillen, dass sie sich irrte.

21

Pike beobachtete die beiden Latino-Cops, die auf der Straße geblieben waren. Der eine telefonierte kurz, und der andere sprach mit einem Deputy. Weder näherten sie sich Pike, noch grüßten sie ihn, obwohl der Kleinere der beiden eine Runde um Pikes Jeep machte, bevor er sich wieder zu seinem Freund gesellte. Sie verließen den Tatort, als Pike durchsucht wurde.

Der dienstälteste Deputy hieß McKerrick. Während sich seine Leute auf die Wohnwagen verteilten, stellte McKerrick Pike unter Arrest, legte ihm Handschellen an und durchsuchte seine Taschen.

»Himmel, Mann«, sagte McKerrick, »Sie sind ja das reinste Waffendepot.«

Er legte die Gegenstände, die er fand, in einen grünen Beweismittelbeutel. Darunter Pikes Uhr, Brieftasche, Waffen und das Mobiltelefon, nicht jedoch das Lätzchen. Wahrscheinlich hielt McKerrick es für Pikes Taschentuch und die Flecken darauf für Rotz.

Zu keinem Zeitpunkt klärte er Pike über seine verfassungsmäßigen Rechte auf oder befragte ihn. Nichts zu den Leichen und warum Pike dort war oder Ähnliches. Was Pike seltsam fand. Außerdem fragte er sich, wie die beiden Latino-

Burschen es geschafft hatten, ihm seit Yannis Wohnung zu folgen. Selbst wenn sie mit mehreren Teams an ihm geklebt haben sollten, war Pike sich sicher, dass ihm niemand gefolgt war. Auch das fand er seltsam.

Sobald die Durchsuchung beendet war, brachte McKerrick Pike zu einem Streifenwagen des Sheriffs, verfrachtete ihn auf den Rücksitz und stieg selber hinters Lenkrad.

Als sie losfuhren, sah Pike noch einmal zu dem Hund zurück, der ihm mit seinen Blicken folgte.

Streng genommen, war Willowbrook kein Stadtteil von Los Angeles. Es war gemeindefreies Gebiet und fiel polizeilich in die Zuständigkeit des Los Angeles County Sheriff's Department. Pike ging also davon aus, dass McKerrick ihn in das nächstgelegene Revier des Sheriffs bringen würde, das Century direkt am Century Freeway in Lynwood, doch an der Auffahrt zur Autobahn schlug McKerrick die entgegengesetzte Richtung ein. Wieder etwas, das Pike seltsam fand.

Fünfundzwanzig Minuten später verließen sie die Autobahn Richtung Innenstadt von L.A., und Pike wusste jetzt, welches Ziel sie hatten.

McKerrick griff nach dem Mikro seines Funkgeräts und sprach zwei Worte.

»Drei Minuten.«

McKerrick brachte ihn ins Parker Center, in das Präsidium des Los Angeles Police Department. Sie fuhren zum Diensteingang an der Seite des Gebäudes, wo sie bereits von drei uniformierten Beamten des LAPD erwartet wurden. Zwei Männern und einer Frau, alle Ende zwanzig, mit kurz geschnittenen Haaren und blank geputzten Schuhen. Die Polizistin öffnete die Tür und sagte bloß ein Wort. »Aussteigen.«

Der ranghöchste Beamte, ein langgliedriger, athletischer Kerl mit blonder Igelfrisur und breiten, muskulösen Schultern führte Pike mit festem Griff um den Oberarm nach drinnen. Ohne ihn der üblichen Aufnahmeprozedur zu unterziehen, verfrachteten sie ihn in einen Fahrstuhl und dann weiter in den dritten Stock. Die Räume dort waren ausschließlich für die Sonderdezernate reserviert. Sonderdezernat für Raub. Sonderdezernat für Sexualdelikte. Sonderdezernat für Mord. Die drei Unterabteilungen des Dezernats für Raub und Mord. Terrio und seine Sondereinheit dürften ebenfalls im dritten Stock residieren.

»Pinkeln?«

»Nein.«

Als die Fahrstuhltür aufglitt, ging der Beamte mit dem Beweismittelbeutel in die eine Richtung, während die beiden anderen Pike einen hässlichen beigefarbenen Korridor entlang in ein Verhörzimmer brachten. Es war einer der kleineren Räume mit dem gleichen schadhaften Anstrich und Bodenbelag und den gleichen dreckigen Wänden wie im restlichen Gebäude. Ein kleiner Tisch ragte aus einer Wand mit jeweils einem billigen Plastikstuhl auf beiden Seiten.

Der ranghöhere Beamte öffnete Pikes Handschellen, um ihn sofort an eine Stahlstange zu ketten, die in den Tisch eingelassen war. Sobald Pike gesichert war, trat er einen Schritt zurück, rührte sich jedoch nicht vom Fleck. Die Polizistin wartete in der Tür.

»Joe Pike«, sagte er.

Pike sah ihn an.

»Ich höre Geschichten über Sie, seit ich hier dabei bin. Nach besonders viel sehen Sie allerdings nicht aus.«

In der Ecke dicht unter der Decke war eine Videokamera mit Mikrofon an die Wand montiert. Pike betrachtete den Polizisten eine Weile, dann neigte er den Kopf zur Kamera. Die beiden Beamten folgten seinem Blick. Einer wurde rot bei der Erkenntnis, dass sein Vorgesetzter womöglich beobachtete, dass er sich wie der letzte Arsch benahm. Sie gingen raus und schlossen die Tür.

Pike sah sich um. Das Vernehmungszimmer roch nach Zigaretten. Auch wenn in öffentlichen Gebäuden das Rauchen verboten war, musste hier ein Verdächtiger oder ein Detective kürzlich geraucht haben. Tisch und Wand neben dem Tisch waren mit einem Puzzle an Kritzeleien, Zeichnungen, Rillen, Flecken und Knastparolen überzogen – das meiste davon so tief in die Resopalplatte eingegraben, dass es nicht mehr zu entfernen war. Biggie. ThugLife. LAPD187. OJWAHIER.

Pike blickte zur Kamera auf und fragte sich, ob Terrio wohl gerade zuschaute. Wahrscheinlich würden sie ihn eine ganze Weile hier schmoren lassen, aber das machte ihm nichts aus. Er holte langsam und tief Luft, wartete einen Moment, ließ sie dann aus seiner Lunge entweichen, wobei er für das Ausatmen exakt genauso viel Zeit benötigte wie für das Einatmen. Er konzentrierte sich auf die Kamera, leerte seinen Verstand von allem anderen und atmete. Es gab nur noch Pike und die Kamera und wer immer sich auf der anderen Seite der Kamera befand. Dann gab es nur noch Pike und die Kamera. Und schließlich nur noch Pike. Nach einigen Atemzügen spürte er, wie er schwebte, während sich sein Brustkorb dehnte und zusammenzog im Rhythmus des Meeres. Seine Herzfrequenz verlangsamte sich, die Zeit verlangsamte sich. Er reduzierte sich auf seine pure Existenz. Pike hatte Tage so verbracht, während er auf den perfekten Schuss wartete. Und zwar an Orten, die weit weniger gemütlich waren als ein Verhörzimmer des LAPD.

Er überlegte, warum man ihn festgenommen hatte und was sie hofften, von ihm zu erfahren. Er wusste, dass man nicht offiziell Anzeige gegen ihn erstatten würde, denn man hatte ihm seine Rechte nicht vorgelesen und auf die üblichen Formalitäten einer Festnahme verzichtet. Sie wollten also bloß reden. Die Frage war nur, worüber? Außerdem verstand er nach wie vor nicht, warum man ihn ausgerechnet in Williams' Haus hochgenommen hatte. Wenn sie schon den ganzen Tag an ihm dran waren, hätten sie ihn sich schließlich jederzeit schnappen können. Weshalb also warteten sie damit, bis er Williams gefunden hatte?

Pike grübelte auch zwei Stunden später noch über diese Dinge nach, als Terrio und Deets hereinkamen. Als er sie sah, kam es ihm vor, als schwebe er auf dem Grund eines tiefen, klaren Teichs und würde sich aus dem Wasser erheben, um ihnen Gesellschaft zu leisten. Vielleicht erhielt er ja jetzt Antworten.

Terrio löste die Handschelle zuerst von der Metallstange und dann von Pikes Handgelenk. Er steckte sie ein und setzte sich auf den freien Stuhl. Deets lehnte mit verschränkten Armen in der Ecke. Seine Miene strahlte eine gewisse Vorsicht aus, die Pike für unecht hielt.

»Okay, hören Sie zu«, begann Terrio. »Sie sind nicht verhaftet, und Sie müssen nicht mit uns reden. Ich hoffe, Sie werden es, aber Sie müssen nicht. Wenn Sie einen Anwalt wollen ...«

Terrio nahm ein Mobiltelefon heraus und schob es ihm über den Tisch hinweg zu.

»Dann können Sie das hier benutzen. Wir werden warten.«

Pike schnipste es zurück.

»Kein Bedarf.«

Deets in seiner Ecke schaute auf, das Kinn wie zuvor gesenkt.

»Haben Sie diese Leute umgebracht?«

»Nein.«

»Wissen Sie, wer es getan hat?«

»Noch nicht.«

Terrio schob sich dichter an den Tisch.

»Was haben Sie dort unten gemacht?«

Dort unten. Als sei Willowbrook eine andere Welt.

»Ich habe einen zweifach verurteilten Schwerverbrecher namens Earvin Williams gesucht. Williams könnte an dem Mord an Frank beteiligt gewesen sein oder zumindest davon gewusst haben.«

»Warum glauben Sie, dass Williams darin verwickelt war?«

»Williams war ein D-Block-Crip. Er hat aus seinen Homies eine Bande zusammengestellt, von denen einige plötzlich mit Geld um sich warfen.«

Terrio hob eine Augenbraue.

»Kennen Sie weitere D-Blocks, die in die Sache verwickelt waren?«

»Jamal Johnson.«

Terrio wurde kreidebleich, und Deets warf ihm einen Blick zu.

»Woher wissen Sie von Jamal Johnson?«

»Von seinem Cousin Rahmi.«

»Unmöglich. Die SIS ist an Rahmi Johnson dran. Ihre Leute hängen ihm gerade jetzt an den Fersen. Sie können gar nicht mit ihm gesprochen haben, ohne dass wir davon wüssten.«

Pike zuckte die Achseln. Glaubt, was ihr wollt.

»Williams und Johnson waren beide D-Block-Crips. Von dem anderen Burschen weiß ich nichts. War Johnson unter den Opfern?«

»Scheiß drauf, Pike«, sagte Deets. »Wir fragen, du antwortest. Das hier ist keine Plauderei.«

Terrio hob eine Hand und bedeutete ihm zu schweigen.

»Johnson wurde als eines der Opfer identifiziert.«

»Wer war der dritte Mann?«

»Samuel ›Lil Tai‹ Renfro. Er gehörte wie Williams und Johnson zum D-Block. Wie sind Sie zu der Überzeugung gelangt, dass es diese Bande war, die Meyers Haus überfallen hat?«

Terrio starrte Pike so konzentriert an, dass es aussah, als würde er jeden Augenblick versehentlich vom Stuhl kippen. In diesem Augenblick wurde Pike klar, dass Jamal Johnson immer ein Verdächtiger und Williams nicht mal auf ihrem Schirm gewesen war. Sie hatten nicht gefragt, inwiefern er in die Sache verwickelt war, sondern warum Pike meinte, dass es so wäre. Und sie hatten Pike nicht hergebracht, um herauszufinden, was er wusste – sie wollten wissen, wieso er es wusste.

»Ich bin zu der Überzeugung gelangt«, sagte Pike, »dass Williams der Kopf der Bande war. Sicher werden wir das aber erst wissen, wenn Sie ihre Kanonen überprüft haben.«

Deets schüttelte den Kopf.

»Es gibt hier kein Wir. Nicht mit Ihnen.«

Wieder die Hand.

»Wir haben keinerlei objektive Beweise«, sagte Terrio, »um diese Leute mit dem in Verbindung zu bringen, was Meyer zugestoßen ist. Auch nicht mit den vorangegangenen sechs Überfällen.«

»Jetzt haben Sie sie. Prüft ihre Kanonen.«

»Warum haben Sie sich für Williams interessiert?«

»Quellen.«

Deets funkelte wütend in die Kamera.

»Das ist doch alles Bockmist.«

Terrio zog einen Spiralblock aus der Tasche und las eine Adresse vor.

»Wohnt eine dieser Quellen vielleicht in Studio City?«

Pike antwortete nicht. Er war in Yannis Apartmentanlage in Studio City gewesen, als er den Sentra zum ersten Mal gesehen hatte.

»Oder an der La Brea direkt südlich der Kreuzung mit der Melrose? Vielleicht finden wir dort ebenfalls eine Ihrer Quellen.«

Terrio steckte den Block zurück in die Tasche, dann beugte er sich weit vor.

»Wer hat diese Leute umgebracht?«

»Keine Ahnung.«

»Interessiert es Sie?«

»Nein.«

Deets stieß ein verächtliches Grunzen aus und drückte sich aus der Ecke vor.

»Sie hätten sie selbst umgelegt, Pike. Wenn Ihnen diese Typen lebendig in die Hände gefallen wären, hätten Sie sie genauso an die Hunde verfüttert wie der Dreckskerl, der sie dort zurückgelassen hat.«

Pike richtete seinen Blick auf Deets.

»Nicht die Lady.«

Terrio lehnte sich auf seinem Stuhl zurück und musterte Pike, während er nachdenklich auf den Tisch klopfte.

»Diese drei Idioten – Williams, Johnson und Renfro – waren bei dieser Sache nicht allein. Jemand hat sie in die gewünschte Richtung gelenkt. Sind wir beide, Sie und ich, uns in diesem Punkt einig?«

»Ja.«

»Haben Ihre Quellen Ihnen auch verraten, für wen sie gearbeitet haben?«

Pike betrachtete Terrio einen Moment, dann blickte er zur Kamera auf. Irgendetwas am Tonfall des Detectives verriet, dass er es bereits wusste und jetzt herausfinden wollte, ob Pike ebenfalls im Bild war.

»Williams hat für einen Boss der serbischen Mafia gearbeitet, für einen gewissen Michael Darko. Der oder jemand, der für ihn arbeitet, hat höchstwahrscheinlich Williams und seine Bande umgebracht.«

Terrio und Deets starrten ihn an, und ein paar Sekunden lang herrschte im Verhörzimmer absolute Stille. Bis ein dicker, kahl werdender Deputy Chief die Tür öffnete. Darko war offenbar das Zauberwort gewesen.

»Jack, würden Sie beide bitte gehen.«

Terrio und Deets verließen wortlos den Raum. Der Chief folgte ihnen, und herein kam die Frau, die Pike bereits vor Franks Haus auf der Rückbank von Terrios Wagen gesehen hatte. Sie trug einen blauen Blazer zu weißer Bluse und dunkelgrauer Hose. Der Mund nur ein schmaler Schlitz.

Sie schloss die Tür und begutachtete Pike, als sei er eine Laborratte. Dann sah sie zur Kamera auf, die geduldig unter der Decke hing, zog den Stecker und wandte sich wieder Pike zu.

Sie hielt die Dienstmarke einer Bundesbehörde hoch.

»Kelly Walsh. Ich bin beim ATF. Erinnern Sie sich an mich?«

Pike nickte.

»Gut. Nachdem wir uns jetzt persönlich kennengelernt haben, werden Sie exakt das tun, was ich Ihnen sage.«

Als zweifelte sie eine Sekunde daran, dass es so war.

TEIL 3

EINE PERSÖNLICHE
ANGELEGENHEIT

22

Kelly Walsh stand dreißig Zentimeter vom Tisch entfernt. Eine Entfernung, die gleichermaßen Nähe wie Distanz signalisierte. Pike erkannte es als Kontrolltechnik. Indem sie eine überlegene Position einnahm, hoffte sie Autorität auszustrahlen. Wie zum Beispiel das Ausstöpseln der Kamera. Sie demonstrierte, dass sie die Macht besaß zu tun, was immer sie wollte, sogar hier im Parker Center des LAPD.

Pike fand das alles ein bisschen zu durchschaubar.

Dann sagte sie: »Hat Frank Meyer Waffen geschmuggelt?«

Es war das erste Mal, dass ihn eine Frage wirklich überraschte.

»Nein.«

»Sicher?«

»Ja.«

»Ganz sicher? Oder möchten Sie einfach nur glauben, dass er es nicht getan hat?«

Pike gefiel dieses Gerede über Waffen nicht. Er musterte ihr Gesicht und versuchte, aus ihr schlau zu werden. Sie hatte hellbraune Augen, die beinahe ins Haselnussbraun übergingen. Eine senkrechte Linie zerfurchte die Haut zwischen ihren Augenbrauen, passend zu einer Narbe auf ihrer Oberlippe. Keine Lachfältchen, aber auch keine Zornesfalten. Ihre bestimmte Art gefiel Pike nicht.

»Wie haben Sie mich gefunden?«

Sie zuckte gleichgültig mit den Achseln, das Gesicht dabei ausdruckslos wie ein Highway in Texas, und ignorierte seine Frage einfach.

»Okay, Sie sind also sicher. Ich persönlich bin das nicht, doch ich suche einen Grund, warum Darko ihn umgebracht hat, und dieser eine leuchtet mir ein.«

»Waffen.«

Sie zeigte auf sich selbst.

»ATF. Das F steht für Firearms.« Waffen.

Sie betrachtete ihn noch einen Moment, dann neigte sie den Kopf.

»Von den Waffen wissen Sie nichts. Sie sind allein aus Rache dabei. Okay, ich verstehe. So sind Sie eben.«

Pike wusste, dass sie sich klar zu werden versuchte, was sie ihm sagen und wie sie ihn anpacken sollte. Genau das, worüber er in Bezug auf sie ebenfalls nachdachte.

»Terrio hat gelogen, als er sagte, wir hätten nichts, das Williams mit den anderen sechs Überfällen in Verbindung bringt. Wir haben im Wohnwagen seiner Großmutter ein Armband gefunden, das aus dem Escalante-Überfall stammt, und ein altes japanisches Schwert, das ihn mit dem Gelber-Überfall in Zusammenhang bringt. Wahrscheinlich werden wir auch in Renfros Bude irgendwas entdecken. Die Waffenvergleiche werden der Zuckerguss sein, aber dass diese Jungs unsere Killer sind, dürfte feststehen.«

Pike wusste, dass Escalante der zweite der sechs früheren Hauseinbrüche und Morde war. Gelber war der fünfte.

»Wenn Sie diese Dinge erst jetzt herausgefunden haben, dann wussten Sie nicht, dass Williams beteiligt war.«

»Nein. Wie sich herausstellte, hat Johnson bei Renfro gewohnt. Deshalb konnte ihn niemand finden. Bis auf Sie. Diese Typen so schnell aufzuspüren, das war wirklich gute Arbeit, Pike. Wir hatten nicht mal ihre Namen, aber Sie haben sie auf Anhieb gefunden. Das gefällt mir.«

Sie griff in eine Innentasche ihres Blazers und zog mit spitzen Fingern ein zehn mal fünfzehn Zentimeter großes Foto heraus. Pike sah einen adretten Afroamerikaner von Anfang dreißig, mit gepflegter Frisur und einem goldenen Stecker im linken Ohr.

»Special Agent Jordan Brant. Jordie war einer meiner verdeckten Ermittler. Er wurde vor dreiundzwanzig Tagen ermordet, als er versuchte, eine Bande zu identifizieren, die für einen gewissen Michael Darko arbeitete. Das hier ist Darko.«

Sie nahm ein zweites Foto heraus, auf dem ein dicker Mann von Ende dreißig mit weit auseinanderstehenden Augen und rundlichem Gesicht zu sehen war. Er hatte schwarze, zu einem kurzen Pferdeschwanz gebundene Haare, einen dichten Schnauzer und lange, schmale Koteletten. Der Mann, der sich nicht fotografieren ließ, war von einer Sicherheitskamera auf dem Bob Hope Airport in Burbank verewigt worden.

Pike sah das Foto unverwandt an, und Walsh interpretierte seinen starren Blick. Zum ersten Mal lächelte sie, aber es war ein hässliches und böses Lächeln.

»Ja, Baby, das ist er. Hat deinen Kumpel Frank umgelegt. Hat die Kids ermordet. Wie hieß noch der Jüngste? Joey? Ist er eigentlich nach Ihnen benannt?«

Pike setzte sich gerade hin und schwieg.

»Wissen Sie, wo er ist?«

»Noch nicht.«

»Jordie wurde hinter einer ehemaligen Chevron-Tankstelle in Willowbrook gefunden. Sie haben ihn mit einem Teppichmesser umgebracht. Frau und ein Kind. Können Sie das nachempfinden, ja? Ich verliere meinen Jungen. Sie verlieren Ihren Jungen.«

»Sie glauben, Williams hat ihn umgebracht?«

»Angesichts der Tatsache, dass Williams und seine Bande Willowbrook-Homies waren, würde ich mal sagen ja, aber momentan wissen wir lediglich, dass eine Bande Crips beteiligt war. Jordie hat versucht, sie zu identifizieren.«

Sie steckte die Fotos wieder ein.

»Wie kommen da die Waffen ins Spiel?«

»Darko arbeitet für einen Mann namens Milos Jaković. Auch bekannt als Mickey Jack oder Jack Mills.«

Sie hob die Augenbrauen als stumme Frage, ob er die Namen kannte. Als Pike den Kopf schüttelte, erklärte sie es ihm.

»Jaković leitet die ursprüngliche serbische Organisation hier in L. A. – er ist der Erste der alten Bosse, die in den Neunzigern rübergekommen sind. Stellen Sie sich Don Corleone in reiferem Alter vor, nur gefährlicher. Jaković ist im Moment dabei, dreitausend AK-47-Sturmgewehre aus China zu importieren.«

Die Zahl ließ Pike stutzen. Er überlegte kurz, ob sie vielleicht log, gelangte aber zu der Überzeugung, dass sie die Wahrheit sagte.

»Dreitausend.«

»Vollautomatische Militärwaffen, die sie den Nordkoreanern gestohlen haben. Wenn also Darko jetzt seine Killer losschickt, um einen Mann zu töten, der früher einmal Berufssöldner war und wahrscheinlich weiß, wie man Waffen kauft und verkauft, egal an welchem Ort in dieser Welt – na, verzeihen Sie mal, wenn ich da einen Zusammenhang sehe.«

Pike holte tief Luft. Ein neues Element war plötzlich im Spiel, und Pike spürte Zweifel aufkommen. Er hatte ein schlechtes Gewissen deswegen, fast als würde er Franks Andenken dadurch verraten.

»Frank hätte so etwas niemals getan.«

»Soll ich Ihnen was sagen? Überlassen Sie es mir, das herauszufinden. Weil das nämlich zufälligerweise mein Job ist. Ich sag Ihnen aber, was wichtiger ist – Sie werden mir helfen, an diese Waffen heranzukommen.«

Walsh bewegte sich jetzt zum ersten Mal. Sie beugte sich vor und legte beide Hände auf den Tisch.

»Darko arbeitet für Jaković, versucht allerdings, den Deal an sich zu reißen, selbst einen Käufer zu finden und einen Führungswechsel in der Organisation herbeizuführen. Die alte Schule raus, die neue rein. Damit habe ich etwas mehr Zeit, die Waffen zu finden, und wenn Sie dem Kerl zudem weiter auf den Fersen bleiben und er den Druck spürt...«

Sie schnippte mit den Fingern.

»Simsalabim! Die Waffen verschwinden in Miami, Chicago, Brooklyn oder sonst wo. Deshalb müssen Sie sie mit Ihrer Vernichtungsmission zunächst einmal ablenken.«

Sie ließ Pike keine Zeit für eine Antwort, sondern drängte weiter, beugte sich noch dichter zu ihm vor.

»Diese osteuropäischen Banden, sofern die Bastarde einen nicht schon aus der alten Heimat kennen, reden nicht mit jedem, und da sie noch nicht lange genug in diesem Land sind, können wir auch keine Informanten bei ihnen einschleusen. Mein Mann ist bei dem Versuch gestorben, dieses Schloss zu knacken, aber Sie, Pike – ich glaube, Sie haben jemanden in der Organisation der Serben. Also will ich Ihren Kontaktmann.«

Das war der Grund, warum sie ihn laufen ließen. Pike wusste zwar immer noch nicht, wie sie ihn bei den Wohnwagen gefunden hatten, doch Williams war der entscheidende Punkt. Ein Crip mit Beziehungen zu Darko. Nachdem Pike auf Williams gestoßen war, musste Walsh erkannt haben, dass er über Insiderinformationen verfügte, und veranlasste die Festnahme. Sie war an jenem Tag dabei gewesen, als ihm Terrio und Deets in einer großen Show von Frank erzählten, und jetzt fragte er sich, ob sie dahintersteckte und ihn von Anfang an für ihre Zwecke und Interessen benutzt hatte.

Pike musste an Rina denken und überlegte, ob jemand so weit unten in der Hackordnung, wie eine Prostituierte, wohl Informationen über einen wichtigen Deal besaß. Zweifelhaft, aber Rina könnte etwas herausfinden.

»Ich werde zusehen«, sagte Pike.

Walsh schüttelte den Kopf.

»Sie verstehen nicht. Dreitausend automatische Waffen sind auf dem Weg in dieses Land, daher bitte ich Sie nicht. Ich *verlange*, dass Sie mich mit Ihrem Informanten zusammenbringen.«

»Ich höre, was Sie sagen, Walsh. Und ich verstehe Sie sehr gut.«

»Das ist die falsche Antwort.«

»Ich habe Ihnen zugesagt, mit meiner Quelle zu sprechen.

Das tue ich auch, aber damit ist ein Risiko verbunden. Ich wusste nichts von diesen Waffen. Wenn ich jetzt darauf zu sprechen komme und Darko davon erfährt, ziehen Sie den Kürzeren.«

Walsh funkelte ihn kurz wütend an und forderte ihn zum Weitersprechen auf.

»Es gibt Leute in der hiesigen osteuropäischen Mafia, die wissen, dass ich auf der Jagd bin, und sie kennen auch den Grund. Die haben keine Angst vor einem Zivilisten, der eine Rechnung zu begleichen hat. Das ist etwas, das sie verstehen.«

Sie hob ihre Hände, drehte dabei die Handflächen nach vorne und schüttelte abwehrend den Kopf.

»Denken Sie nicht mal dran, Pike. Gehen Sie da nicht hin. Ich werde nicht zulassen, dass Sie diesen Mann töten.«

»Wenn ich jetzt einfach aufhöre, lasse ich einige Leute, die Bescheid wissen, hängen. Sie verfolgen bei dieser Sache ihre eigenen Interessen. Deshalb helfen sie mir. Falls ich mit diesem Waffending zu ihnen gehe und sage, dass ich mit Ihnen in Kontakt stehe, werden sie genauso schnell verschwunden sein wie Ihre Waffen.«

Jetzt wirkte Walsh nicht mehr so selbstsicher.

»Was meinen Sie?«

»Sie haben keinen Insider. Ich schon. Sie sind drinnen – und sie wollen, dass ich Darko finde, brennen förmlich darauf. Was immer ich erfahre, ich werde Sie daran teilhaben lassen. Und ich kann gleich damit anfangen, indem ich Ihnen jetzt schon etwas verrate – Darko wird zurück nach Europa gehen.«

Sie starrte ihn an, und ihr gebräuntes Gesicht wurde blass. Pike erkannte ihre Besorgnis an ihrer veränderten Haltung.

Daran, dass sie einen dezenten Schritt zur Seite machte, als spüre sie ihr ganz persönliches kleines Erdbeben. Sie warf einen Blick auf die Uhr, als wollte sie sich für den offiziellen Bericht den exakten Zeitpunkt merken, zu dem sie diese Information erhalten hatte.

»Ist das ein Scherz?«

»Es ist das, was man mir gesagt hat.«

Sie bewegte sich ein Stück nach vorne.

»Wann?«

»Keine Ahnung.«

»Warum geht er zurück?«

»Keine Ahnung. Vielleicht hat er sein Geschäft bald unter Dach und Fach. Vielleicht will er zurück, wenn die Sache abgeschlossen ist.«

Pike beschloss, dass er das Kind nicht erwähnen durfte. Den wahren Grund, warum Darko seine Mörder in Frank Meyers Haus geschickt hatte. Nicht ohne Rinas Erlaubnis. Auch von ihr selbst sagte er kein Wort.

Walshs Gesicht verhärtete sich, während sie die neuen Informationen verdaute und ihre Optionen durchging, von denen ihr nicht eine einzige gefiel. Als sie dann wieder sprach, klang ihre Stimme gefährlich leise.

»Ich kann Sie aus dem Verkehr ziehen. Das wollen Sie doch nicht, oder?«

»Nein. Ich will Darko.«

Ihre Augen fokussierten sich erneut auf ihn.

»Ich habe hier dreitausend Waffen, die von einem ausländischen Staatsangehörigen in dieses Land gebracht werden. Das ist eine terroristische Handlung. Entsprechend den gesetzlichen Vorgaben des Homeland Security Act könnte ich

Sie verschwinden lassen. Kein Prozess, keine Anwälte, keine Kaution, einfach weg. Sehen Sie mir in die Augen, Pike ...«

Sie starrte ihn entschlossen an.

»Wenn ich diese Waffen verliere, weil ich sie nicht finden konnte, kann ich damit leben – aber ich werde auf gar keinen Fall die Waffen gegen Darko eintauschen. Verstehen Sie mich?«

»Ja.«

»Ich will ihn, allerdings zu meinen Bedingungen, nicht zu Ihren; lebendig, damit ich vor Gericht gegen ihn aussagen kann. Damit Jordie Brants Frau in der ersten Reihe sitzen und zusehen kann, wie dieses Stück Scheiße sich windet. Damit sie bei der Strafzumessung in den Zeugenstand treten und diesem Stück Scheiße sagen kann, wie sehr er ihr wehgetan und wie viel er ihrem Kind genommen hat. Das will ich, Pike, und ich werde es bekommen. Waffen oder nicht, Sie kommen hier nur dann raus, wenn Sie sich damit einverstanden erklären.«

Pike betrachtete aufmerksam ihr Gesicht und wusste, dass sie es ernst meinte. Er nickte.

»Okay.«

»Sie sind einverstanden? Darko gehört mir?«

»Ja.«

Sie streckte eine Hand aus. Er nahm sie und spürte einen Moment lang, dass sie den Griff nicht löste.

»Wenn Sie ihn umbringen, Pike, das schwöre ich bei Gott, werde ich den Rest meines Lebens der Aufgabe widmen, Sie hinter Gitter zu bringen.«

»Ich werde ihn nicht umbringen.«

Als alles gesagt war, brachte sie ihn persönlich nach unten. Sein Jeep wartete. Zusammen mit seinen Waffen.

23

Pike schaltete sein Mobiltelefon aus, sobald er allein war. Er hielt am ersten großen Einkaufszentrum, an dem er vorbeikam, kurvte hinauf zur obersten Etage des Parkhauses, dann wieder runter, hielt nach möglichen Verfolgern Auschau. Er entdeckte niemanden, aber so war es auch zuvor gewesen. Er verstand immer noch nicht, wie sie ihm hatten folgen können.

Pike verließ das Parkhaus auf dem gleichen Weg, den er gekommen war, fuhr drei Blocks weit zurück. Dann wendete er erneut, musterte die Wagen, an denen er vorbeikam, ohne etwas Verdächtiges zu bemerken.

Nachdem er zu dem Einkaufszentrum zurückgekehrt war, stellte er den Wagen in der zweiten Ebene des Parkhauses ab und nahm sich die Unterseite des Jeeps vor. Er fand nichts, war jedoch nach wie vor nicht zufrieden.

Er säuberte sich so gut wie möglich, bevor er in das Einkaufszentrum ging. Er kaufte ein billiges Einwegmobiltelefon, extra Batterien und eine Prepaid-Telefonkarte mit einem Guthaben für zwei Stunden. Auf einer Bank vor einem Küchengeschäft verbrachte Pike zehn Minuten damit, das Telefon zu aktivieren und das Prepaid-Guthaben zu laden. Dann rief er Elvis Cole an.

Das Telefon klingelte viermal, sehr lange für Cole, der zwangsläufig die Anrufernummer nicht erkannte.

»Elvis Cole.«

»Ich bin's. Wo ist Rina?«

»Bei Yanni. Ich habe sie nach unserer Tour zurückgebracht.«

»Tu mir einen Gefallen und hol sie. Das ATF weiß, dass ich in ihrem Gebäude war, und vermutet, ich hätte mich dort mit einem Gewährsmann getroffen. Sie wollen diesen Informanten.«

Cole stieß einen leisen Pfiff aus.

»Woher weißt du das?«

»Ich habe gerade drei Stunden mit ihnen verbracht.«

Pike schilderte kurz, was er in Willowbrook gefunden hatte, was nach seiner Verhaftung passiert war und welche Informationen Walsh ihm über Darko gegeben hatte.

»Hier geht's jetzt nicht mehr um irgendeinen Gangster, der Leute in ihrem eigenen Haus umbringt – sie schmuggeln gerade dreitausend Kalaschnikows ins Land. Deshalb sind die Bundesbehörden mit im Spiel.«

»Ich werde sie abholen«, sagte Cole. »Soll ich sie zu mir nach Hause bringen?«

»Fürs Erste. Ich werde später vorbeikommen – bis dahin habe ich eine Unterkunft für sie gefunden.«

Als Nächstes rief Pike Jon Stone an. Stones Telefon klingelte fünfmal, bevor sich seine Mailbox einschaltete und Pike auf den Signalton wartete.

»Ich bin's, Pike. Bist du da?«

Stone meldete sich mit lauter Stimme, um gegen die Musikkulisse der Nine Inch Nails anzukommen.

»Scheiße Mann, ich hab die Nummer nicht erkannt.«

»Jemand hat mich aufspüren können, ohne mir zu folgen, Jon. Deshalb benutze ich jetzt ein anderes Telefon. Ich glaube, der Jeep ist verwanzt.«

Nine Inch Nails verstummten.

»Fährst du gerade damit?«

»Ja.«

»Komm nicht her. Ich treffe mich mit dir.«

Zwanzig Minuten später erreichte Pike eine Autowaschanlage am Santa Monica Boulevard in West Hollywood und fuhr nach hinten zu den Boxen für die Handwäsche, wie Stone es ihm gesagt hatte. Auf der Rückseite der Waschanlage konnten sie von der Straße aus nicht gesehen werden.

Stones schwarzer Rover stand in einer Box in unmittelbarer Nachbarschaft zu einem schwarzen Porsche, den zwei junge Latinos wienerten. Stone war bei ihnen und lachte über etwas, als er Pike kommen sah. Er zeigte auf die freie Bucht auf der anderen Seite des Rover, und Pike fuhr den Wagen hinein. Die Arme des einen Latinos waren mit Gang-Tattoos überzogen. Keiner sah herüber, als Pike aus seinem Jeep stieg.

Stone öffnete die Heckklappe seines Rover und nahm ein langes Aluminiumrohr mit einem beweglichen Spiegel heraus. Er war an einem Gehäuse befestigt, in dem sich Sensoren und Antennen befanden. Im Rahmen seiner Arbeit in der Sicherheitsbranche musste Jon regelmäßig nach Sprengstoff und Überwachungsgeräten suchen. Jon war also Profi und besaß die entsprechende Ausrüstung.

Er strich mit dem Gehäuse die Unterseite des Jeeps ab und redete mit Pike, während er eine in den Handgriff eingelassene Skala im Auge behielt.

»Hast du die Arschlöcher gefunden?«

»Fast die ganze Bande. Sie waren tot.«

»Nicht dein Ernst. Wer hat sie kaltgemacht?«

»Ihr Chef.«

»Diese Drecksäcke kennen keine Ehre. Wie viele hatte er auf der Rechnung?«

»Drei. Ihr Boss ist immer noch unterwegs, aber drei zumindest sind erledigt. Fehlt noch einer.«

Stone unterbrach das Abtasten zwischen den Scheinwerfern des Jeeps, betrachtete die Skala. Nach einem Augenblick machte er auf der anderen Seite weiter, tastete den Unterboden des Fahrzeugs komplett ab, bis er schließlich vorne wieder ankam. Dann legte er das Rohr beiseite und schlängelte sich unter den Motor.

»Bitte sehr!«

Er stand auf und zeigte Pike ein kleines graues Kästchen von der Größe einer Zigarettenpackung.

»Ein GPS-Positionsgeber. Hochwertiges Teil, hergestellt von Raytheon im Auftrag der NSA. Das ist absolut höchstpreisige Ausrüstung. Bundesbehörde?«

»ATF.«

Stone grinste.

»Genau in diesem Moment starrt ein Agent vor einem Laptop auf ein Echtzeit-Stadtplan-Overlay. Die Stelle ist durch ein X gekennzeichnet, Bruder – und das X befindet sich genau hier auf der Waschstraße am Santa Monica Boulevard.«

Er warf Pike das Gerät zu.

»Drei Alternativen. Mach's kaputt, schmeiß es weg oder – und das wäre mein persönlicher Favorit – befestige es an einem FedEx-Laster und lass sie zuschauen, wie das Ding seine Runde durch die ganze Stadt dreht.«

Pike wollte Walsh nicht wissen lassen, dass er das Gerät gefunden oder auch nur danach gesucht hatte. Andererseits sollte sie seinen Weg nicht noch verfolgen können. Wenn er es an einem anderen Fahrzeug anbrachte, würde sie innerhalb weniger Stunden wissen, was geschehen war. Pike warf Stone das Kästchen wieder zu.

»Mach's kaputt, und dann musst du noch etwas tun.«

»Für Frank?«

»Ja.«

»Ich bin dabei.«

Pike erzählte ihm von den Waffen – dreitausend den Nordkoreanern gestohlene chinesische AKs.

»Jaković hat sie nicht gestohlen«, sagte Pike. »Er hat sie jemandem abgekauft. Sieh doch mal, was du herausbekommst.«

Stone zögerte.

»Über Frank?«

»Über die Waffen. Frank hatte nichts damit zu tun.«

Stone zögerte wieder, nickte aber dennoch langsam.

»Ich kenne einen Typen, der wiederum einen Typen kennt, aber ich will ein Stück von der Beute. Ich werde helfen, aber ich will dabei sein, meinen Finger auch auf den Abzug legen. Für Frank.«

»Abgemacht.«

24

Als er die Waschanlage verließ, fuhr Pike zu Coles Haus, nahm die schmalen Straßen durch die Canyons zum Scheitel der Berge und dann weiter auf dem Woodrow Wilson Drive durch eine stark bewaldete Schlucht. Er gelangte zu der Überzeugung, dass Walsh ihm den Peilsender an dem Tag an seinem Jeep angebracht haben musste, als sie ihn im Runyon Canyon angehalten hatten. Vielleicht war das der Grund, warum sie diese Show abgezogen hatten: Sie wollten ihn vom Jeep fernhalten, bis das Gerät installiert war.

Pike fragte sich, ob sie ihm die Wanze verpasst hatte, um seine Ermittlungen zu verfolgen oder weil sie glaubte, dass Frank etwas mit den Waffen zu tun hatte. Sie konnte keinen Grund zu der Annahme gehabt haben, Pike selbst sei an einem Waffengeschäft beteiligt. Aber vielleicht lief da noch was anderes, von dem er nichts wusste.

Der Himmel war dunkelrot, als Pike vor Coles Haus hielt und in die Küche ging. Er mochte das Haus und hatte Cole über die Jahre immer wieder geholfen: beim Anstreichen, bei Dacharbeiten, beim Beizen der Veranda. So hoch über den Canyons, umgeben von Bäumen, wirkte das rustikale Gebäude weit von der Stadt entfernt. Pike holte eine Flasche Wasser aus Coles Kühlschrank. Eine Schale Katzenfutter stand auf dem Boden neben einem kleinen Napf mit Wasser. Im Haus roch es nach Eukalyptus, wildem Fenchel und der Flora, die auf den steilen Händen des Canyons wuchs.

Cole, Rina und Yanni saßen im Wohnzimmer und sahen im Fernsehen die Nachrichten. Rinas Tasche stand neben ihren Füßen auf dem Boden, daneben eine weitere Tasche, die vermutlich Yanni gehörte. Sie sahen herüber, als Pike eintrat, und Cole schaltete den Fernseher stumm. Yannis Gesicht war noch immer lila verfärbt.

Rina fixierte Pike mit zusammengekniffenen Augen, als ob sie ihn für Schießübungen anvisierte, dann machte sie eine Handbewegung zu Cole.

»Hier werden wir nicht bleiben. Es riecht nach Katzen.«

Cole hob eine Augenbraue, was so viel hieß wie: Siehst du, wie's ist?

Pike winkte Cole zu sich herüber.

»Hast du mal eine Minute?«

Als Cole zu ihm kam, senkte Pike die Stimme.

»Du wolltest ihre Geschichte überprüfen. Was denkst du?«

Cole sah kurz zu Rina und Yanni hinüber, vergewisserte sich, dass sie nichts hören konnten, dann zuckte er die Achseln.

»Ich habe eine von Anas Freundinnen ausfindig gemacht und einer anderen eine Nachricht auf den Anrufbeantworter gesprochen. Alles passt zu dem, was wir wussten. Rina hat ihre kleine Schwester beschützt. Sie hat Ana komplett aus diesem Kram herausgehalten, genau wie sie gesagt hat.«

Rina stand auf.

»Ich mag dieses Getuschel nicht. Ich habe das schon einmal gesagt. Yanni und ich, wir werden jetzt gehen«, sagte sie laut.

»Yannis Wohnung wird von der Polizei überwacht«, erwiderte Pike. »Sie sollten nicht dorthin zurück.«

Yanni nuschelte irgendwas auf Serbisch, doch Rina ließ ihn kaum ausreden.

»Die Polizei interessiert sich nicht für Yanni«, sagte sie. »Warum sollten sie das Haus beobachten?«

»Sie sind mir heute gefolgt. Sie wissen, dass ich versuche, Darko zu finden, daher glauben sie jetzt, jemand in Yannis Wohnkomplex besitze Informationen über ihn. Sie werden nach dieser Person suchen.«

Rina und Yanni begannen sofort wieder auf Serbisch zu reden, wobei Yanni nicht sonderlich glücklich aussah. Cole wandte sich demonstrativ ab – ihm schien es mit den vielen fremdsprachlichen Unterhaltungen für den Rest seines Lebens zu reichen.

»Willst du was essen?«

»Noch nicht. Ist was bei der Überprüfung von Darkos Eigentumswohnungen herausgekommen?«

»Ja. Sie gehören nicht ihm – laufen nicht auf ihn oder einen anderen Namen, den ich mit ihm in Verbindung bringen könnte. Dieser Typ ist unsichtbar, Mann. Er existiert nicht, also ist er mit an Sicherheit grenzender Wahrscheinlichkeit illegal hier.«

Cole hakte die einzelnen Punkte ab.

»Niemand mit Namen Michael Darko taucht in den Unterlagen der Kraftfahrzeugbehörde, der Sozialversicherung oder des kalifornischen Finanzamts auf. Niemand dieses Namens besitzt ein Konto bei einer der großen Kreditkartenfirmen, ebenso wenig bei den Versorgungsunternehmen hier im Los Angeles County, der Telefongesellschaft oder einem der großen Mobilfunkanbieter. Michael Darko hat kein Vorstrafenregister, zumindest konnte ich keines finden.«

Rina meldete sich zu Wort. »In Serbien. In Serbien ist er verhaftet worden. Das weiß ich.«

Pike dachte daran, was George ihm über die serbischen Gangster alter Schule erzählt hatte. Dass sie versuchten, anderen Angst einzuflößen, indem sie einen Mythos um sich herum aufbauten. Der Hai. Erst hier, dann weg, als hätte man ihn sich nur eingebildet. Ein Monster, über das seine Männer sprachen, das sie aber niemals sahen.

Pike zuckte mit den Achseln.

»Er ist auch nur ein Scheißhaufen.«

»Ein smarter Scheißhaufen«, sagte Cole. »Seine Nutten mieten die Wohnungen auf ihren eigenen Namen an. Darko stattet sie mit einer Kredit- und Mietergeschichte aus, damit sie auf dem Antrag einen soliden Eindruck machen, gibt ihnen das Geld für die Miete, doch die Schecks müssen sie selbst ausstellen. Das Gleiche bei Telefonen und sonstigen Ausgaben. Alles läuft auf ihren Namen, und sie bezahlen die Rechnungen. Auf diese Weise gibt es keinerlei belastende Unterlagen, keine verdächtige Papierspur, die ihn in Verbindung zu den Mädchen bringt.«

»Ja«, sagte Rina. »Deshalb folgen wir ja der Spur des Geldes. Das Geld wird uns zu dem Mann führen.«

Cole nickte.

»Er hat Frauen von Glendale bis nach Sherman Oaks. Jeden Tag kommt ein Kassierer vorbei, um ihr Bargeld abzuholen.«

Pike warf Rina einen Blick zu.

»Kennen Sie den Mann, der das Geld abholt?«

»Ich würde ihn erkennen, wenn ich ihn sehe – sofern es nicht inzwischen ein anderer ist. Er kommt zwischen vier und sechs. So ist es immer. Die Mädchen geben ihm ihr Geld von der Nacht zuvor und die Einnahmen vom Tag.«

»Könnte er wissen, wo sich Darko aufhält?«, fragte Pike.

Sie schüttelte den Kopf und machte wieder das Gesicht, mit dem sie zum Ausdruck brachte, dass sie Pike für einen Schwachkopf hielt.

»Nein, nein, nein. Er ist ein Ausgestoßener.«

Pike und Cole sahen sich kurz an, verstanden nichts.

»Warum ist er ein Ausgestoßener? Wird er bestraft?«

Rina besprach sich kurz mit Yanni. Als sie aufhörten, Serbisch zu reden, versuchte sie, es ihnen zu erklären.

»Ein Ausgestoßener ist so ähnlich wie einer, der noch lernt.«

»Er fängt ganz unten an?«, fragte Cole.

»Ja! Die Männer, die aufgenommen werden wollen, müssen sich zuerst beweisen. Der *pakhan* ist der Boss – in diesem Fall Michael. Unter ihm kommen seine engen Freunde, die wir die Autoritäten nennen. Das sind die Männer, die dafür sorgen, dass alle tun, was Michael befiehlt.«

»Vollstrecker«, sagte Pike.

»Ja. Sie sind verantwortlich dafür, dass die Männer gehorchen. Die Männer machen die Arbeit und Geld. Die Ausgestoßenen wiederum helfen diesen Männern.«

»Okay, dann ist der Typ, der das Geld einsammelt, so was wie ein Laufbursche. Er bringt das Geld zu Michael?«

»Er bringt es seinem unmittelbaren Vorgesetzten. Michael rührt das Geld nicht an.«

»Und wie finden wir dann Michael?«, fragte Cole.

Sie dachte kurz nach, warf Yanni einen Blick zu. Der murmelte irgendwas, und Rina zuckte die Achseln.

»Kommt drauf an. Wenn der Boss zu den Autoritäten gehört, kann es sein, dass er etwas weiß. Wenn es sich bloß um einen der einfachen Männer handelt, eher nicht. Werden wir erst wissen, wenn wir den Boten sehen. Aber ein Sergeant spricht nie mit dem Oberst, also mit Michael. Er wendet sich an den Hauptmann.«

Pike sah Cole an.

»Vielleicht gibt's eine Möglichkeit, die ganze Sache umzukehren. Vielleicht können wir dafür sorgen, dass Darko uns findet.«

»Wir sollen das Geld stehlen?«

»Wir folgen diesen Leuten von einem Geschäft zum nächsten, und dann schlagen wir zu. Wir treffen ihn so empfindlich, dass er gar keine andere Wahl hat.«

Cole dachte einen Moment nach, bevor er nickte.

»Klingt wie ein Plan. Seid ihr bereit fürs Essen?«

Cole ging an ihnen vorbei in die Küche. Pike sah Rina und Yanni an. Sie tuschelten miteinander auf Serbisch.

»Wir gehen in ein Motel. Hier stinkt's nach Katze. Macht mich krank.«

»Esst«, sagte Pike. »Ich habe eine Wohnung, da könnt ihr bleiben. Wir fahren nach dem Essen hin.«

Er nahm sein neues Telefon und trat hinaus auf Coles Veranda.

25

Die Nachtluft war klar und kalt, und im Canyon unterhalb von Coles Haus war kein menschliches Geräusch zu hören. Eine hölzerne Veranda ragte auf der Rückseite des Gebäudes vor, schwebte wie ein Sprungbrett im Nichts über dem nächtlichen Canyon. Pike trat ans Geländer. Die Luft fühlte sich gut an, und ihre Klarheit schien die Lichter zu verstärken, die wie Glühwürmchen auf den Hängen leuchteten. Hier draußen genoss Pike die Einsamkeit.

Er drehte sich zum Haus um und lehnte sich rücklings an die Balustrade. Die breite Glasfront des Gebäudes war wie eine unsichtbare Wand. Rina und Yanni saßen immer noch dicht beieinander auf der Couch und sahen von Zeit zu Zeit zum Fenster hinaus. Cole war in der Küche mit Kochen beschäftigt.

Pike fischte sein neues Telefon hervor und rief George Smith an. Er störte ihn nur ungern, aber er musste ihn vor Walsh warnen.

Der Lampensammler meldete sich beim ersten Klingeln. Wie immer klang er so amerikanisch wie ein Autoverkäufer aus Modesto.

»George hier. Wer ist am Apparat?«

»Williams war tot. Er und zwei seiner Leute. Jamal Johnson und Samuel Renfro.«

George lachte.

»Tja, da kannst du mal sehen. Die Gerechtigkeit lässt sich nicht aufhalten.«

»Ich war's nicht. Jemand hat sie noch am selben Abend umgebracht, an dem sie Frank ermordet haben.«

»Oh, du willst wissen, ob ich davon wusste? Nein, ich hatte keine Ahnung.«

»Ich dachte nur, du solltest es wissen, falls deine Odessa-Freunde danach fragen.«

»Dann *muchas gracias*.«

»Da ist noch etwas. Das ATF hat mein Fahrzeug verfolgt, als ich heute Morgen bei dir war. Könnte sein, dass sie an deiner Tür klopfen.«

George schwieg einige Sekunden, und als er wieder sprach, lag in seinem Modesto-Akzent zusätzlich ein düsterer Tonfall.

»Du hast sie zu meinem Geschäft geführt?«

»Ich weiß es nicht. Sie haben jedenfalls mein Fahrzeug verfolgt und wissen, wo und wie lange ich geparkt habe. Ob sie mich selbst verfolgt und beobachtet haben, ist eine andere Frage.«

Wieder ein Schweigen.

»Wo hast du geparkt?«

»Einen Block nördlich.«

Nach einer Weile ließ George sich wieder hören.

»Es gibt viele Läden im Umkreis von einem Block zu meinem Geschäft.«

Pike schenkte es sich, etwas zu erwidern. George schüttelte die Fakten durch, um zu beurteilen, ob er damit leben konnte.

Im Haus erhob sich Rina von der Couch. Sie spähte zur Terrasse, versuchte, Pike am Rande des Lichtscheins auszumachen, dann sagte sie etwas zu Yanni. Doch der gestikulierte bloß, als verlöre er langsam die Geduld mit ihr, und erhob sich.

»Warum sollten sie an Türen klopfen wollen, Joseph?«, fragte George.

»Darko. Sie wissen, dass ich Insiderinformationen über die Serben besitze. Sie wollen meine Quelle. Wahrscheinlich werden sie meinen Weg von heute zurückverfolgen und jeden ausfindig zu machen versuchen, mit dem ich gesprochen habe.«

Plötzlich lachte George und packte sein bestes Modesto-Näseln hinein.

»Tja, verdammt auch, George Smith ist kein bosnischer Flüchtling. Falls sie vorbeikommen, werde ich ihnen sagen, du wolltest eine Lampe kaufen. Jede Wette, dass ich denen einen schönen Wandleuchter verticken kann. Vielleicht mache ich ihnen ja sogar einen richtig guten Preis.«

George lachte erneut. Als Rina um die Couch herum- und auf die Veranda zu ging, wollte Pike das Gespräch rasch beenden, aber er musste George vorher um einen Gefallen bitten.

»Eine Sache noch.«

»Ich höre.«

»Ich werde Darko das Geschäft vermiesen, und er soll wissen, dass ich es bin. Vielleicht können ein paar Odessa-Leute in den Ostblockvierteln meinen Namen fallen lassen.«

»Damit machst du dich allerdings zur Zielscheibe.«

»Ja.«

George seufzte leise.

»Okay, wir tun, was wir können.«

George legte auf in dem Moment, als Rina die Tür öffnete und auf die Veranda trat. Pike steckte das Telefon ein.

»Finster hier draußen«, sagte sie. »Warum stehen Sie im Dunkeln?«

Pike zögerte, fragte sich, ob er ihr von der Sache in Willowbrook erzählen sollte, und entschloss sich, es zu tun. Das Lätzchen in seiner Tasche spürte sie, als wäre es etwas Lebendiges, das nur darauf wartete herausgenommen zu werden.

»Darkos Bande ist tot.«

Sie spannte sich deutlich sichtbar an und kam dann zu ihm ans Geländer.

»Sie haben sie gefunden?«

»Ja. Zwei Männer namens Jamal Johnson und Moon Williams. Haben Sie diese Namen schon mal gehört?«

Sie schüttelte den Kopf.

»Samuel Renfro?«

Wieder verneinte sie.

»Sie wurden in derselben Nacht getötet, in der sie Ihren Sohn geraubt und meine Freunde umgebracht haben.«

Ihr Mund verzog sich zu einem festen Knoten, und ihre Augen wurden wachsam.

»Waren Michael oder mein Baby bei ihnen?«

»Nein. Aber ich habe das hier gefunden.«

Pike zog das Lätzchen aus der Tasche und staunte erneut, wie unendlich glatt und weich es war. Als er es entfaltete, roch er selbst in der frischen Nachtluft den Duft von Aprikosen.

Rina nahm es und schien genau wie Pike verwundert.

»Aber nichts, was uns sagt, wo mein Baby jetzt ist?«

»Nein. Tut mir leid.«

Ihre Stirn legte sich in nachdenkliche Falten, dann drehte sie sich zum Canyon um. Pike beschloss, ihr wegen Jaković auf den Zahn zu fühlen.

»Ich habe eine Spur gefunden, der ich folgen könnte. Ein Mann namens Milos Jaković. Kennen Sie ihn?«

Sie starrte einen langen Moment in die Dunkelheit, zuckte die Achseln.

»Der Alte. Michael, er arbeitet für ihn.«

»Haben sie geschäftlich miteinander zu tun?«

»Ich weiß es nicht. Sie verstehen sich nicht gut.«

»Mögen sie sich nicht?«

»Ich glaube nicht. Michael erzählt mir solche Dinge nie, aber ich habe Ohren. Genau wie mit seinem Geschäft. Ich bin nur die Hure.«

Sie wandte sich wieder dem Canyon zu. Pike fühlte sich unwohl.

»Vielleicht weiß Jaković oder jemand, der für ihn arbeitet, wie man Michael finden kann.«

»Ich kenne diese Leute nicht.«

»Gibt es jemanden, den Sie fragen könnten?«

Sie kaute auf der Innenseite ihrer Wange, zuckte wieder die Achseln.

»Ich hätte Angst, glaube ich.«

Pike ließ es dabei bewenden. Sie hatte wahrscheinlich guten Grund, Angst zu haben. Falls Jaković und Darko sich in einer Art Krieg befanden, konnte sie dabei gefährlich zwischen die Fronten geraten.

»Schon okay. Vergessen Sie's«, sagte er.

»Ich werde es tun, wenn Sie möchten.«

»Vergessen Sie's.«

Sie standen schweigend da, dann beugte sie sich über das Geländer, um in den schwarzen Canyon hinunterzublicken.

»Es ist so dunkel.«

Pike antwortete nicht.

»Haben Sie Kinder?«

Er schüttelte den Kopf.

»Sie sollten Kinder haben. Viele Babys machen und ein starker Vater sein.«

Erneut antwortete Pike nicht.

Rina hielt das Lätzchen unter ihre Nase, und Pike spürte, wie sie den Geruch nach Aprikosen und den Duft ihres Kindes tief einatmete. Sie berührte ihren Bauch mit den vernarbten Schnittwunden, als seien die Schmerzen von damals und jetzt irgendwie miteinander verbunden. Auch Pike hätte diese Stelle gerne berührt, wagte es jedoch nicht.

»Wir werden ihn finden«, sagte er.

»Ja. Ich weiß, dass wir ihn finden werden.«

Rina lehnte sich an ihn und blickte mit verschatteten Augen, die etwas zu suchen schienen, zu ihm auf.

»Ich wäre bei Ihnen. Es ist okay.«

»Sie müssen nicht bei mir sein.«

»Ich werde alles tun, was Sie wollen.«

Pike wandte sich ab.

»Holen Sie Ihre Tasche. Ich habe eine Wohnung, wo Sie beide bleiben können.«

Sie verließen das Haus, ohne etwas zu essen.

26

Am nächsten Morgen ließ sich Pike von Cole fahren, um das Haus in Sherman Oaks zu überprüfen. Es war ein modernes dreigeschossiges Gebäude ein paar Blocks südlich des Ventura Boulevard gegenüber einem Lebensmittelladen.

»Wie viele Prostituierte hat er dort untergebracht?«, fragte Pike.

»Sie sagt, er habe vier gehabt, zwei im obersten Stock und zwei im ersten, aber das könnte sich geändert haben.«

»Die Abholung erfolgt zwischen vier und sechs?«

»Ja, doch das ist nur grob geschätzt. Diese Leute betreiben keine Fluggesellschaft. Wir sollten früh genug dort sein und einkalkulieren, lange zu bleiben. Wenn nötig sogar ein paar Tage.«

Pike hatte nichts anderes erwartet.

»Es ist eine Jagd.«

»Ja. Es ist eine Jagd.«

Sie umrundeten das Gebäude, um sich die Straßen in der umliegenden Wohngegend anzusehen, und beendeten schließlich ihre Tour auf dem Parkplatz des Lebensmittelgeschäfts. Pike fiel die Nähe zu den Auf- und Ausfahrten sowohl des San Diego als auch Ventura Freeways auf. Die Adresse war bewusst gewählt, um Freiern einfache Wegbeschreibungen geben zu können. Die Prostituierten, die hier anschafften, wurden In-Callgirls genannt, weil sie in einer angemieteten Wohnung arbeiteten. Das war sicher für die Mädchen und für Darko mit einem geringeren Kostenaufwand verbunden. Out-Callgirls benötigten Fahrer und Bodyguards.

»Wie viele Stationen macht er, bevor er herkommt?«, fragte Pike.

»Drei. Darko betreibt neben diesem Objekt noch Häuser in Glendale und Valley Village. Dieses hier war immer der letzte Stopp.«

»Also müsste der Kassierer die gesamten Tageseinnahmen bei sich haben.«

»Müsste er, ja. Falls alles beim Alten geblieben ist.«

Pike wollte das Geld stehlen – das war der Plan. Er würde dem Kassierer Darkos Geld abknöpfen und ihm eine solche Angst einjagen, dass er schnurstracks zu seinen Bossen rannte. Die sich Pike anschließend ebenfalls vorknöpfen würde.

»Ich habe genug gesehen«, sagte Pike. »Fahren wir.«

Sie mussten Rina abholen, damit sie den Kassierer identifizieren konnte. Er hatte sie am Vorabend in ein leeres Gästehaus ein paar Blocks südlich des Sunset Strip gebracht. Es war klein, aber freundlich, besaß einen netten Innenhof und Nachbarn, die keine Fragen stellten. Pike hatte es früher schon benutzt.

Rina wartete bereits auf der Straße, als er kam. Yannis Truck parkte am Bordstein.

»Yanni will mit«, sagte sie.

Pike blickte an ihr vorbei und sah Yanni im Innenhof stehen.

»Kein Yanni. Können Sie vergessen.«

Sie ranzte ihn auf Serbisch an, und Yanni zeigte ihm den Mittelfinger.

Pike brachte sie zu Coles Haus, wo sie zusammen mit Jon Stone noch einmal die Pläne und Karten des Ortes durchgehen wollten. Als Stone eintraf, sah Rina ihn kurz von der Seite an und zupfte an Pikes Arm.

»Wer ist das?«

»Ein Freund. Von mir und von Frank.«

»Ich vertraue niemandem, den ich nicht kenne. Ich hätte lieber Yanni dabei.«

»Nicht hier. Nein, keine gute Idee.«

Um halb zwei an diesem Nachmittag stiegen sie in ihre Autos und fuhren erneut nach Sherman Oaks. Pike in seinem Jeep mit Rina, Cole in der Corvette und Stone in seinem Rover. Das Bild erinnerte an eine Karawane, als sie sich über die Berge schlängelte.

Als sie das Geschäft erreichten, bogen Pike und Cole auf den Parkplatz ein, während Stone weiterfuhr, um sich in einer der nahe gelegenen Straßen einzurichten. Pike fand einen Parkplatz in einer der mittleren Reihen mit Blick auf den Eingang des Wohnblocks, Cole parkte drei Stellplätze weiter.

Pike fragte: »Müssen Sie zur Toilette?«

»Nein, alles bestens.«

»Der Kerl, der das Geld holen kommt, kennt er Sie?«

»Ich weiß nicht. Ja, wahrscheinlich schon.«

»Dann regeln wir das am besten gleich. Setzen Sie sich auf den Rücksitz. Hinten werden Sie nicht so leicht zu sehen sein.«

Sie schaute ihn erneut an, als sei er ein Idiot.

»Es ist erst zwei Uhr.«

»Ich weiß. Aber wir wollen schließlich vorbereitet sein, falls er früher kommt.«

Sie nahm ihre große Handtasche an sich. Die mit der Kanone.

»Ist mir egal, ob er mich sieht oder nicht.«

»Mir hingegen ganz und gar nicht. Gehen Sie nach hinten.«

Sie machte ein missmutiges Gesicht, stieg jedoch aus und rutschte auf den Rücksitz. Pike verstellte den Innenspiegel, sodass er sie im Blick hatte.

»Können Sie den Eingang sehen?«

»Ja.«

»Behalten Sie ihn im Auge.«

»Es ist erst zwei Uhr. Dauert noch Stunden, bevor er kommt.«

»Behalten Sie ihn im Auge.«

Er rechnete damit, dass sie herumzappelte oder versuchen würde, eine Unterhaltung anzufangen, aber sie tat weder das eine noch das andere. Sie saß hinter ihm, ruhig und still, beobachtend.

Sie warteten eine Stunde und zehn Minuten schweigend, während um sie herum Menschen kamen und gingen, einparkten, zurücksetzten, Einkaufswagen voller Lebensmittel schoben. Und die ganze Zeit über rührte Rina sich nicht und sprach kein Wort. Plötzlich beugte sie sich nach vorn und zeigte an seinem Kinn vorbei auf das Haus.

»Das Fenster da oben im obersten Stock, dort auf der vom Freeway abgewandten Seite. Das war meins.«

Dann lehnte sie sich zurück und sagte nichts mehr.

Pike betrachtete sie im Innenspiegel, allerdings nur kurz. Er wollte sich nicht dabei erwischen lassen, wie er sie ansah.

Eine Stunde und zwanzig Minuten später beugte sie sich erneut abrupt vor.

»Diese Frau da. Sie ist eines seiner Mädchen. Die in Grün.«

Eine junge Frau in schwarzen Lycra-Shorts und neongrünem Top kam um die Ecke und ging zur Glastür. Das dunkle Haar hatte sie sich zu einem flotten Pferdeschwanz zurückgebunden, und über der Schulter trug sie eine große Sporttasche. Offenbar kam sie gerade aus dem Fitnessstudio zurück. Sie wirkte sehr jung, war schlank und durchtrainiert, aber ihre Brüste waren zu groß, um echt zu sein.

»Sehen Sie? Ich kenne dieses Mädchen, seit die sie hergebracht haben. Zuerst musste sie kellnern, dann tanzen.«

»Stripperin.«

»Ja. Und das hier.«

Das Mädchen schloss die Haustür auf und drückte einen Knopf neben dem Fahrstuhl.

Fünfzehn Minuten später beugte sich Rina abermals zu Pike vor.

»Da. In dem schwarzen Auto.«

Ein schwarzes BMW-Cabrio bog von der Sepulveda ein und rollte langsam an dem Haus vorbei, als suche der Fahrer einen Parkplatz. Hinter dem Steuer saß ein Weißer von Mitte zwanzig mit einem kräftigen Hals und langem, strähnigem Haar. Er trug ein weißes Hemd mit aufgekrempelten Ärmeln, einen Dreitagebart und eine verspiegelte Sonnenbrille.

Pike drückte die Kurzwahltaste für Cole.

Drei Autos weiter blickte Cole herüber, während er sein Telefon ans Ohr hob.

»Was gibt's?«

»Das schwarze Cabrio.«

Cole sah zur Straße.

»Ich rufe Jon an.«

Pike senkte das Telefon, ohne jedoch das Gespräch zu beenden. Cole benutzte ein zweites Telefon, um Stone dazuzuschalten. So konntens sie mithilfe mehrerer Telefone ständig in Kontakt zu bleiben.

Der BMW erreichte das Stoppschild, doch statt das Gebäude zu umrunden und auf der Straße zu parken, bog der Fahrer auf den Parkplatz ein.

»Runter.«

Rina rutschte ohne Protest auf der Rückbank ganz nach unten, hob aber den Kopf gerade weit genug, um noch etwas sehen zu können.

Der BMW fuhr hinter Pikes Jeep und Coles Corvette vorbei, bog dann in die nächste Reihe und parkte schließlich am Gehsteig. Der Fahrer stieg aus, setzte über eine niedrige Hecke und überquerte die Straße. Pike schätzte ihn auf Ende zwanzig, durchschnittlich groß, dabei eher korpulent. Er sah aus wie ein Schläger und war es wahrscheinlich auch. Und zwar einer, der sich für besonders gut hielt. Mit einem eigenen Schlüssel betrat er das Gebäude.

»Und genau jetzt gehen Sie«, sagte Pike.

Rina ging schnurstracks zu Coles Corvette und stieg wie geplant dort ein. Sie trödelte nicht, schaute sich nicht um und machte auch nicht durch irgendetwas anderes auf sich aufmerksam. Das gefiel Pike an ihr.

Coles Stimme drang aus dem Telefon.

»Soll Jon jetzt kommen?«

»Nein, alles bestens. Bring sie weg.«

Cole setzte zurück und fuhr vom Parkplatz.

Der Kassierer hielt sich keine zehn Minuten in dem Gebäude auf. Für ihn war das Einsammeln der Bareinnahmen von vier Prostituierten nur ein Stopp unter vielen an diesem Tag – etwas, das schnell und ohne großen Aufwand erledigt werden musste. Die Mädchen sahen es vermutlich ebenso.

Als der Bursche aus dem Haus kam, stieg Pike aus dem Jeep, wartete aber noch, ob der Bote auch wirklich zu seinem Wagen zurückkehrte. Als er schräg auf den BMW zuhielt, tat Pike, als wolle er zu einem anderen Auto in der Nähe, doch Darkos Mann warf ihm nicht mal einen Blick zu. Er ging keine drei Meter vor Pike vorbei zum Heck seines Wagens. Sobald er die Tür öffnete, verkürzte Pike den Abstand. Der Mann rutschte gerade hinters Steuer, da tauchte Pike auf der Beifahrerseite auf und flankte über die Tür auf den Beifahrersitz.

Der Mann zuckte erschrocken zusammen, aber da war es schon zu spät. Pike zeigte ihm die .357er, die er so tief hielt, dass niemand sonst sie sehen konnte.

»Pssst.«

Die Augen des Mannes wurden groß wie aufgeblendete Scheinwerfer, aber er war ein stämmiger Kerl, der es gewohnt war, Leute aufzumischen. Er stürzte sich auf Pikes Kanone, doch Pike zog seine Hände in einer einfachen Wing-Chun-Abwehrtechnik nach unten weg und riss anschließend die Python hart auf das Kinn des Mannes hoch. Woraufhin der Mund des Kassierers wie eine Rattenfalle zuschnappte. Die Python kam noch einmal zum Einsatz, und diesmal erwischte ihn Pike am Adamsapfel.

Der Mann umklammerte seinen Hals und rang nach Luft. Sein Gesicht wurde hochrot.

Pike nahm ihm den Schlüssel aus der Hand, steckte ihn ins Zündschloss und schloss das Dach des Cabrios. Er musste dafür die ganze Zeit den Schalter drücken und gleichzeitig, mit dem anderen Arm, den Kassierer festhalten. Wobei er ihm seine Tätowierung direkt vors Gesicht hielt. Pike wollte, dass er den roten Pfeil sah.

Pike rührte sich nicht und sagte kein Wort, bis das Dach und die Seitenscheiben geschlossen waren. Das Gleiche galt für den Kassierer. Er hatte viel zu viel damit zu tun, Luft zu holen.

»Pack das Lenkrad. Mit beiden Händen.«

Er ergriff das Steuer.

»Wenn du versuchst abzuhauen, leg ich dich um. Wenn du noch einmal versuchst, nach dieser Waffe zu greifen, leg ich dich um. Hast du verstanden?«

»Das ist ein Fehler, Mann. Ich weiß nicht, was …«

Pike verpasste ihm mit dem Rücken seiner Faust einen harten Schlag auf die Schläfe – so schnell, dass der Mann keine Zeit hatte zu reagieren. Sein Kopf prallte von der Seitenscheibe ab, und Pike erwischte ihn beim Rückprall gleich noch ein zweites Mal. Diesmal gingen die Augen des Kassierers auf Halbmast.

Pike riss ihn hoch, vergrub dann seinen Daumen in ein Nervenzentrum irgendwo zwischen den Rippen seines Opfers. Der Mann stöhnte und drückte kraftlos gegen Pikes Hand, doch der schlug erneut zu. Darkos Bote hob die Hände, um seinen Kopf abzuschirmen.

»Greif das Lenkrad. Na los!«

Der Kassierer umklammerte das Lenkrad folgsam mit beiden Händen.

»Wenn du versuchst abzuhauen, leg ich dich um. Wenn du noch einmal nach dieser Waffe greifst, leg ich dich um. Verstehst du, was ich sage?«

»Mein Gott, hör auf, mich zu schlagen. Bitte.«

»Wenn du noch einmal das Lenkrad loslässt, bring ich dich um. Hast du verstanden?«

»Ja.«

Die Knöchel des Mannes wurden weiß, als er seinen Griff verstärkte. Blut tropfte von seinem Mund aufs Hemd, und der Augenwinkel an der getroffenen Schläfe schwoll an.

»Wie heißt du?«

»Vasa.«

»Ich werde dich jetzt filzen, Vasa. Lass das Lenkrad nicht los. Wehr dich nicht.«

Pike durchsuchte Vasas Taschen, fand eine schwarze Brieftasche aus Straußenleder, ein Nokia-Mobiltelefon und vier dünne Geldscheintaschen aus Plastik.

»Eine von jedem Mädchen?«

»Ja.«

»Sie halten das Geld bereit. Du kommst vorbei, sie geben es dir?«

»Weißt du nicht, wem das gehört?«

»Mir.«

Pike ließ den Daumen über die Scheine gleiten, größtenteils Hunderter und Zwanziger. Er zählte dreitausendachthundert und steckte das Geld in seine Tasche.

»Wo ist der Rest?«

Vasa blinzelte ihn an.

»Welcher Rest? Das ist alles.«

Pike sah Vasa fest in die Augen, bis dieser schließlich resignierend seufzte.

»Unter dem Sitz.«

Pike fand weitere siebentausenddreihundert Dollar und packte sie zum restlichen Geld in seiner Tasche. Machte zusammen elftausendeinhundert Dollar von Darkos Geld.

Pike musterte Vasa. Er starrte ihn so lange an, dass der Mann sich schließlich abwandte.

»Warum schaust du mich so an? Wer bist du überhaupt?«

»Ich heiße Pike. Wiederhole es.«

»Du bist Pike?«

»Sag den Namen. Wiederhole ihn.«

»Pike. Ich sag's ja. Du bist Pike.«

»Sieh mich an.«

Vasa zuckte zusammen, als fürchte er, wieder geschlagen zu werden.

Pike berührte den Pfeil auf der Außenseite seines Oberarms.

»Siehst du das hier?«

Vasa nickte.

»Sag mir, dass du es siehst.«

»Ich sehe es.«

»Wo ist Michael Darko?«

Vasas Augen verwandelten sich in Untertassen.

»Keine Ahnung. Woher soll ich das wissen?«

»Ruf ihn an.«

»Ich hab seine Nummer nicht. Er ist der Boss. Warum klaust du sein Geld? Das ist verrückt. Er wird dich dafür umbringen.«

Pike betrachtete Vasa noch einen Moment.

»Richte Darko aus, dass ich komme.«

Er stieg aus dem Wagen und nahm das Geld, die Brieftasche, die Schlüssel und das Mobiltelefon mit.

»Was soll ich jetzt ohne Schlüssel machen?«.

Pike kehrte zu seinem Jeep zurück, umkreiste einmal den Parkplatz und hielt dann hinter dem BMW. Er wollte, dass Vasa auch seinen Jeep sah, und gab ihm mit einem Zeichen zu verstehen, er solle die Scheibe runterlassen.

Weil das allerdings ohne Schlüssel nicht funktionierte, öffnete er die Tür.

Pike warf die Schlüssel auf den Boden und fuhr los.

Genau zwei Blocks weiter hielt er am Straßenrand und griff nach seinem Mobiltelefon.

»Was macht er?«

»Fährt jetzt auf die Autobahn. Jon ist drei Wagenlängen hinter ihm, und ich bin hinter Jon.«

Pike gab Gas, um zu ihnen aufzuschließen.

27

Sie folgten Vasa in östlicher Richtung durch das San Fernando Valley. Pike beobachtete, wie Cole und Jon Stone sich hinter dem BMW abwechselten. Der Wagen fuhr in konstantem Tempo und hatte es offenbar nicht gerade eilig, an sein Ziel zu kommen. Vasa freute sich wahrscheinlich nicht sonderlich darauf, erklären zu müssen, was mit Darkos Geld passiert war.

Sie blieben auf dem Ventura Freeway, fuhren am Kreuz mit dem Hollywood Freeway vorbei, um dann direkt die erste Ausfahrt zu nehmen und weiter der Vineland Avenue mit den in die Jahre gekommenen Einkaufszentren und Ladenzeilen von North Hollywood zu folgen. Cole verringerte den Abstand zu dem BMW, als sie den Freeway verließen, und Jon ließ sich ebenfalls etwas weiter zurückfallen. Zehn Minuten später ertönte wieder Coles Stimme in Pikes Ohr.

»Blinker. Wir biegen ein Stück weiter auf den Victory Boulevard ab.«

Weder Pike noch Stone antworteten.

Drei Minuten später sprach Cole erneut.

»Biegen wieder ab. An einem Laden namens Glo-Room. Wir fahren daran vorbei zur ersten Kreuzung.«

Jon Stone sagte: »Super. Stripper.«

Zwei Blocks weiter vorn sah Pike den BMW abbiegen und sprach mit Cole.

»Kennt sie das Haus?«

»Sie hat davon gehört, war aber noch nie hier. Es ist eines der Häuser, von denen sie mir erzählt hat.«

Als Pike vorbeifuhr, sah er flüchtig Vasas Cabrio auf einem länglichen Parkplatz neben einem schwarzen, eingeschossigen Gebäude stehen. Auf einer an der Vorderseite des Gebäudes angebrachten Markise stand GLO-ROOM GENTLEMEN'S CLUB – MITTWOCHS AMATEURABEND. Pike fuhr über die nächste Kreuzung, hinter der die beiden anderen Autos warteten. Cole und Rina saßen bereits in Stones Rover. Pike stellte sich hinter sie, parkte und stieg dann auf der Beifahrerseite des Rover ein. Stone bog sofort in eine Gasse ab, um auf die Rückseite der Bar zu gelangen. Die Gasse verlief zwischen den Geschäften und Läden, die die Hauptstraße säumten, und einer langen Reihe zusätzlicher Parkplätze und Müllcontainer auf der gegenüberliegenden Seite.

»Wir sollten langsam anhalten«, sagte Pike.

Stone hielt drei Häuser weiter und parkte hinter einer Tierhandlung. Hinter dem Glo-Room stand ein weißer Lieferwagen, doch die einzige Person, die sie sahen, war ein Latino mittleren Alters in einem schmutzigen weißen T-Shirt. Er stand rauchend zwischen Lieferwagen und Gebäude.

Pike drehte sich auf dem Sitz um, damit er Rina sehen konnte.

»Der Laden hier, gehört der Darko?«

»Einem seiner Männer, aber vermutlich gehört er Michael. Die anderen Männer führen die Geschäfte, aber Michael bekommt das Geld.«

»Kennen Sie die Leute, die hier arbeiten?«

Sie schüttelte den Kopf, zuckte dann die Achseln.

»Nein, ich glaube nicht. Ich weiß von diesem Lokal, war allerdings noch nie hier. Michael hat drei oder vier solcher Bars. Vielleicht auch mehr.«

Sie setzten sich wieder in Bewegung und rollten langsam an dem Lieferwagen vorbei weiter bis zur nächsten Querstraße, wo sie wendeten und aus der entgegengesetzten Richtung zurückkamen. Sie hielten so an, dass sie das Grundstück und den Lieferwagen bequem im Blick hatten. Ein Nebeneingang für Warenanlieferung und Angestellte stand einen Spaltbreit offen, doch der weiße Lieferwagen versperrte den Blick ins Innere des Gebäudes. Der BMW parkte vor einer Tür an jener Seite, wo auch der Haupteingang der Bar zu sein schien. Neben dem Cabrio standen eine dunkelgraue Audi-Limousine und ein silberner Mercedes, und vor der Tür warteten jetzt drei Männer. Zwei von ihnen waren kräftige Burschen mit weiten Hemden, die über ihre Bäuche fielen. Der dritte war offenbar jünger und hatte breite, muskelbepackte Schultern.

Pike drehte sich erneut zu Rina um.

»Kennen Sie die?«

»Den in der Mitte, den hab ich vielleicht schon mal gesehen, vielleicht aber auch nicht. Die beiden anderen, nein, die ganz bestimmt nicht.«

Der in der Mitte trug goldene Ketten und schien im Mittelpunkt der Aufmerksamkeit zu stehen.

»Hast du gesehen?«, fragte Stone.

Pike nickte.

»Was gesehen?«, fragte Rina.

»Der Schläger hat eine Kanone im Gürtel stecken«, sagte Cole.

Der dritte Mann beendete die Unterhaltung, und die beiden stämmigen Kerle betraten die Bar, während der Muskelmann zurück zum Lieferwagen ging. Er schlug zweimal gegen die Seite und trat einen Schritt zurück, als die Hecktür des Wagens geöffnet wurde. Ein dickleibiger Kerl mit einem gigantischen Bauch und dichten, dunklen Haaren auf Armen und Nacken stieg aus. Er wuchtete drei Kisten Budweiser hoch und brachte sie in die Bar. Der muskulöse Typ beugte sich in den Lieferwagen, kam mit drei weiteren Kisten wieder zum Vorschein und folgte dem ersten ins Haus.

»Die stehlen das Bier, das sie verkaufen, sehen Sie?«, sagte Rina. »Er kauft zwar ein bisschen, aber für das meiste hat er Leute zum Stehlen.«

Das passte zu Georges Beschreibung. Darko verkaufte Ware, die zuvor bei Überfällen auf Transporter erbeutet worden war. Alkohol wanderte in seine Clubs, alles andere ging an Hehler und auf Flohmärkte.

Pike tippte auf Jons Oberschenkel, gab ihm das Zeichen zum Losfahren, um zu ihren Autos zurückzukehren. Nach ihrer kurzen Aufklärungsmission ging alles ganz schnell, und genauso gefiel es Pike. Tempo war gut. Bei bewaffneten Auseinandersetzungen konnte Geschwindigkeit den entscheidenden Unterschied zwischen Leben und Tod bedeuten.

Cole verfrachtete Rina sofort in seinen Wagen und verließ die Gegend. Stone fuhr ebenfalls los, würde aber den Block einmal umkreisen, um dann von vorne zu kommen. Pike bog mit seinem Jeep sofort in die Gasse ein und parkte hinter der Bar. Als er zurückkam, waren der Lieferwagen und der Nebeneingang wieder zu, aber die Tür war unverschlossen.

Pike tippte die Kurzwahltaste für Jon Stone, und der antwortete mit einem einzigen Wort.

»Los.«

Pike klappte sein Telefon zu, betrat das Gebäude und fand sich in einem Flur wieder, in dem Kisten gestapelt waren. Eine Vorratskammer auf seiner linken Seite war voller Bierkästen und -fässer, Spirituosen und weiteren Vorräten, rechts befand sich ein winziger Raum für Nahrungsmittel und zum Geschirrspülen. Der Latino, der draußen geraucht hatte, sah mit müden Augen kurz von einer großen Gastrospülmaschine auf. Pike trat in die Tür und sprach ganz ruhig auf ihn ein.

»Polizei. Wir werden hier jeden verhaften, aber Sie können gehen. Verschwinden Sie schon!«

Ein Blick auf Pike, und der Mann zögerte keine Sekunde. Er legte sein Handtuch zur Seite, zwängte sich an ihm vorbei und verließ umgehend das Gebäude. Pike verriegelte hinter ihm die Tür.

Ein Stück weiter den Flur hinunter befanden sich eine kleine Garderobe für die Tänzerinnen, zwei Toiletten und eine Schwingtür. Toiletten und Garderobe waren leer. In der Garderobe roch es nach Schimmel. Pike hörte Stimmen aus dem vorderen Teil des Clubs, allerdings keine Musik oder irgendwelche anderen Geräusche.

Er trat durch die Schwingtür. Das Licht war an, die Bühne leer und die Musik aus. Die drei Männer vom Parkplatz drängten sich um einen Bartisch, zusammen mit einem vierten Mann und Vasa, der sich ein nasses Handtuch aufs

Gesicht drückte. Der behaarte Typ stand hinter der Theke und manövrierte ein Bierfass an seinen Platz. Pike war so leise hereingekommen, dass die Männer an den Tischen ihn nicht hörten, doch der Gorilla registrierte eine Bewegung und richtete sich auf.

»Wir haben geschlossen«, sagte er. »Gehen Sie bitte.«

Die Männer an den Tischen blickten herüber. Vasa, der Pike erkannte, sprang auf, als hätte ihm jemand einen Tritt versetzt.

»Das ist er. Der verschissene Typ ...«

Die vier Männer an den Tischen rührten sich nicht – nicht einmal der muskulöse Bursche griff nach seiner Kanone. Sie saßen absolut reglos da.

Pike sagte: »Ich suche Michael Darko.«

Der Älteste war ein stämmiger Mann mit kräftigen Knochen, dicken Handgelenken und kleinen Augen. Drei der vier trugen kurzärmelige Hemden, zwei zeigten Haut, die noch in der alten Heimat mit osteuropäischen Knast-Tattoos verziert worden war.

»Hab noch nie von diesem Mann gehört«, sagte der älteste von ihnen. »Sie sind hier falsch.«

Zwei Plastikgeldscheintaschen genau wie jene, die Pike Vasa abgekommen hatte, lagen auf der Theke, daneben eine braune Lederaktentasche. Offenbar hatten sie gerade Geschäfte abgewickelt, als Vasa hereingerauscht kam, um seine Geschichte zu erzählen. Als Pike sich in Richtung Theke bewegte, stand der muskulöse Mann auf.

»Verpiss dich von hier!«

Als Pike das Ende der Theke erreichte, stieß der Behaarte hinter der Theke das Bierfass beiseite und attackierte ihn. Er riss seine Unterarme hoch wie ein Offensive Lineman, der einen Linebacker der Verteidigung blockte, aber Pike wich seitlich aus, drückte die Ellbogen des Mannes nach unten und zur Seite weg, erwischte seinen Kopf und rollte zusammen mit dem Typ zu Boden. Den Bruchteil einer Sekunde später war Pike wieder auf den Beinen und sah den Muskelmann wie in Zeitlupe auf sich zurennen, während die anderen drei gerade erst wieder auf die Füße sprangen.

Der Muskulöse griff unter sein Hemd, als er an den Tischen vorbeidrängte. Pike packte das Handgelenk des Mannes und drehte ihm den Arm auf den Rücken. Dann schnappte er sich die Waffe, noch bevor der Mann auf den Boden krachte, und schlug ihm damit zweimal hart auf die Stirn, während bereits Jon Stones Stimme ertönte.

»Keine Bewegung, ihr Arschlöcher!«

Die drei Männer an den Tischen, die inzwischen auf den Beinen waren, hoben die Hände.

Jon stand mit einem M4-Karabiner in der Tür, Tarnschminke im Gesicht. Ohne den Blick auch nur eine Sekunde von den Männern zu nehmen, machte er die Tür zu und schloss ab, verriegelte das Gebäude. Er grinste Pike an.

»Den Spruch wollte ich schon immer mal sagen.«

Pike prüfte die Pistole des Muskelmanns, dann durchsuchte er seine Taschen.

Der Typ mit den Goldkettchen meldete sich zu Wort.

»Was wollt ihr?«

Stone trat vor. Das Lächeln in seinem Gesicht war wie weggewischt, stattdessen grimmige Falten im Kampfmodus.

»Schnauze, Arschloch. Du redest erst, wenn du gefragt wirst.«

Pike fand eine Brieftasche, Schlüssel und ein Mobiltelefon. Dann trat er zurück, deutete mit der Pistole zum Boden.

»Auf die Knie. Die Hände hinter dem Kopf verschränken.«

Stone beförderte den am nächsten stehenden Mann mit einem Tritt zu Boden, und die anderen beeilten sich, die geforderte Position einzunehmen.

Pike kehrte zu dem Mann mit der riesigen Wampe zurück. Der hatte die Augen offen, aber sie starrten ins Leere, und er machte keinerlei Anstalten aufzustehen. Pike nahm ihm eine nette kleine Pistole Kaliber .40 ab, legte alles auf die Theke zu den Plastikgeldscheintaschen, kehrte dann zu Stones Gefangenen zurück und durchsuchte sie ebenfalls. Keiner war bewaffnet, und keiner sagte eine Silbe, während er ihre Taschen filzte und ihren Kram einsammelte.

Als er fertig war, ging er zur Theke zurück und überprüfte die Geldscheintaschen. Sie waren voller Bargeld. Er öffnete die Aktentasche. Noch mehr Geld, dazu ein Magnetstreifenlesegerät, mit dem man Kreditkarteninformationen stehlen konnte, und allem Anschein nach Geschäftspapiere. Er warf die beiden Pistolen und alles andere, was er den Männern abgenommen hatte, in die Aktentasche, schloss sie und brachte sie zu den Männern. Sie verfolgten ihn mit ihren Blicken wie eine Katze, die hinter einem Fenster lauernd einen Vogel beobachtet.

»Darko?«, fragte Pike.

Der ältere Mann schüttelte den Kopf.

»Du machst einen schweren Fehler.«

Hinter ihm Stones leise Stimme.

»Vielleicht waren diese Wichser hier an dem Abend auch dabei. Vielleicht hat einer von ihnen Frank abgeknallt.«

»Vasa, erinnerst du dich noch an meinen Namen?«, fragte Pike.

»Sie sind Pike.«

Der Älteste sagte: »Du bist ein toter Mann.«

Stone schlug ihm das M4 auf den Hinterkopf. Der Mann fiel hin wie ein Sack nasser Handtücher und rührte sich nicht mehr. Vasa und die anderen Männer starrten einen Moment auf den bewusstlosen Körper. Jetzt stand Angst in ihren Augen.

Pike ließ die Aktentasche baumeln. Zeigte sie ihnen.

»Alles, was Darko gehört, gehört mir. Auch Darko gehört mir. Diese Bar gehört mir. Wenn ihr noch hier seid, wenn ich zurückkomme, lege ich euch um.«

Der andere dicke Mann, der noch bei Bewusstsein war, blinzelte, als wäre Pike von dichtem Nebel eingehüllt.

»Du bist verrückt.«

»Macht den Laden hier zu. Schließt ab. Sagt ihm, ich komme.«

Pike verließ mit der Aktentasche den Raum, gefolgt von Stone. Sie marschierten schnurstracks zu Pikes Jeep, und fuhren dann um die Ecke zu Stones Rover. Als sie anhielten, öffnete Stone die Aktentasche. Er schob die Geldbündel beiseite und runzelte die Stirn.

»Hey, was ist das für eine Scheiße?«

Pike blätterte in den Seiten, betrachtete die nach Geschäft geordneten Zahlenkolonnen und begriff, was sie da vor sich hatten.

»Unsere nächsten Ziele.«

Er klappte sein Mobiltelefon auf, um Cole anzurufen.

28

Sie trafen sich in Coles Haus, um die Papiere durchzugehen. Rina erkannte sie sofort.

»Das sind Tankstellen.«

»Was, verdammt ...«, sagte Stone.

Cole hielt die Papiere für Buchhaltungsunterlagen über die Einnahmen von All-American Best Price Gas, Down Home Petroleum und Super Star Service.

»Super Star Service liegt direkt den Berg runter in Hollywood. Ist eine dieser unabhängigen Tanken.«

Rina nickte.

»Sehen Sie? Er macht viel Geld damit. Sehr viel. Vielleicht mehr als jeder andere.«

»Affenscheiße«, sagte Stone. »Wie viel wird er mit Spritverkauf schon verdienen können?«

»Du bist ein Idiot. Er macht das Geld nicht mit Benzin. Er stiehlt die Kreditkarteninformationen.«

»Ja, man nennt das Skimming. Er begeht Kreditkartenbetrug«, sagte Cole und erklärte, wie das funktionierte.

Darkos Leute brachten an jeder Zapfsäule eigene Karteneinzüge und Kartenleser über den richtigen an und setzten eine eigene Tastatur über das eigentliche Tastenfeld der Säule. Auf diese Weise konnten sie sowohl die auf der Karte gespeicherten Daten der Kreditkarten als auch die über Tastatur eingegebenen PIN-Nummern abgreifen, sobald ein Kunde eine Kreditkarte durch das Lesegerät zog oder eine Geldkarte zum Bezahlen des Sprits benutzte. Mit den so gewonnenen Informationen beschriftete Darkos Betrügertruppe sodann Rohlinge von Kredit- und Geldkarten, mit denen sie anschließend Girokonten abräumten oder enorme Kreditkartenumsätze generierten, bevor die Opfer oder die Karten ausstellenden Unternehmen die Konten sperren konnten.

»Ein einziger dieser Skimmer bringt jeden Monat irgendwas zwischen hundert- und hundertfünfzigtausend Dollar in Waren oder Bargeld ein. Wenn man das Ganze dann noch mit der Anzahl der Skimmer multipliziert, die er allein an diesen drei Tankstellen installiert hat ...«

Jon Stone stieß einen leisen Pfiff aus und lachte.

»Und sehr schnell reden wir über echte Summen.«

Plötzlich runzelte er jedoch die Stirn.

»Moment mal – wenn's hier kein Bargeld zu holen gibt, was klauen wir denn dann?«

Pike sah ihn an. »Seine Maschinen.«

Cole nickte.

»Brechen die Dinger aus den Zapfsäulen. Holen uns die Skimmer und die Tastaturen, und schon verliert er erheblich mehr Geld als das, was er mit seinen Prostituierten verdient.«

»Wir machen die Scheiße kaputt«, sagte Stone. »Jetzt sagst du was, Bruder. Und auf geht's!«

Pike hielt ihn zurück.

»Morgen. Wir wollen das doch schön verteilen. Ihm Zeit geben mitzubekommen, was heute so alles passiert ist, damit er auch richtig schön wütend werden kann. Und morgen machen wir ihn Stück für Stück fertig, nett verteilt über den ganzen Tag.«

»Und früher oder später kreuzen dann seine Vollstrecker auf.«

»Das ist der Plan.«

So etwas nannte man den Feind ködern – Pike würde ein Muster in den Ablauf einbauen, um eine gewisse Erwartungshaltung zu erzeugen und den Gegner zu zwingen, dementsprechend zu handeln.

Später fuhr Pike Rina zurück in das Gästehaus. Den größten Teil der Strecke legten sie schweigend zurück, sie auf ihrer Seite des Jeeps, er auf seiner. Auf dem Sunset standen die Kids bereits Schlange vor dem Roxy Theatre, aber Rina sah nicht hin. Sie schaute nachdenklich aus dem Fenster.

Yannis Truck wartete am Bordstein, als sie anhielten.

»Sie kommen morgen nicht mit«, sagte Pike zu ihr. »Ist nicht nötig. Ich werde Ihnen anschließend erzählen, wie es gelaufen ist.«

Er dachte, sie würde protestieren, doch das tat sie nicht. Sie betrachtete ihn eine Weile und machte keinerlei Anstalten, die Tür zu öffnen.

»Sie tun eine ganze Menge für mich. Dafür ... vielen Dank.«

»Es ist nicht nur für Sie. Es ist genauso für Frank und für mich selbst.«

»Ja, ich weiß.«

Sie leckte sich über die Lippen und starrte die Straße hinunter in die Dunkelheit. Zwei Menschen gingen den maroden Bürgersteig entlang und genossen einen Spaziergang nach dem Abendessen.

»Sie sollten ins Haus gehen«, sagte Pike.

»Kommen Sie mit rein? Ich würde mich freuen.«

»Nein.«

»Yanni wird gehen. Ich werde es ihm sagen. Es macht ihm nichts aus.«

»Nein.«

Ein gekränkter Ausdruck trat in ihre Augen.

»Sie wollen nicht mit einer Hure ins Bett.«

»Gehen Sie rein, Rina.«

Sie sah ihn einen Moment lang an, beugte sich schließlich über die Mittelkonsole und gab ihm einen Kuss auf die Wange. Es war ein schneller Kuss, und dann war sie fort.

Pike fuhr nicht nach Hause. Gemächlich rollte er den gesamten Strip hinunter, ließ sich Zeit, bog auf die Fairfax Avenue bis zum Hollywood Boulevard und dann wieder rauf in das Wohngebiet am Fuß des Canyons.

Der Park war nachts geschlossen, und so ließ Pike den Jeep stehen, ging zu Fuß die ruhigen Straßen hinauf. Die Luft roch intensiv nach Winterjasmin. Es war kalt und wurde noch kälter, als Pike sich am Tor vorbei in den Park zwängte.

Der Canyon gehörte ganz ihm. Nichts und niemand sonst rührte sich.

Pike ging die steile Feuerschneise hinauf bis weit oberhalb der Stadt, marschierte erst gemächlich, dann schneller, joggte schließlich. Die Hohlwege und Schluchten waren voller tintenschwarzer Schatten, die ihn einhüllten, doch Pike wurde nicht langsamer. Die spröden Mauern über ihm, das struppige Gebüsch und die vertrockneten Bäume neben ihm, der steil abfallende Hang darunter – all das spürte er mehr, als dass er es sah, aber das unsichtbare Gestrüpp wimmelte nur so von Leben.

Kojoten heulten auf den Bergkämmen, und Augenpaare beobachteten ihn. Augenpaare, die blinzelten, verschwanden und wieder auftauchten, ihm im Unterholz folgten.

Pike blieb auf der Straße, die sich die Schlucht entlang nach oben schlängelte, bis ans Ende des Kamms, wo sich die Lichter der Stadt vor ihm ausbreiteten. Er lauschte und genoss die frische Luft. Roch die raue Erde, Jasmin und Salbei, doch der intensive Duft von Aprikosen überdeckte alles andere und erfüllte herrlich die nasskalte Nacht.

Er hörte eine raschelnde Bewegung, und metallisch rote Augen schwebten vor ihm im Raum, beobachteten ihn. Ein zweites Augenpaar gesellte sich zum ersten. Pike ignorierte sie beide.

Der Canyon gehörte ihm. Er traf erst deutlich nach Sonnenaufgang zu Hause ein, aber selbst danach konnte er nicht einschlafen.

29

All-American Best Price Gas war eine heruntergekommene Müllkippe in Tarzana. Sechs Zapfsäulen, keine Servicebuchten für Reifendruck und Ölwechsel, ein Minimarkt mit einer Latina hinter einer Wand aus kugelsicherem Glas.

Cole und Stone gingen zuerst hinein, wobei Cole die Umgebung im Blick behielt. Stone tat so, als fülle er Luft in seinen Reifen nach, während er in Wirklichkeit die Leute um ihn herum beobachtete. Pike wartete zwei Blocks entfernt, bis sie ihn riefen. Er hörte sie in seinem Bluetooth-Ohrhörer, den er immer dann trug, wenn er seinem Job nachging. Seine Partner sorgten für die nötige Sicherheit.

Cole erzählte ihm von der Latina.

»Eine Frau. Nur Thekenpersonal.«

Pike gefiel die Vorstellung nicht, eine unschuldige Frau zu terrorisieren.

»Wird sie uns Schwierigkeiten machen, indem sie die Polizei anruft?«

»Rina sagt, nein. Diese Läden hier werden überfallen wie jede andere Tankstelle auch. Alltag eben. Deshalb sind die Angestellten darauf gedrillt, ihren Manager zu holen und nicht die Polizei. Das ist nämlich der Strohmann, der den Laden für Darko schmeißt.«

Stone, der per Konferenzschaltung mithörte, meldete sich zu Wort.

»Das ist ja alles schön und gut, aber was ist, wenn sie eine Schrotflinte hinter der Theke hat?«

»Hat sie nicht, sagt Rina. Hör zu, die vertickten hier gestreckten Sprit und haben sämtliche Zapfsäulen mit Skimmern ausgestattet. Die werden auf keinen Fall wollen, dass die Polizei in dem Laden rumschnüffelt.«

»Vielleicht sollte Rina das Ding überfallen«, meinte Stone.

»Ich bin jetzt auf dem Weg«, sagte Pike.

Pike hielt an den Zapfsäulen vor dem Minimarkt, damit die Frau drinnen den Jeep bestens sehen und später genau beschreiben konnte.

Er ging hinein und sah sofort hinter der Scheibe eine Überwachungskamera unter der Decke hängen. Fragte sich kurz, ob sie wohl funktionierte, doch eigentlich spielte das keine Rolle. Nachdem er der Frau seinen Namen genannt hatte, sagte er ihr, er sei gekommen, um Mr. Darko eine Botschaft zu hinterlassen.

Sie wirkte verwirrt.

»Wer ist Mr. Darko?«

»Egal. Er wird die Botschaft schon kriegen.«

»Sie wollen nicht tanken?«

»Nein. Ich werde die Zapfsäulen justieren.«

»Davon hat man mir nichts gesagt.«

»Mr. Darko wird Ihnen das erklären.«

Der Notabschalter der Zapfsäulen befand sich an der Wand außerhalb der Tür. Pike stellte den Strom ab und hebelte an jeder Säule mit der Brechstange die Abdeckung des Zählwerks ab. Leicht ließen sie sich nicht entfernen. Das Metall wurde dabei verbogen. Die Frau hinter der Glasscheibe zeigte keinerlei Verwunderung, als sie sah, was er da tat. Sie nahm einfach den Hörer ihres Telefons, als würde so etwas jeden Tag drei- oder viermal passieren, und erledigte ganz ruhig einen Anruf.

Sechs Zapfsäulen, jede Säule von zwei Seiten bedienbar, das machte zwölf Kartenleser.

Die aufgesetzten Skimmer waren leicht zu erkennen, da man sie mit Klebeband am weißen Plastik der Leseköpfe befestigt hatte. Sobald ein Kunde eine Kredit- oder Geldkarte in den Schlitz einführte, wanderte die Karte gleichzeitig an den Leseköpfen des Skimmers vorbei, der die Informationen einlas und auf einer mit dem Aufsatz verkabelten grünen Schalterplatine speicherte. Pike riss Aufsätze und Platinen heraus und verstaute sie in einer Plastiktüte, ließ die Zapfsäulen aufgebrochen und offen.

Eine Frau in einem silbernen Lexus SUV fuhr vor, während Pike noch beschäftigt war.

»Die Säulen werden gerade gewartet.«

Sie fuhr weiter.

Acht Minuten später waren alle Zapfsäulen von den Skimmern befreit, und Pike war mit seiner Arbeit fertig.

Sie hätten in der Nähe warten und beobachten können, wer auftauchen würde, aber Pike wollte den Druck aufrechterhalten. Wollte sie vor sein Visier holen.

Deshalb legten sie eine lange Frühstückspause ein und überfielen drei Stunden später die nächste Tankstelle. Down Home Petroleum war eine miese kleine Tanke in North Hollywood, die älter und kleiner war als die All-American Best Price und so dreckig, dass man sie für einen großen Schmutzfleck hätte halten können.

Wie zuvor rollten Cole und Stone als Erste aufs Gelände, und diesmal war es Stone, dessen Stimme in Pikes Ohr ertönte.

»Zwei Kerle drinnen, Bruder.«

»Soldaten?«

»Keine Ahnung. Jung, weiß und dürr, was aber nicht heißt, dass sie nicht bewaffnet sind.«

Cole, der bei der Konferenz zuhörte, sagte: »Die umliegenden Straßen sind sauber.«

»Ich geh rein.«

Pike fuhr auf die Tankstelle, hielt wieder an den Zapfsäulen.

Im Tankstellenhäuschen saß ein großer Bursche hinter der Theke, unrasiert und ungepflegt. Ein Freund leistete ihm Gesellschaft. Ein kleinerer, stämmigerer, etwa gleichaltriger Bursche, der auf einem an die Wand gelehnten Stuhl lümmelte. Sie redeten, als er hereinkam, und Pike erkannte Akzente, die dem von Rina ähnelten, auch wenn sie weniger ausgeprägt waren. Als er den Namen Darko erwähnte, signalisierte ein Flackern in ihren Augen, dass sie ihn kannten. Der Bursche hinter der Theke hob abwehrend die Hände.

»Hey, Mann, ich arbeite hier nur.«

Sein Freund lächelte bloß dümmlich.

»Alter. *Überfällst* du uns etwa gerade?«

Der Junge hinter der Theke warf seinem Freund einen vernichtenden Blick zu.

»Halt's Maul, bevor wir noch umgelegt werden.«

Absolute Randfiguren, erkannte Pike.

Sechs Zapfsäulen, zwölf Skimmer, acht Tastaturen, um PIN-Codes abzugreifen.

Pike vermutete, sie wussten, dass die Säulen manipuliert waren, oder nahmen es zumindest an. Trotzdem machten sie keinerlei Anstalten, sich einzumischen. Sieben Minuten später war Pike schon wieder weg und traf sich mit Cole und Stone im Studio City Park.

Als Stone die Anzahl der von Pike abmontierten Skimmer sah, pfiff er leise.

»Mann, das sollten wir dem LAPD in Rechnung stellen.«

Die nächsten beiden Stunden schlugen sie sich in Coles Haus um die Ohren, dann fuhren sie durch die Canyons runter nach Hollywood. Super Star Service lag an einem heruntergekommenen Abschnitt der Western Avenue, direkt nördlich des Sunset. Sie war kleiner als die All-American-Tankstelle in Tarzana, hatte nur vier Zapfsäulen auf zwei Inseln und teilte sich das Grundstück mit einer Taco-Bude. An dem Imbiss herrschte ordentlich Betrieb.

Während Pike darauf wartete, dass Cole und Stone die Gegend auskundschafteten, kam ihm in den Sinn, dass dies ihr letztes Ziel war. Falls Darkos Vollstrecker jetzt nicht auftauchten, würden sie sich etwas anderes einfallen lassen müssen. Genau in diesem Moment meldete sich Coles Stimme in seinem Ohr.

»Okay, Joseph, ich denke, wir haben Gesellschaft.«

»Was siehst du?«

»Einen dunkelblauen Lincoln Navigator, der auf der gegenüberliegenden Straßenseite parkt, und einen silbernen BMW vor einer Taco-Bude.«

Stones Stimme schaltete sich ein.

»Ich sehe zwei Männer in dem BMW und mindestens zwei in dem Navigator.«

»Was ist mit dem Tankstellenpersonal?«, fragte Pike.

Wieder Cole: »Ein Mann hinter der Theke, aber er ist ein völlig anderes Kaliber als der letzte Bursche. Der Typ hier besteht nur aus scharfen Kanten. Ich glaube nicht, dass du es diesmal aus dem Wagen schaffst.«

»Nein?«

»Die Jungs sind bereit. Ich weiß nicht, ob sie versuchen werden, dich gleich hier zu schnappen, oder ob sie dir folgen wollen. Aber ich schlage mal vor, wir engen ihre Möglichkeiten ein. Komm her. Lass dich blicken. Dann verschwindest du wieder. Sie sollen dir folgen. Lass ihnen keine andere Wahl.«

»Roger. Bin unterwegs.«

Pike zog seine .375er aus dem Holster und legte sie sich zwischen die Beine.

Er näherte sich der Tankstelle langsam, registrierte ohne direkt hinzusehen am Rand seines Blickfelds sowohl den Navigator als auch den BMW. Die Männer in den Autos mussten annehmen, er habe keinen Schimmer, dass sie ihn erwarteten.

»Sieht gut aus«, sagte Elvis.

Das Gleiche von Stone.

»Alles gut.«

Pike rollte langsam auf das Tankstellengelände, hielt kurz vor den Zapfsäulen. Er zählte bis zehn, setzte dann langsam zurück auf die Straße und fädelte sich in den Verkehr ein. Beschleunigte nicht, gab kein Vollgas, blickte kein einziges Mal in den Rückspiegel.

»Und los geht's«, sagte Cole. »Der Nav rollt.«

Pike warf einen Blick in den Innenspiegel und sah den

dunkelblauen Navigator eine rasante Wende hinlegen. Der Wagen fuhr auf die Tankstelle, kam aber sofort wieder raus, um sich vier oder fünf Autos hinter ihn zu setzen. Der BMW folgte ihm, überquerte die Straße ohne Rücksicht auf Gegenverkehr, während die Fahrer entgegenkommender Autos in die Eisen steigen mussten und sich auf die Hupe warfen.

»Geil«, meinte Stone,«das wird ja wie Enten aballern in der Schießbude.«

Pikes Mundwinkel zuckten.

»Baller sie später ab. Im Moment solltest du sie nur im Auge behalten.«

30

Pike wollte sie nicht merken lassen, dass er sie hinter sich wusste. Deshalb beschleunigte er nicht, um sie abzuschütteln. Stattdessen reduzierte er das Tempo und führte sie in eine Fahrbahnverengung, wo die drei Spuren wegen Bauarbeiten auf zwei reduziert waren. Als Pike auf der anderen Seite herauskam, saßen sie im Treibsand des Staus fest. Pike fuhr einfach davon und wartete an einem IHOP-Restaurant in der Nähe.

Ein paar Minuten später meldete sich Cole.

»Der eine Typ ist aus dem Wagen gesprungen und läuft zu Fuß hinter dir her. Das hat nicht so gut funktioniert.«

»Was machen sie jetzt?«

»Sie teilen sich auf. Ich bin am Navigator dran, der auf der Vine in nördlicher Richtung fährt. Jon hängt an dem BMW.«

»Der Beemer fährt auf der Gower Richtung Norden. Wahrscheinlich haben wir das gleiche Ziel.«

»Ich komme nach«, sagte Pike.

Sein Plan ging auf. Die Autoritäten hatten die Vollstrecker geschickt, und die mussten nun beichten, dass sie es vermasselt hatten. Sie würden Pike zu einem der Chefs führen, vielleicht sogar zu Darko selbst.

Pike erspähte Stones Rover am Fuß des Laurel Canyon genau in dem Moment, als er an zwei protzigen griechischen Säulen vorbei auf das Gelände des geplanten Mount-Olympus-Bauprojekts einbog.

Cole, der drei Wagen vor Stone war und bereits die Flanke des Canyons erklomm, meldete sich wieder, und warnte die anderen davor, dass ihre Karawane in diesem Wohngebiet auffallen würde.

»Ich nähere mich einer Baustelle auf der rechten Seite. Lassen wir zwei unserer Autos hier stehen«, sagte Cole.

»Roger.«

Pike beschleunigte und versuchte den Abstand zu verringern. Er und Cole ließen ihre Fahrzeuge an der Baustelle zurück und sprangen in den Rover. Stone gab Gas und beeilte sich, verlorenen Boden wiedergutzumachen und nicht ihre Zielobjekte zu verlieren.

Palastähnliche Häuser fragwürdiger Architektur säumten die steilen Straßen, von denen keines der griechischen Götter würdig war, deren Namen die Straßen trugen. Der Mount Olympus Drive führte auf den Oceanus Drive und weiter auf Hercules und Achilles Drive. Es ging immer höher hinauf, hin und wieder blitzten weiter oben am Bergrücken die Autos auf, denen sie folgten.

Sie erreichten den Gipfel des Hügels, nahmen eine Haarnadelkurve und sahen den Navigator und den Beemer vor einem dunkelgrauen Haus auf der Talseite der Straße stehen. Die Autos waren leer, was nahelegte, dass die Insassen sich im Haus befanden. Wie die meisten Häuser am Mount Olympus grenzte auch dieses fast unmittelbar an den Gehsteig. Mit seiner flachen, zeitgenössischen Architektur bildete die

Vorderseite eine fensterlose, monolithische Wand mit einem Eingang aus poliertem Stahl und dazu passender Garage für drei Autos. Tore und Mauern auf beiden Seiten des Hauses versperrten den Blick auf die Rückseite.

»Darko, Baby«, sagte Stone. »Ich kann ihn riechen.«

»Fahr vorbei, und lass mich vor dem nächsten Haus raus.«

Stone bremste kurz ab, damit Pike aussteigen konnte. Der warf einen kurzen Blick zu den umliegenden Häusern, um zu schauen, ob irgendwer zusah, aber nirgendwo regte sich etwas. Alle hatten sich scheinbar vor der Welt abgeschottet.

Pike ging zum Briefkasten des grauen Hauses zurück und fand einen kleinen Stoß Magazine und Umschläge. Schnell schaute er alles durch und sah, dass sämtliche Sendungen an jemanden namens Emile Grebner adressiert waren.

Er legte die Post zurück und machte sich dann daran, den Rover einzuholen. Der war an der Kreuzung ein Stück weiter abgebogen und wartete direkt dahinter am Straßenrand.

Im Gehen rief er George Smith an. Dieses Mal erkannte George die Nummer des Anrufers und ging sofort ran.

»Meine Freunde sagen mir, du wärest ein Ein-Mann-Abbruchkommando.«

»Deine KGB-Freunde?«

»Odessa ist begeistert. Einer der Brüder besitzt ein Tankstellenunternehmen, das mit Mr. Darkos Firma konkurriert.«

»Ich mache das nicht für Odessa.«

»Es schadet nie, gemocht zu werden, mein Freund.«

»Was weiß der KGB über einen Emile Grebner?«

»Grebner?«

George dachte einen Moment lang nach.

»Falls es derselbe Grebner ist, den ich meine... ja, der arbeitet für Darko. An seinen Vornamen erinnere ich mich nicht.«

»Eine Autorität?«

George lachte.

»So nennt man die wohl. Bald sprichst du bestimmt auch noch Serbisch. Vielleicht sogar Russisch.«

»Soll heißen, Grebner und Darko stehen sich nahe?«

»Darko wird drei oder vier Männer wie Grebner haben, von denen jeder selbstständig drei oder vier Zellen auf Straßenniveau leitet – das sind diejenigen, die die Verbrechen begehen. Verschwiegenheit und Geheimhaltung ist für Leute aus unserem Teil der Welt alles, mein Freund. Möglich, dass sie sich untereinander nicht einmal kennen.«

Der alte KGB und die kommunistische Partei waren bis zurück in Lenins Tage genauso organisiert, und Pike wusste, dass die frühen sowjetischen Banden dieses System übernommen hatten und die Partei vergeblich versuchte, sie aus dem Geschäft zu drängen. Die Banden hatten die Parteimitglieder und den Kommunismus überdauert und ihr System über ganz Osteuropa und jetzt auch Amerika verbreitet.

»Ein Zellensystem.«

»Ja. Wie die Tankstellen, die du überfallen hast. Wahrscheinlich ist Grebner dafür verantwortlich, also bist du sein Problem, um das er sich kümmern muss. Kennst du ihn daher? Hat er dir Leute auf den Hals gehetzt?«

»Daher kenne ich ihn.«

»Sie tun mir leid.«

Pike steckte das Telefon weg, als er den Rover erreichte.

»Casa Darko?«, fragte Stone.

»Nicht Darko.«

Pike stieg in den Rover und setzte sie ins Bild über das, was er von George Smith erfahren hatte. Während er noch darüber sprach, ging die Haustür auf und die beiden kräftigen Kerle aus dem Navigator traten heraus. Sie sahen nicht sonderlich glücklich aus. Der vordere Typ machte anscheinend seinen Kollegen zur Schnecke, gab wahrscheinlich ihm die Schuld an ihren Problemen. Der Navigator wendete mit quitschenden Reifen.

Stone lachte.

»Ich schätze mal, den Jungs wurde ordentlich der Arsch aufgerissen.«

»Wie viele waren in dem Beemer, Jon?«, fragte Pike.

»Zwei. Absolute Pussys. Hab ich an ihrem Fahrstil gesehen.«

Typisch Stone.

Pike fragte sich, ob Darko sich bei Grebner verkrochen hatte. Er hielt das eher für unwahrscheinlich, aber möglich war es. Vielleicht befanden sich nur ein oder zwei Männer im Haus, es konnte allerdings auch ein Dutzend sein oder eine Familie mit Kindern.

»Und was machen wir jetzt?«, fragte Cole.

»Wir sehen uns um. Ich und du. Jon, du bleibst hier draußen. Gib uns Bescheid, wenn jemand kommt.«

Als Cole und Pike aus dem Wagen glitten, sagte Stone: »Wollt ihr ein M4? Ist ideal für Angriffe in städtischer Umgebung.«

Cole sah ihn stirnrunzelnd an.

»Du hast ein M4?«

»Scheiße, ja, Mann. Schallgedämpft. Selbstzerlegende Kugeln, damit du nicht gleich einen Haufen Leute im Nachbarhaus mit umpustest. Direkt aus dem Arsenal der Deltas.«

Cole sah Pike an.

»Macht der Witze?«

»Auf geht's.«

Pike joggte los, und Cole folgte ihm. Sie verlangsamten das Tempo, als sie sich dem Haus näherten, und blieben kurz vor dem Tor des nächstgelegenen Hauses stehen, um ein Auto vorbeizulassen. Keiner von ihnen sprach, was auch nicht nötig war. Pike kannte das von anderen Einsätzen. Selbst wenn sie eine Woche dauerten, hatte er manchmal keinen Mucks von sich gegeben.

Pike sprang als Erster über den Zaun. Er landete weich, glitt dann an der Seite des Hauses entlang, ohne zu warten. Als er die Hausecke erreichte, war Cole bereits dicht neben ihm.

Der Garten war klein, aber für gepflegte Partys ausgelegt. Es gab eine Freiluftbar, eine höher gelegene Feuerstelle, um die sich Gartenmöbel gruppierten, sowie ein Schwimmbecken das sich in den Raum hineinzuerstrecken schien. Jenseits des Pools konnte man das gesamte Los-Angeles-Becken von Downtown bis zum Pazifik und im Süden hinunter bis Long Beach überblicken. Die Wasserlinie an der Kante des Pools schien einfach in den Himmel überzugehen. Wegen Ausblicken wie diesem wurde die Bebauung hier oben Mount Olympus genannt.

Pike hörte das permanente Summen weit entfernter Stimmen. Irgendwo lief ein Fernseher. Auf ESPN ließ sich jemand über die Lakers aus.

Cole tippte Pike auf die Schulter und streckte den Arm aus. Der Weg führte hinter die Bar zu einem Bereich für die Pooltechnik, der durch eine Mauer abgetrennt war. Cole berührte wieder seine Schulter, zeigte dann auf seine Augen, um Pike zu signalisieren, dass der Technikbereich ein guter Aussichtspunkt wäre.

Pike glitt an der Bar vorbei zum Pool und zwängte sich hinter die Pooltechnik. Cole folgte ihm nur einen Augenblick später.

Die gesamte Rückseite von Emile Grebners Haus war offen. Deckenhohe Glasschiebetüren waren in Aussparungen zurückgeschoben worden, was die Grenze zwischen Innen und Außen aufhob und das Haus für Luft und Licht öffnete. Zwei jüngere Typen und ein kleinerer, massiger Mann um die fünfzig befanden sich im Wohnzimmer, aber keiner von ihnen war Michael Darko. Der Ältere trug nur eine schlabberige Jogginghose, deren Beine an den Knien abgeschnitten waren. Sein nackter Oberkörper war auf Brust und Rücken stark behaart. Grau. Weil er derjenige war, der redete, schloss Pike, dass es sich um Grebner handelte. Wütend fuchtelte der Hausherr mit ausladenden Bewegungen seiner Hände herum.

Einer der jüngeren Männer beging den Fehler zu sprechen, woraufhin Grebner ihm eine Ohrfeige verpasste. Der Schlag riss ihn fast von den Beinen, und der Typ zog sich schnell zurück. Er kam nach draußen, steckte sich eine Zigarette an und lehnte sich sichtlich missmutig gegen die Bar.

Schließlich ging Grebner die Puste aus. Als er einen Telefonhörer in die Hand nahm, um einen Anruf zu machen, verschwand der andere junge Mann in der Küche. Grebner knallte den Hörer auf, marschierte in das vom Wohnzimmer abgehende Bad und donnerte die Tür hinter sich zu.

Als sie hinter ihm ins Schloss krachte, hob der Mann an der Bar seinen Mittelfinger.

Pike stieß Cole an, zeigte auf den Mann in der Küche: Der gehört dir, gab er ihm zu verstehen. Dann deutete er erst auf sich und anschließend auf den Mann an der Bar. Das war seiner.

Cole nickte zum Zeichen seines Einverständnisses, und beide setzten sich ohne Zögern in Bewegung, Pike zuerst, um Cole den Weg freizumachen.

Pike glitt hinter dem Mann an der Bar hoch, hakte seinen linken Arm um dessen Hals und hob ihn in die Höhe.

»Pst«, machte Pike.

Cole tauchte im Vorübergehen kurz am Rand seines Blickfelds auf, aber Pike blieb auf sein Zielobjekt konzentriert. Der Mann wehrte sich, doch Pike hob ihn höher, drückte seine Halsschlagader ab, um die Blutversorgung des Gehirns zu unterbrechen, und wenige Sekunden später schlief der Mann ein. Pike legte ihn hinter der Bar auf den Boden und fixierte mit einem Kabelbinder seine Hände auf dem Rücken.

Während er zum Wohnzimmer hinüberlief, sah Pike aus dem Augenwinkel, wie Cole den anderen Mann ausschaltete. Er erreichte das Bad und postierte sich hinter der Tür, unmittelbar bevor diese sich öffnete und Grebner herauskam.

Pike schlug ihn mit der .357er hinter das rechte Ohr, und Grebner sackte nach vorne weg. Er schlug mit der Hüfte auf dem Terrazzofußboden auf, ohne jedoch ganz zu Boden zu gehen. Vielmehr rutschte er auf dem Hintern seitlich weg, bis er gegen die Wand prallte. Pike hatte ihn absichtlich nicht ohnmächtig geschlagen, denn er wollte ihn hellwach.

Cole trat aus der Küche, warf Grebner einen kurzen Blick zu und ignorierte ihn ansonsten. Verschwand wieder.

»Ich sichere das Haus.«

Man konnte ja nie wissen, ob sich nicht jemand irgendwo versteckte.

Pike sah Grebner an. Dessen Blick wanderte von der Python über Pikes Arme zu dessen Gesicht.

»Wer zum Teufel bist du?«

Pike klappte sein Telefon auf.

»Alles klar hier.«

»Ich bin da, falls ihr mich braucht«, erwiderte Stone. »Geladen und entsichert, Bruder.«

Pike steckte das Telefon wieder ein.

»Ich rede mit dir«, sagte Grebner. »Lass das lieber sein.«

Der Mann hatte sichtlich Angst, was gut war. Draußen zog Cole sein Opfer hinter der Bar hervor und schleifte ihn ins Freie. Er fesselte ihm noch die Knöchel, dann ging er zurück in die Küche.

Grebner schüttelte den Kopf.

»Du hast ja keine Ahnung, ich sag es dir. Keine Ahnung, welche Hölle du losgetreten hast.«

»Steh auf«, befahl Pike.

Misstrauisch rappelte Grebner sich auf. Pike drehte ihn um, löste die Handfessel und drückte ihn zurück auf den Boden. Grebner blinzelte Pike an, versuchte schlau aus ihm zu werden, sah aber lediglich die verspiegelten Flächen seiner Sonnenbrille – blaue Glubschaugen in einem ausdruckslosen Gesicht. Pike wusste, dass es entnervend auf Grebner wirken würde. Er übte psychischen Druck aus – wie Walsh es mit ihm im Parker Center gemacht hatte.

»Wo ist Darko?«

»Leck mich am Arsch.«

Pike schlug erneut zu. Der Lauf der .357er erwischte ihn weit oben an der Schläfe, und die Haut platzte auf.

»Darko?«

Grebner stieß ein tiefes Knurren aus, schüttelte den Kopf so heftig, dass ihm das Blut übers Gesicht rann.

»Ich weiß, dass du es auf Darko abgesehen hast. Du sagst ja jedem, dass du ihn haben willst. Hier, du kannst ihn anrufen ...«

Grebner deutete mit dem Kopf Richtung Couch.

»Hol das Telefon. Siehst du es da auf der Couch? Hol's her. Geh im Adressbuch zu Michael. Ruf ihn an.«

Pike nahm das Telefon, scrollte dann durch das Adressbuch, bis er den Namen fand.

»Na los«, sagte Grebner. »Siehst du die Nummer? Schreib sie dir auf, wenn du willst. Ruf ihn an.«

Draußen war Cole damit beschäftigt, den Mann aus der Küche neben seinen Freund zu schleppen. Beide waren inzwischen wach und an Händen und Füßen gefesselt. Cole lief schnell zu einem anderen Teil des Hauses, die Waffe schussbereit in der Hand.

Unterdessen rief Pike die Nummer an, doch es meldete sich bloß eine weibliche Computerstimme.

»Geben Sie nach dem Signalton Ihre Rückrufnummer ein und drücken Sie die Raute-Taste.«

Ein Personenrufsystem. Pike legte auf, als das Zeichen kam, und rief die Anrufliste des Telefons auf. Daraus ging hervor, dass genau dieselbe Nummer wenige Minuten zuvor angerufen worden war. Pike erinnerte sich, dass Grebner zum Handy gegriffen hatte, kurz bevor er auf der Toilette verschwand. Er sagte also die Wahrheit.

Pike ließ das Telefon in seine Tasche gleiten, kehrte zu Grebner zurück.

»Wo ist er?«

Grebner sah auf die Tasche.

»Da in deiner Tasche. Das ist Michael. Man piept ihn an, und er ruft zurück. Er lebt in dem Telefon.«

Pike steckte die .357er zurück ins Holster und ging in die Hocke, sodass er und Grebner nur wenige Zentimeter voneinander entfernt waren.

»Das wird jetzt wehtun«, sagte Pike.

Er vergrub die Spitze seines Daumens hinter Grebners rechtem Schlüsselbein, suchte nach einem Nervenstrang und drückte gegen den Knochen. Grebner zuckte zusammen und presste sich gegen die Wand. Pike verstärkte den Druck, zerquetschte das Bündel. Grebners gesamter Körper spannte sich an wie ein Bogen, und er stieß wieder dieses tiefe Knurren aus. Ein untauglicher Versuch, dem Schmerz wenigstens einigermaßen standzuhalten.

Pike ließ los.

»Beim nächsten Mal wird es schmerzvoller sein.«

Grebner schnappte gierig nach Luft und schüttelte den Kopf, um sich zu sammeln. Ein Sprühnebel aus kleinen Blutstropfen bespritzte die Wand.

»Ich weiß, dass du Darko willst, aber was machst du dann hier, Mann? Willst du Geld? Ich kann dir welches geben.«

Pike setzte seinen Daumen wieder auf den Nerv, und diesmal schrie Grebner laut auf. Sein Gesicht verfärbte sich zuerst blutrot, dann violett, und seine Beine zuckten krampfartig. Pike hielt ihn unten, verringerte jedoch den Druck.

»Kein Geld. Darko.«

Grebner schluchzte, schüttelte immer noch den Kopf.

»Ich weiß nichts. Ich rufe ihn an. Unter dieser Nummer. Mehr kann ich nicht tun. Aus genau diesem Grund verrät er niemandem seinen Aufenthaltsort. Schlag mich, so viel du willst, und ich kann's dir trotzdem nicht sagen. Du bist nicht der Erste, der ihn finden will.«

»Jaković?«

Grebner kniff die Augen zusammen, als hätte Pike ihn am Ende doch noch überrascht. Er blickte zu seinen Männern, dann zur Haustür, als könne er es immer noch nicht glauben, dass er sich in dieser Situation befand. Wenn er sich nur lange genug das Gegenteil einredete, dann würde Pike sich vielleicht einfach in Luft auflösen. Wie ein böser Traum.

»Du hast keine Ahnung, was du da redest.«

»Was wäre, wenn ich ›Kalaschnikow‹ sage?«

Grebner öffnete langsam den Mund, starrte Pike an, als sähe er einen Geist.

»Woher weißt du solche Dinge?«

»Sind die Gewehre in Los Angeles?«

Grebner antwortete nicht. Er versuchte nach wie vor dahinterzukommen, woher Pike das wusste.

Pike griff nach Grebners Schulter, woraufhin dieser zusammenzuckte.

»Ja! Ja, nach allem, was ich höre. Wissen tu ich's nicht – ich hab sie nicht gesehen. Aber so hat man es mir gesagt, ja.«

Während Grebner noch sprach, tauchte Cole wieder auf.

Er hatte jetzt eine Einkaufstüte dabei, die er unter seinen Arm geklemmt hielt, und winkte Pike herüber. Sprach so, dass Grebner ihn nicht hören konnte.

»Sind die Waffen hier?«

»Das sagt er zumindest.«

»Was ist mit Darko? Haben wir einen Aufenthaltsort?«

»Er hat eine Pagernummer. Das war's.«

Cole klopfte auf die Tüte.

»Ich hab hier Rechnungsbelege und Akten, aber alles ziemlich dürftig. Ich weiß nicht, ob uns das weiterhilft.«

Pike und Cole kehrten zu Grebner zurück, der sie beobachtete wie eine in die Ecke getriebene Ratte, die sich einem Rudel sie umkreisender Hunde gegenübersieht.

»Wo sind die Waffen?«, fragte Pike.

»Woher soll ich das wissen? Der Alte, der hat sie.«

»Jaković.«

»Macht ihr das wegen der Waffen? Wollt ihr sie stehlen? Kaufen, oder was? Für wen arbeitet ihr?«

»Frank Meyer.«

»Ich kenne keinen Frank Meyer. Wer soll das sein?«

»Darko hat vor fast einer Woche eine Bande in ein Haus in Westwood geschickt. Weißt du was darüber?«

»Natürlich weiß ich davon. War das Frank Meyers Haus?«

»Frank, seine Frau Cindy, ihre zwei kleinen Jungs. Darkos Bande hat sie ermordet, nachdem sein Sohn entführt worden ist.«

Grebner kniff wieder die Augen zusammen.

»Michaels Sohn?«

Pike nickte, was Grebner allerdings nur noch mehr zu verwirren schien.

»Michael hat keine Kinder. Er hat das Kind des alten Mannes mitgenommen.«

Cole und Pike wechselten einen Blick, dann zog Pike das Foto von Rinas Sohn aus der Tasche und hielt es ihm hin. Das Baby mit dem flaumigen roten Haar.

»Peter. *Petar*. Ist das das Kind, von dem du redest?«

»Ich habe das Kind nicht gesehen. Weiß nur, was Michael mir sagt.«

»Und das wäre was?«

»Michael hat sich das Kind geschnappt, um die Waffen zu bekommen. Er glaubt, er kann den Alten zu einem Deal zwingen. Aber der ist genauso verrückt wie diese alten Wichser zu Hause und hat durchgedreht.«

»Und jetzt befinden sie sich im Krieg.«

Grebner lachte.

»Du müsstest Serbe sein, um das zu verstehen. Das hier geht weit über Krieg hinaus. Der alte Mann sagt zu Michael, er wird das Kind selbst töten. Er würde sein eigenes Kind töten, um zu beweisen, dass er keine Schwächen hat und dass man ihm nicht drohen kann. Und er wird Michael umbringen. Verstehst du überhaupt, was ich dir sage? Dieser ganze Scheiß ist Michael um die Ohren geflogen.«

»Das Kind ist von Jaković? Nicht von Michael?«, fragte Cole.

»Ja.«

»Wer ist die Mutter?«

»Wer weiß das schon? Ich kenne diese Leute nicht.«

»Wie viele Kinder hat Michael?«

»Ein paar? Viele? Keines? Glaubst du vielleicht, wir machen

zusammen Picknick? Ich habe Michael noch nie mit einer anderen als immer nur mit Nutten gesehen.«

Das Handy in Pikes Tasche gab einen schrillen Ton von sich, der Grebner zusammenzucken ließ. Grebners Telefon.

Pike warf einen Blick auf das Display, doch es war nur eine Nummer angezeigt, die er nicht kannte. Er nahm das Gespräch an, sagte aber nichts. Die Person am anderen Ende blieb ebenfalls stumm. Pike hörte Atmen, dann wurde aufgelegt.

Er ließ das Telefon zurück in seine Tasche gleiten und sah, dass Grebner lächelte. Mit einem feinen Blutfilm auf den Zähnen.

»Das war Michael, ja?«, sagte Grebner.

»Anzunehmen.«

»Das mit deinem Freund, mit Frank Meyer, tut mir leid, aber er hätte sich nicht in unsere Angelegenheiten einmischen sollen. Und das gilt auch für dich. Wir sind schreckliche Feinde.«

Pike betrachtete ihn einen Augenblick, bevor er zu Cole hinüberblickte, der ihn mit großen Augen anstarrte. Was zum Teufel ist hier gerade passiert, schienen sie zu fragen.

»Wir sind fertig. Ich komme gleich nach«, sagte Pike.

Cole ging zur Haustür, und Pike drehte sich wieder zu Grebner um. Als Cole fort war, zog er die .357er und spannte den Hahn. Die Stahlfeder der Verriegelung klang in dem stillen Haus wie ein zerberstender Knochen. Grebner, dessen Augenbrauen zuckten, leckte sich über die Lippen und atmete schneller.

Pike hielt die Mündung an Grebners Kopf. Der Mann kniff die Augen zusammen, öffnete sie wieder. Sie waren jetzt groß und glänzend, tanzten wie Motten, die aus einem Glas zu entkommen versuchten.

»Woher hat Jaković die Waffen?«

»Ich hab keine Ahnung. Wirklich nicht.«

»War Frank daran beteiligt?«

»Was? Wer?«

Grebner hatte eine solche Angst, dass er den Namen schon wieder vergessen hatte.

»Der Mann, dem das Haus gehörte. Frank Meyer. War er an dem Waffengeschäft beteiligt?«

»Ich weiß es nicht. Woher soll ich das wissen?«

»Was hat Darko dir erzählt?«

»Über diesen Frank Meyer hat er gar nichts erzählt. Sagte bloß, er wisse inzwischen, wo der alte Mann seinen Sohn versteckt hält. Mehr nicht.«

Pike drückte die Mündung in Grebners Gesicht. Es würde ein perfektes, kreisrundes Mal zurückbleiben.

»Hat er dir gesagt, warum das Kind bei den Meyers war?«

»Nein, nur dass er sich den Jungen des alten Mannes schnappen würde. Das hat er gesagt.«

»Ist Darko zusammen mit der Bande in das Haus gegangen?«

»Behauptete er. Um sicherzugehen, dass sie keine Scheiße bauen. Bitte ...«

Pikes Blick wanderte über den weißen Terrazzofußboden und das schicke weiße Mobiliar über die zwei gefesselten Männer mit ihren verängstigten Augen zu dem unendlichen, dunstigen Himmel. Wissen war gut.

»Überbring ihm eine Nachricht.«

Grebner öffnete die Augen. Er hatte erwartet, dass Pike ihn tötete.

»Sag Michael, dass nichts, was er tut oder tun kann, mich aufhalten wird.«

Grebner nickte langsam, starrte in Pikes unsichtbare Augen.

»Ich glaube, du bist vielleicht genauso ein schrecklicher Feind.«

Pike steckte die Waffe ins Holster und ging.

31

Pike gab Jon ein Zeichen, sie abzuholen und Cole zog ihn am Arm, als sie aus dem Haus waren.

»Hilf meinem Gedächtnis doch mal kurz auf die Sprünge. Wessen Kind haben wir die ganze Zeit zu finden versucht?«

»Mit deinem Gedächtnis ist schon alles okay. Rina hat gesagt, Darko sei der Vater.«

»Nur dass Darko diesem Grebner erzählt, der Vater sei Jaković.«

»Ja.«

»Ich komme da nicht ganz mit. Mein Gespräch mit Anas Freundin hat eigentlich Rinas Version bestätigt.«

Pike berichtete von Grebner, während sie den Berg hinunterfuhren, und bat Jon, noch beim Haus zu bleiben. Für den Fall, dass Grebner zu einem persönlichen Treffen mit Darko aufbrach. Stone sagte, klar, kein Problem, hatte aber noch ein paar Fragen.

»Dieser Grebner«, wollte er wissen, »war er an Franks Ermordung beteiligt?«

»Nein. Er sagt, er habe davon gewusst, aber es sei Darkos Ding gewesen.«

»Also konnte er nicht wissen, ob Frank irgendwie in die Sache verwickelt war?«

Pike merkte, dass Stone ihn anstarrte, und konnte sich auch denken, warum.

»Er weiß nicht, ob Frank irgendwas mit den Waffen zu tun hatte oder nicht. Er glaubt eher nicht, aber sicher sagen kann er's nicht.«

»Die Waffen befinden sich in Los Angeles«, sagte Cole. Jaković hat sie. So verschwiegen, wie diese Leute sind, weiß Darko womöglich nicht mal, auf welchem Weg er sie bekommt. Er will sie einfach nur haben.«

Stone sagte nichts mehr. Den Rest des Weges ins Tal legten sie schweigend zurück, aber höchstwahrscheinlich dachten beide so ziemlich das Gleiche. Das Schussfeld wurde unübersichtlicher. Versteckte Rina ihr Baby bei ihrer Schwester, damit Michael nicht an das Kind herankam? Oder war es Jaković, der den Jungen aus dem gleichen Grund heimlich bei Ana beziehungsweise Frank untergebracht hatte? Was wiederum bedeutete, dass es eine Beziehung zwischen Jaković und Rinas Schwester oder Frank geben musste. Frank und seine Familie waren also entweder unschuldige Kollateralschäden oder aber Frank war irgendwie in die Beschaffung von dreitausend Schnellfeuerwaffen verwickelt. Über diese Dinge dachte Pike nach, versuchte allerdings gar nicht erst, alles gleichzeitig zu begreifen. Er wusste, wie man im Chaos des Kampfes einen kühlen Kopf bewahrte. Dazu war er ausgebildet worden, hatte bereits Dutzende Male in erdrückenden Situationen vernichtendes feindliches Feuer überlebt. Ruhe zu bewahren, sich immer ein Problem nach dem anderen vorzunehmen, das hatte er gelernt. Verschaff dir einen Überblick über die Lage, plane eine einzelne Handlung und führe diese dann mit vollem Einsatz aus. Ein Krieg wird Manöver für Manöver gewonnen.

»Sprechen wir noch mal mit Rina«, sagte Pike.

Sie fuhren mit ihren eigenen Fahrzeugen zum Gästehaus, während Jon Stone zu Grebners Haus zurückkehrte. Die Fahrt bis zum fernen Ende des Sunset Strip dauerte nur wenige Minuten, und bald schon rollten sie die schmale, sonnengesprenkelte Straße zu dem Apartmenthaus hinunter. Yannis Truck war fort, und Pike spürte, dass sie die kleine Wohnung leer vorfinden würden.

Er wartete am Tor auf Cole, ging dann auf der kurzen Zufahrt ruhig am vorderen Haus vorbei in den winzigen Innenhof. Alles wirkte verlassen und unheimlich. Als Pike seinem Partner einen Blick zuwarf, bemerkte er, dass Cole die Waffe gezogen hatte und sie locker parallel zum Bein hielt.

Pike legte eine Hand auf den Türknauf, drehte, stellte fest, dass nicht abgeschlossen war, und betrat gefolgt von Cole das kleine Apartment. Drinnen war es kühl und freundlich, und der Duft nach Kletterrosen erfüllte die Luft.

Die Einzimmerwohnung war leer. Die Tür zum Bad stand offen, nirgends brannte Licht. Pike rief dennoch.

»Rina?«

»Sie sind weg. Sieh mal, ihre Sachen sind fort.«

Cole stellte die Tüte auf den Tisch in der Essnische.

»Mal sehen, ob wir mit dem Zeug hier was anfangen können.«

Er kippte den Inhalt der Tüte aus und begann, das Durcheinander aus Telefonen, Brieftaschen und Unterlagen zu sortieren.

Während Cole noch beschäftigt war, rief Pike Walsh an und schaltete die Freisprechfunktion ein, damit Cole mithören konnte. Als Walsh erkannte, dass Pike am Apparat war, reagierte sie sofort distanziert und misstrauisch.

»Wo sind Sie?«

»Ich mache das, was ich Ihnen angekündigt habe.«

»Sie sollten mich immer auf dem Laufenden halten. Ich will wissen, was Sie gerade tun.«

Zweifellos wollte sie ihn dazu bringen zuzugeben, dass er die Wanze gefunden hatte, wusste Pike und ging erst gar nicht auf das Thema ein.

»Die Waffen sind in Los Angeles.«

»Wo?«

»Keine Ahnung, aber der Deal ist unter Dach und Fach. Ich habe Informationen, die ich allerdings noch bestätigen muss.«

»Lassen Sie mich jetzt nicht einfach hängen. Wo sind die Waffen?«

»Jaković hat sie. Mehr weiß ich nicht. Soll ich es dabei bewenden lassen?«

»Nein.«

Sie klang, als gäbe sie sich geschlagen. Oder als sei sie deprimiert, weil sie auf Pikes Hilfe angewiesen war.

»Hat Jaković Kinder?«

»Was hat das mit der Geschichte hier zu tun?«

»Michael Darko hat veranlasst, dass ein zwölf Monate alter Junge entführt wurde, und mir liegen widersprüchliche Informationen bezüglich der Herkunft dieses Kindes vor.«

»Jaković ist ein alter Mann.«

»Was nicht heißt, dass er kein Baby mehr haben kann.«

»Mein Gott, Pike, ich weiß es nicht. Und was ändert es, falls er ein Kind hat?«

»Eine meiner Quellen sagt, es handle sich um Darkos Kind. Eine andere behauptet, Jaković sei der Vater. Falls Darko das Kind entführt hat, um den alten Mann in Zugzwang zu bringen, dann ist der Schuss gründlich nach hinten losgegangen. Mir wurde nämlich geflüstert, der alte Mann habe bei dem Krieg noch mal einen Gang zugelegt. In diesem Fall könnte er die Waffen schneller als geplant auf den Markt werfen, nur um sie loszuwerden.«

»Okay, warten Sie – was meinen Sie mit ›er hat noch mal einen Gang zugelegt‹?«

»Er hat geschworen, das Kind höchstpersönlich umzubringen. Wodurch es als Druckmittel ausfällt. Gleichzeitig übermittelt er eine klare Botschaft an die anderen serbischen Banden – meiner Quelle zufolge stehen diese Typen auf solche Späße.«

Pike hörte Walsh tief Luft holen.

»Ist diese Quelle glaubwürdig?«

»Ich hab dem Informanten eine Kanone an den Kopf gehalten, Walsh. Wie glaubwürdig wird er da sein? Deshalb rufe ich Sie ja an – um zu erfahren, ob irgendwas davon zutreffen könnte.«

Sie atmete wieder tief ein, und dann klang sie nachdenklich.

»Worowskoj Sakon. Wissen Sie, was das ist?«

Pike warf Cole einen Blick zu, aber Cole schüttelte den Kopf.

»Nein.«

»Angefangen hat es bei den russischen Banden in der alten Sowjetunion, doch mittlerweile gilt es in allen osteuropäischen Vereinigungen.«

»Was ist das?«

»Wörtlich übersetzt bedeutet es so viel wie ›Diebe im Gesetz‹. Sie nennen es auch den Kodex der Diebe. Diese Leute leben nach achtzehn Regeln, Pike, die schriftlich niedergelegt sind. So eine Art Handbuch für Arschlöcher. Die Regel Nummer eins lautet, dass ihre Familien keine Rolle spielen. Mom, Dad, die Brüder, das Schwesterchen – sie alle sind nebensächlich. Die Bandenmitglieder sollen sogar weder Ehefrauen noch Kinder haben. Steht tatsächlich so in diesen Regeln, Pike. Ich habe es gelesen.«

Pike dachte an Rina.

»Was ist mit Freundinnen?«

»Freundinnen sind in Ordnung. Davon kannst du so viele haben, wie du willst, aber eine Heirat kommt nicht infrage. Diese Typen legen einen Blutschwur auf diese Scheiße ab. Und ich habe genug von denen verhört, um zu wissen, dass die es absolut ernst meinen. Wenn Sie mich also fragen, ob Jaković sein eigenes Kind opfern würde: Ja, das würde er, denn die Einhaltung dieser Regeln wird strikt durchgesetzt. Auf Verstoß steht die Todesstrafe. Ich verarsche Sie nicht. Die alten *pakhans* nehmen diesen Kram sehr ernst.«

Pike nickte und versuchte sich einen Mann vorzustellen, der zu so etwas fähig wäre. Dann fuhr er fort.

»Ich muss noch mehr über Darko wissen. Falls es sein Kind ist, dann wäre meine andere Quelle zuverlässig. Falls nicht, dann dürfte allerdings höchstwahrscheinlich alles falsch sein, was ich Ihnen über Darko erzählt habe. Einschließlich der Information, dass er das Land verlassen will.«

»Ich werde bei Interpol nachhaken. Vielleicht haben die ja was über Jaković. Was jedoch Darko betrifft, so besitzen wir definitiv keinerlei Informationen. Da sind Sie also ganz auf sich allein gestellt.«

»Okay. Geben Sie mir Bescheid.«

»Pike?«

Er wartete.

»Spielen Sie nicht wieder mit dem Gedanken, ihn zu töten. Begehen Sie diesen Fehler nicht. Darko gehört mir.«

»Sch!«, machte Pike.

Er legte auf, als Cole gerade von seinem Sortiment auf dem Tisch aufsah.

»Ich glaube, hier haben wir was«, meinte er.

Pike ging zu ihm hinüber. Ich habe meine eigenen Regeln, dachte er sich.

32
Jon Stone

Jon Stone setzte Pike und seinen Kumpel bei ihren Autos ab, dann fuhr er zurück den Berg hinauf, kehrte allerdings nicht sofort an seinen früheren Beobachtungspunkt zurück. Das würde er in ein paar Minuten machen, aber vorher wollte er noch etwas erledigen.

Er parkte vor Grebners Haus und stellte dabei fest, dass die Hälfte der Fahrzeuge vor den umliegenden Häusern ebenfalls Rover waren und überdies genauso schwarz wie sein eigener. Er zählte lediglich zwei weiße und einen silbernen. In dieser Wohngegend einen schwarzen Rover zu parken war, als würde man einen Baum im Wald verstecken.

Jon stieg aus, ging nach hinten und öffnete die Heckklappe. Er kramte in einer Werkzeugkiste, entschied sich für eine kleine Neunmillimeter-Sig, die er selbst umgebaut hatte, und den dazu passenden Schalldämpfer, ebenfalls eine eigene Anfertigung. Während er ihn aufschraubte, vergewisserte er sich, dass niemand ihn beobachtete. Dann verriegelte er den Rover und betrat Grebners Haus.

Vermutlich versuchten die drei Scheißtypen, die Pike beschrieben hatte, sich immer noch zu befreien, dachte er. Und tatsächlich, da waren sie, zwei draußen und drinnen im Wohnzimmer der Älteste.

Grebner war auf den Beinen, stolperte im Kreis vor einem Spiegel herum, und versuchte, auf seinen Rücken zu sehen. Er hatte sich eine Schere besorgt und bemühte sich nach Kräften, die Plastikfessel um seine Handgelenke zu durchtrennen.

Als Jon hereinkam, sah Grebner zu ihm herüber, bemerkte die Sig und erstarrte.

»Der Typ von vorhin, der mit der Sonnenbrille – das war der Nette.«

Stone nahm Grebner die Schere aus der Hand, trat ihm die Beine weg, sodass er auf den Boden krachte.

»Pass jetzt gut auf«, sagte er.

Die beiden Männer draußen sahen ihn kommen und versuchten sich wegzurollen, drehten und wendeten sich wie zwei Glühwürmchen. Einer von ihnen blaffte irgendwas auf Serbisch, der andere rollte einfach weiter. Alle Achtung, dachte Jon.

Er packte den Ersten an den Füßen, schleifte ihn zum Pool und stieß ihn hinein. Der andere schaffte es, sich gegen die Bar zu pressen, als Jon ihn erreichte. Er zog auch ihn zurück an den Pool und stieß ihn ebenfalls ins Wasser. Sie zappelten wie zwei Fische auf dem Trockenen und so ähnlich schnappten sie auch nach Luft.

Grebner war es unterdessen gelungen, wieder auf die Füße zu kommen und zur Haustür zu laufen. Da er allerdings viel Zeit beim Öffnen verlor, weil Jon abgesperrt hatte, scheiterte sein Fluchtversuch. Stone erwischte ihn an der Tür, streckte ihn erneut nieder und schleifte ihn über den Terrazzofußboden mühelos zurück ins Wohnzimmer.

»Ist übrigens ein schönes Haus«, meinte Jon. »Wunderbarer Ausblick. Nettes, klares Design. Ich interessiere mich für Wohnarchitektur.«

Mit diesen Worten zog Stone Grebner auf dem Bauch nach draußen und hob seinen Kopf an den Haaren hoch, damit er das Gezappel im Pool betrachten konnte.

»Siehst du das? Sie ertrinken. Hätten diese Jungs eine anständige Ausbildung bekommen, wären sie richtige Elitekiller geworden. Tja, dann hätten sie auch gewusst, was in so einer Situation zu tun ist. Der Junge, der vorhin hier war, die Sonnenbrille – der weiß sich zu helfen. Und mich? Mich könntest du da einfach so reinschmeißen, wär überhaupt kein Problem.« Stone verfolgte einen Moment den Überlebenskampf im Pool und gelangte zu dem Schluss, dass die Anstrengungen der Gefesselten, sich über Wasser zu halten, nachgelassen hatten.

»Nur, du könntest mich gar nicht da reinschmeißen.«

»Ich hab dem anderen schon alles gesagt, was ich weiß«, flehte Grebner.

»Ich weiß. Ich fand's nur nicht gut, dass er allein den ganzen Spaß hat. Hast du Bock auf Schwimmen?«

»Nein!«

Jon lächelte. Er würde ihn nicht hineinwerfen.

»Du musst eine Botschaft übermitteln. Ich wollte nur sicherstellen, dass du sie auch rechtzeitig ausrichtest. Machst du doch, oder?«

»Ja!«

»Dachte ich mir schon. Jetzt erlaube mir aber bitte eine Frage: Hat Jaković einen Käufer?«

»Ich weiß es nicht. Michael sagt Nein, nur sicher weiß ich es nicht.«

»Was ist mit Michael? Warum ist er so scharf auf so viel Schwermetall?«

Grebner sah weg. Offenbar um erst einmal zu überlegen. Denken war schlecht. Stone jagte ihm eine harte Faust genau auf die Nase, schlug noch ein zweites und drittes Mal zu.

Grebner prustete Blutfäden, spuckte die Worte jetzt aus.

»Er hat einen Deal mit den Armeniern. Weit über dem Marktpreis. Er kann viel verdienen. Sehr, sehr viel.«

»Wie viel mehr als viel?«

»Drei Millionen Dollar. Vielleicht noch mehr, glaubt er.«

Stone ließ Grebners Kopf fallen. Einen Moment lang bewunderte er die Aussicht und fragte sich beiläufig, ob er die zwei Arschlöcher aus dem Pool ziehen sollte, entschied sich aber dagegen. Er tätschelte Grebner den Kopf.

»Diesmal habt ihr Jungs so richtig Scheiße gebaut.«

Anschließend verließ er das schöne Haus, zerlegte und verstaute seine Waffe und ging wieder am Ende der Straße in Position. Nahm dort sein Mobiltelefon heraus und rief einen Freund an, der mit illegalen Waffen handelte.

»Hey, Bruder! Was gibt's Neues über diese AKs?«

Dann saß er einfach entspannt da, schwelgte in Erinnerungen an die gute alte Zeit, die er mit Frank Meyer in fremden Ländern gehabt hatte, und wartete darauf, dass etwas passierte.

33

Cole ging die Anrufliste auf Grebners Telefon durch, untersuchte sowohl die eingehenden wie auch die abgehenden Gespräche und machte sich Notizen in einem Spiralblock. Als er fertig war, holte er den jüngsten eingegangenen Anruf nach vorn und hielt Pike das Handy hin. Es war eine Nummer mit der Vorwahl 818.

»Das ist der Anruf, bei dem du abgehoben hast und der Typ dann auflegte«, sagte Cole. »Die Nummer des Anrufers.«

»Darko.«

»Ich glaube ja. Und das hier ist der letzte abgehende Anruf: die Nummer des Pagerdienstes mit einer 323-Vorwahl, die auf Darkos Namen einprogrammiert ist.«

Cole zeigte sie ihm, bevor er die Liste der Anrufe zurückscrollte.

»Der vorletzte abgehende Anruf ging an dieselbe Nummer. Der Anruf also, bei dem wir Grebner beobachtet haben. Als er das Telefon in die Ecke knallte.«

»Deshalb glaube ich ja, dass es Darko war. Grebner hat ihn angepiept, und er reagierte wahrscheinlich auf das Pagersignal.«

»Hm, aber sieh dir das an. Dieses Telefon speichert nur die letzten zwanzig ein- und ausgehenden Anrufe …«

Cole drehte den Block, damit Pike es sehen konnte. Er hatte die Telefonnummern in zwei Spalten geschrieben, dazu jeweils Uhrzeit und Datum, zu denen die Anrufe gemacht oder entgegengenommen worden waren. Etwa die Hälfte der ankommenden Gespräche hatte Cole mit einem großen X markiert, was bedeutete, dass die Rufnummern der Anrufer blockiert waren. Drei der abgehenden Gespräche waren mit drei eingehenden Anrufen durch Linien verbunden. Cole zeigte auf die abgehenden Gespräche.

»Hier piepst Grebner Darko an. Siehst du die Uhrzeiten?«

»Ja.«

Cole deutete auf die entsprechenden ankommenden Gespräche.

»Okay, hier kriegt er einen Anruf, nachdem er zwanzig Minuten zuvor den Pagerservice angewählt hat. Einer der Rückrufe erfolgte von einer blockierten Nummer, aber zwei kommen von der gleichen Nummer wie der Anruf, den du oben im Haus angenommen hast.«

»Unterschiedliche Orte?«

»Das denke ich auch. Nur warum dann von einer Nummer, die gespeichert ist? Und noch dazu zweimal?«

»Kein Funknetz. Nichts anderes verfügbar.«

Cole starrte einen Moment die Liste an, dann nahm er sein Telefon.

»Mal sehen, was passiert.«

Er wählte die Nummer, lauschte. Lauschte sehr lange, bevor er auflegte.

»Geht niemand ran. Ich hab's zwanzigmal klingeln lassen, aber *nada*. Was normalerweise bedeutet, dass das Telefon ausgestöpselt ist.«

»Kannst du dazu eine Adresse herausbekommen?«, fragte Pike.

Zwei Anrufe und zwölf Minuten später war Cole fündig geworden. Die Telefonnummer gehörte einer Firma namens Diamond Reclamations in Lake View Terrace im San Fernando Valley. Als Cole sein Telefon vom Ohr nahm, nickte er Pike zu.

»Passt. Lake View liegt im Vorgebirge oben bei Angeles Crest. Berge bedeuten eine schlechte Funknetzqualität, also heißt es Festnetz.«

»Guter Anfang«, sagte Pike. »Wie wär's, wenn ich Lake View überprüfe, und du siehst währenddessen zu, ob du mit dem restlichen Kram was anfangen kannst.«

Cole schob die Unterlagen zurück in die Einkaufstüte.

»Soll ich nicht lieber versuchen, Rina und Yanni zu finden? Wir haben hier viel zu viele widersprüchliche Geschichten ...«

Cole sprach noch, als sie hörten, wie draußen das Tor geöffnet wurde. Pike ging zur Tür. Rina blieb stehen, als sie ihn sah, und schirmte mit einer Hand ihre Augen gegen die Sonne ab. Sie trug ein schwarzes T-Shirt zu ihrer üblichen Jeans; die große Handtasche hing über der einen Schulter, die Reisetasche über der anderen.

»Was habt ihr herausgefunden?«, fragte sie.

»Wo ist Yanni?«

Sie sah ihn verärgert an, weil er ihre Frage nicht beantwortet hatte, und schob sich an ihm vorbei in das Apartment. Sie warf Cole einen kurzen Blick zu, als sie die Tasche auf den Tisch stellte.

»Er muss sich seine Brötchen verdienen. Die geben ihm

nicht frei, damit er helfen kann, gestohlene Kinder zu finden.«

»Wo waren Sie?«, fragte Cole.

Sie drehte die Tasche um und ließ frisch gewaschene Kleidungsstücke herausfallen.

»Waschen. Meine Kleider haben gestunken wie Füße.«

»Kennen Sie Emile Grebner?«

»Natürlich kenne ich ihn. Er hat mich oft gefickt.«

Sie sagte das so unbeteiligt, als hätte sie ihm gesagt, sie habe blaue Augen oder schwarze Haare. Dann faltete sie übergangslos ihre Wäsche. Vermutlich fand sie diese Feststellung völlig bedeutungslos, dachte Pike. Und vielleicht hatte sie tatsächlich keine Bedeutung, zumindest nicht für sie.

»Woher kennen Sie ihn?«, wollte Cole wissen.

»Ihm gehört ein großes Haus in den Bergen, und er hat immer Mädchen für Partys kommen lassen. Das war noch vor Michael, kurz nach meiner Ankunft hier. Ich war, glaube ich, damals fünfzehn, sechzehn Jahre alt. Er mag nur serbische Mädchen, keine Amerikanerinnen und keine Russinnen. Er vertraut den serbischen Mädchen, weil wir untereinander wie zu Hause sprechen. Dort oben hat Michael mich übrigens auch das erste Mal gesehen. Warum interessiert Sie das eigentlich alles?«

»Dann wissen Sie also, dass Grebner einer von Darkos Autoritäten ist – einer aus dem engsten Kreis?«

»Ich hab doch gerade gesagt, ich kenne ihn. Hören Sie nicht zu?«

»Laut Grebner ist Milos Jaković der Vater des Babys, nicht Darko«, sagte Pike.

Er beobachtete sie aufmerksam, versuchte ihre Reaktion

zu entschlüsseln. Ein Stirnrunzeln schnitt tiefe Falten zwischen ihre Augenbrauen, als hätte sie ein Verständnisproblem. Sie warf Cole, der sie nicht weniger aufmerksam beobachtete, einen kurzen Blick zu und wandte sich erneut an Pike.

»Haben Sie sich das jetzt ausgedacht?«

»Wir denken uns nichts aus«, sagte Cole. »Wie steht's mit Ihnen?«

»Ach fick dich! Fickt euch beide, ihr Arschlöcher!«

Wieder wandte sie sich Pike zu.

»Das ist absoluter Quatsch. Ich weiß, wer der Vater ist, und Michael weiß es auch. Grebner lügt doch. Warum sagt er so was? Wo habt ihr ihn getroffen?«

»Grebner glaubt es«, sagte Pike. »Darko und Jaković befinden sich im Krieg wegen irgendwelcher illegaler Waffen. Gewehre. Wissen Sie was darüber?«

»Michael hasst den alten Mann, das weiß ich. Aber von der anderen Sache hab ich keine Ahnung. Warum behauptet er, Michael ist nicht der Vater?«

»Wahrscheinlich weil Michael ihm das gesagt hat. Ist Jaković nun der Vater?«

»Nein.«

»Könnte er *denken*, er sei es?«

Sie straffte sich und starrte Cole an, als wäre er der letzte Dreck.

»Sein Schwanz hat nie in mir gesteckt.«

Cole errötete, aber Rina hatte sich Pike zugewandt. Der meinte zu sehen, wie ihre Augen feucht wurden.

»So etwas erzählt Michael seinen Männern? Dass er nicht der Vater ist?«

»Ja.«

»Das ergibt doch keinen Sinn. Michael sagt zu mir, er will Petar zurück nach Serbien bringen. Ohne mich. Michael ist der Vater, und nicht dieser alte Mann, den ich nie gesehen habe. Ich bin die Mutter. Petar gehört mir.«

Cole sah Pike stirnrunzelnd an.

»Davon kriege ich Kopfschmerzen.«

Rina beachtete ihn nicht.

»Und Michael soll so was Schreckliches gesagt haben?«

»Ja.«

Sie verzog das Gesicht, während sie darüber nachdachte, und sah sehr verloren aus.

»Ich weiß nicht. Vielleicht erzählt er ihnen das, weil er sich schämt.«

Cole verschränkte die Arme und lehnte sich zurück. Sein Blick wurde distanziert und kühl.

»Weil die Mutter des Jungen eine Hure ist?«

»Warum sonst? Alle Männer sind schwach. Sie würden es genauso machen.«

»Nein. Würde ich nicht.«

»Leeres Gerede. Vielleicht solltest du mich schwängern, dann werden wir ja sehen, was aus den Sprüchen wird. Hier ist die Mutter, aber sie ist eine Hure.«

Cole starrte sie einfach nur an, und wieder wandte Rina sich an Pike.

»Wusste Grebner, wo mein Kleiner jetzt ist?«

»Nein.«

»Männer sind so schwach. Bringt mich zu ihm. Ich sorge dafür, dass er redet.«

»Er weiß es nicht, aber wir haben vielleicht eine Spur zu Darko. Sagt Ihnen der Name Diamond Reclamations etwas?«

Sie verzog das Gesicht, während sie nachdachte, schüttelte dann den Kopf.

»Nein. Ist das ein Juweliergeschäft?«

»Das werden wir herausfinden«, sagte Pike.

Rina schob ihre Wäsche beiseite und marschierte zur Tür.

»Gut. Finden wir's heraus.«

Pike hielt sie zurück.

»Sie nicht. Ich.«

Rina setzte zu einem Donnerwetter auf Serbisch an und hörte nicht einmal damit auf, als sie gingen.

Draußen fragte Cole: »Was meinst du, was sie da gerade sagt?«

»Keine Ahnung.«

»Wahrscheinlich würde es uns nicht gefallen.«

»Nein. Wahrscheinlich nicht.«

Pike ließ Cole bei seinem Auto zurück und machte sich auf den Weg ins Valley.

34

Elvis Cole

Cole dachte über Yanni nach, als er das Gästehaus verließ.

Janic »Yanni« Pević war sauber. Als Cole das Nummernschild überprüfte, das ihm Pike für Yannis F-150 Pick-up gegeben hatte, wurde ihm bestätigt, dass das Fahrzeug auf einen gewissen Janic Pević zugelassen war. Auf diesen Namen lief auch der Mietvertrag für seine Wohnung. Darüber hinaus versicherte die Immobilienverwaltung von Yannis Haus, dass Mr. Pević ein vorbildlicher Mieter sei. Anschließend hatte Cole beim LAPD in Hollywood nachgeforscht, wo ihm ein Freund sagte, Pević habe keinen Eintrag im Strafregister. Das alles hatte Cole auch Joe Pike berichtet und es dabei bewenden lassen, doch nach dem Besuch bei Grebner waren ihm Zweifel gekommen.

Sie hatten jetzt zwei unterschiedliche und voneinander abweichende Geschichten. Folglich musste mindestens eine der Hauptfiguren lügen.

Cole fuhr den Coldwater Canyon hinauf nach Studio City und kehrte zu Yannis Wohnung zurück. Rina hatte gesagt, er sei arbeiten, aber Cole wusste nicht, ob das stimmte, und es war ihm auch egal. Der F-150 war nicht da. Cole stellte seinen Wagen auf dem Besucherparkplatz ab und ging zu Yannis Wohnung.

Er klopfte zuerst an, dann klingelte er. Als niemand öffnete, knackte er das Schloss.

»Hey, Yanni«, rief er. »Rina wartet draußen im Wagen.«

Nur für alle Fälle.

Niemand antwortete, keiner war zu Hause.

Cole schloss die Tür hinter sich ab, durchsuchte schnell Yannis Schlafzimmer. Die Wohnung war klein, mit nur einem Schlafzimmer, doch sie sah bewohnt aus und authentisch. Cole durchsuchte das Bad, die Kommode, den Schlafzimmerschrank und sah unter dem Bett nach. Er fand nichts Ungewöhnliches oder irgendwie Verfängliches, und nichts deutete darauf hin, dass Yanni gelogen hatte. Gleichzeitig fand er allerdings auch nichts wirklich Persönliches, was Cole merkwürdig vorkam. Keine Fotos von Angehörigen oder Freunden, keine Andenken. Nichts, was sich zu einer Lebensgeschichte verknüpfen ließ. Ana Marković hatte immerhin ein Jahrbuch und Schnappschüsse von Freunden besessen, Yanni hingegen nichts dergleichen.

Cole kehrte ins Wohnzimmer zurück und schaute dann in der Küche nach. Auf der Arbeitsplatte und in der Spüle türmte sich schmutziges Geschirr. Unter der Spüle fand Cole eine Packung Plastikbeutel, suchte sich ein Glas aus, verstaute es in einer Tüte und verließ die Wohnung. Yanni Pević war nicht vorbestraft, aber vielleicht war Yanni Pević ja jemand anderer.

Aus dem Auto rief Cole John Chen an und erklärte ihm die Lage.

»Wie soll ich das denn hier reinschmuggeln, wo doch alle da sind?«

»Dir wird bestimmt was einfallen. Bin schon unterwegs.«

»Was jetzt, du kommst hierher?! Mach das bloß nicht!«

»Wir treffen uns unten auf der Straße.«

Die Fahrt zur Spurensicherung dauerte nur fünfzehn Minuten, und John Chen hatte wahrscheinlich die ganze Zeit draußen gewartet. Als Cole am Bordstein hielt, hüpfte Chen nervös von einem Fuß auf den anderen wie ein Kind, das dringend pinkeln musste. Er entspannte sich, als er das Glas sah.

»Hey, das ist ja mal ein Prachtexemplar.«

Die Fingerabdrücke waren klar und deutlich auf der Oberfläche zu erkennen.

»Ja. Du musst weder mit Kleber arbeiten noch sonst irgendwas Superraffiniertes anstellen. Zieh die Abdrücke einfach ab und dann schau mal, was du findest.«

»Soll ich die auch über Interpol checken?«

»Ja, Interpol ist gut. Du findest mich im Auto.«

»Wie? Du willst hier warten?«

»Ich werde warten, ja. So wahnsinnig lange kann's wohl nicht dauern, John, oder? Guck doch einfach mal, was du herausbekommst.«

Chen hastete davon. Er würde nichts weiter tun müssen, als das Glas mit Abdruckpulver zu bestäuben, die Abdrücke mit einem Klebeband abzuheben und anschließend in das LiveScan-System einzugeben. Innerhalb weniger Minuten würde er sein Ergebnis haben – oder eben nicht.

Als Cole wieder bei seinem Wagen war, rief er Sarah Manning an. Von dem Mädchen mit den violetten Haaren hatte er noch nichts gehört und wünschte sich jetzt, er hätte sich ihre Telefonnummer geben lassen. Er war enttäuscht, als sich Sarahs Mailbox einschaltete.

»Hey, Sarah, Elvis Cole hier. Ich habe immer noch nichts von Lisa Topping gehört. Wollen Sie sich nicht vielleicht doch noch mal überlegen, ob Sie mir ihre Nummer geben können? Danke.«

Cole hinterließ seine Mobilnummer und beendete den Anruf. Er sah auf die Uhr. Erst acht Minuten waren vergangen – gut möglich, dass es bei Chen noch ewig dauerte.

Ihm fiel nichts ein, was er sonst tun könnte, also dachte er über Grebner nach. Der Typ hatte sie mit dieser Sache über Jaković richtig überrumpelt, und nachdem Rina bereitwillig zugegeben hatte, dass sie ihn kannte, nahm er ihm seine Geschichte ab. Beide wirkten glaubwürdig, aber Cole wusste aus Erfahrung, dass die besten Lügner immer glaubwürdig sind, und die allerbesten Lügen größtenteils schlicht aus Wahrheit bestehen. Hier war Grebner mit seinem Partyhaus in den Bergen, und da war Rina, die behauptete, zusammen mit anderen serbischen Prostituierten auf diesen Partys gewesen zu sein, damit Grebner und seine Kumpels aus der Gang mit Mädels abrocken konnten, denen sie vertrauten.

Cole fragte sich, ob es eine Möglichkeit gab, die Wahrheit herauszufinden, und überlegte, ob er diese Information vielleicht von einer der anderen Prostituierten bekommen könnte.

Cole hatte zwar die Akten nicht zur Verfügung, wohl aber sein Notizbuch, in dem die Daten von Rinas Festnahmen vermerkt waren. Also rief er die Verwaltung der Bezirksstaatsanwaltschaft an, redete nacheinander mit drei Angestellten und verbrachte fast zwanzig Minuten am Telefon, bevor er jemanden fand, der das Aktenzeichen nachschlug und den zuständigen Staatsanwalt ermittelte.

»Das wäre dann Elizabeth Sanchez.«

»Könnten Sie mir bitte ihre aktuelle Dienststelle und Durchwahl geben?«

Deputy District Attorney Elizabeth Sanchez war derzeit dem Airport Courthouse in Playa del Rey zugeteilt, südlich des Los Angeles International Airport.

Wahrscheinlich würde er direkt an die Mailbox weitergeleitet, dachte Cole, doch dann nahm eine Frau den Anruf entgegen.

»Lauren Craig am Apparat.«

»Sorry. Ich hätte gern Elizabeth Sanchez gesprochen.«

»Bleiben Sie dran, ich glaube, ich kann ...«

Cole hörte erst, wie sie jemanden rief – dann folgten ein paar dumpfe Geräusche, als der Hörer weitergereicht wurde, und schließlich meldete sich eine andere Stimme.

»Ja, Sie sprechen mit Liz Sanchez.«

Cole nannte seinen Namen, gab Datum und Aktenzeichen durch und sagte, er benötige die Namen der übrigen Prostituierten, die bei diesem Einsatz festgenommen worden waren.

Sanchez lachte.

»Das ist schon fast sechs Jahre her. Mann, damals war ich ganz frisch dabei. Sie können nicht allen Ernstes erwarten, dass ich mich an ihre Namen erinnere.«

»Ich hoffte, aufgrund der besonderen Umstände der Festnahme wären sie Ihnen vielleicht im Gedächtnis geblieben.«

»War es ein Einsatz der Sitte?«

»Es ging um einen serbischen Prostituiertenring. Die haben für eine serbische Bande gearbeitet.«

»Aha. Okay, irgendwas klingelt da bei mir. Die NoHo-

Sitte hatte drüben am CBS Studio Center dreizehn oder vierzehn Mädchen einkassiert. Es handelte sich um einen gemeinsamen Einsatz mit der OCTF.«

Organized Crime Task Force, die Sondereinheit zur Bekämpfung des organisierten Verbrechens.

»Das ist es.«

»Serben. Okay, klar. Die hatten da oben überall Wohnungen angemietet. Da waren so viele Nutten um den Pool verteilt, dass es aussah wie in der Playboy Mansion. Nicht dass ich die Mansion jemals mit eigenen Augen gesehen hätte.«

»Genau die Sache meine ich. Ich möchte mit den Damen über Vorgänge sprechen, die sich etwa zu dieser Zeit ereignet haben.«

»Was dagegen, wenn ich frage, worum es hier geht?«, erkundigte sich Sanchez.

»Es geht um einen *pakhan* namens Michael Darko. Darko ist der Boss der Bande, der diese Mädchen gehörten.«

»Darko«, wiederholte Sanchez.

»Ja. Wahrscheinlich hat einer seiner Offiziere den Laden geschmissen, aber Darko war der Mann im Hintergrund. Der *pakhan*. Der *wor*. Ich habe einige Fragen zu Darko, die mir diese Mädchen vielleicht beantworten können.«

Sanchez' Schweigen wirkte nachdenklich.

»Ich glaube, das war er nicht. Nein, das war nicht der Name.«

Jetzt war es Cole, der zögerte.

»Darko?«

»Ja, ich denke nach.«

»War es Grebner? Könnte auch Grebner gewesen sein.«

»Bleiben Sie dran. Die Jungs von der OC waren über den

Ausgang der Aktion nicht sonderlich glücklich. Die Beamten der Sitte hingegen waren zufrieden – sie hatten immerhin dreizehn Nutten einkassiert. Trotzdem waren die Detectives der OC angepisst. Sie wollten die Hierarchie weiter aufrollen, aber keines der Mädchen war zu einer Aussage bereit. Ich erinnere mich daran, weil die Detectives der OC am Ende noch mehr angepisst waren als zuvor. Weil es ihnen einfach nicht gelang, auch nur eines der Mädchen zu einer Aussage zu bewegen.«

»Ja, dahinter dürfte Darko gesteckt haben oder eben ein Bursche namens Grebner.«

»Nein, jetzt weiß ich's wieder: Sein Name war Jaković. Den wollten sie haben. Die Mädchen haben für seine Bande angeschafft.«

»Jaković.«

»Genau der. Die Detectives von der OC haben seinen Namen zu allem Möglichen verballhornt. Jakoffovich, Jerkoffovich, Jakobitch, so was in der Art.«

»Sie sagen also, diese Prostituierten haben für Milos Jaković gearbeitet.«

»Genau. Nur deshalb hat die OC die Operation überhaupt angeleiert. Sie wollten Jaković. Zwar hatten wir dreizehn Prostituierte im Vorverfahren, doch nicht eine davon – keine einzige – war zu einer Aussage bereit.«

»Danke, Liz. Sie haben mir sehr geholfen.«

Cole legte das Telefon beiseite. Er starrte hoch zum wolkenlosen Himmel und musste wieder einmal erkennen, wie gut manche Leute lügen konnten.

Sein Telefon klingelte. Er meldete sich, fühlte sich schwerfällig und langsam.

Die Stimme einer jungen Frau drang von sehr weit weg an sein Ohr.

»Mr. Cole? Lisa Topping am Apparat. Sarah Manning hat mich angerufen. Sie sagte, Sie wollen mich sprechen?«

Lisa Topping war Anas allerbeste Freundin und wusste Dinge, die sonst niemand wusste.

35

Pike fand die Adresse von Diamond Reclamations auf seinem Thomas-Guide-Stadtplan und klemmte das Foto des rothaarigen Babys an sein Armaturenbrett. Schweigend fuhr er auf dem Hollywood Freeway nach Norden. Das Quietschen und Pfeifen des zu schnell fahrenden Wagens nahm er lediglich wahr wie entfernte Erinnerungen. Immer wieder betrachtete er mit kurzen Seitenblicken das Baby. Es sah weder Rina noch Darko ähnlich, aber bei solchen Dingen war Pike nie gut gewesen. Wenn er ein Baby sah, dann fand er es entweder süß oder nicht, und dieses hier war nicht süß. Im Grunde genommen konnte er nicht mal erkennen, ob es sich um ein Mädchen oder einen Jungen handelte. Er fragte sich, ob es am Ende aussah wie Jaković.

Pike folgte dem Hollywood Freeway in den nordöstlichen Teil des Valleys, wechselte dann auf den Golden State Freeway, den er nicht mal eine Meile später wieder verließ. Er befand sich jetzt inmitten einer flachen Landschaft, in der eingeschossige Gebäude über unbebauten, von vertrocknetem Unkraut und zerbröckelndem Beton durchzogenen Grundstücken Wache standen. Reihen konturloser Wohnblöcke säumten die größeren Straßen, umgeben von gleichermaßen konturlosen Reihenhäusern, die allesamt ausgebleicht wirkten im dunstigen Licht und überzogen waren vom Staub, der aus den nahen Bergen heruntergeweht wurde. An den Telefonmasten entlang der Straßen waren so viele Kabel und Drähte gespannt, dass sie den Himmel zerschnitten wie Spinnweben. Als wollten sie die Menschen festhalten, die hier lebten.

Es war nicht nötig, einen weiteren Blick in den Stadtplan zu werfen. Einmal anschauen reichte, dass Pike die Strecke kannte. Er umfuhr den Hansen Dam Park vorbei an Baumschulen, Lagerhäusern und endlosen Reihen von in der Sonne verwitterten, staubigen Häusern. Diamond Reclamations fand er an einem vierspurigen Boulevard am Fuß des Little Tujunga Canyon, eingerahmt von einem Mom's Basement, das Lagerräume für private Nutzung anbot, und einem Gelände, auf dem Kompaktlader große Marmor- und Kalksteinplatten bewegten. Ein riesiger Baumarkt befand sich direkt gegenüber mit jeder Menge Parkplätzen und einigen Hundert parkenden Autos drum herum. Dutzende stämmiger, gebräunter Männer aus Mexiko oder Mittelamerika drängten sich an den Eingängen des Baumarkts, in der Hoffnung, einen Job zu ergattern.

Pike bog zum Baumarkt ab und versteckte seinen Jeep unter den anderen parkenden Autos und Trucks. Diamond Reclamations war ein Schrottplatz mit einem gelben, eingeschossigen Gebäude, das direkt an der Straße lag. Über der Fassade war in zweieinhalb Meter hohen roten Buchstaben gepinselt: ALTMETALL GESUCHT GEBRAUCHTE AUTOTEILE STAHL. Eine Schotterzufahrt führte zu einem kleinen Parkplatz, hinter dem sich ein größeres, zwei Stockwerke hohes Wellblechgebäude befand. Obwohl das

Vorderhaus ihm teilweise die Sicht versperrte, sah Pike, dass das ganze Gelände mit gestapelten Schrottfahrzeugen, rostenden Rohren und allem möglichen weiteren Altmetall überfüllt war. Zwei neue Limousinen parkten vorne auf der Straße, zwei weitere und ein großer Truck standen hinten auf dem Parkplatz. Näher heran kam Pike nicht, denn die geschotterte Zufahrt war mit einer Kette versperrt, zudem verkündete ein Schild im Fenster des Büros, dass derzeit geschlossen war. Während Pike das Gelände beobachtete, verließ ein Mann in einem blauen Hemd das zur Straße liegende Bürogebäude und ging auf knirschendem Kies über den Parkplatz zu dem Wellblechgebäude. Als er die Tür erreichte, sprach er mit jemandem, der hinter dem parkenden Truck hervorkam. Es war ein großer, kräftiger Mann mit dickem Bauch und stämmigen Beinen. Die beiden lachten über irgendetwas, bevor der im blauen Hemd das Gebäude betrat, während der Dicke noch eine Weile den vorbeifahrenden Verkehr betrachtete und dann gemächlich an seinen Platz hinter dem Truck zurückkehrte.

Alles an der Körpersprache des Mannes definierte ihn als Bewacher. Offenbar bewegte sich Darko mit Bodyguards, und dieser Mann hier war vermutlich einer davon. Pike fragte sich, wie viele weitere von diesen Typen wohl in dem Gebäude und in dessen Nähe postiert waren.

Er beschloss, ihre Telefonnummer nicht noch einmal anzurufen, und fragte sich, ob das Telefon wohl in dem kleineren Gebäude vorne oder in dem größeren Wellblechgebäude klingeln würde. Darko könnte ebenso gut in dem einen wie dem anderen sein. Der Mann, der Frank und Cindy Meyer, Little Frank und Joey ermordet hatte.

»Bald hab ich dich, Kumpel«, sagte Pike.

Drei der Latinos lösten sich aus der Gruppe am Eingang des Baumarkts und kamen über den Parkplatz zu Pike herüber. Wahrscheinlich warteten sie hier schon seit dem Morgen auf Arbeit und legten jetzt eine Pinkelpause ein oder wollten sich in einem der Geschäfte Obst kaufen.

Pike ließ seine Seitenscheibe herunter und winkte sie zu sich. Er sprach ziemlich gut Spanisch, ebenso Französisch, Vulgär-Deutsch, ein bisschen Vietnamesisch, etwas Arabisch und genug Suaheli, um sich in den meisten Bantusprachen verständlich zu machen.

»Tschuldigung. Kann ich euch mal was fragen?«

Die drei Männer sahen sich kurz an, bevor sie sich näherten, und der Jüngste antwortete auf Englisch.

»Mein Cousin ist ein sehr guter Maurer, aber wir können auch Rohre verlegen und grobe Schreinerarbeiten machen. Ich hab drei Jahre Erfahrung mit Malern und Trockenbau.«

Sie hatten Pike mit einem Bauunternehmer verwechselt.

»Tut mir leid«, sagte Pike, »ich suche keine Arbeiter. Hab bloß eine Frage zu der Firma da drüben auf der anderen Straßenseite.«

Er streckte einen Arm aus, und alle drei Männer folgten seinem Finger mit den Blicken.

»Zu dem Schrottplatz?«

»Ja. Ich sehe Leute und Autos, aber die Zufahrt ist mit einer Kette versperrt und auf dem Schild steht, es sei geschlossen. Wie lange ist das schon so? Ich habe Metall zu verkaufen.«

Die drei unterhielten sich auf Spanisch. Pike verstand den größten Teil ihrer Unterhaltung und folgerte, dass sie regelmäßig vor dem Baumarkt standen. Er wusste, dass dies bei allen Baumärkten, Farbengeschäften und Baustoffhandlungen in ganz Los Angeles der Fall war. Die gleichen Arbeiter versammelten sich jeden Tag an den gleichen Stellen, wo sie häufig auf die gleichen Bauunternehmer, Landschaftsgärtner und Vorarbeiter von Baukolonnen trafen.

Die drei Männer einigten sich auf eine Antwort, und der Jüngste trug sie vor.

»Die Leute sind da, aber die Kette ist oben. So ist das jetzt seit drei oder vier Tagen.«

Seit den Morden in Westwood.

»Vorher war die Kette unten und das Geschäft geöffnet?«

»Ja, Sir. Bevor die Kette oben war, sind Lastwagen gekommen, um Metall zu bringen oder abzuholen, aber jetzt kommt niemand mehr. Mein Cousin und ich waren drüben, um zu hören, ob sie gute Arbeiter brauchen, aber sie schickten uns weg. Jetzt ist die Kette immer oben, und die Lastwagen kommen nicht mehr, nur noch die Männer mit ihren schicken Autos.«

»Die Männer, mit denen ihr gesprochen habt, waren die hier vorne? Das kleine Gebäude, ist da das Büro?«

Pike streckte wieder den Arm aus, und die Männer nickten.

»Ja, die Männer dort drin. Sie sind nicht gerade freundlich.«

»War das der Mann in dem blauen Hemd? Ich habe ihn gerade gesehen. War das der unfreundliche Mann?«

»Es gibt zwei, und beide waren unfreundlich zu uns. Wir haben noch andere Männer hinten gesehen, aber wir hatten Angst, sie zu fragen.«

»Haben die Amerikanisch gesprochen?«

»Nein, Sir. Die hatten einen anderen Akzent.«

»Noch eine Frage. Gehen diese Männer abends nach Hause?«

Es folgte wieder eine Diskussion, wobei diesmal der ältere Mann die meiste Zeit redete. Dann antwortete wieder der Jüngere.

»Wir wissen es nicht. Wenn wir nach der Mittagspause noch keinen Job haben, gehen wir, aber wir kommen morgens vor sieben, und dann sind die Männer immer schon da, die Autos stehen auf dem Platz. Sie müssen bei Sonnenaufgang kommen, um vor uns hier zu sein. Jedenfalls sind sie das.«

»Die schicken Autos?«

»*Sì*. Ja. Sind sehr schicke Autos.«

»Und die Männer kommen und gehen über den Tag verteilt?«

»Manchmal. Meistens nicht, aber manchmal. Der Mann nimmt dann die Kette ab, und dann fahren sie auf den Hof oder sie fahren weg, aber meistens nicht.«

»Manchmal andere Autos?«

»*Sì*. Manchmal.«

»*Muchas gracias, amigos.*«

Pike bot ihnen für die Hilfe einen Zwanzigdollarschein an, doch die Männer lehnten ab und gingen weiter. In dem Moment tauchte der Typ in dem blauen Hemd wieder auf und kehrte zurück ins vordere Gebäude.

Pike überlegte, die Nummer doch noch einmal anzurufen, aber dann fiel ihm etwas Besseres ein. Vielleicht besaß die Firma nicht noch eine zweite Nummer. Er klappte sein Mobiltelefon auf und wollte die Auskunft anrufen, doch er bekam kein Netz. Was die Festnetznummer erklärte.

Mit einer Handvoll Vierteldollarmünzen machte Pike sich auf den Weg zu einem Münzfernsprecher neben dem Eingang des Baumarkts und fragte bei der Auskunft, ob es einen Eintrag für Diamond Reclamations in Lake View Terrace gebe. Gab es, und eine Computerstimme las ihm den Eintrag vor. Die Nummer war eine andere als diejenige, die er bereits hatte.

Pike schrieb sie sich auf, rief erneut die Auskunft an. Diesmal fragte er, ob Diamond mehr als nur eine Telefonnummer besitze, und erhielt daraufhin zwei Nummern. Die zweite gehörte zu Grebners Anschluss.

Pike warf mehr Münzen ein und wählte die neue Nummer, behielt dabei das Büro im Auge.

Eine Männerstimme meldete sich nach dem zweiten Klingeln, und Pike fragte sich, ob sie zu dem Mann in dem blauen Hemd gehörte. Osteuropäischer Akzent, jedoch nur ganz leicht.

Der Mann wirkte zurückhaltend, als sei er nicht ganz sicher, was er sagen sollte.

»Hallo.«

»Spreche ich mit Diamond Reclamations?«

»Ja, aber wir haben geschlossen.«

»Ich habe zehn Crown Victorias zu verkaufen. Ich muss sie schnell abstoßen und überlasse sie Ihnen zu einem extrem guten Preis. Gibt's bei euch jemanden, mit dem ich darüber verhandeln kann?«

»Nein, tut mir leid. Wir haben geschlossen.«

»Draußen steht doch, ihr sucht Metall.«

Der Mann legte auf, bevor Pike noch etwas sagen konnte.

Pike zählte bis hundert, dann wählte er die Nummer erneut. Jetzt schaltete sich ein Anrufbeantworter an.

Pike kehrte zu seinem Jeep zurück, als gerade ein brauner Ford Explorer in die Einfahrt bog, vor der Kette anhielt und hupte. Der Mann in Blau kam aus dem vorderen Gebäude, hakte die Kette aus, und der Explorer rollte auf den Parkplatz. Eine blonde Frau und ein Mann in einem schwarzen T-Shirt stiegen aus dem Wagen. Sie war stämmig und mittleren Alters und ihr Haar so blond, dass man es fast weiß nennen konnte. Der Mann war jünger, durchtrainiert und muskulös. Er hob eine Kiste Mineralwasser vom Rücksitz des Wagens, während die Frau eine Einkaufstüte herausnahm. Lebensmittel und Wasser legten nahe, dass einige Leute viel Zeit hier verbrachten.

Als sie auf das Wellblechgebäude zugingen, kamen drei Männer heraus. Darunter ein großer, schwerer Kerl, der sich bewegte, als wolle er die Frau aus dem Weg stoßen.

Pikes Mundwinkel zuckten.

Der ungeschlachte Mann war Michael Darko.

36

Pike behielt Darko ununterbrochen im Auge, während er den Parkplatz überquerte und sich zwischen den abgestellten Autos durchschlängelte. Er sah nichts und niemanden sonst an. Sein Blick war wie arretiert.

Er glitt hinter das Steuer seines Jeeps, klappte die Sonnenblende herunter und ließ den Motor an. Keiner der drei Männer sah zu dem riesigen Parkplatz des Baumarkts auf der anderen Straßenseite herüber. Sie hätten ohnehin nichts bemerkt. Der Jeep war nur ein weiterer Baum in einem Wald aus zweihundert Bäumen.

Pike benutzte ein Zeiss-Fernglas, um sich zu vergewissern, dass der Mann wirklich Darko war. Er war allerdings dünner als auf dem Bild, das Walsh ihm gezeigt hatte, und schien besser in Form zu sein, als hätte er trainiert. Zudem war sein Schnurrbart weg, und er trug seine Haare kürzer, doch die großen Augen und die spitzen Koteletten waren unverkennbar. Pike beobachtete, wie Darko sich eine Zigarette ansteckte und wütend damit herumwedelte, dabei vor den anderen beiden Männern auf und ab ging und zwischendurch immer wieder kurz stehen blieb.

Pike fragte sich, ob Darko inzwischen wohl mit Grebner gesprochen hatte und ob er Vorbereitungen traf, sein Versteck zu wechseln. Falls dem so war, würde Pike schnell handeln müssen. Er betrachtete die drei Männer und schätzte die Entfernung auf hundertvierzig Meter. Auf hundert Meter sank die Kugel aus seiner .357er um etwa dreieinhalb Zoll. Auf hundertvierzig Meter würde sie fast acht Zoll tiefer sinken. Pike könnte also einen Schwerpunktschuss wagen, aber er würde nicht schießen. Er wollte Rinas Kind, und er wollte die Wahrheit über Frank erfahren. Darko war der Schlüssel dazu, und Pike war überzeugt, dass er ihn zum Reden bringen konnte.

Darko schnippte seine Zigarette weg und stolzierte zurück in das Wellblechgebäude. Die beiden anderen Männer folgten ihm. Pike verließ den Parkplatz wie irgendein x-beliebiger Baumarktkunde, fuhr zwei Blocks weit, wendete und fuhr zurück zu Mom's Basement, das eine etwa zweieinhalb Meter hohe Mauer aus Hohlblocksteinen vom benachbarten Schrottplatz der Firma Diamond Reclamations trennte.

Leute, die hier Lagerplatz angemietet hatten, fuhren durch ein Sicherheitstor, das mit einer Magnetkarte zu öffnen war. Dahinter erstreckten sich Boxen und Container wie kleine Filmstudios entlang der Mauer. Manche davon waren länglich und flach, um Autos und Boote darin unterzubringen, aber es gab auch größere, bis zu drei Stockwerken hohe Gebäude im hinteren Teil des Geländes.

Pike steckte die .357er Python und die .45er Kimber ein, zog sein Sweatshirt aus und legte die kugelsichere Weste an. Er ließ den Jeep an der Straße zurück, kletterte über das Tor und trabte die Lagereinheiten vor der Mauer entlang. Zwei ältere Männer, die gerade einen Pick-up entluden, sahen ihm nach, doch er beachtete sie nicht weiter. Unnötig, denn er wäre längst über die Mauer verschwunden, bevor sie ihn melden konnten.

Als er hinter dem Wellblechgebäude auf dem Nachbargrundstück war, zog er sich aufs Dach des niedrigen Schuppens und spähte über die Mauer. Teile ausgeschlachteter Autos – Kotflügel, Verdecke, Kühlerhauben und Kofferraumklappen, Fahrgestelle, Antriebswellen und turmhoch aufgestapelte Reifen – waren über das Areal verteilt wie Quadrate auf einem Schachbrett, das von einem Raster schmaler Wege durchzogen war. Riesige Drahtrollen lagen herum, überwuchert von vertrocknetem Unkraut, das nach dem letzten Regen gewachsen war, um sofort wieder abzusterben.

Da Pike weder Wachposten noch Arbeiter sah, ging er auf der Mauerkrone entlang, um das Gebäude zu inspizieren. Zwar gab es eine Tür und mehrere Flügelfenster auf der Rückseite, aber die Fenster waren zu hoch, um an sie heranzukommen, und die Tür schien unbenutzbar zu sein. Darauf deutete zumindest die dicke Schmutz- und Staubschicht hin, die sie bedeckte. Weshalb Pike nach einen anderen Weg Ausschau hielt, um durch den Schrott einen Blick auf die vordere Seite des Gebäudes zu werfen. Erst dann ließ er sich von der Mauer herunterfallen, zog die Python und glitt zwischen die Schrottstapel.

Von seiner neuen Position aus konnte er das Büro, einen Teil des Parkplatzes mit der Kette quer über der Zufahrt sowie die Längsseite des Wellblechgebäudes einsehen. Eine Reihe Fenster zog sich über die obere Hälfte, was auf mehrere Zimmer im ersten Stock schließen ließ. Hinten stand ein großes Garagentor offen, durch das man in eine geräumige

Werkstatt voller Werkzeuge, Flaschenzüge und Fässer sehen konnte. Dort wurden wahrscheinlich abgeschleppte Autos und Trucks in ihre Einzelteile zerlegt. Ein Mann saß in dem offenen Tor auf einem Gartenstuhl, hatte Stöpsel für einen iPod in den Ohren und las Zeitung. An der Wand neben ihm lehnte eine schwarze Schrotflinte.

Pike schob sich hinter eine Reihe Kotflügel, die von mannshohem Unkraut überwuchert waren. Als er wieder in die Werkstatt sehen konnte, war der Mann von seinem Stuhl aufgestanden, unterhielt sich jetzt mit einem zweiten Mann, der im Tor aufgetaucht war. Der Erste nahm seine Schrotflinte, dann verschwanden beide.

Pike eilte zu dem Gebäude, drückte seinen Rücken flach gegen die Wand und sicherte die Werkstatt. Sie war leer. Darko würde entweder in den unteren Räumen hinter der Tür oder oben sein, aber Pike hatte es nicht unbedingt auf ihn abgesehen. Er hätte lieber erst den Mann auf dem Stuhl genommen und sich dann weiter nach oben vorgearbeitet. Jemand, der Darko nahestand, würde genügen, solange er ihm sagen konnte, was er wissen wollte.

Als Pike in die Werkstatt trat, hörte er das Baby schreien. Das abgehackte Wehklagen, das Babys von sich geben, verlor sich in dem Gebäude, hallte in dem großen Raum wider. Pike versuchte es zu lokalisieren. Es konnte von hinten oder von nebenan kommen, doch plötzlich merkte er, dass es durch eines der oberen Fenster zu ihm herunterdrang.

Er dachte über sein weiteres Vorgehen nach. Darko ins Visier zu nehmen wäre der logisch nächste Schritt, doch das Kind war oben. Weinte.

Pike fällte eine Entscheidung.

Eine Metalltreppe in der hinteren Ecke der Werkstatt führte ins Obergeschoss. Und auf diese Treppe steuerte Pike zu.

37

Die Treppe endete in einem langen, schmalen Flur, durch den Pike an der gesamten Länge des Gebäudes entlangsehen konnte. Die erste Tür stand offen, und die Babygeräusche wurden lauter. Daneben hörte Pike jetzt auch die genervte Stimme einer Frau. Er verstand ihre Sprache nicht, aber die schroffe Verärgerung in ihrem Ton entging ihm nicht. Es kam ihm vor, als sei die Frau mit einer Arbeit beschäftigt, die sie nur äußerst ungern verrichtete. Vom Ende des Flures hörte er Männerstimmen.

Pike holte tief Luft und betrat vorsichtig den Raum, wobei er sich so leise bewegte, dass die Frau ihn nicht bemerkte.

Sie hatte ein Baby mit flaumigem rotem Haar auf dem Arm, das sie zu beruhigen versuchte. Sie stand vor dem Fenster und versuchte, das Kind für etwas draußen zu begeistern. Pike schaute sich um. Sah einen Stubenwagen, einen kleinen Tisch mit einer himmelblauen Decke darauf und außerdem einen ramponierten alten Schreibtisch, auf dem sich Wegwerfwindeln und Gläser mit Babynahrung stapelten, dazu Feuchttücher, Watte und andere Dinge, die Babys so benötigten.

Pike gab ein leises Geräusch von sich, um die Frau auf sich aufmerksam zu machen. Als sie sich umdrehte, hob er die Waffe an seine Lippen.

»Psst.«

Die Frau erstarrte, und man hätte meinen können, sie habe aufgehört zu atmen. Ihre weiße Haut nahm einen ungesund bläulichen Ton an.

Pike flüsterte.

»Wessen Baby ist das?«

»Milos Jakovićs. Bitte, töten Sie mich nicht. Ich hab dem Kleinen nichts getan. Ich kümmere mich um ihn.«

Sie glaubte offensichtlich, er arbeite für Jaković und sei gekommen, um das Kind zu töten.

»Nicht sprechen«, sagte Pike. »Nicht bewegen.«

Das Baby sah Pike missbilligend an, die schneeweiße Stirn verzog sich wie ein zusammengeknülltes Taschentuch. Sein rotes Haar war flaumig und fein, und seine blauen Augen wirkten zu groß für den Kopf.

Pike trat an der Frau vorbei ans Fenster. Gut vier Meter bis auf den Hof. Der Aufprall würde ungefähr einer harten Fallschirmlandung entsprechen, aber Pike konnte den Sprung sogar mit Baby schaffen. Er würde den Aufprall abfedern, und dann über die Mauer wieder verschwinden.

Er steckte die Python ins Holster, wollte gerade das Fenster öffnen, als er ein Geräusch aus dem Flur hörte. Es war der Mann, der den Bewacher mit dem iPod aus seinem Stuhl aufgeschreckt hatte.

Jetzt brüllte er etwas und zog seine Pistole, doch Pike kam ihm zuvor, zerschmetterte seinen Kehlkopf und brach ihm das Genick.

Die Frau brüllte los und steckte mit ihrem Geschrei auch das Baby an, dessen Gesicht puterrot anlief. Pike riss sie an den Haaren zurück, musste aber zum Glück nicht mit ihr um das Kind kämpfen. Sie stieß es ihm in die Arme und rannte los, stolperte den Flur hinunter. Pike ging mit dem Baby wieder ans Fenster, aber jetzt liefen drei Männer in ihre Richtung, und einer zeigte hinauf zum Fenster.

Er trat zurück in den Raum und lauschte, hörte Schritte, Stimmen und eine zuschlagende Tür. Nichts auf der Treppe. Das bedeutete, sie redeten mit der Frau und würden einige Minuten brauchen, um sich darüber klar zu werden, wer er sein könnte und ob er allein war. Erst dann würden sie kommen. Von draußen würden Männer das Fenster sichern, ein Trupp würde die hintere Treppe heraufkommen, ein zweiter die näher gelegene Vordertreppe. Dann würden sie kämpfen.

Das Baby schrie, die winzigen Beinchen strampelten, Miniaturfäuste ballten sich zum Kampf, Tränen quollen aus fest zugekniffenen Augen.

Pike hob das Baby hoch, bis sie einander in die Augen sehen konnten.

»Junge.«

Das Schreien hörte auf, und die wütenden blauen Augen öffneten sich zu hässlichen Schlitzen.

Der Nahkampf würde laut und brutal sein, und Pike überlegte, wie er die Ohren des Kindes schützen konnte. Er erspähte die Watte auf dem Schreibtisch, riss etwas davon ab und stopfte es dem Baby in die Ohren. Es wehrte sich nach Leibeskräften und schrie noch lauter.

»Dürfte hier ganz schön laut werden, Kleiner. Halt durch.«

Pike hörte Bewegung auch in anderen Teilen des Gebäudes und wusste, dass sie kamen. Und dass sie schießen würden, um zu töten. Was bedeutete, dass er nicht mit dem Kind hier herumstehen durfte. Er riss eine Decke aus dem

Stubenwagen, wickelte das Baby darin ein und zog die untere Schublade des Schreibtischs auf. Zerrte alte Akten und Papiere heraus und legte das Baby hinein. Sofort hörte es auf zu weinen.

»Alles klar bei dir?«

Das Baby blinzelte.

»Gut.«

Pike schob die Schublade mit dem Baby darin zu und lief zur Tür zurück. Wahrscheinlich waren inzwischen Bewaffnete auf beiden Treppen, und es dauerte nur noch Sekunden, bis sie angriffen. Sie würden die blonde Frau befragen und sich einen Plan zurechtgelegt haben. Waren voller Zuversicht, dass sie Pike in der Falle hatten. Sie irrten sich. Pike griff an.

Er sprengte die Tür zur nächstgelegenen Treppe mit einem Schlag aus dem Rahmen und überrumpelte so die beiden Männer auf der Treppe. Sie reagierten nicht schnell genug, und Pike erschoss sie an Ort und Stelle. Aus der Werkstatt drang Gebrüll zu ihm herauf.

Er stürmte dennoch nicht nach unten, denn genau das erwarteten die Männer. Sie würden die Werkstatttür sichern, weil sie dachten, er würde sich dort herauskämpfen wollen. Wahrscheinlich würde ein Trupp vom hinteren Ende des Flurs im ersten Stock vorrücken, weil sie glaubten, ihn auf der Treppe festnageln zu können.

Konnten sie nicht. Pike war bereits fort.

Er musste über all diese Dinge nicht nachdenken, denn das hatte er schon vorher getan. Kannte die Spielzüge, noch bevor er das Baby in die Schublade legte, und war den Abläufen immer zehn Schritte voraus.

Peng, peng, zwei erledigt. Pike rannte wieder die Treppe hinauf, stützte sich in der Tür ab und war bereit, als die Tür am anderen Ende des Flurs aufging und zwei weitere Männer heranstürmten. Als Pike den ersten erschoss, fiel der andere zurück, trat die Tür zu, ließ seinen Partner stöhnend liegen. Pike jagte schnell drei Schuss in die Tür, damit sie auch geschlossen blieb, warf dann die Trommel der Python aus, leerte die Kammern und fütterte sie mit einem Schnelllader. Er wartete nicht, sah nicht nach dem Verwundeten, rannte bloß geduckt durchs Kinderzimmer und sprang aus dem Fenster. Die drei Männer, die er zuvor gesehen hatte, waren nicht mehr da, hatten sich von den Schüssen und dem Geschrei offenbar ins Haus locken lassen.

Pike landete auf Sand, lief sofort los und blieb immer in Vorwärtsbewegung. Geschwindigkeit war alles. Die Männer im Haus waren verwirrt. Sie wussten nicht, wo er war oder mit wie vielen Leuten sie es zu tun hatten. Also erhöhte Pike den Druck.

Er glitt in die Werkstatt, die er schon zuvor betreten hatte, nur dass jetzt vier Männer am Fuß der hinteren Treppe standen und sich auf die Tür konzentrierten. Pike schoss dem am nächsten Stehenden in den Rücken, ging in Deckung und erschoss einen zweiten. Die beiden verbleibenden Männer flohen und ballerten bei ihrem Rückzug blindlings auf Decke und Wände. Pike hörte in der Ferne Gebrüll und das Aufheulen von Motoren.

Ein kurzer Flur führte nach vorne. Pike arbeitete sich den Gang entlang, hörte wieder Motoren und kam in einen Raum mit Metallregalen und einer offenen Tür. Zum ersten Mal hielt er inne, nahm jedoch nur Stille wahr. Vorsichtig näherte er sich der offenen Tür. Der Schotterparkplatz war leer und von Darko und seinen Leuten nichts zu sehen.

Pike fand die vordere Treppe und lief in den ersten Stock. Er machte einen Schritt über den Toten am Kopfende der Treppe und näherte sich dem Geschrei. Arbeitete sich den Flur hinunter, sicherte jede Tür, bis er wieder am Ausgangspunkt angelangt war. Dort steckte er die Waffe ein und zog die Schublade auf.

Das Baby sah stocksauer aus. Die kleinen Fäuste schlugen um sich, die Beinchen strampelten, und das rote Gesicht war tränenüberströmt.

»Alles gut?«, fragte Pike.

Er hob das Baby heraus und drückte es an seine Brust, zog ihm die Ohrstopfen heraus. Heulen und Geschrei hörten sofort auf. Das Baby kuschelte sich an ihn. Pike streichelte ihm den Rücken.

»Das war's, Kumpel. Ich hab dich.«

Er ging zurück zur vorderen Treppe, dann hinunter und weiter in den Raum mit Ersatzteilen. Irgendwer würde die Polizei gerufen haben, und die war bestimmt schon unterwegs.

Pike war keine zwei Meter von der Tür entfernt, als Rina Marković aus der Werkstatt hereinkam. Sie hatte eine kleine schwarze Pistole in der Hand, aber es waren ihre Augen, die sie verrieten. Sie waren kalt und stumpf wie die Augen von totem Fisch auf Eis. Rina war Jakovićs Killer.

»Du hast ihn gefunden«, sagte sie. »Gut. Da ist Petar. Yanni, ich habe Petar.«

Yanni trat von draußen herein, nuschelte irgendwas auf Serbisch. Seine Waffe aus Edelstahl war auf Pike gerichtet, als könnte sie ihn sehen.

Pike wusste, dass er die größte Chance in der ersten Sekunde hatte. Er musste handeln, bevor sie die Initiative ergriffen. Pike wurde auf der Stelle aktiv.

Er wirbelte nach links, während er nach seiner Waffe griff, und schirmte das Baby mit seinem Körper ab. Pike rechnete damit, mindestens zwei Schüsse in den Rücken zu bekommen, bevor er das Feuer erwidern konnte, und hoffte auf seine kugelsichere Weste. Wenn die ersten Schüsse ihn nicht töteten oder lähmten, würde er sie wohl besiegen können. Selbst mit einer Verwundung.

Pike hörte den Schuss nicht, den Yanni abfeuerte, aber der Aufprall der Kugel in seinem Rücken ließ ihn taumeln. Trotzdem gelang es ihm, seine Waffe zu ziehen und sich zum Schießen umzudrehen, als Jon Stone in der Tür auftauchte. Er rammte Yanni das M4 vor den Kopf, sodass der kräftige Mann zu Boden ging, während Cole die Frau von hinten erwischte, ihr die Waffe abnahm und sie auf den Boden warf, mit wildem Blick und weit aufgerissenen Augen.

»Alles okay bei dir?«, fragte Cole.

Pike sah nach dem Kind, das so laut schrie, als hätte es einen Schlaganfall.

Petar war in Ordnung.

»Bei uns ist alles gut.«

»Dann nichts wie weg hier«, sagte Stone.

TEIL 4

BESCHÜTZER

38

Sie verzurrten Yanni und Rina mit Plastikfesseln und schleiften dann beide hinaus zu den Autos. Beeilten sich, das Gelände zu verlassen, bevor die Polizei eintraf. Pike hatte das Baby auf dem Arm, das wie am Spieß schrie, und auch Rina kreischte.

»Ist nicht so, wie ihr denkt. Petar gehört mir. Ich habe nur versucht, ihn zu retten ...«

»Schnauze!«

Stones Rover stand auf dem Parkplatz. Sie verfrachteten Yanni unsanft im Heck während Cole Rina auf den Rücksitz schob und hinter ihr einstieg.

»Rauf in den Canyon«, sagte Pike. »Angeles Crest. Jon?«

»Ich weiß, wo.«

Cole streckte die Hände nach dem Jungen aus.

»Komm, ich nehm ihn dir ab.«

»Ich hab ihn.«

»Wie willst du fahren? Du allein?«

»Fahrt.«

Stone raste los, bevor die Tür zu war, schleuderte Schotter und Staub auf.

Pike rannte zu seinem Jeep, und als er sich Richtung Berge in den Verkehr einfädelte, sah er die entgegenkommenden

Streifenwagen. Die alten Knaben in Mom's Basement beobachteten, wie er abzischte. Eine Viertelmeile später rasten drei Wagen des Sheriffs heran, und Pike fuhr wie alle anderen rechts ran. Das Kind hatte Angst und schrie. Der kleine Kerl tat Pike leid. Er hob ihn an seine Schulter und tätschelte ihm den Rücken.

»Alles in Ordnung, Kumpel, alles wird gut.«

Sie fuhren unter dem Foothill Freeway hindurch und dann weiter hinauf in den Little Tujunga Wash. Die Straße führte in einem stetigen Auf und Ab am Grund der Schlucht entlang, und irgendwie schien die Bewegung den Jungen zu beruhigen. Er hob den großen Kopf und schaute sich um.

Pike fuhr exakt sechs Komma zwei Meilen den Canyon hinauf, bevor er auf eine unbefestigte Schotterstraße abbog. Er kannte die Entfernung, weil er diese Strecke oft fuhr, um mitten im Nirgendwo Waffen zu testen, die er repariert oder selbst gebaut hatte, und folgte der Schotterstraße weitere zwei Komma drei Meilen über eine sanfte Anhöhe hinweg. Auf dem flachen Scheitel des Berges stand wartend der Rover. Stone und Cole waren bereits ausgestiegen. Yanni lag bäuchlings auf dem Boden, und Rina saß im Schneidersitz neben ihm, die Hände immer noch auf dem Rücken gefesselt.

Als Pike neben den Rover fuhr, knirschte es unter seinen Reifen, denn der felsige Boden war übersät mit Tausenden Patronenhülsen. Vielleicht Hunderttausenden. Oder Millionen. Die meisten so alt, dass ihr einst glänzendes Messing schwarz angelaufen war.

Cole kam herüber, als Pike mit dem Jungen ausstieg, und bedachte ihn mit einem schiefen Lächeln.

»Wir könnten als professionelle Babysitter durchgehen. Wie ich höre, kann man damit gutes Geld machen.«

»Er ist laut.«

Der Kleine krümmte den Rücken und drehte sich, um Cole anzusehen. Der wackelte mit einem Finger und machte ein Gesicht wie ein Fisch.

»Süßer Bengel.«

Das Baby ließ einen fahren.

Pike sah zu Yanni und Rina hinüber und senkte die Stimme.

»Ist sie die Mutter?«

»Nichts von alldem stimmte. Sie arbeiten für Jaković. Ich weiß nicht, wer seine Eltern sind, aber sie ist definitiv nicht die Mutter. Vielleicht hat Grebner ja die Wahrheit gesagt.«

»Ist Darko der Vater?«

»Ich weiß nur, dass sie nicht die Mutter ist. Ana hat einer Freundin namens Lisa Topping erzählt, Rina könne nach einer Verletzung keine Kinder mehr bekommen. Wahrscheinlich hat sie deshalb ihre Schwester so sehr beschützt. Das ist der einzige Teil von Rinas Geschichte, der stimmt.«

Pike beobachtete Rina, während Cole schilderte, was er wusste und woher. Rina hatte die Wahrheit gesagt, was Ana und ihre Beziehung zueinander sowie ihre Tätigkeit als Prostituierte für die serbische Mafia betraf. Nur arbeitete sie für Jaković, nicht für Darko. Im Übrigen hatte Rina Marković bei so ziemlich allem gelogen, aber sie hatte es gut gemacht. Hatte ihre Lügen mit Wahrheit vermischt, wie es die besten Lügner tun. Pike deutete mit dem Kopf auf Yanni.

»Was ist mit ihm?«

»Sein richtiger Name ist Simo Karadivik, ursprünglich aus

Vitez. Das ist die Heimatstadt von Jaković. Yanni hier – Karadivik – ist einer von Jakovićs Vollstreckern. Er wurde dreimal in Vitez verhaftet und zweimal hier in Los Angeles. Allerdings unter seinem richtigen Namen. Deshalb hat sich auch nichts ergeben, als ich den Namen Janic Pević überprüfte. Ein Janic Pević existiert nicht.«

Pike erkannte, dass er noch einen weiten Weg vor sich hatte, bis das Kind in Sicherheit war. Alles, was er zu wissen glaubte, war gelogen, und die einzige Wahrheit schien die zu sein, dass Darko und Jaković sich hassten und bereit waren, dafür ein zehn Monate altes Kind umzubringen. Pike spürte, dass er damit etwas anfangen konnte und streichelte dem Baby über den Rücken.

»Heißt er wirklich Petar?«

»Ich weiß es nicht.«

Pike betrachtete Rina und Yanni, während er dem Kind weiter den Rücken tätschelte. Rinas Beine zuckten, als brenne ein nervöses Feuer in ihrem Bauch. Yannis Gesicht war erschlafft, und er wirkte müde, doch seine Augen huschten wachsam von Pike zu Stone und weiter zu Cole wie wieselflinke Frettchen. Sie hatten Angst. Das war gut. Pike wollte, dass sie Angst hatten.

Das Baby zitterte, und einen Moment später registrierte Pike einen intensiven Geruch.

»Er hat sich in die Windel gemacht.«

»Woher weißt du das?«

»Ich hab's gespürt und kann es auch riechen.«

Pike dachte kurz nach.

»Wir müssen ihm ein paar Sachen besorgen. Und etwas zu essen. Er wird bald Hunger haben.«

Cole kam heran und stellte sich vor Pike, versperrte ihm die Sicht auf Rina und Yanni.

»Ist das dein Ernst? Wir können dieses Baby nicht behalten.«

»Ich werde es behalten, bis es in Sicherheit ist.«

»Ich kenne Leute beim Jugendamt. Die werde ich anrufen.«

»Sobald er in Sicherheit ist.«

Pike rieb dem Kleinen den Rücken und hielt ihn mit ausgestreckten Armen Cole hin.

»Nimm ihn, okay? Ihm wird kalt. Besorg, was immer er braucht. Wir treffen uns später bei dir im Haus. Du kannst meinen Jeep nehmen. Ich fahre mit Jon.«

Cole warf einen fragenden Blick auf Yanni und Rina, und Pike sah, dass er sich Sorgen machte.

»Was wirst du mit denen machen?«

»Sie benutzen.«

»Wofür?«

»Um mich mit Jaković zu treffen. Ich habe schließlich etwas, das er will.«

Cole schaute Pike einen Moment lang an, dann nahm er das Baby. Pike rührte sich nicht von der Stelle, bis der Jeep verschwunden war. Erst als Cole fort war und er ihn nicht mehr sehen konnte, ging er zu seinen Gefangenen hinüber. Er nahm Yannis Arm, und gemeinsam mit Stone zog er den schweren Mann in eine sitzende Position hoch. Yanni vermied den direkten Blickkontakt, aber Rina straffte die Schultern.

»Ihr macht einen schweren Fehler. Petar gehört zu mir. Warum sind wir gefesselt?«

Pike sagte nichts. Es hatte keinen Sinn. Er war schon so vielen Menschen über den Weg gelaufen, die die abscheulichsten Gräueltaten begangen hatten und weiter begehen würden. Nichts davon machte noch Eindruck auf ihn. Hier waren diese Frau, die beinahe ein Kind ermordet hätte, und dieser Mann namens Jaković, der ihr höchstwahrscheinlich die Befehle erteilte, und dann noch Darko, für den dasselbe galt. Lauter Menschen, die bereit waren, ganz schreckliche Dinge zu tun.

Pike reckte seinen Rücken an der Stelle, wo Yanni auf ihn geschossen hatte. Es tat weh. Wahrscheinlich war beim Aufprall eine Rippe gebrochen.

»Wessen Baby ist das?«

»Meins!«

»Nein, nicht deins.«

»Ich sag die Wahrheit. Was glaubst du denn, was hier passiert? Warum benehmt ihr euch so?«

Stone stieß Yanni mit dem M4 an.

»Vielleicht weil dieses Arschloch auf ihn geschossen hat.«

»Das war ein Irrtum. Er war durcheinander.«

Pike sah Yanni an.

»War der Schuss ein Irrtum, Simo?«

Yannis Lider flatterten bei der Erwähnung seines richtigen Namens.

»Ich war durcheinander. Wer ist dieser Simo?«

»Ein Soldat von Milos Jaković. Aus Vitez.«

»Das bin ich nicht.«

»Wir haben deine Fingerabdrücke überprüft, Simo. Wir wissen Bescheid.«

Rinas Stimme wurde lauter.

»Ich weiß nicht, warum du solche Sachen sagst. Ich bin die Mutter...«

Pike zog die .357er, hielt sie Yanni an den Kopf und drückte ab. Die Explosion hallte als Echo von den umliegenden Bergen wider, als habe sie die Schallmauer durchbrochen. Rina wich seitlich weg und schrie auf, aber Yanni sackte einfach in sich zusammen.

Jon Stone sagte: »Autsch!«

Pike spannte den Hammer erneut, doch er musste Rina nicht noch einmal fragen. Sie spuckte die Worte aus wie heiße Lava.

»Nein, nein, nein, nein – es ist nicht meins, das stimmt. Der Kleine gehört Milos. Deshalb hat Darko ihn entführt. Das ist die Wahrheit.«

»Du arbeitest für Jaković?«

»Ja!«

»Jaković ist der Vater?«

»Nein, nein! Der Großvater! Er ist der Großvater von dem Jungen!«

Diese Leute logen so oft, dass sie die Wahrheit vielleicht längst vergessen hatten.

»Wo ist der Vater des Jungen?«

»Er ist tot! In Serbien! Der Junge ist hier, weil er sonst niemanden mehr hat. Seine Mutter ist ebenfalls tot.«

Die neueste Version der Geschichte wurde heruntergerasselt, aber diesmal glaubte Pike sie. Milos Jakovićs wirklicher und einziger Sohn Stevan war als Zweiundvierzigjähriger in einem serbischen Gefängnis eingesperrt gewesen und hatte Petar bei einem offiziell erlaubten Besuch seiner Frau gezeugt. Erst starb die Mutter bei der Geburt, und zwei Monate später der Vater des Jungen. Er wurde in seiner Zelle von einem bosnischen Kroaten ermordet, der eine Haftstrafe wegen eines Massakers an zweiundsechzig bosnischen Moslems im Konzentrationslager Luka verbüßte. Damit war Petar Jaković der einzige noch lebende männliche Erbe des alten Mannes, der ihn deshalb in die Vereinigten Staaten bringen ließ.

»Als Milos herausfand, was Michael vorhatte«, erzählte Rina weiter, »sagte er, wir müssten das Baby verstecken. Er hat mir und Yanni Petar gegeben, und ich habe ihn zu Ana gebracht. Dann hat Michael ihn entführt, und Milos befahl uns, den Jungen zu finden und es ihnen zeigen.«

Es ihnen zeigen. Den eigenen Enkel ermorden, um es ihnen zu zeigen.

Stone spuckte in den Sand.

»Scheißkandidat für den Opa des Jahres! Weißt du was? Ich will den Wichser nur noch umlegen – ihn mit einem Scheißmesser abmurksen.«

Pike überlegte, was er jetzt noch zu tun hatte. Er musste den Jungen beschützen und den Mann finden, der Frank ermordet hatte, sowie dreitausend Kriegswaffen aufspüren. In dieser Reihenfolge.

»Wo ist Jaković? Jetzt, in diesem Moment, wo ist er?«

»Auf seinem Schiff. Er hat ein Schiff.«

»Wo?«

»Im Hafen.«

»Kannst du ihn erreichen? Ihn anrufen?«

»Ja! Er ist nicht wie Michael. Er versteckt sich nicht.«

Pike riss sie hoch auf die Beine, schnitt die Plastikfessel durch, befreite ihre Handgelenke.

»Gut. Wir werden ihn besuchen.«
»Wie gottverdammt geil«, sagte Stone.
Pike führte Rina zum Rover. Er hatte jetzt etwas, das beide Männer wollten, und ein Plan begann Kontur anzunehmen.

39

Die lange Fahrt von Angeles Crest nach Marina del Rey gab Pike ausreichend Zeit herauszufinden, was Jaković wusste. Rina hatte ihm von Pike erzählt, von seiner Beziehung zu Frank Meyer und von seinen Plänen. Pike fand, dass es gut so war. Jakovićs Vertrautheit mit ihm würde seinen Schachzug glaubwürdiger erscheinen lassen, zumal angesichts dessen, was Jon Stone über die Waffen erfahren hatte.

»Weiß er, dass ich Darko auf dem Schrottplatz aufgespürt habe?«

»Ja. Ich habe es ihm gesagt, nachdem du gegangen bist.«

»Weiß er, dass du mir mit Yanni gefolgt bist?«

»Ja. Das hat er uns befohlen.«

Was bedeutete, dass sich Jaković jetzt fragte, wie es ausgegangen sein mochte, und mit Rinas Anruf rechnete. In Anbetracht der vielen Zeit, die inzwischen verstrichen war, musste ihm klar sein, dass etwas schiefgelaufen war. Aber auch das war für Pike okay.

Die Hochhäuser mit Eigentumswohnungen, die den Hafen säumten, wurden größer, je näher sie kamen. Dann endete die Autobahn, und sie fuhren vorbei an Restaurants, Schiffsmaklerbüros und atemberaubenden Wohntürmen aus grünem Glas.

Rina kannte den Namen seiner Yacht nicht, wusste jedoch, wo sie vor Anker lag.

»Zeig's mir«, sagte Pike.

»Wie soll ich sie dir zeigen? Wir sind noch nicht im Yachthafen. Er muss uns erst reinlassen.«

Das Hafenbecken war zwar von Restaurants und Hotels umgeben, die für die Öffentlichkeit zugänglich waren, aber die Anlegestellen waren durch hohe Zäune, elektrische Tore und Überwachungskameras geschützt. Außerhalb der Zäune gab es Fußwege, sodass Besucher die Schiffe bewundern konnten, doch für den direkten Zugang benötigte man einen Schlüssel oder eine Zahlenkombination. Rina dirigierte sie zur anderen Seite des Hafens auf eine Straße, die ins Meer hinausführte und an der die Yachten vor Anker lagen. Es war, als würde man auf eine lange, schmale Insel fahren. An deren äußerstem Ende stand ein Hotel.

»Es liegt hinter dem Hotel«, sagte sie. »Bei den anderen großen Schiffen.«

Stone rollte langsam über den Hotelparkplatz, bis sie an eine Stelle gelangten, die einen Blick auf die Yachten erlaubte. Rina suchte die Schiffsreihen ab, und schließlich streckte sie den Arm aus.

»Das da. Das blaue Schiff. Siehst du es da hinten, ganz am Ende? Das dunkelblaue.«

Stone machte ein finsteres Gesicht, als er die Yacht sah.

»So ein gottverdammter Scheißkerl lebt auf so einem Schiff. Am liebsten würde ich das Drecksding an Ort und Stelle versenken. Es auf Grund legen.«

Pike schätzte die Länge des Bootes auf gut vierundzwanzig Meter, eine Motoryacht aus Glasfaser und Stahl, mit Dieselaggregaten sowie einem dunkelblauen Rumpf und cremefarbenen Decks. Die Schiffe waren nach Größe geordnet, und dieses ankerte bei den längsten am Ende des Kais. Sein Bug zeigte zum Kanal. Pike sah niemanden auf Jakovićs Yacht, zählte jedoch sieben Leute, die sich auf Schiffen in der Nähe befanden. Zeugen waren gut.

»Bring uns zurück zum Tor, Jon.«

Als sie das Tor erreichten, gab Pike Rina das Telefon. Er hatte sie bereits angewiesen, was sie sagen sollte und auf welche Weise.

»Vergiss nicht – du bleibst am Leben, solange du kooperierst.«

Rina telefonierte.

»Ich bin's. Ich muss mit ihm sprechen.«

Sie warteten fast drei Minuten, dann nickte sie. Der alte Mann war am Telefon.

»Nein, wir haben ihn nicht. Nein, Michael auch nicht. Pike hat den Jungen. Ja, er hat jetzt den Jungen, aber Michael ist entkommen. Du musst mir zuhören ...«

Pike konnte eine Männerstimme am anderen Ende der Leitung hören. Sie redete einfach weiter.

»Wir sind am Tor, Milos. Er ist auch hier. Pike.«

Sie warf Pike einen kurzen Blick zu.

»Er sitzt neben mir. Er will dich sehen.«

Sie schaute fort.

»Ich kann nicht. Wenn ich Serbisch spreche, bringt er mich um.«

Noch ein Blick.

»Yanni ist tot.«

Pike nahm das Telefon.

»Ich habe ihn erschossen. Das Gleiche werde ich mit Michael Darko machen, doch dazu brauche ich Ihre Hilfe.«

Mehrere Sekunden Schweigen am anderen Ende der Leitung, dann sprach die Männerstimme wieder.

»Geh zum Tor. Wir drücken dir auf.«

Als Pike ausstieg, sagte Stone: »Versenk das Scheißding. Leg es auf Grund.«

So war Jon.

Pike war noch keine dreißig Sekunden am Tor, da hörte er, wie das Schloss aufschnappte. Er ging hindurch, dann weiter eine lange Rampe hinunter zum Kai, dem er die Reihe der Yachten entlang folgte. Der Himmel begann sich zu verfärben, aber noch war der Nachmittag hell und Leute waren unterwegs.

Zwei kräftige Männer warteten auf ihn. Der eine auf einem niedrigen Achterdeck, das am Heck vorsprang, der andere auf einer kurzen Treppe des Oberdecks. Sie trugen Tommy-Bahama-Hemden und waren ziemlich fett, sahen trotzdem ganz schön hart aus mit ihren wachsamen Gesichtern und den dunklen Augen. Pike gelangte zu dem Schluss, dass es sicherer war, an Deck im Freien zu bleiben. Niemand würde auf ihn schießen, wenn so viele Leute in der Nähe waren, und Pike konnte sich nicht vorstellen, dass einer oder beide Männer ihn mit bloßen Händen erledigen konnten.

Ein Mann von Anfang bis Mitte siebzig mit beginnender Glatze saß an einem kleinen runden Tisch auf dem Oberdeck. Früher musste er mal groß und kräftig gewesen sein, aber mittlerweile hing seine Haut an ihm herab, als sei sie zu groß für ihn. Sobald Pike stehen blieb, winkte er ihn an Bord.

»Kommen Sie her. Lassen Sie hören, was Sie zu sagen haben.«

Er sprach ohne erkennbaren Akzent. Wahrscheinlich, weil er schon lange in den Staaten lebte.

Pike ging an Bord. Der Mann auf dem Unterdeck machte Anstalten, ihn zu durchsuchen, aber Pike schob seine Hand beiseite.

»Ich bin nicht hier, um zu schießen. Wenn ich schießen wollte, hätten wir euch nicht vorgewarnt.«

Der fette Bodyguard sah nach oben, und der Alte winkte wieder.

»Kommen Sie her. Ist in Ordnung.«

Pike stieg zum Oberdeck hinauf, setzte sich jedoch nicht zu Milos Jaković an den Tisch und wurde auch nicht dazu aufgefordert. Durch eine Glasschiebetür konnte er in einen Salon sehen, in dem sich eine junge Frau befand, die vor dem Fernseher saß. Nackt.

»Okay«, sagte Jaković. »Dann lassen Sie mal hören. Was ist das für eine Geschichte mit Michael Darko, und warum sollte ich Ihnen helfen?«

»Dreitausend Kalaschnikows«, sagte Pike.

Jaković klopfte auf den Tisch. Sein Finger war das Einzige an ihm, das sich bewegte. Kopf, klopf, klopf. Er schüttelte den Kopf.

»Ich weiß nicht, wovon Sie da reden. Diese Waffen, soll das ein Witz sein?«

Er hatte Angst, dass Pike verdrahtet war. Also hob Pike seine Arme und streckte sie zur Seite aus.

»Wir müssen Klartext reden. Lassen Sie mich von Ihrem Aufpasser durchsuchen.«

Jaković dachte kurz darüber nach, ging dann um den Tisch herum und stellte sich ganz dicht vor ihn. Er wollte Pike selbst filzen.

»Eine an der rechten Hüfte«, sagte Pike. »Eine zweite am linken Knöchel. Sie können sie anfassen. Aber falls Sie versuchen, eine davon zu ziehen, werde ich Sie damit umbringen.«

Jaković beugte sich noch dichter heran. Er roch nach Zigarren.

»Sie haben ja echt Eier, mir das auf meinem eigenen Schiff zu sagen.«

Jaković ließ seine Hände über und unter Pikes Kleidung gleiten. Er tastete unter den Armen, den Rücken runter und in Pikes Hose hinein. Seine Suche war gründlich. Er betastete sogar die Genitalien, was Pike kommentarlos geschehen ließ, arbeitete sich die Beine hinunter, inspizierte Pikes Schuhe. Dann kehrte er zufrieden an den Tisch zurück.

»Okay«, sagte er. »Reden wir Klartext.«

»Wissen Sie, warum ich Michael Darko töten werde?«

»Wegen Ihres Freundes.«

»Ja. Mein Freund und ich waren militärische Dienstleister. Verstehen Sie den Ausdruck? Söldner.«

»Ich weiß. Das Mädchen hat es mir gesagt.«

»Hat mein Freund Ihnen geholfen, die Gewehre zu kaufen?«

Pike hatte bereits darauf gebrannt, diese Frage zu stellen.

»Ich kannte diesen Mann nicht. Rinas Schwester hat bei ihm gearbeitet. Das ist alles, was ich wusste.«

»Hat er Ihnen geholfen, sie zu verkaufen?«

»Nein und noch mal nein. Ich wusste nichts von diesen Leuten. Kannte nicht mal ihre Namen.«

Pike ließ sich seine Erleichterung nicht anmerken. Frank war sauber. War es immer gewesen, würde es immer sein.

»Habe ich auch nicht angenommen. Andernfalls hätten Sie nämlich auch einen Käufer gehabt.«

Jaković versuchte, beleidigt zu tun.

»Ich habe viele Käufer.«

»Wenn Sie einen hätten, wären die Gewehre längst weg, und Darko hätte nichts mehr, um gegen Sie Druck auszuüben. Sie brauchen einen Käufer, haben aber keine Ahnung vom Waffengeschäft. Ich will das Zeug kaufen, und ich kann Darko beseitigen. Kann ihn für Sie töten oder ihn an Sie ausliefern, damit Sie ein Exempel an ihm statuieren können. Was Ihnen lieber ist.«

Milos Jaković räusperte sich. Er rieb sich das Auge, räusperte sich erneut.

»Das habe ich nicht erwartet.«

»Nein. Wahrscheinlich weiß ich mehr über die Waffen als Sie. Sie wurden von indonesischen Piraten von einem Containerschiff gestohlen, das von Kowloon nach Pjöngjang unterwegs war. Es sind neue, vollautomatische Waffen, noch in der Originalverpackung, werden allerdings wegen der Art und Weise, wie sie auf den Markt gekommen sind, nicht leicht zu verkaufen sein.«

Jaković wirkte genervt.

»Woher wissen Sie das alles?«

»Sie sind in dieser Branche ein Anfänger. Ich bin ein Profi. Die Nordkoreaner wollen die Waffen immer noch, werden aber nicht dafür bezahlen – sie würden das als Erpressung ansehen. Die Chinesen wollen sie zurückhaben, werden jedoch die Leute umbringen, die sie gestohlen haben. Sie haben bereits verlauten lassen, dass sie jeden, der die Waffen kauft, als Mittäter ansehen werden. Und sie wollen doch nicht wirklich, dass die Chinesen hier im Yachthafen aufkreuzen und alles aufmischen, oder?«

Jaković schürzte die Lippen, malte sich vermutlich eine chinesische Invasion aus.

»Ich will sie kaufen«, sagte Pike. »Wenn Sie einverstanden sind, lege ich Darko und Ihren Enkel als Anreiz drauf.«

»Über welche Summe reden wir hier?«

»Dreitausend Gewehre, fünfhundert pro Stück, das macht eins Komma fünf Millionen. Allerdings nur, wenn sie vollautomatisch sind und keine Rost- oder Korrosionsspuren aufweisen. Ich werde jede einzelne Waffe prüfen – nicht drei oder vier, sondern alle dreitausend. Falls Schlösser oder Verschlussgehäuse fehlen, werde ich sie trotzdem kaufen, dann allerdings zu einem geringeren Preis.«

Pike wandte kein einziges Mal seinen Blick ab und unterbreitete sein Angebot so geschäftsmäßig und sachlich, wie er nur konnte.

»Das ist nicht genug.«

»Es ist mehr, als Sie sonst bekommen werden. Und bei mir kriegen Sie zusätzlich Darko.«

Wieder leckte sich Jaković über die Lippen, und Pike sah, dass er nachdachte. Natürlich wusste der Alte genau, wovon Pike sprach, hatte aber Angst, das Angebot anzunehmen. Allerdings war er verzweifelt genug, um es in Erwägung zu ziehen.

»Haben Sie das Geld in bar?«

»Ich kann es morgen um diese Zeit haben und Ihnen die Hälfte des Geldes vorher zeigen. Die andere Hälfte bekommen Sie, wenn ich die Ware in Empfang nehme.«

Jaković verschränkte die Arme. Noch sträubte er sich, konnte aber sein Interesse nicht verhehlen.

»Und wie lieferst du mir Michael?«

»Du kriegst ihn, solbald ich die Waffen abhole. Er will die Gewehre schließlich ebenfalls. Allerdings werde ich eines brauchen, um ihn zu überzeugen. Ohne ihm zu sagen, dass Ihre Leute warten. Danach gehört er Ihnen, und Ihre Probleme sind Geschichte.«

Jaković hatte sich fast entschieden.

»Geben Sie mir Ihre Telefonnummer. Ich werde Ihnen irgendwann morgen Bescheid geben.«

»Warten Sie nicht zu lange. Ich kann das Geld nur während der normalen Geschäftszeit besorgen.«

Pike gab ihm seine Mobilnummer und verließ das Schiff, ohne noch einen Blick zurückzuwerfen. Er passierte das Tor und stieg wieder in den Rover.

Stone sah enttäuscht aus.

»Ich hab keine Explosion gehört.«

Pike ging nicht darauf ein. Er dachte immer noch über Jaković nach und darüber, wie sein Plan sich entwickelte. Eine der grundlegenden Gefechtsregeln lautete, dass alle Schlachtpläne sich ändern und der Sieger für gewöhnlich der war, der die Änderungen erzwang.

»Kommst du an eine chinesische AK heran? Neu, noch originalverpackt?«

»So eine wie die, über die wir hier reden? Klar. Sind jede Menge in Umlauf.«

»Muss aber eine chinesische sein. Und auch keine für den zivilen Gebrauch umgebaute Waffe. Ich will ein klassisches Sturmgewehr.«

Stone zuckte die Achseln.

»Ich kenne da einen Typen, der einen Typen kennt ...«

»Ruf ihn an. Und jetzt statten wir Grebner einen Besuch ab.«

Stone machte den Anruf, während er fuhr.

40

Diesmal war nur ein einziger Wachposten da. Ein kleiner, muskulöser Mann, der mit mürrischem Gesicht Grebners Tür öffnete und keine Gelegenheit hatte, auch nur einen Ton zu sagen. Pike hielt ihm den Mund zu, entwaffnete ihn und zwang ihn vor sich her durchs Haus. Emile Grebner war auf der Toilette, als er ihn fand. Pike befahl dem Bodyguard, sich auf den Bauch zu legen, und Grebner, im Scheißhaus zu bleiben. Es ist schwer, sich schnell zu bewegen, wenn einem die Hose um die Knöchel hängt.

»Ruf Darko an«, sagte Pike. »Ich hab jetzt den Kleinen. Und das ändert manches.«

»Was meinst du mit ändern?«

»Ich komme an Milos Jaković ran, und das heißt, an seine Gewehre. Für ein Drittel der Gewehre werde ich Jaković an Darko verkaufen – zweitausend Gewehre für ihn, tausend für mich.«

»Du willst ihn verkaufen? Wovon redest du?«

»Es bedeutet, dass Darko seinen Konkurrenten loswird, sofern er und ich unsere Meinungsverschiedenheiten beilegen können. Ich habe in deinem Wohnzimmer meine Telefonnummer auf den Boden geschrieben. Sag Darko, er soll anrufen.«

»Die Gewehre, hast du sie?«

»Sag Darko, er soll anrufen. Wenn er es nicht tut, wird Jaković die Waffen an jemand anderen vertickern, und dann kann er sich von seinem Deal mit den Armeniern verabschieden.«

Pike verließ das Haus und brachte Stone auf den aktuellen Stand, während sie zu Cole weiterfuhren. Der Jeep und Coles Corvette standen nebeneinander im Carport. Sie parkten in der Einfahrt, blockierten beide Autos, und Pike betrat das Haus durch die Küche. Stone klebte an Rina, als ob sie versuchen könnte abzuhauen.

Cole hielt das Baby auf dem Arm und sah sich die Lakers an. Er hatte alles Nötige besorgt. Etwas zu essen für den Kleinen. Pampers und Cremes und Löffelchen. Pike lächelte, als er den ganzen Kram entdeckte.

Cole stand auf, als er sie bemerkte, und zog fragend die Augenbrauen hoch, weil er vier Personen erwartet hatte. Yanni fehlte.

»Ich hab ihn erschossen.«

»Ich muss auf die Toilette«, sagte Rina.

»Jon.«

Stone brachte sie ins Bad. Er ging mit ihr hinein und ließ die Tür offen. Sie beschwerte sich nicht.

Cole kam mit dem Baby herüber. Der Kleine drehte seinen großen Kopf, sah Pike und lächelte. Klatschte begeistert in die Hände.

»Er will dich«, meinte Cole.

Pike nahm den Jungen und lehnte ihn an seinen Brustkorb.

Cole senkte die Stimme, damit Rina ihn nicht hören konnte.

»Was ist passiert?«

Pike erzählte, was er derzeit für die Wahrheit hielt, und beschrieb das Spiel, das er jetzt mit Jaković und Darko spielte.

»Ich werde Walsh anrufen müssen. Sobald sie Yannis Wagen oben in Lake View finden, werden sie wissen, dass er am Tatort war. Wenn dann noch die Leichen vom Schrottplatz identifiziert sind und sich herausstellt, dass alle mit dem organisierten Verbrechen zu tun haben, wird die Polizei sich auf die Sache stürzen. Deshalb brauche ich Walshs Rückendeckung, und ihre Hilfe, um die Sache durchzuziehen.«

»Ich glaube nicht, dass sie bei einem Krieg mitmacht.«

»Aber bei dreitausend Kriegswaffen. Sie wird sie bekommen und dazu den Mann, der ihren Agenten umgebracht hat.«

Pike herzte das Baby. Der Kleine lachte und zog Pike die Sonnenbrille ab. Der Letzte, der das getan hatte, handelte sich einen dreiwöchigen Aufenthalt im Krankenhaus ein. Der Kleine wedelte damit, als wäre es eine Rassel.

»Was ist mit dem Baby?«, fragte Cole.

Pike kitzelte den Kleinen wieder und ließ es zu, dass er ihn schlug. Er war fasziniert von seinen Augen. Pike fragte sich, was der Junge wohl sah und warum er so viel Spaß an solchen Dingen hatte.

»Er braucht jemanden, der sich um ihn kümmert.«

»Und das bist du?«

»Nicht ich, irgendwer. Jeder braucht jemanden.«

»Sogar du?«

Pike betrachtete seinen Freund für einen Moment, dann nahm er behutsam die Brille wieder an sich. Er setzte sie nicht auf. Der Junge schien ihn ohne sie mehr zu mögen.

Sie fesselten Rina in Coles Gästezimmer mit Handschellen ans Bett, dann improvisierten sie ein Kinderbettchen im Wohnzimmer. Dem Jungen schmeckte das Essen nicht, das Cole gekauft hatte, also machten sie Rühreier. Die mochte er.

Pike rief an diesem Abend um genau zehn nach neun Kelly Walsh an, blieb aber vage. Sagte ihr, er werde möglicherweise bald wissen, wo sich die Waffen befinden, und versprach, sie am nächsten Tag wieder anzurufen. Tatsächlich wollte er sich mit dem Anruf bloß vergewissern, dass er sie erreichen konnte, falls er von Jaković oder Darko hörte. Wenn einer von ihnen auf das Angebot ansprang, würde er schnell handeln müssen, und es war wichtig, dass Walsh dann ebenfalls schnell handelte.

Später ging Cole joggen, während Pike und Stone beim Baby blieben. Der Kleine krabbelte auf dem Boden herum, wurde jedoch schnell müde und schien ziemlich unleidlich zu sein, wenn Pike ihn nicht auf den Arm nahm. Also tat er ihm den Gefallen, und nach ein paar Minuten schlief er ein. Pike hielt sein Telefon griffbereit, aber niemand rief an.

Stone ließ sich unterdessen volllaufen und pennte mitten auf dem Boden ein. Woraufhin Pike ihn weckte und sagte, er solle im Auto schlafen. Er wollte nicht, dass sein Schnarchen den Kleinen störte.

Angeschlagen brummte Stone: »Ich muss zu dem Burschen.«

Eine Stunde später kehrte Cole zurück und bot sich an, auf das Baby aufzupassen, falls Pike ebenfalls eine Runde laufen wollte. Doch der Kleine schlief immer noch an dessen Schulter, und Pike mochte ihn nicht wecken.

Cole machte das Licht aus und ging nach oben, um zu

duschen. Wenige Minuten später hörte Pike, dass er sich schlafen legte, und dann wurde das letzte Licht gelöscht. Das war's für diesen Tag. Pike lauschte, wie das Haus zur Ruhe kam, und rührte sich immer noch nicht.

Irgendwann nach zwei an diesem Morgen schob sich eine dünne Wolkenschicht vor den Vollmond und tauchte den Raum in ein bläuliches Licht. Pike hielt den Jungen jetzt seit fast drei Stunden, in denen sich keiner von beiden gerührt hatte. Nun aber krümmte sich der Kleine, und Pike dachte, vielleicht träumt er. Er quäkte wie eine Katze und er strampelte dann, als würde er jeden Moment anfangen zu plärren.

»Ich bin bei dir, Kumpel«, sagte Pike.

Der Junge wachte auf, streckte sich und sah Pike an, der ihn beobachtete. Er starrte in Pikes Augen, als hätte er noch nie zuvor Augen gesehen, und ließ seinen Blick dann von einem zum anderen wandern, als ob jedes anders und faszinierend sei.

»Besser?«, fragte Pike.

Der Junge senkte den Kopf, und nach einer Weile schnarchte er.

Pike rührte sich nicht.

Der kleine Körper war fest und warm. Pike spürte den Herzschlag des Jungen zart und schnell und wie sich seine Brust beim Atmen bewegte. Es fühlte sich gut an, einen winzigen, lebendigen Menschen im Arm zu halten.

Pike verfolgte, wie die nächtlichen Schatten über den Canyon wanderten.

Der Junge bewegte sich wieder und seufzte, schlug erneut die Augen auf.

Pike flüsterte: »Hey.«

Der Kleine lächelte. Er strampelte mit seinen Beinchen und ruderte aufgeregt mit den Armen.

»Genau«, sagte Pike.

Der Junge streckte eine Hand nach ihm aus, die Finger gespreizt.

Pike berührte die Mitte der kleinen Handfläche mit seinem Zeigefinger, und die Hand des Kleinen schloss sich fest darum.

Als Pike mit dem Finger wackelte, nur ein klein wenig, gluckste der Junge, der nicht losließ, vergnügt und mit einem schiefen Lächeln. Pikes Finger war ein wundervolles Spielzeug.

Pike wackelte erneut mit dem Finger, und wieder gluckste das Kind. Lachte. Hielt sich fest und lachte.

Pike flüsterte ihm etwas zu:.

»Du bist in Sicherheit, kleiner Mann. Ich werde nicht zulassen, dass sie dir wehtun.«

Die Füße strampelten, und Pike setzte sich auf, um das Kind für den Rest der Nacht zu halten, bis ein goldenes Licht die Welt erhellte.

41

Später an diesem Morgen, kurz nachdem die Sonne ganz aufgegangen war, kroch Jon Stone zurück ins Haus. Er signalisierte mit dem Daumen, dass er das Gewehr hatte. Pike legte das Baby in das provisorische Bettchen und folgte Stone. Das Baby schlief einfach weiter.

Draußen führte Stone ihn hinter den Rover.

»Das einzig Wahre, Bruder. Chinesische, keine russischen. Frisch aus dem Ofen.«

Als Stone die Heckklappe öffnete, sah Pike einen langen, schmalen Karton mit aufgedruckten chinesischen Schriftzeichen. Stone öffnete ihn. Das Gewehr war in ölige Plastikfolie eingewickelt. Stone ließ es aus der Verpackung gleiten und legte es auf die Schachtel.

»Noch nie abgefeuert. Das Schutzmittel der Fabrik ist noch drauf.«

Die Kalaschnikow schillerte unter dem synthetischen Schutzfilm, der nach überreifen Pfirsichen roch. Der Schaft und der Griff aus hellem orangefarbenem Holz waren besonders dick damit eingeschmiert. Die Russen waren zu Kunststoffschäften übergegangen, aber die Chinesen blieben bei Holz. Pike öffnete das Schloss, um Verschlussgehäuse und Verschluss zu überprüfen. Alles funktionierte tadellos.

»Siehst du?«, sagte Stone, »Nicht mal ein Kratzer, Bruder. Absolut neu.«

Pike betätigte ein paarmal den Bolzen. Er bewegte sich zäh. Man musste an die tausend Patronen durch diese Dinger jagen, bis sie geschmeidiger wurden, dafür waren sie praktisch unverwüstlich. Er schob das Gewehr zurück in die Verpackung und legte es wieder in den Karton. Ein dreißig Schuss fassendes Magazin war in einem separaten Kunststoffbeutel beigefügt.

»Gute Arbeit, Jon. Perfekt.«

Sie packten den Karton in Pikes Jeep und kehrten ins Haus zurück.

Um zehn nach sieben rief Michael Darko an. Sowohl das Baby als auch Stone schliefen, und Cole sah gerade nach Rina. Pike machte Liegestütze, als das Telefon zu summen begann.

»Pike.«

»Seit vier Tagen versuchen Sie, mich umzubringen. Warum sollte ich mit Ihnen reden?«

»Drei Millionen Dollar.«

»Wovon reden Sie?«

»Wir wollen beide die Gewehre.«

»Ich will sie. Was Sie wollen, interessiert mich nicht im Geringsten.«

»Sie kommen nicht an die Kanonen ran. Ich schon. Mein Deal steht, und Sie haben einen Käufer.«

Darko zögerte.

»Sie lügen.«

»Nein, ich lüge nicht, aber ich brauche Sie, um die Sache durchzuziehen. Das hat mich dazu bewogen, unser Verhältnis noch einmal zu überdenken.«

»Sie halten mich für einen Idioten.«

»Ich habe seinen Enkelsohn. Das hat Sie nicht weitergebracht, weil er Sie hasst. Mich dagegen hasst er nicht. Ich habe ihn gestern auf seinem Boot getroffen, um mir die Waffen anzuschauen. Anschließend haben wir verhandelt, und jetzt gehören sie mir.«

Erneutes Zögern.

»Sie haben die Gewehre gesehen?«

»Ein Muster. Er hat es mir gegeben, als wir uns auf den Deal geeinigt haben. Allerdings gibt es inzwischen einen Weg, um noch mehr Geld zu verdienen. Ich zeig's Ihnen. In einer Stunde, auf dem Hollywood Boulevard vor Musso's. Am Straßenrand in aller Öffentlichkeit, wo wir beide sicher sind. Sie werden meinen Jeep sehen.«

Pike legte auf. Er wusste, dass weiteres Reden Darko nicht überzeugen würde. Überzeugen musste Darko sich schon selbst. Entweder kreuzte er auf oder eben nicht. Das lag ganz allein bei ihm.

Cole war zurück im Wohnzimmer, als Pike das Telefon weglegte. Stone schlief immer noch. Pike erklärte Cole, was er tun würde, und Cole bot an, ihn zu begleiten, doch Pike lehnte ab.

»Ich werde deine Hilfe später brauchen, nicht jetzt. Pass auf den Kleinen auf. Und Jon soll sich weiter ausruhen. Ich bin in ein paar Minuten zurück.«

Pike wusste, dass er Coles Angebot hätte annehmen sollen, aber er wollte allein sein, wenn er Darko gegenübertrat. Gleichgültig, wie viele Leute Darko mitbrachte oder ob er ihn umzubringen versuchte – Pike zog es vor, sich nicht in die Sache hineinreden zu lassen. Später wurde ihm auch klar, warum. Weil er sich noch nicht endgültig entschieden hatte, ob er den Mann töten würde. Obwohl er Walsh versprochen hatte, es nicht zu tun, sollten seine Gefühle rein und seine Entscheidung unverfälscht sein.

Bis Hollywood waren es nur ein paar Minuten. Pike fuhr den Canyon hinunter und traf in weniger als zehn Minuten vor dem Restaurant ein. Der Berufsverkehr setzte zwar langsam ein, aber auf dem Hollywood Boulevard floss alles noch recht zügig, und zu dieser frühen Stunde waren die meisten gebührenpflichtigen Parkplätze noch frei. Er parkte direkt vor dem Restaurant unter einem Palisanderbaum, ließ die Seitenscheibe herunter und wartete.

Zwanzig Minuten später kam ein bulliger junger Mann, der eine Rasur gebrauchen konnte, um die Ecke und näherte sich Pike. Lediglich ein weiterer Fußgänger, nur dass er Pikes Jeep im Auge behielt. Warf im Vorbeigehen einen Blick hinein, um zu sehen, ob sonst noch jemand im Wagen saß. Pike beobachtete ihn im Rückspiegel. Der Typ schlenderte bis zur nächsten Kreuzung, um ein paar Minuten später zusammen mit einem weiteren Mann wieder aufzutauchen. Sie musterten die anderen Passanten, die parkenden Autos und Pike. So ging es einige Minuten lang, dann nahm der Bullige ein Mobiltelefon heraus. Pike beobachtete, wie er erst telefonierte, dann das Gerät wieder einsteckte und sich Pike und seinem Jeep näherte. So vorsichtig, als sei beides radioaktiv. Der andere Mann blieb an der Ecke stehen.

Der Typ glotzte zu Pike herein.

»Warum kommst du nicht raus? Komm, stell dich zu mir.«

Pike stieg aus und stellte sich neben den Mann auf den Bürgersteig.

Ein paar Minuten später bog Darko um die Ecke. Pike hatte ihn bereits in Lake View Terrace gesehen, aber das hier war anders. Es fühlte sich persönlicher an, und Pike war wirklich froh, dass er allein gekommen war.

Er starrte den Mann an, der Earvin Williams und seine Gang zu Franks Haus geschickt hatte. Dessen Pistole Ana Markovic umgebracht und eine der drei Kugeln abgefeuert hatte, die Frank Meyer getötet hatten. Hier war er nun, der Mann, der für den Tod von Frank, Cindy, Little Frank und Joey verantwortlich war. Pike empfand kaum etwas, als er jetzt darüber nachdachte. Er war weder zornig noch hasserfüllt. Fühlte sich eher wie ein Beobachter. Er nahm an, dass er wahrscheinlich in weniger als einer Sekunde mit seiner Pistole alle drei Männer erschießen könnte. Oder er tötete sie mit bloßen Händen, doch das würde länger dauern. Pike wartete, bis Darko bei ihm war, wies dann mit einer Geste auf seinen Jeep.

»Hinten drin. Sehen Sie nach.«

»Machen Sie auf.«

Pike hob die Heckklappe hoch und drehte die Schachtel, damit Darko die chinesischen Schriftzeichen sehen konnte. Dann öffnete er sie und ließ die Waffe für sich selbst sprechen. Darko beugte sich dicht darüber, berührte sie aber nicht. Der Geruch des Schutzmittels war durchdringend.

Schließlich richtete sich Darko auf.

»In Ordnung. Er macht den Deal also mit Ihnen, und trotzdem haben Sie mich angerufen.«

»Er will das Geld in bar. Und das habe ich nicht.«

»Aha.«

»Ich kann sie für fünfhundert das Stück kaufen – das

macht dann eins Komma fünf Millionen Dollar. Sie hingegen haben einen Käufer in petto, der eintausend pro Stück zahlt: die Armenier.«

»Sie snd also nicht flüssig genug, um sie zu kaufen.«

»Nein. Er will zumindest die Hälfte in bar, bevor er mich zu den Gewehren bringt. Das sind sieben-fünfzig. Da fielen Sie mir ein. Vielleicht haben Sie ja das Geld. Nur dass er mit Ihnen kein Geschäft machen wird. Also tun wir uns zusammen und werden Partner.«

»Ihr Partner zu sein gefällt mir nicht.«

»Geht mir nicht anders. Aber Geschäft ist Geschäft. Und genau deshalb habe ich einen Bonus angeboten.«

»Jaković.«

»Bei der Geldübergabe befinden sich Jaković, die Waffen und die Kohle an ein und demselben Ort. Wenn wir Partner werden, könnten Sie ebenfalls dort sein. Ohne sein Wissen natürlich. Dann lösen Sie Ihr Problem, wir behalten das ganze Geld, und Sie werden der Ober-*pakhan* in Ihrer Organisation.«

»Sie schlagen also vor, dass wir die Waffen stehlen.«

»Das spart uns allen viel Geld.«

Darko musterte ihn, und Pike wusste, dass er den Vorschlag in Erwägung zog.

»Was ist mit Ihrem Freund?«

»Ich vermisse ihn, aber wir sprechen hier von drei Millionen Dollar. Ein Drittel für mich, das macht eine Million Dollar. Dazu muss ich Sie nicht mögen.«

»Ich werde darüber nachdenken.«

»Entweder sind Sie dabei oder nicht. Falls nicht, werde ich einen anderen Partner finden. Vielleicht Odessa.«

Ein Anflug von Irritation verdunkelte Darkos Gesicht, doch er nickte.

»In Ordnung. Wenn's so weit ist, rufen Sie mich an. Ich werde das Geld bereithalten.«

Darko gab seinen Männern ein Zeichen und ging ohne ein weiteres Wort davon.

Pike schloss die Hecktür des Jeeps und sah ihnen nach. Er nahm die Bodyguards nur am Rande wahr, denn sie waren so belanglos wie ein flüchtiger Gedanke. Er konzentrierte sich auf Darko. Darko hatte diese Dinge getan, und nun stand Pike Frank gegenüber in der Pflicht. Weil sie immer füreinander da gewesen waren, einer für den anderen. Sie hatten darauf vertraut, dass ihre Teamkameraden sie aufhoben, wenn sie stürzten. Keiner wurde zurückgelassen, denn diese Verpflichtung reichte über jegliche Logik und Vernunft hinaus. Es war ein Versprechen gegenüber den Lebenden, das über den Tod hinaus bestehen blieb. Pike hatte viel Zeit damit verbracht, über solche Dinge nachzudenken, und war irgendwann zu der Überzeugung gelangt, dass es eine Frage des karmischen Gleichgewichts sei.

Pike ließ Darko gehen, bedauerte kurz die Abmachung, die er mit Walsh getroffen hatte. Aber er war wahrscheinlich mehr auf sie angewiesen als darauf, Darko zu töten.

Pike stieg in seinen Jeep und rief sie an, während er sich in den Verkehr einfädelte.

»Wir müssen uns treffen.«

»Gestern wurde ein roter Jeep Cherokee gesehen, wie er einen Schrottplatz in Lake View Terrace verließ. Waren Sie das?«

»Jep.«

»Scheiße. Haben Sie da oben fünf Leute umgelegt?«

»Sechs. Ich brauche siebenhundertfünfzigtausend Dollar.«

»Was zum Teufel treiben Sie da für ein Spiel?«

»Ich habe Jaković getroffen. Und jetzt komme ich gerade von Darko. Wollen Sie die Waffen, oder nicht?«

»Sie haben sich mit denen getroffen? Von Angesicht zu Angesicht?«

»Wollen Sie die Gewehre?«

Pike war in Hollywood, sie in Glendale. Sie trafen sich auf halber Strecke auf einem Parkplatz am Sunset Boulevard in Silver Lake. Pike war als Erster da und blieb in seinem Wagen sitzen, bis er sie auf den Parkplatz einbiegen sah. Sie fuhr einen silbernen Accord. Ihr Privatwagen. Er ging hinüber und stieg auf der Beifahrerseite ein. Die Aufregung in ihrer Stimme am Telefon war verschwunden. Sie wirkte kühl und distanziert.

»Sie sitzen ordentlich in der Scheiße, mein Freund. Die Polizei will Sie hinter Gitter bringen, und mir geben sie die Schuld, dass ich Sie mit reingezogen habe. Wollen Sie mir vielleicht mal erklären, wie es zu diesem Gemetzel überhaupt kommen konnte?«

»Diese Leute hielten den Enkelsohn von Milos Jaković als Geisel fest. Jetzt habe ich ihn.«

»Wie bitte?«

Pike erzählte ihr von Petar Jaković, von Rina und Yanni und dem ganzen Rest. Sie hatte nicht den geringsten Schimmer von irgendwas.

»Frank hatte absolut nichts mit dem Waffendeal zu tun. Das hat mir Jaković selbst gesagt. Frank und seine Familie waren ein Kollateralschaden. Darko hat das nur wegen der Nanny gemacht.«

»Wegen Ana Markovic? Sie wollen mir erzählen, dass alle diese Leute wegen eines zwanzigjährigen Kindermädchens ermordet wurden?«

»Ihre Schwester hat den Enkelsohn des alten Mannes bei Ana untergebracht, um ihn vor Darko zu verstecken. Aber der fand ihn trotzdem und glaubte, er könnte den Jungen benutzen, um Jaković zu einem Deal zu zwingen. Womit er sich gewaltig irrte.«

»Wie alt ist das Kind?«

»Zehn Monate. Ein Baby.«

»Und wo befindet es sich jetzt?«

»Bei mir. Darko hatte es auf dem Schrottplatz versteckt, aber inzwischen ist es bei mir.«

Walsh leckte sich über die Lippen und malmte mit dem Unterkiefer. Als hätte sie einfach zu viele Informationen auf einen Schlag zu verarbeiten. Schließlich nickte sie.

»Okay. Ich höre.«

»Jaković will Darko – Darko will die Waffen. Ich habe etwas, das beide wollen, und werde es benutzen, um die beiden gegeneinander auszuspielen. Ich bin sicher, dass ich sie über die Waffen zusammenbringen kann.«

»Wie?«

»Jaković denkt, ich würde die Waffen kaufen. Darko dagegen denkt, wir würden sie stehlen. Und beide denken, ich würde den jeweils anderen übers Ohr hauen«

»Himmel, Pike, sind Sie ein Adrenalinjunkie, oder was? Wie sieht unser Zeitplan für die Sache aus?«

»Heute Nachmittag. Darko ist an Bord. Ich warte gerade auf eine Antwort von Jaković. Brauche aber drei Dinge, damit die Sache fluppt.«

»Lassen Sie hören.«

»Ich habe nicht allein gearbeitet. Sie garantieren den Leuten, die mir helfen, Straffreiheit. Das bekomme ich schriftlich. Gleiches gilt für mich. Schriftlich. Freisprechung von sämtlichen möglichen Anklagepunkten, die sich aus unseren Aktivitäten in dieser Sache ergeben könnten. Und zwar jetzt und in Zukunft.«

»Das hier ist doch keine Lizenz zum Töten.«

»Ich bin noch nicht fertig. Ich benötige siebenhundertfünfzigtausend Dollar in wenigen Stunden. Darko hat versprochen, die Summe in bar vorzustrecken – ob er wirklich liefert, muss offen bleiben. Falls nicht, kann ich das Ding immer noch ohne ihn drehen, aber Jaković will Cash sehen.«

»Gütiger Gott. Eine Dreiviertelmillion Dollar?«

»Wenn ich Jaković die Kohle nicht zeigen kann, krieg ich die Waffen nicht zu sehen.«

Sie nickte nachdenklich.

»Okay. Verstehe. Ich denke, das kann ich deichseln.«

»Eines noch. Ich will über den Jungen verfügen. Sie werden ihm eine amerikanische Geburtsurkunde und die uneingeschränkte Staatsbürgerschaft besorgen, damit ich ihn in eine Familie meiner Wahl geben kann. Ohne dass diese Unterbringung in einer offiziellen Akte vermerkt würde. Generell dürfen keinerlei Unterlagen existieren, die es seiner biologischen Familie ermöglichen, ihn zu finden.«

Walsh schwieg noch länger als bei seiner Forderung nach Straffreiheit für die Morde. Schließlich schüttelte sie den Kopf.

»Ich weiß nicht, ob das möglich ist. Selbst wenn ich es wollte ... Ich bezweifle nämlich stark, dass das legal ist.«

»Es interessiert mich nicht, ob es legal ist. Ich will einfach nur, dass es genauso passiert.«

Walsh stieß einen tiefen Seufzer aus. Ihre Fingernägel trommelten gleichmäßig auf die Mittelkonsole als würden sie wie ein Metronom den Takt vorgeben. Schließlich nickte sie.

»Dann lege ich jetzt mal besser los.«

Pike kehrte zu seinem Jeep zurück und fuhr zu Coles Haus. Gemeinsam verbrachten sie den restlichen Morgen damit, ihre Ausrüstung zusammenzustellen. Damit sie vorbereitet waren. Um zehn vor zwölf war es so weit.

Pikes Handy vibrierte, diesmal war es Jaković.

»Haben Sie das Geld?«, fragte er.

»Ich hab's in vier Stunden.«

»In bar.«

»Ja. In bar.«

»Und Michael. Ich will Michael.«

»Sobald ich die Waffen habe, gehört Michael Ihnen.«

»Ja, er gehört mir.«

»Wo treffen wir uns?«

»Hier. Auf dem Boot. Ich werde Sie erwarten.«

Sie vereinbarten eine Zeit, dann legte Pike auf und rief Walsh an.

»Es geht los.«

42

Eine Stunde später trafen Walsh und vier Agenten des Bureau of Alcohol, Tobacco and Firearms vor Coles Haus ein. Zwei blieben in ihren Wagen, die beiden anderen begleiteten Walsh ins Haus – ein knallhart wirkender Latino namens Paul Rodriguez und ein großer, schlaksiger Typ namens Steve Hurwitz. Hurwitz trug den olivgrünen Overall des Special Response Teams. Das SRT war die ATF-Version eines SWAT-Sondereinsatzkommandos. Sie verteilten sich in Coles Wohnzimmer und strahlten wachsames Misstrauen aus, fast als könnte jeden Augenblick jemand aus dem Schrank springen. Jon Stone hatte eine große Kiste mit Überwachungsausrüstung hereingetragen, und Cole, der kein Hemd, dafür eine kugelsichere Weste trug, half ihm, alles aufzubauen.

Pike konnte ihnen nicht verdenken, dass sie auf Nummer sicher gingen, besonders was das Geld betraf. Siebenhundertfünfzigtausend Dollar in bar brauchten nicht besonders viel Platz. Sie ließen sich in vier Schuhkartons verstauen und passten in eine einzelne große Einkaufstüte. Walsh brachte das Geld in einer Sporttasche, die sie über ihrer Schulter trug. Die Tasche war kleiner, als Pike gedacht hätte, schien aber ziemlich schwer zu sein.

Sie hievte die Tasche auf Coles Esszimmertisch und öffnete

sie, damit Pike hineinschauen konnte. Jetzt begriff er, warum das Paket so klein war. Die Banknoten sahen aus wie vakuumverpackte Ziegel, die mit durchsichtiger Plastikfolie zusammengehalten wurden.

»Ist nicht alles echt«, sagte Walsh. »Ein halbe Million sind Blüten, die wir einem Drogendealer abgenommen haben.«

»Was, wenn Jaković es nachprüft?«, fragte Cole.

Hurwitz lachte.

»Dann sollten Sie besser die Beine in die Hand nehmen.«

Walsh legte ein Formular vor Pike auf den Tisch und gab ihm einen Kuli.

»Sie müssen den Empfang quittieren. Wenn Darko liefert, benutzen Sie das Geld nicht. Es ist das Beste, was ich in der kurzen Zeit hinbekommen konnte. Los, unterschreiben Sie, und dann überlegen wir, wie wir weiter vorgehen. Ich habe eine Menge Leute zu koordinieren.«

»Wollen Sie ihn denn nicht nachzählen lassen?«, fragte Cole.

»Seien Sie nicht albern.«

Pike unterschrieb und schob ihr das Formular zu.

»Wo ist die Schwester des Mädchens?«, wollte Walsh wissen.

Cole holte Rina aus dem Gästezimmer und durchtrennte auf Anweisung von Rodriguez ihre Plastikfesseln. Sie sah verhärmt und noch bleicher aus als zuvor. Der Agent drehte sie sofort um und legte ihr Handschellen an. Erklärte ihr, dass sie verhaftet sei. Hurwitz wiederholte alles auf Serbisch.

»Wenn Sie mich fragen«, meinte Pike, »hat sie uns am Ende durchaus geholfen.«

»Wie schön für sie. Wenn sie auch hilft, wenn's später um eine Zeugenaussage geht, könnte sie vielleicht punkten.«

Rina sah Pike an, als Rodriguez sie abführte, und sagte etwas auf Serbisch.

Hurwitz sah ihn an.

»Sie sprechen Serbisch?«

»Nein.«

»Sie hofft, Sie tun's für Ana.«

Walsh wirkte genervt, als würden sie Zeit vergeuden.

»Was ist mit dem Baby? Wo ist es?«

»An einem sicheren Ort.«

Sie wollte schon etwas sagen, schüttelte dann aber den Kopf und änderte den Kurs.

»Geschenkt. Okay, sprechen wir die Sache jetzt mal durch.«

»Jon«, sagte Pike.

Stone hielt etwas hoch, das wie das GPS-Ortungsgerät aussah, das er von Pikes Jeep entfernt hatte.

»Kommt Ihnen das bekannt vor?«

Walsh bekam einen roten Kopf, während Stone weiterredete: »Das ist nicht von euch. Das Ding von seinem Jeep haben wir beseitigt. Das hier ist meins. Ein modernes Hochleistungsgerät aus Keramik, sendet keine Funkfrequenzen, unsichtbar für Flughafenscanner und Hand-Metalldetektoren. Besser als euer Teil.«

Der SRT-Agent lachte.

»Aber mein Schwanz ist größer.«

Stone ignorierte ihn. »Eins davon bekommt Pike, eins Cole – sie gehen zusammen hin –, und eins kommt an ihren Wagen, Pikes Jeep. Wir verbinden sie über einen Empfänger, der auf meinem Laptop verstärkt wird. Ich kann euch die Software mailen und den Repeater durchschleifen.«

Hurwitz ging zur Tür und rief den Agenten draußen in ihrem Wagen etwas zu.

»Carlos. Komm rein, Alter. Wir haben hier technischen Kram zu klären.«

Sofort eilte ein Agent herbei und setzte sich mit Stone zusammen. Pike ging unterdessen die Gesamtplanung durch und erläuterte, wie er Jaković und Darko mit den Waffen zusammenbringen wollte. Walsh und ihre Leute würden ihnen folgen und exakt in dem Moment auf der Bildfläche erscheinen, wenn das Vorhandensein der Waffen bestätigt war.

»Was ist mit Darko?«, fragte sie.

»Elvis und ich werden uns in Venice mit ihm treffen. Wir haben einen Ort nahe am Yachthafen gewählt.«

Walsh sah Cole an.

»Sie beide?«

»Er wird seine Leute dabeihaben«, sagte Pike. »Deshalb sieht es einfach besser aus, wenn wir ebenfalls Leute mitbringen.«

Cole deutete auf sich.

»Ich bin seine Leute.«

Pike fuhr fort: »Er denkt, wir treffen uns, um das Geld zu holen. Der eigentliche Grund ist aber der, ihm das hier zu geben.«

Stone zeigte ihnen ein tragbares GPS-Ortungsgerät.

»Jaković glaubt, er bekommt es, um Joe und Elvis zu den Waffen zu folgen. Doch in Wirklichkeit benutzen wir es, um ihm zu folgen. Sie können ihn ebenfalls orten, wenn Sie die Software runterladen.«

Carlos grinste.

»Gefällt mir.«

»Also wird Venice unser Ausgangspunkt sein?«, fragte Hurwitz.

»Nur um Darko zu treffen. Von dort fahren wir zum Yachthafen. Da geht's dann wirklich los.«

»Wir kennen den Endpunkt nicht«, sagte Walsh.

»Falls er mit Ihnen auf dem Boot rausfährt, sind wir gefickt.«

Hurwitz war nicht begeistert, zuckte aber mit den Achseln.

»Okay. Also hängen wir uns dran und richten uns je nach Entwicklung der Lage flexibel ein. Wäre ja nicht das erste Mal.«

Die nächste Stunde verbrachten sie damit, den Plan durchzugehen, ihre Ausrüstung zusammenzustellen und herzurichten. Stone lud seine Software auf Carlos' Laptop, brachte dann die Ortungsgeräte an Pike und Cole an – eines in Coles Haaren, das andere auf der Rückseite von Pikes Gürtelschnalle. Sowohl Walsh als auch Hurwitz telefonierten mehrfach, stimmten das taktische SRT-Team und sechs zusätzliche Special Agents für den Einsatz aufeinander ab.

Um zwölf Uhr fünfundvierzig brachen die Agenten Richtung Venice auf, um sich später in ihrem Bereitstellungsraum zu treffen. Walsh blieb, bis alle anderen fort waren, dann nahm sie Pike beiseite.

»Keinem gefällt, was da oben in Lake View passiert ist, mein Freund«, sagte sie. »Womit sich mir die Frage aufdrängt, was Sie eigentlich da oben zu suchen hatten.«

»Ich habe Ihnen doch gesagt, was passiert ist.«

»Vergessen Sie bloß eines nicht: Wenn's ernst wird, gehört Michael Darko mir.«

Um exakt ein Uhr stiegen Pike und Cole in Pikes Jeep und

fuhren den Berg hinunter. Stone war bereits fort. Cole seufzte übertrieben laut.

»Endlich. Endlich sind Dad und Dad mal für eine Weile allein.«

Pike erwiderte nichts. Er dachte über das Kind nach. Sie hatten den Jungen bei Coles Nachbarin Grace Gonzalez gelassen, und Pike fragte sich, was er wohl gerade machte.

Michael Darko erwartete sie am Ende der Market Street in Venice. Die Straße war von schrägen Parkbuchten gesäumt und endete an der Strandpromenade direkt um die Ecke vom Sidewalk Café. Cole hatte den Treffpunkt vorgeschlagen, weil er die Pizza dort mochte – und Darko war einverstanden gewesen, weil es an der Stelle von Touristen, Straßenkünstlern und Einheimischen nur so wimmelte.

Zwei schwarze BMW-Limousinen und ein schwarzer Escalade standen dicht nebeneinander vor dem Café, nahmen nahezu dessen gesamte Parkfläche ein.

»Kennen diese Typen eigentlich keine andere Farbe als immer nur Schwarz?«, sinnierte Cole laut.

Pike hielt neben den BMWs und stieg aus. Cole blieb im Jeep. Sofort gingen die Türen beider Autos auf, und Darko kam mit drei seiner Männer heraus.

Er starrte Cole an.

»Wer ist das?«

»Er wird mir bei der Überprüfung der Gewehre helfen – Jaković rechnet damit.«

Pike gab ihm das tragbare GPS-Ortungsgerät und zeigte ihm, wie es funktionierte. Auf dem Bildschirm war ein grüner Lichtkreis auf einer Karte zu sehen.

»So folgt ihr uns. Sehen Sie das Licht? Das sind wir. Fahrt

nicht zu dicht auf, denn Jaković könnte euch sehen. Bleibt ein bisschen zurück. Benutzt das hier, um euch an uns dranzuhängen.«

Darko und zwei seiner Männer unterhielten sich auf Serbisch – offenbar drehte es sich um das Gerät. Schließlich öffnete Darko die hintere Tür des BMW und nahm eine Sporttasche heraus, die erheblich größer war als die von Walsh.

»Das Geld. Zählt es, wenn ihr wollt.«

Bankfrische Bündel von Hundertdollarscheinen füllten die Tasche. Pike schenkte es sich, das Geld zu zählen.

»Ist nicht nötig. Sobald wir die Waffen haben, bekommen Sie's zurück.«

Darko lächelte, dann zwinkerte er seinen Freunden zu.

»Wissen Sie, wenn das hier klappt, dann kommen Sie und ich vielleicht noch mal richtig ins Geschäft.«

»Das bezweifle ich«, sagte Pike.

Darko wirkte plötzlich nachdenklich.

»Sagen Sie mir eines. Wie wollen Sie mich an Jaković ausliefern?«

»Ich hab ihm gesagt, Sie würden denken, dass ich Ihnen die Waffen verkaufen will. Er glaubt, ich hatte mit Ihnen das Treffen vereinbart, damit seine Jungs Sie umlegen können. So stellt er sich die Sache vor.«

Pike formte mit der Hand eine Pistole, richtete sie auf Darko und drückte den Abzug.

Der Serbe schien zu begreifen, was Pike gesagt hatte, und blickte sich langsam zu den umliegenden Gebäuden um.

»Wir sollten jetzt besser los«, sagte Pike. »Er wartet.«

Pike stieg wieder in den Jeep und nahm Kurs auf den Yachthafen.

43

Pike sah sie im Rückspiegel, acht oder zehn Wagenlängen zurück. Die drei dicht hintereinanderfahrenden großen, schwarzen Wagen sahen aus wie ein Güterzug.

Cole rief Jon Stone an und beschrieb die Fahrzeuge.

»Zwei BMW-Limousinen und ein Escalade, alle schwarz. Ist der Empfang gut?«

Cole lauschte einen Moment, dann klappte er das Telefon zu.

»Er kriegt sie sauber rein. Uns ebenfalls. Er wird's Walsh durchgeben.«

Sie fuhren den Strand entlang Richtung Süden und bogen landeinwärts auf den Washington Boulevard ab. Ihr Ziel, der Hafeneingang am Palawan Way, kam nah und näher. Das SRT und Teams der Special Agents waren außerhalb des Hafens auf beiden Seiten der Zufahrt postiert. Zumindest ein Fahrzeug des Sondereinsatzkommandos hatte auf der Insel Stellung bezogen, wusste Pike. Aber da es mit Sicherheit gut versteckt war, hielt er erst gar nicht Ausschau danach.

Sie fuhren auf dem Palawan bis zu dem Hotel am Ende der Landzunge und hielten an exakt der gleichen Stelle, wo Pike tags zuvor geparkt hatte.

»Bist du so weit?«, fragte er Cole.

»Alles bestens.«

Pike rief Walsh an.

»Wir sind vor dem Tor.«

»Das sehen wir.«

»Wir rufen ihn jetzt an.«

Pike unterbrach die Verbindung, wählte dann Jakovićs Nummer. Ein Mann, der nicht Jaković war, meldete sich.

»Pike. Für Mr. Jaković.«

Er erwartete, dass man ihm das Tor öffnete, doch das geschah nicht.

Die Stimme sagte: »Wir sind gleich da.«

Fünf Minuten später traten Milos Jaković und seine beiden Bodyguards aus dem Tor. Der Alte zögerte, als er Cole bemerkte, und sah alles andere als glücklich aus, aber schließlich setzten sich die drei in Bewegung.

»Wer ist das?«, fragte Jaković.

»Er wird mir helfen, die Waffen zu überprüfen. Wenn wir den Deal perfekt machen, wird er für den Transport sorgen.«

Jaković schien das alles nicht zu passen.

»Ich werde nicht dabeistehen, während ihr dreitausend Gewehre prüft. Es dürfte schon die ganze Nacht dauern, sie nur aus den Kisten zu holen.«

»Mir egal, ob Sie warten oder nicht – ich werde sie prüfen. Das sollte eigentlich keine Überraschung sein, denn schließlich habe ich es angekündigt.«

Jaković war unübersehbar verärgert und winkte ab.

»Lassen Sie das Geld sehen.«

Pike stieg aus und zeigte ihm Darkos Sporttasche.

»Siebenhundertfünfzig.«

Jaković blätterte ein paar der Bündel auf, zog dann aufs

Geratewohl einen Schein heraus und untersuchte ihn. Er nahm einen Marker aus der Tasche, schrieb etwas auf den Schein und inspizierte die Tinte.

»Ein Glück, dass es kein Falschgeld ist«, meinte Cole.

Jaković warf ihm einen bösen Blick zu und legte den Schein zurück in die Tasche.

»Okay. Auf geht's.«

Er hob die Hand, und zwei dunkelgraue Hummer tauchten mit einem tiefen Röhren links und rechts neben dem Hotel auf. Einer hielt vor dem Jeep, der andere dahinter, um ihn zu blockieren.

»Wir fahren in meinem Wagen«, sagte Jaković. »Ist mir lieber so.«

Pike sah Cole nicht an, zögerte keine Sekunde. Er folgte Jaković zu dem am nächsten stehenden Hummer, während einer der Bodyguards Cole zum zweiten führte. Trennung war nicht gut, aber Angst zu zeigen wäre noch schlechter.

»Wie weit?«, fragte Pike.

»Nicht weit.«

Sobald er auf der Rückbank saß, richtete ein Mann vom Beifahrersitz aus eine Kanone auf ihn.

»Diesmal werden wir Ihre Waffen an uns nehmen«, sagte Jaković.

Der andere Bewacher klopfte ihn nach Waffen ab und wich zurück.

»Er trägt eine Weste.«

»Vorsichtsmaßnahme«, sagte Pike.

Jaković zupfte an seinem Hemd.

»Wir nehmen die Weste. Sie werden sie nicht brauchen.«

Sie lösten die Python und die .25er von seinem Knöchel

und befahlen ihm, die kugelsichere Weste unter seinem Sweatshirt auszuziehen. Das Shirt durfte er anschließend wieder überstreifen, bevor der Bodyguard ihn mit einer Sonde abtastete und nach RF-Geräten suchte. Pike achtete darauf, völlig ruhig und entspannt zu bleiben – überlegte, was er tun würde, wenn sie Stones Wanze fanden. Die Sonde wanderte über seine Schuhe und die Seiten seiner Beine hinauf. Sollten sie die Wanze finden, bestand seine einzige Chance darin, sich eine Waffe zu schnappen und das Fahrzeug zu verlassen. Allerdings würde er es nicht mit der Waffe versuchen, die auf ihn gerichtet war. Für den Fall, dass es piepste, beschloss er, den Mann mit der Sonde als Schutzschild zu sich heranzuziehen und ihm seine Kanone abzunehmen. Den Mann auf dem Beifahrersitz würde er als Erstes erschießen, dann den mit der Sonde und dannach den Wagen verlassen.

Der Stab glitt über seine Gürtelschnalle, ohne zu piepsen.

Punkt für Stone.

Sie fuhren los, und der zweite Hummer setzte sich hinter sie.

Zwei Punkte für Stone.

Sie folgten dem Palawan Way zurück, umrundeten dann den Yachthafen. Pike war ziemlich sicher, dass sie Richtung Freeway fuhren, doch die Hummer verließen das Hafengelände nicht. Sie rollten an den grünen Glastürmen und Restaurants vorbei und kreisten weiter, bis die Straße schließlich vor einem unerschlossenen Stück Land endete. Dort bogen sie wieder Richtung Wasser ab und folgten der letzten noch verbleibenden Straße des Yachthafens. Vorbei an der letzten Reihe von Hellingen und entlang am letzten Abschnitt des Kanals vor seiner Mündung ins Meer, der hier von Wartungsbetrieben, Geschäften für Schifffahrtsbedarf, Lagerhäusern sowie Fischereien und Bootsvermietungen gesäumt war.

Die Hummer hielten vor einem langen, niedrigen Gewerbegebäude, und Jaković öffnete die Tür.

»Die Waffen sind hier.«

Pike schaute sich um. Es hatte nur fünf Minuten gedauert, zu den Waffen zu gelangen, aber es gab nur eine einzige Straße – und ... Jaković' Wachposten würden Walsh und ihre Einheiten aus einer Viertelmeile Entfernung kommen sehen.

44

Auf einem Schild an dem metallenen Gebäude stand A. L. BARBER – TROCKENLAGER. Mit seinen riesigen Toren erinnerte es Pike an einen Flugzeughangar, der geschlossen war. Zwei übergroße Gabelstapler parkten in der Nähe, und Yachten warteten auf Metallgestellen darauf, entweder ins Trockenlager oder zurück ins Wasser gebracht zu werden. Für den Moment waren sie auf dem Parkplatz gestrandet.

Pike betrachtete die große, in das Dock ragende Helling. Er wusste, hier wurden die Boote aus dem Wasser gehoben und auf ein Metallgestell gesetzt, um anschließend von den Gabelstaplern in den Hangar zur Einlagerung gebracht zu werden.

Die Landschaft auf der anderen Straßenseite des Trockenlagers war braun und verödet. Lediglich ein paar verkrüppelte Eichen und Gestrüpp durchzogen die sandige Fläche, nichts sonst. Pike wusste, dass der Ballona Creek irgendwo dort sein musste, doch eine leichte Anhöhe versperrte ihm den Blick.

»Ich habe alle nach Hause geschickt«, sagte Jaković. »Wir sind also unter uns.«

»Gehört das Ihnen?«, fragte Cole.

»Natürlich.«

Jaković schloss die Tür auf und betrat das Gebäude. Zwei seiner Männer folgten, während die anderen bei ihren Autos blieben.

Pike hielt vor der Tür inne.

»Sie sollten Ihre Männer lieber hereinrufen. Nicht dass sie hier draußen noch Aufmerksamkeit erregen.«

»Es gibt keine Aufmerksamkeit zu erregen, und davon abgesehen, wen interessiert's? Mir gehört das alles. Ich habe jedes Recht der Welt, hier zu sein.«

Träge flackernd gingen die Lampen an. Die Decke war fast drei Stockwerke hoch und wurde von parallelen Stahlträgern gestützt. Ein schmales Gerüst aus weiteren Trägern war auf die Längswände aufgesetzt. Das Ganze erinnerte Pike an die Kandidatenboxen bei der Fernsehspielshow *Hollywood Squares*. Ein Tic-Tac-Toe-Spielfeld, das auf der Seite lag. Die meisten Quadrate waren derzeit mit Yachten belegt: eine Reihe auf dem Boden, eine zweite Reihe darüber.

Jaković und seine beiden Wachhunde setzten sich in Bewegung. Cole und Pike folgten ihnen die Halle hinunter, zwei weitere Bewacher blieben hinter ihnen. Cole warf Pike einen kurzen Blick zu, zog eine Augenbraue hoch, um eine Botschaft zu übermitteln. Falls Darko und Walsh ihrem Signal zum Ende des Yachthafens folgten, würde hier bald eine ganze Fahrzeugkarawane aufkreuzen.

Cole fuhr sich mit der Hand durchs Haar, ließ die Wanze in der Handfläche verschwinden. Er zerbrach sie und schnipste die winzigen Einzelteile fort. Pike tat es ihm nach.

Am hinteren Ende der Halle befand sich in einer Bucht ein Container aus Metall, so groß wie ein zweiachsiger Lastwagen. Er stand einfach da, war lediglich mit einem simplen, stinknormalen Schloss gesichert. Jaković nahm es ab und drückte die Tür auf. Sie schrammte mit einem schrillen Quietschen über den Betonboden.

»Da«, sagte er.

Mit chinesischen Schriftzeichen gestempelte Holzkisten füllten den Container. Pike erkannte an der Größe, dass jede Kiste zehn Gewehre enthielt. Dreihundert Kisten. Jaković nuschelte irgendwas, und einer der Schlägertypen zog eine Kiste heraus. Ließ sie krachend auf den Boden fallen, sodass das Holz splitterte. Jedes Gewehr wog etwa neun Pfund. Jede Kiste neunzig Pfund. Dreihundert Kisten, siebenundzwanzigtausend Pfund.

Jaković stieß mit den Zehen gegen die Kiste.

»Wenn Sie alles kontrollieren wollen, legen Sie jetzt besser los. Sie werden ewig brauchen.«

Pike öffnete die Kiste. Kartons wie die von Jon waren darin verpackt. Er riss einen auf und zog ein Gewehr in seiner Plastikhülle heraus.

»Vergessen Sie's. Wir müssen die nicht alle kontrollieren.«

»Gefallen Ihnen meine Gewehre?«

»Ja.«

»Gut. Mir auch. Deshalb werde ich sie behalten. Und Ihr Geld ebenfalls.«

Er krümmte leicht einen Finger, und die Wachhunde zogen ihre Waffen.

Pike spürte Coles Bewegung mehr, als dass er sie sah. Eine winzige Drehung zur Seite. Pike schüttelte den Kopf.

»Sie verzichten auf Darko?«

»Darko werde ich mir selbst holen. Auf diese Weise kriege ich eine Dreiviertelmillion Dollar.«

»Erlauben Sie mir eine Frage. Nach allem, was Rina Ihnen von mir erzählt hat, glauben Sie da allen Ernstes, ich würde Ihnen siebenhundertfünfzigtausend Dollar in bar geben und ohne Schutz herkommen?«

Jaković griff unter sein Hemd und holte eine kleine schwarze Pistole hervor.

»Vielleicht ja, vielleicht nein. Egal. Jetzt werden wir mit Ihnen eine kleine Bootsfahrt machen und Ihnen ein paar Sehenswürdigkeiten zeigen.«

Er sagte gerade etwas auf Serbisch, als draußen ein Brüllen ertönte, gefolgt von einem leisen Ploppen wie von einem Champagnerkorken. Die beiden Wachposten an der Tür drehten sich zu dem Geräusch um. Pike wusste nicht, ob es Darko war oder Walsh, und er wartete auch nicht, bis er es herausgefunden hatte. Jaković schrie seinen Männern etwas zu, und Pike setzte sich sofort in Bewegung. Er trat ganz dicht zu Jaković, nahm ihm seine Pistole ab und erschoss die beiden am nächsten stehenden Bodyguards. Im Fallen ließen sie ihre Kanonen los, und Cole schnappte sich die erstbeste. Pike legte Jaković einen Arm um den Hals und wich zurück, wobei er den Mann als Schutzschild benutzte.

»Gibt es hinter uns einen Weg nach draußen?«

»Ich sehe nach.«

Drei laute Schüsse hallten durch das Gebäude, und drei Männer rannten durch die weit entfernte Tür. Sie blieben lange genug stehen, um mehrere Schüsse abzufeuern, bemerkten die beiden Bewacher, die Pike erschossen hatte, und sahen schließlich Pike, der Jaković festhielt und ihm gerade die Luft abdrückte. Sie verschwanden zwischen den Yachten, als weitere Männer durch die Tür hereinkamen.

»Hier hinten«, brüllte Cole. »Die großen Türen …«

Die vereinzelten Schüsse vorne steigerten sich zu einem Feuergefecht. Geschosse jagten durch die dünnen Metallwände wie durch Papiertücher und schlugen in die Yachten ein. Pike zog Jaković nach hinten, stieß ihn dann beiseite, um Cole beim Öffnen der großen Tore zu helfen. Draußen sahen sie eine verwirrte Gruppe Männer zwischen Jakovićs Hummern und Darkos schwarzen Fahrzeugen hin und her laufen und wild um sich schießen.

»Was für ein Riesendurcheinander«, meinte Cole.

»Da kommt Walsh.«

In der Kurve weiter landeinwärts tauchte ein Kombi des SRT auf, dicht gefolgt von mehreren Zivilfahrzeugen.

Pike drehte sich nach Jaković um, gerade als zwei Männer ins Gebäude rannten. Einer von ihnen war Michael Darko. Er blieb in der Tür stehen, sah Jaković und erschoss ihn. Lief näher ran und gab zwei weitere Schüsse ab, brüllte irgendwas auf Serbisch und feuerte ein viertes Mal auf Jaković. Dann sah er Pike und schenkte ihm ein breites Lächeln.

»Wir haben den Bastard. Dein Plan war gut.«

Genauso hatte er wahrscheinlich über Frank Meyer gestanden. Pike konnte es vor sich sehen, wie er Frank auf die gleiche Weise abgeknallt hatte wie jetzt Jaković.

Er hob die Waffe und erschoss den Mann, der mit Darko hereingerannt war. Darko verharrte einen Moment lang mit offenem Mund, als verstünde er nicht, bevor er seine Waffe hob und das Feuer erwiderte.

Pike schob Cole nach draußen, folgte ihm und ging hinter den großen Toren in Deckung, während die SRT-Teams sich über ihre Lautsprecher identifizierten und verlangten, dass alle sich ergaben. Zwei oder drei mochten dem Folge geleistet haben, aber die Schießerei ging weiter.

»Er ist durch die Seitentür raus«, sagte Cole. »Er rennt.«

Darko.

Pike stürmte die Vorderseite des Gebäudes entlang mitten durch das Chaos des Feuergefechts. Die Männer der Sondereinsatzkommandos und die nun ebenfalls eintreffenden Agenten des ATF schwärmten aus und machten Jagd auf die Serben.

Pike lief an ihnen vorbei.

Er erreichte die Ecke des Gebäudes und sah Darko dort weit weg von dem Getümmel, nahm die Verfolgung auf. Plötzlich drehte Darko zur Straße ab, und als er bemerkte, dass Pike ihm folgte, feuerte er zwei Schuss ab. Pike lief einfach weiter.

Darko überquerte die Straße, sprang an dem Maschendrahtzaun hoch und kletterte hinüber. Er ließ sich ins Gestrüpp fallen, rappelte sich auf und gab drei weitere Schüsse ab. Eines der Projektile prallte Funken schlagend auf den Asphalt neben Pikes Füßen, doch der achtete nicht darauf.

Hinter sich hörte er Kelly Walsh brüllen.

»Bleiben Sie stehen, Pike! Stehen bleiben! Er gehört mir!«

Pike ignorierte sie.

Er erreichte den Zaun in vollem Tempo, landete auf der anderen Seite in abgestorbenem Gestrüpp, das sich in seine Haut bohrte. Da er Darko weder sehen noch hören konnte, suchte er den Zaun ab, bis er die Stelle fand, an der Darko herübergeklettert war. Die Spuren waren leicht zu verfolgen. Aus den Lautsprechern dröhnte Hurwitz' Stimme.

»Ziehen Sie sich zurück, Pike. Wir dringen in das Areal

vor. Wir werden ihn erwischen. Ziehen Sie sich jetzt zurück.«

Pike lief schneller.

Fußabdrücke und Spuren auf dem Boden führten eine leichte Anhöhe hinauf, dann hinunter in eine Senke, die überwuchert war von Kreosotbüschen und Salbei. Pike bahnte sich stolpernd seinen Weg durch das Gestrüpp, das so dicht war, dass er nicht einmal den Boden vor seinen Füßen sehen konnte.

Erst als das Gelände wieder anstieg und schließlich zu einer kleinen Lichtung abflachte, wurde die Vegetation spärlicher und er sah die Fußabdrücke wieder. Pike blieb kurz stehen, um die andere Seite der Anhöhe nach einer Bewegung abzusuchen. Der Ballona Creek war in etwa dreihundert Meter Entfernung zu erkennen. Ein breites, in Betonwände gezwängtes Gewässer, das zum Meer strömte. Falls Darko es bis hierher schaffte, hatte er eine gute Chance zu entkommen.

Pike spurtete über die Lichtung, machte noch mehr Tempo.

Er war nicht einmal den halben Weg hinüber, als Michael Darko aus einem Kreosotbuschhaufen brach und ihn ansprang. Die Täuschung war ihm einwandfrei gelungen.

Darko war ein schwerer Mann, und er war stark, doch Pike drehte sich unter der Wucht des Aufpralls und drückte sich an ihm vorbei. Sein Gegner taumelte zur Seite, fand zwar sein Gleichgewicht wieder, war allerdings nicht in Form. Wie zum Beweis dafür atmete er schwer. Er hatte keine Waffe in der Hand. Vermutlich war sie auf seiner Flucht durch das Unterholz verloren gegangen.

»Keine Kanone?«

Darko starrte Pikes Waffe an, schnappte immer noch gierig wie ein Fisch auf dem Trockenen nach Luft.

Pike warf die Pistole vor Darkos Füße auf den Boden.

»Wie sieht's jetzt aus?«

Darko bückte sich nach der Waffe. Seine Hand lag bereits auf dem Griff, als ihn Pike mit einem Roundhousekick erwischte, der ihm den Oberarmknochen wie einen morschen Stock zerbrach. Darko stieß ein tiefes Grunzen aus, bevor Pike ihn zudem an der Außenseite des Knies erwischte und ihm die Beine unter dem Hintern wegfegte. Darko landete auf der Seite, rollte sich dann auf den Rücken.

Die Pistole lag direkt neben ihm, aber er machte keine Anstalten, an sie heranzukommen.

Pike starrte ihn noch an, als das Unterholz sich bewegte und Elvis Cole heraustrat. Cole registrierte die Szene und kam etwas näher.

»Du hast ihn. Wir sind hier fertig, Joe.«

Pike hob die Waffe auf. Hielt sie mit lockerem Griff und sah dabei immer noch Darko an.

Cole sagte: »Alles okay mit dir?«

Pike wusste nicht, ob alles mit ihm okay war. Er dachte, ja, vielleicht war es das, aber sicher war er sich nicht.

Cole sagte: »Es ist vorbei.«

Lärm drang die Anhöhe herauf, dann platzte Walsh auf die Lichtung. Sie hatte ihre Dienstwaffe in der Hand und legte sofort auf Pike an.

»Runter damit! Treten Sie von ihm weg, und legen Sie die Waffe hin, Pike. Sofort!«

Pike fuchtelte wieder damit.

Cole trat langsam zwischen sie beide.

»Ganz ruhig, Walsh. Wir sind cool.«

Sie schob sich zur Seite, um ihr Ziel sehen zu können.

»Er gehört mir, gottverdammt! Gehen Sie sofort zur Seite, Pike! Der Bastard gehört mir!«

Pike warf ihr die kleine Pistole zu. Sie landete im Sand.

Er blickte wieder zu Darko hinab, sah aber statt seiner Frank und Cindy. Frank, Cindy und ihre beiden kleinen Jungs.

Cole stellte sich neben ihn und legte ihm eine Hand auf die Schulter.

»Wir sind hier fertig. Du hast ihn erwischt.«

Pike folgte seinem Freund aus dem Gebüsch.

TEIL 5

RUHEPAUSE

45

Cindys Schwester bereitete die Trauerfeier vor. Sie kannte weder Pike noch Jon Stone oder Franks Freunde von früher, daher war Pike auch nicht eingeladen. Cole sah einen Hinweis auf die Trauerfeier, als er den Nachruf auf die Familie Meyer las. Er war in einer Seitenleiste zu einem längeren Artikel der Los Angeles Times über osteuropäische Bandenkriege abgedruckt. Der Artikel handelte auch vom Tod Milos Jakovićs und von Michael Darkos Verurteilung zu dreimal lebenslänglich für die Morde an Earvin Williams, Jamal Johnson und Samuel Renfro sowie für die von ihnen in Darkos Auftrag ausgeführten Morde. Darko verantwortete sich nicht vor Gericht. Er akzeptierte den Deal mit der Staatsanwaltschaft, dank dessen er der Todesstrafe entging. Der Nachruf wies darauf hin, dass an einem der nächsten Sonntage ein Trauergottesdienst für die Meyers in der United Methodist Church in Westwood gehalten werden würde.

Cole sprach die Trauerfeier an.

»Du solltest hingehen.«

»Ich weiß nicht.«

Pike erzählte Jon Stone davon und fragte, ob er hingehen wolle, aber Stone verneinte. Nicht weil ihm Frank gleichgültig war, sondern weil er Beerdigungen nicht ausstehen konnte.

Sie deprimierten ihn, und er ging immer nur betrunken zu solchen Anlässen.

Pike hingegen beschloss teilzunehmen. Er trug einen schwarzen Anzug zu einem schwarzen Hemd und einer schwarzen Seidenkrawatte. Frank, Cindy, Little Frank und Joey schauten von plakatgroßen Fotografien herunter, die auf Staffeleien standen, sowie von einem Familienporträt.

Bei den Trauergästen handelte es sich größtenteils um Cindys Familie, daneben um eine beträchtliche Anzahl von Leuten, die die Meyers aus der Schule kannten, von ihrem Geschäft und aus der Kirche. Zwei Cousins von Franks Seite erschienen, zwei apathische Männer mit schorfigen Händen und derber Haut, die offenbar für ihren Lebensunterhalt hart arbeiten mussten. Sie waren nur gekommen, weil sie Franks Mutter gebracht hatten – eine übergewichtige, minderbemittelte Frau, der das Gehen Schwierigkeiten bereitete. Sie saß zusammen mit den beiden unbeholfenen Cousins in einer Bank ganz vorn, als gehörte sie gar nicht dazu und sei sich dessen auch bewusst. Ihre Kleidung war billig, ihr Haar schlecht frisiert, und sobald der Gottesdienst vorbei war, würde sie zu ihrem Trailer in San Bernardino zurückkehren.

Pike stellte sich ihr vor und schüttelte ihr die Hand.

»Frank war mein Freund. Wir haben zusammen gedient.«

»Das ist alles so schrecklich. Ich weiß nicht, was ich jetzt tun soll.«

»Mein herzliches Beileid.«

»Ich weiß nicht, was ich tun soll.«

Pike schüttelte weitere Hände. Wenn er gefragt wurde, antwortete er, er kenne Frank vom Dienst, sagte aber nicht, wo oder wann, nannte überhaupt keine weiteren Details.

Diese Menschen kannten den Frank, den sie kennen wollten – den Mann, den Frank und Cindy ihnen präsentiert hatten. Pike war das nur recht.

Er verließ die Trauerfeier vorzeitig und fuhr zu Franks Haus. Das gelbe Band war fort, und jemand hatte die beschädigte Haustür ausgetauscht. Auf dem Rasen vor dem Haus stand jetzt ein »Zu-verkaufen«-Schild.

Pike zog Jacke und Krawatte aus und krempelte die Ärmel hoch. Er betrat das Grundstück durch das seitliche Törchen, ging hinter das Haus und blieb unter dem riesigen Ahorn neben dem verwaisten Pool stehen. Die Angehörigen würden das Haus durchsucht und die Andenken untereinander aufgeteilt haben, hatten bestimmt längst entschieden, was mit dem Besitz passieren sollte. Pike ging zu den Verandatüren. Es lag ihm nichts daran, das Haus zu betreten – er wollte nur einen Blick hineinwerfen. Dann drehte er sich zum Pool und zu den Bäumen um. Stellte sich vor, wie Frank seine Söhne in die Luft geworfen hatte, aber das Bild verstärkte seinen Schmerz nur.

Pike kehrte zum Jeep zurück und fuhr Richtung Meer. Er folgte dem Sunset Boulevard nach Westen, durch Brentwood und Palisades zum Pacific Coast Highway, dann weiter die Küste hinauf Richtung Malibu. Auf dem grauen Wasser wimmelte es von Segelbooten und Surfern, die am Wochenende hier rausgekommen waren, um sich zu vergnügen.

Pike bog in die Malibu Canyon Road ein, fuhr eine ganze Weile geradeaus und ließ Menschen und Häuser hinter sich. Er fand eine unbefestigte Feuerschneise und fuhr bis zu einem Felsvorsprung tief in den Bergen, wo niemand sonst mehr war. Er stellte den Motor des Jeeps ab und stieg aus.

An einem Abend drangen vier Männer, die Frank Meyer nicht kannte und zu denen er keinerlei Verbindung hatte, in sein Haus ein. Sie töteten ihn, seine Familie und alles, was ihm lieb und teuer war. Nur sein Tod und die Erinnerung an sein Leben blieben übrig.

Frank Meyers Fingerabdrücke wurden auf Earvin »Moon« Williams' Pistole gefunden. Bei der Leichenschau zeigte sich zudem, dass das Gelenkinnenband an seinem Ellbogen gerissen und sowohl Elle als auch Speiche des Unterarms angebrochen waren. Dabei war das umgebende Gewebe derart stark in Mitleidenschaft gezogen worden, dass sich Blut im Gelenk sammelte. Genau so wollte Pike sich an seinen Freund erinnern. Übergewichtig, untrainiert und ein Dutzend Jahre nicht mehr im Rennen, hatte Frank dennoch alles getan, um seine Familie zu beschützen. Hatte eine unvorstellbare Kraftanstrengung aufgebracht und dabei sein Leben verloren. Frank the Tank bis zum Ende.

Er kehrte zum Jeep zurück und öffnete einen Waffenkoffer auf dem Rücksitz, nahm seine Pistole und drei Schnelllader heraus, von denen zwei voll mit sechs Kugeln und einer zur Hälfte bestückt waren. Er hob die Python, feuerte sechsmal, lud nach. Feuerte sechs weitere Schuss ab, lud nach, schoss erneut, und lud schließlich ein letztes Mal, feuerte drei Schuss ab. Alles in allem einundzwanzig Schüsse.

»Mach's gut, Frank.«

Pike legte seine Waffe fort und fuhr den langen Weg zurück nach Hause.

46

Drei Wochen später, einen Tag nachdem der Gips von seinem Arm abgenommen worden war, blickte Michael Darko finster auf die flachen, trockenen Felder hinaus, während sie sich Corcoran, Kalifornien, näherten, und dachte: Das hier muss dann wohl die andere Seite des Mondes sein. Es überraschte Darko, als er an diesem Morgen in einen Bus getrieben wurde und man ihm sagte, er werde ins Corcoran State Prison verlegt. Darko hatte die letzten beiden Wochen auf Terminal Island verbracht, einem Bundesgefängnis, von dem er glaubte, es würde noch für viele Jahre sein Zuhause sein. Darko fragte, warum er wegmusste, aber niemand gab ihm Antwort.

Ein anderer Häftling erzählte ihm auf der Fahrt, Corcoran sei ein sehr übler Ort mit vielen gefährlichen Menschen, doch jetzt, nach vier Stunden im Bus und mit Blick auf das Gefängnis in der Ferne, war Darko vor allem enttäuscht, wie hässlich es aussah.

Nach allem, was er in Bosnien kennengelernt hatte, machten ihm amerikanische Gefängnisse und amerikanische Häftlinge nämlich genauso wenig Angst wie amerikanische Polizisten. Michael Darko stammte aus einem gefährlichen Land und war selbst ein gefährlicher Mann.

Schon während sie sich dem tristen Gebäude näherten, plante Darko, Kontakt zu den osteuropäischen Häftlingen aufzunehmen und Allianzen mit der Arischen Bruderschaft zu schmieden. Viele dieser Verbindungen bestanden bereits und würden sich beim Aufbau eines Imperiums als nützlich erweisen.

Zehn Minuten später erreichte der Transporter das Gefängnisgelände durch ein Rolltor. Er fuhr auf einen kleinen Parkplatz, wo ihn schon mehrere Wachposten erwarteten. Darko und die beiden anderen Häftlinge mussten sich gedulden, bis die Wärter den Transporter betraten und sie losschlossen. Jeder der drei trug Hand- und Fußfesseln und war außerhalb der Reichweite der Mithäftlinge an den eigenen Sitzplatz gekettet worden. Das war üblich, weil gewalttätige Häftlinge während der langen Fahrt ins Nirgendwo häufig versuchten, sich gegenseitig zu töten, zu verstümmeln, sexuell zu missbrauchen oder sich sogar aufzufressen.

Drei Wärter betraten nacheinander den Transporter, schlossen je einen Häftling los und führten ihn ab – ein Wärter pro Häftling. Darko wurde als Letzter geholt. Er hatte für seinen Aufpasser nur einen erbarmungslosen, heimtückischen Blick übrig.

»Trautes Heim, Glück allein! Es ist wunderschön hier, nicht wahr?«

Der Wärter erlebte die arrogante Prahlerei schwerer Jungs nicht zum ersten Mal und beachtete ihn nicht weiter.

Als Erstes mussten die drei Häftlinge sich dem Aufnahmeverfahren unterziehen. Sie wurden ausgezogen, durchsucht, fotografiert, gründlich abgetastet und geröntgt, dann nahm man ihre Fingerabdrücke sowie eine DNA-Probe und registrierte sie. Sie wurden mit Entlausungsmittel eingesprüht, zum Duschen geschickt und erhielten neue Kleidung und Schuhe. Die Kleidung und die Schuhe, die sie bei ihrer Ankunft trugen, wurde entsorgt. Die zulässige Habe, die zusammen mit ihnen verlegt worden war, wurde inspiziert, in ihre Akte eingetragen und wieder ausgehändigt.

Das Aufnahmeverfahren dauerte vierzig Minuten, in denen der diensthabende Oberaufseher den Häftlingen einen Vortrag über die Ge- und Verbote von Corcoran hielt, die schriftlichen Regularien verlas und ihnen ihre Unterkunft zuteilte.

Michael Darko erhielt eine Zelle im Trakt für gemeingefährliche Straftäter, die zur Selbstbeherrschung fähig waren. Zwei Wärter begleiteten ihn zu seinem neuen Zuhause, übergaben ihn an weitere Aufpasser, die ihn in ihren Block aufnahmen. Dann erhielt er frisches Bettzeug und wurde zu seiner Zelle geführt.

Er traf dort während des nachmittäglichen Umschlusses ein. Zu einem Zeitpunkt also, an dem die Zellen des Hauptblocks offen waren und sich die Häftlinge in den Gemeinschaftsbereichen aufhalten durften.

Die beiden Wärter brachten Darko zu seiner Zelle und deuteten auf eine nicht mit Bettwäsche bezogene Koje.

»Diese Seite. Dein Zellenkumpan ist ein Bruder namens Nathaniel Adama-bey. Nennt sich selbst einen Mohr. Er sitzt wegen zweifachen Mordes, aber er ist gar nicht so übel.«

»Bestimmt werden wir beste Freunde.«

»Da bin ich sicher.«

Die Wärter gingen, und Darko drehte sich zu seiner Koje. Er rollte die Matratze aus, strich sie glatt, nahm dann sein

Laken. Es war rau und steif von viel Stärke. Darko hasste es, Betten zu machen, und wünschte sich, eine seiner Nutten wäre hier, die sich darum kümmern konnte. Er kicherte leise. Vielleicht würde er ja diesen Nathaniel Adama-bey zu seiner Nutte machen, damit der ihn bediente.

Darko faltete das Laken auseinander und schüttelte es aus. Es bauschte sich und schwebte einen Moment wie eine große weiße Blase in der Luft. So lange bis Michael Darko mit dem Gesicht voran gegen die Wand krachte und sich die Nase brach. Dann schloss sich ein Arm hart wie Stahl um seinen Hals, und etwas bohrte sich in seinen Rücken wie eine wütende Wespe. Weit unten seitlich über der Niere: stichstichstich, stichstichstich stichstichstich – ein scharfes Piken, das viel zu schnell passierte, um wehzutun. Stichstichstich, stichstichstich.

Michael Darko versuchte sich zu erheben, aber der Mann ließ ihn sein Gleichgewicht nicht wiederfinden. Erneut spürte er die Stiche, und ein fauchender, heißer Atem versengte sein Ohr.

»Stirb nicht, noch nicht.«

Darko wurde umgedreht. Er sah einen kleinen Asiaten mit gewaltigen Schultern und Armen, dessen Gesicht mit entstellenden Narben übersät war. Michael Darko versuchte die Hände zu heben, konnte es jedoch nicht. Jedes Bemühen, sich zu verteidigen, überstieg seine Kräfte. Der Arm des kleinen Asiaten bewegte sich so wild wie die Nadel einer Nähmaschine und schlug Darko mit einem Eispickel in die Brust. Stichstichstich, stichstichstich.

Michael Darko schaute seiner eigenen Ermordung zu.

Plötzlich packte der Mann Darkos Gesicht und beugte

sich in seinem Zorn ganz nah zu ihm herab, als wolle er ihm den Todeskuss geben.

»Du wirst bald Frank Meyer kennenlernen, du Stück Scheiße. Sag ihm, Lonny lässt herzlich grüßen.«

Der Mann rammte den Eispickel brutal bis zum Heft in Darkos Brust, und ging dann unvermittelt fort.

Michael Darko blickte auf den Stiel hinab, der aus seiner Brust ragte. Er wollte ihn herausziehen, aber seine Hände wollten sich nicht bewegen. Er glitt von seiner Koje auf sein Laken hinunter, und die Falten legten sich über ihn wie ein Schal. Rücken und Brust fühlten sich an, als befänden sich Ameisen unter seiner Haut, und alles schien anzuschwellen. Vergeblich versuchte Darko, um Hilfe zu rufen, doch er fand nicht die Luft dazu. Konnte nicht mehr atmen und fühlte sich benommen. Dann wurde ihm kalt, und er bekam Angst.

Das weiße Laken färbte sich rot.

47

Der Verkehr stand still. Spätnachmittag. Jemand hatte die Kontrolle über sein Fahrzeug verloren, und jetzt war die 405 Richtung Süden ein einziger großer Parkplatz. Kelly Walsh machte das nichts aus. Fenster oben, Klimaanlage an, das Gehupe von draußen gedämpft. CD-Player eingeschaltet. Sie berührte die Wiederholen-Taste, und die Backgroundsänger begannen ihren beruhigenden Riff: dum, dum, dum, dundee, doo-wah. Roy Orbison küsste ihr Herz mit Verlangen und Schmerz.

Only the lonely.

Walsh hatte sich den Song viermal hintereinander angehört und war jetzt bei Runde Nummer fünf. Gefangen in einem Stau auf der Autobahn, einem melancholischen Kokon.

Walsh vermisste ihn sehr, Special Agent Jordan Brant. Getötet in Ausübung seiner Pflichten, einer ihrer Jungs. Sie konnte die Schuld nicht abstreifen, dass sie ihn enttäuscht hatte, weder damals noch heute.

Michael Darko hatte einen Deal gewählt, und so hatte es keinen Prozess gegeben. Walsh wusste, dass sie eigentlich glücklich sein sollte, doch sie war es nicht, Jordie Brants Frau bekam nicht die Chance, dem Mörder ihres Mannes gegenüberzutreten, und ihr selbst entging die Genugtuung, mit ihrer Zeugenaussage Darkos Verurteilung unter Dach und Fach zu bringen. Das Fehlen eines klaren Abschlusses hinterließ bei ihr das Gefühl, Jordie sei ungerächt geblieben und sie habe ihn erneut enttäuscht. Und ihn ein weiteres Mal verloren.

They're gone forever.

Sie saß da und hörte Roy Orbison zu, als ihr Mobiltelefon zu summen begann. Sie sah auf die Anrufer-ID und machte die Musik aus, um das Gespräch anzunehmen.

»Kelly Walsh.«

»Schon gehört?«

»Werde ich befördert?«

»Besser. Michael Darko wurde ermordet.«

Walsh war völlig überrumpelt und überrascht. Zwar hatte sie diesen Anruf früher oder später erwartet, aber nicht so früh und nicht heute. Eine Mischung aus Wärme und Angst breitete sich in ihrem Bauch aus.

»Könnte keinem netteren Burschen widerfahren sein«, sagte sie.

»Solche Dinge passieren.«

»Ja. Ja, das tun sie. Weiß man schon, wer es war?«

»Hm. Jemand ist während des Umschlusses in seine Zelle gekommen. Leider gibt es keine Videoaufzeichnung, denn der Festplattenrekorder war defekt.«

Walsh unterdrückte die aufkeimende Genugtuung.

»Sag bloß! Was für ein Pech. Wie ist er ermordet worden?«

»Sieht nach einem Eispickel aus. Oder einem Schraubenzieher. Zweiundsechzig Einstiche.«

Walsh lächelte ein herzliches, sanftes Lächeln, den ganzen Weg von Jordie Brants Grab.

»Danke, dass Sie mir Bescheid gesagt haben. Klingt, als wäre da jemand so richtig scharf auf dieses Arschloch gewesen.«

»Aber echt! Ich hoffe nur, dieser Typ wird niemals sauer auf mich.«

Walsh lachte höflich, dann klappte sie ihr Telefon zu. Schweigend saß sie einen Moment lang da. Spürte, wie sich ihre Stimmung deutlich aufhellte. Sie hatte große Gefälligkeiten eingefordert, damit Darko nach Corcoran verlegt wurde, und schuldete nun im Gegenzug eine große Gefälligkeit. Hauptsache, Special Agent Kelly Walsh war ihrer Verpflichtung nachgekommen. Jordie Brant war schließlich einer ihrer Jungs gewesen. Man musste sich um seine Leute kümmern, und genau das hatte sie getan.

In dem Moment, als sie erfuhr, dass Lonnie Tang in Corcoran einsaß, hatte sie gewusst, wie sie es anstellen würde.

Ein fieser kleiner Dreckskerl.

Der geborene Killer.

Walsh warf die Orbison-CD aus und beschloss, lieber etwas Leichteres zu hören. Etwas Lebhafteres und Fröhlicheres. Sie fütterte den Player mit ihrem Lieblings-Mädels-Mix – Pussycat Dolls, No Doubt, Rihanna und Pink, dazu ein paar Klassiker von den Bangles, Bananarama und den Go-Go's. Sie drückte die Wiedergabetaste und drehte lauter.

Energie durchströmte sie.

Sie sang mit.

This town is my town.

Sie fühlte sich schon deutlich besser.

Diese Frauen konnten echt rocken!

48

Cole fand genau die richtige Familie. Es waren gute Leute, ein junges Pärchen aus Sierra Madre, das bereits zwei Kinder adoptiert hatte. Beide zufälligerweise aus der ehemaligen Sowjetunion. Cole hatte sie gründlich überprüft und mehrere Male mit ihnen gesprochen, während Pike ihren Umgang mit dem Jungen und den anderen Kindern beobachtete. Er war sicher, sie würden ihre Sache gut machen.

Walsh hatte ihnen bei dem Papierkram geholfen. Die Dokumente würden belegen, dass der Junge ein gebürtiger Staatsbürger der Vereinigten Staaten war, von einem fiktiven Ehepaar in Independence, Louisiana, geboren und über eine Agentur adoptiert.

An einem hellen, sonnigen Morgen hielt Pike vor dem Gebäude einer Bundesbehörde in Downtown Los Angeles den Jungen zum letzten Mal im Arm. Eine Sozialarbeiterin würde ihn anschließend zu seinen neuen Eltern bringen, die bereits auf der anderen Straßenseite warteten.

Der Junge mochte die Sonne und war gern draußen. Er ruderte mit seinen Armen und gab dieses gurgelnde Lachen von sich.

»Alles okay mit dir?«, fragte Pike.

Der Junge fuchtelte weiter mit den Ärmchen und berührte Pikes Gesicht.

Pike streichelte seinen Rücken, dann gab er ihn der Sozialarbeiterin. Sah zu, wie sie ihn dem jungen Paar brachte. Die Frau nahm den Kleinen in die Arme, und der Mann zog ein albernes Gesicht. Das Baby schien sich zu freuen, die zwei zu sehen.

Pike drehte sich um, ohne noch einmal zurückzublicken, ging in das Gebäude und fand das Büro. Eine Frau dort würde die erforderlichen Papiere ausstellen.

Sie sagte Pike, er möge bitte Platz nehmen, und wandte sich wieder ihrem Computer zu.

»Ich muss die Geburtsdaten eingeben. Name, Geburtsort, solche Dinge. Das meiste davon wird sich mit der Adoption ohnehin ändern – wie zum Beispiel sein Name –, doch jetzt brauchen wir etwas, um ihm seinen Platz im System zu geben.«

»Ich verstehe.«

»Man hat mir gesagt, Sie seien derjenige, der all diese Informationen besitzt?«

Pike nickte.

»Okay. Dann legen wir mal los. Wie lautet sein Vorname?«

»Peter.«

»Buchstabieren Sie mir das bitte.«

»P-E-T-E-R.«

»Der zweite Vorname?«

»Kein zweiter Vorname.«

»Die meisten Menschen haben aber einen zweiten Vornamen.«

»Ich nicht. Und er auch nicht.«

»Okay. Sein Nachname.«

»Pike. P-I-K-E.«

Danksagung

Pat Crais, Aaron Priest, Neil Nyren, Ivan Held und Tim Hely Hutchinson. Jon Wood, Susan Lamb und Malcom Edwards. Eileen Hutton. Mark und Diane. Gregg und Delinah. Jeffrey Lane – weil er cool ist. Frank, Toni. Bill Tanner, Brad Johnson, Lynne Limp. Wie immer Damon und Kate. Die Plum Brothers: Alan »Night Train« Brennert, William F. »Slow Hand« Wu, Michael »Bardwulf« Toman und Michael »Fastball« Cassutt. Otto. Shelby Rotolo. Eileen Bickham – weil es mir wichtig ist. Chip, Gene, Roger und Joe. Jetzt weiß ich Bescheid. Stan Robinson. Gregory Frost. Tim Campbell. Lois, Vic, Coop, Biljon, Mike A und Mike B. Jerry. April. Don Westlake. Betsy Little, Steve Volpe.

Mit Bestsellern reisen
Für unterwegs immer das richtige Buch!

Großes Gewinnspiel mit attraktiven Buchpaketen

Machen Sie mit! Im Internet unter
www.heyne.de/reisen-und-lesen-Bestseller

Teilnahmeschluss ist der 15. November 2014

Viel Glück wünscht Ihnen Ihr
Wilhelm Heyne Verlag

Eine Teilnahme ist nur online unter
www.heyne.de/reisen-und-lesen-Bestseller
möglich. An der Verlosung nehmen
ausschließlich persönlich eingesandte
Antworten teil. Mehrfacheinträge (manuell
oder automatisiert) sind nicht zugelassen.
Der Rechtsweg ist ausgeschlossen.

HEYNE ‹

Daniel Woodrell

»Nichts als Lob für diesen Autor. Finster, bizarr, authentisch.«
The Washington Post

»Daniel Woodrell ist genial.«
James Ellroy

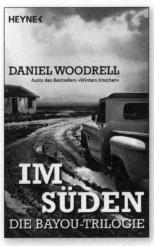

978-3-453-43670-1

Winters Knochen
978-453-3-43645-9

**Im Süden –
Die Bayou-Trilogie**
978-3-453-43670-1

**Der Tod von
Sweet Mister**
978-3-453-41060-2

Leseproben unter: **www.heyne.de**

Simon Kernick

»Man sollte eine Taschenlampe einschalten,
bevor man sich in Kernicks finstere Welt wagt.«
Spiegel Online

978-3-453-43707-4

Gnadenlos
978-3-453-43360-1

Todesangst
978-3-453-43382-3

Verdächtig
978-3-453-43494-3

Instinkt
978-3-453-43544-5

Vergebt mir
978-3-453-43495-0

Fürchtet mich
978-3-453-43493-6

Erlöst mich
978-3-453-43662-6

Das Ultimatum
978-3-453-43707-4

Exklusiv als E-Book:
Racheblut
978-3-641-09644-1

Leseproben unter: **www.heyne.de**

HEYNE‹